CH. D'HÉRICAULT

THERMIDOR

MARIE-THÉRÈSE & DAME ROSE

PARIS

LIBRAIRIE ACADÉMIQUE

DIDIER ET Cⁱᵉ, LIBRAIRES-ÉDITEURS

35, QUAI DES AUGUSTINS, 35

THERMIDOR

* *

Paris. — E. DE SOYE et FILS, imprimeurs, place du Panthéon, 5.

CH. D'HÉRICAULT

THERMIDOR

MARIE-THÉRÈSE ET DAME ROSE

PARIS

LIBRAIRIE ACADEMIQUE

DIDIER ET Cie, LIBRAIRES-ÉDITEURS

QUAI DES AUGUSTINS, 35.

1873

Tous droits réservés

THERMIDOR

MARIE-THÉRÈSE ET DAME ROSE

PREMIÈRE PARTIE

LES CI-DEVANTS ET LES JACOBINS DE LA BANLIEUE

I

Une petite ville en l'an II.

Le bourg de Meudon présentait, à la fin du dix-huitième siècle, une physionomie à peu près semblable à celle qu'il montre aujourd'hui. Tout en haut de la colline, qui descend en pente roide jusqu'à la Seine, était assis le château entouré de ses terrasses monumentales. D'un côté, à gauche, en tournant vers le bois, les jardins glissaient jusqu'au village. De l'autre côté, à droite, s'étendait un vaste parc attenant au palais, habité, jusqu'au 19 février 1791, par Mesdames de France, filles de Louis XV.

La partie supérieure du village était donc entourée d'une ceinture de bosquets par lesquels il se reliait à la forêt de Meudon, tandis que la partie inférieure des-

1

cendait jusqu'au Val-Fleury et communiquait ainsi avec le bois de Clamart. Une grande rue, la rue des Princes, traversait la bourgade: un sentier se précipitait vers le val; deux ruelles montaient jusqu'aux murs du jardin du château, jusqu'à la muraille qui fermait le domaine de Mesdames.

Meudon, comme tous les villages des environs de Paris, avait été fortement travaillé par les émissaires des Jacobins. Une vingtaine de nobles des provinces du Midi et du Nord y avaient été exilés et internés conformément au décret du 27 germinal an II, et, depuis le 6 floréal, ils y vivaient, selon la loi qui leur ordonnait d'y rester seuls, sans fréquenter qui que ce fût. C'était là, comme dans toutes les bourgades du voisinage, une sorte de *parc aux aristocrates,* où les sectionnaires parisiens venaient de temps en temps choisir une victime et injurier le reste du troupeau.

Vers le commencement de prairial, an II, c'est-à-dire à la fin de mai 1794, l'illustre Pourvoyeur, que nous connaissons, était venu s'établir dans le pays. Dès lors tout avait fort bien marché dans la droite voie de la régénération sociale.

La garde nationale avait été solidement organisée sous les ordres du commandant Pluc. Le maire, Testard, bon républicain, mais tiède, entaché d'indulgentisme, et facilement aveuglé par les menées de la superstition, avait été *coléré.* Les statues de la Vierge avaient été mutilées; les habitants dont elles ornaient les maisons, avaient été emprisonnés et déclarés suspects. Les vieilles femmes qui mettaient, le diman-

che, ou ne mettaient pas, le décadi, un fichu propre,
avaient été fouettées publiquement. Les fillettes, qui
négligeaient d'orner leurs cornettes de la cocarde nationale, avaient été condamnées à huit jours de prison. Les fêtes de la décade avaient été pieusement
suivies. Les assemblées révolutionnaires étaient devenues populeuses ; chacun y écoutait avec enthousiasme
la lecture des bulletins des victoires de la République.
On avait envoyé dans les prisons du district, à Versailles, quelques individus suspects de négociantisme
et de fédéralisme.

Le matin de septidi, armoise, thermidor (25 juillet
1794), c'est-à-dire le matin même de ce 7 thermidor
dont nous avons raconté l'histoire dans le volume précédent, le groupe qui se formait journellement devant
la maison de Pourvoyeur au bas de la rue des Princes
était des plus nombreux. L'inquiétude qui déjà, les
jours précédents, agitait la capitale, avait gagné les
faubourgs et la banlieue. On y disait que les esprits à
Paris étaient dans une grande fermentation ; qu'on
osait murmurer tout haut contre la quantité des exécu-
tions ; que le peuple commençait à s'apercevoir qu'on
faisait aussi couler le sang de ceux de sa classe ; que
Robespierre, plus cruel que jamais, quoique depuis
un mois il ne parût plus au Comité du Salut public,
menaçait de faire périr la moitié de la Convention.
La curiosité et l'angoisse étaient donc au comble
dans tous les villages de l'Ile de France : de plus
ce quintidi précédent, à la réunion bi-hebdomadaire
du comité révolutionnaire de Meudon, Agricola Trois-

Septembre, garçon boucher et vice-président du comité, avait annoncé que le citoyen Pourvoyeur publierait le surlendemain matin une nouvelle qui terrifierait l'Europe et les tyrans coalisés et rendrait le nom de Meudon immortel dans les fastes augustes de l'humanité. Aussi, aux personnes notables du bourg, s'étaient joints quelques personnages qui ne hantaient pas ordinairement ce club matinal.

« Ah! ah! cria Pourvoyeur avec un ricanement, te voilà, citoyen maire, sage et riche Testard! c'est un grand honneur que tu as fait à un pauvre Jacobin. Approche ici, fils d'Apollon et des neuf muses, Endymion Piqueprune, ermite de Villebon, conseiller municipal de Meudon, continua-t-il en s'adressant au petit homme grêle que nous avons déjà présenté au lecteur; tu vas, lui dit-il tout bas, t'attacher aux pas de Testard. Je sais qu'il doit aller à Paris aujourd'hui, rejoindre Descluziers aux environs du lieu des réunions de la section Mucius Scévola, au ci-devant séminaire du ci-devant Saint-Sulpice. Après cela tu te rendras à l'auberge du *Garde-française*, place de la barrière de l'Observatoire. Tu observeras ce qui s'y passe; tu m'y attendras, tout en te promenant sur la place où Testard et Descluziers se rendront probablement dans l'après-midi, pour s'éloigner ensemble dans la direction de Montrouge et de Châtillon. Ne réplique pas. Va! »

L'honnête et riche petit poëte, qui s'était tant de fois vanté de jouir, selon le précepte de son maître Horace, de l'*otium cum dignitate*, s'éloigna la tête basse. Il venait d'être enrégimenté par la Terreur dans l'immense et laborieuse armée des espions de Robespierre.

« Bonjour, Brutus Rendu, cria Pourvoyeur, en faisant de la main un petit signe familier et presque aimable à un jeune paysan, en bas de fil et en haut-de-chausses de toile bleus, dont le gilet ouvert, à manches descendant jusqu'aux poignets, dont les souliers lacés et le bonnet orné d'une immense cocarde indiquaient un paysan patriote de la banlieue parisienne. Quelle merveille de te voir, bon patriote Brutus, continua Pourvoyeur, sur le chemin des Moulineaux, quand tu devrais être à une demi-lieue d'ici, occupé à étriller les chevaux de la belle et célèbre dame Rose, dont tu es toujours l'officieux, n'est-ce pas ?

— Oui, citoyen président, je suis encore l'officieux de la belle citoyenne Rose ; mais je ne le suis plus que pour un jour. Tu sais avec quel zèle j'ai servi la république, la patrie et l'humanité dans la garde nationale de Meudon, où je suis sergent. On le sait aussi à Paris, où j'ai de grands amis, et notablement le citoyen Legendre, boucher, représentant du peuple, qui m'honore de sa parenté. Donc, étant bon patriote, je me fais un devoir de croire à l'égalité, et j'ai offert ma main à la citoyenne Rose.

— Eh bien ? demanda avec quelque aigreur Pourvoyeur dont la bienveillance pour Brutus avait disparu subitement. Hein !... parle vite, imbécile !... Crois-tu que nous ayons le temps d'écouter un bavard dont le civisme est loin d'être pur ?

— Eh ! bien, elle m'a dit que demain octidi de la première décade de thermidor, elle me remplacerait par un de ses neveux, un paysan imbécile du département du Pas-de-Calais, un Louis Jougleux, de vingt-cinq à trente ans. Quant à mon civisme, tous mes voisins peuvent en certifier. Tu es prêt à le faire, toi, n'est-ce pas l'Iroquois, qui es mon plus proche voisin, puisque tu es le garde de la porte de Verrières, à quelques centaines de pas de la *Grange Dame Rose*, où je demeure jusqu'à demain ? »

Il désigna en même temps un homme au teint rouge brique, petit, mais vigoureusement charpenté. Celui-ci était tête nue ; ses cheveux noirs, épais, bouclés, tombaient sur son front et ombrageaient des yeux naturellement malicieux, qui paraissaient toujours vouloir rire et toujours se retenir de le faire, comme s'ils eussent craint de jurer avec des traits qu'une volonté persévérante et de rudes circonstances, sans doute, avaient forcés à devenir rigides.

Il portait un fusil pendu à son épaule ; et, une main sur la poignée de son sabre, l'autre dans la poche de son court pantalon, très-grossièrement rapiécé, et pourtant très-propre, il regardait tout ce qui se passait, avec un mélange de la désinvolture narquoise du vieux marin et la glaciale raideur du vieux soldat. Il avait été l'un et l'autre en effet, et avait du reste fait beaucoup de métiers.

« C'est bon, avait répondu Pourvoyeur, mais toutefois, Brutus, je veux te donner un conseil ; quand tu voudras donner caution de ton civisme, tu feras

bien de choisir d'autres garants que ton voisin l'Iroquois ; car on dit que tous ces gardes du bois sont des
aristocrates. On ne les voit jamais au comité révolutionnaire, ni le quintidi à la lecture du bulletin des
lois, ni le décadi au temple de l'Être-Suprême. Jamais
ils n'ont dénoncé personne ; jamais ils n'ont tué un
aristocrate dans leur bois.

— Citoyen président, répliqua l'Iroquois en se dan-
dinant, je suis un fils de Mars et d'Amphitrite, ayant
cultivé également les charmes de l'un et de l'autre sur
les terres les plus fleuries, comme qui dirait l'Amérique, et sur les mers les plus orageuses. Pour lors donc,
si quelqu'un ou quelqu'autre, fût-ce-t-il président ou
simple lapin, profère publiquement que le surnommé
l'Iroquois est un aristocrate, je te charge, citoyen Pourvoyeur, de lui donner en mon nom une paire de giffles,
que je te rendrai à l'occasion, et de lui dire que je
l'appelle au combat, sur la terre, sur la mer et sur
l'onde. »

Quelques éclats de rire avaient suivi la boutade de
l'Iroquois. Pourvoyeur fronça le sourcil. Mais il savait
que l'orateur était, ainsi que ses camarades les gardes de la forêt, aimé du populaire. Bien qu'il fût, en
bon et habile démagogue, jaloux de cette influence,
comme de toute autre, il jugea que jeter un soupçon
suffisait pour une fois.

« Ce n'est pas à toi en particulier que j'en ai, l'Iroquois. Je laisse aux citoyens le soin de voir clair dans
ta conduite. Mais ton chef, celui qu'on nomme le Sagamore, eh bien, je dis que je n'ai jamais vu une fi-

gure qui sente l'ancien régime plus que la sienne. Puis
il est muet comme une carpe. On ne lui entend pas dire
un mot par semaine. Il est toujours dans la forêt. Or
un bon franc républicain sans-culottes recherche la société de ses frères. N'est-ce pas vrai, citoyens ? parlez.

— C'est bien ça, dit d'une voix joyeuse un personnage à la figure ouverte, ronde et rose, qui arrivait
dans le groupe, et dont chacun s'éloigna comme par un
mouvement instinctif.

— Et puis, pourquoi s'appeler *Sagamore* ! Je dis,
moi, que c'est suspect, quand on peut s'appeler, ou
Mutius, ou Brutus Scévola ; ou bien encore d'un joli
nom, qui prouve un ardent civisme, comme Dix-Août,
Trente-et-un-Mai, ou, comme toi, Trois-Septembre.

— C'est ton ignorance qui t'excuse, répliqua l'Iroquois, de cette gravité imperturbable qui contrastait
singulièrement avec le dandinement de ses hanches et
avec le pétillement de ses yeux. Sans quoi tu saurais
que *Sagamore*, c'est comme si un ignorant comme toi
ou les autres, en supposant qu'ils fussent dans les forêts de l'Amérique de Washington, c'est comme qui
dirait capitaine chez les Indiens. Tu voudrais bien savoir pourquoi il a été ainsi appelé *Sagamore*. Borni
que, tu es trop curieux. On te le dira un jour que tu
seras sage. Quant à avoir le cou coupé ! si tu crois
que ça nous fait peur ! nous en avons bien vu d'autres,
et, généralement parlant, c'est nous qui l'avons coupé
aux autres.

— Misérable et vil sectaire de la tyrannie de Du-
mouriez, hurla Pourvoyeur, exaspéré de voir que le

groupe écoutait avec faveur son imperturbable interlocuteur, ton maître et toi... »

Un poignet vigoureux se posa sur son épaule. Il se
retourna furieux. Il avait devant lui celui-là même dont
il était question, et qui était arrivé, rampant le long
des murailles sans que personne l'eût vu ou entendu.

C'était ce mystérieux chef des gardes de la forêt
que nous avons montré précédemment, aux prises avec
Justin Pourvoyeur, au bas de la rue Notre-Dame-des-
Champs.

« Que veux-tu au Sagamore ? demanda-t-il d'une
voix gutturale.

— Je veux savoir qui tu es, demanda Pourvoyeur
avec colère. »

Le garde, avec un flegme glacial, présenta sa carte
de civisme.

« Je sais tout cela, dit le président en repoussant
la carte. Je sais que tu es un protégé de Tallien et de
Fréron. Mais Tallien et Fréron, murmura-t-il, auraient bon besoin d'être protégés eux-mêmes. Qui es-tu
de ton vrai nom? Je veux le savoir. »

Le personnage mystérieux secoua la main négative-
ment. On eût pu croire qu'un vague sourire traversait
son impassible physionomie. Il se tut.

« Alors, cria Pourvoyeur exaspéré, puisque tu
caches ton front sous un bandeau trompeur, et tes
pensées sous les chaînes d'un silence, dont la prudence
est criminelle et liberticide tout autant qu'ennemie de
la fraternité, je te dénonce comme ayant extorqué par
des artifices scélérats l'estime des Montagnards. Je

1.

vais te faire arrêter et conduire au Tribunal révolutionnaire, qui saura bien démêler le fil de tes
trames. »

Sagamore jeta sur son interlocuteur un regard
d'une indifférence glaciale ; et, faisant un signe à
l'autre garde, il se détourna. Son regard vague monta
vers les cieux déjà embrasés par les rayons du soleil
orageux de ces premiers jours de thermidor an II. Ce
regard resta obstinément fixé vers l'occident. Suivait-il
quelques-unes des petites nuées rouges qui voyageaient
mollement à l'horizon ? ou bien, par delà cet horizon,
cherchait-il quelque rêve ! quelque rêve fier et brillant,
car son œil morne semblait s'être animé, et sourire à
quelque souvenir ? D'ailleurs, il paraissait tout entier
livré à la poursuite de ce mirage ou de ce rêve, et aussi
indifférent à tout ce qui l'entourait que s'il eût été seul
au milieu de la forêt.

« Citoyens, laisserons-nous cette commune auguste, dont le grand citoyen Maximilien disait naguère
qu'elle était digne d'être le sanctuaire de la Montagne
et le mont Aventin du civisme, la laisserons-nous ter-
nir par le souffle impur de quelques scélérats, hurla
Pourvoyeur, et n'y a-t-il pas ici quelque citoyen, s'in-
spirant du courage des héros, qui arrête ce séide du
despotisme. Je lui promets le glorieux burin des fastes
républicains.

— Ce sera moi, cria l'herculéen Agricola. »

Il se précipita sur le rêveur, qui n'avait rien vu ou
paru voir de tout ce qui venait de se passer, et il le
saisit au poignet.

Le fils d'Amphitrite fit un pas pour se lancer au secours de son compagnon. Puis il haussa les épaules, comme s'il se fût dit que celui-ci n'avait besoin de nul secours pour se débarrasser de son assaillant. Il donna un coup d'épaule, qui fit descendre la bretelle du fusil sur le bras, et se tint en repos, tandis que son œil vif regardait alentour pour voir si quelqu'un des augustes citoyens de Meudon s'approchait trop près de lui.

Sagamore, en se sentant saisir par la vigoureuse étreinte du gigantesque boucher, s'était détourné. Son regard calme se promena sur toute cette scène comme pour s'en rendre compte, puis se fixa sur le visage de l'homme qui le saisissait. Une ombre de sourire erra dans sa prunelle morne. Il fit un bond en arrière qui ébranla son adversaire ; et, tordant son propre poignet par un mouvement de brusque rotation, il força la main qui le tenait à s'ouvrir. Il revint alors rapidement sur Agricola, et, avec une double secousse, agissant en sens inverse sur le corps de son antagoniste, par un coup de poing dans le creux de l'estomac, qui le jetait violemment en arrière, par un autre coup de la jambe droite qui l'arrêtait et, pour ainsi dire, le fauchait dans son mouvement de recul, il le forçait à quitter terre et le jeta sur le dos. Le gros homme y resta un instant étourdi et du choc qu'il avait reçu dans l'estomac, et de celui qu'avait éprouvé la tête en tombant sur la terre dure.

Sagamore promena de nouveau son regard autour de lui. Nulle émotion n'agitait ses muscles, aucun rayon plus vif n'illuminait sa prunelle. On eût pu croire qu'il venait de se débarrasser d'une mouche dont le bruissement d'ailes le fatiguait.

Le peuple républicain de Meudon, épouvanté de voir avec quelle aisance on avait abattu celui qu'il regardait comme un indomptable champion, s'était écarté par un sentiment de crainte respectueuse. Seul, le brave Pluc, vieux soldat, aussi hardi devant un ennemi que couard devant la Terreur, Pluc, seul, restait en place, et serrait la poignée de son sabre.

Pourvoyeur comprit la situation. Il était temps d'intervenir, s'il ne voulait pas que son prestige et celui de la République disparussent.

Il tira brusquement un des pistolets de sa ceinture.

« Scélérat, cria-t-il en l'armant, tu as porté atteinte à la liberté républicaine, en te révoltant contre un généreux citoyen, qui voulait justement punir l'horreur de tes crimes, tu vas mourir; le génie de la patrie arme mon bras vengeur. »

Il mit le chef des gardes en joue. Celui-ci jeta son regard toujours aussi calme sur l'homme et sur le petit tube de fer; un second coup d'œil ordonna à l'Iroquois de ne point remuer.

Le pistolet partit. Sagamore n'avait pas bougé. Mais avant que la fumée se fût dissipée, on entendit la voix rauque du personnage qui disait, avec autant de tranquillité que s'il se fût agi de juger un coup dans une école de tir :

« Ta balle a passé à trois pouces de l'oreille droite elle doit être logée dans le contrevent du boulanger qui est derrière moi, au coin supérieur à gauche, entre la ferrure et le haut du volet. »

Sagamore ne s'était pas détourné pour constater le trajet et cette position de la balle, qu'il indiquait ainsi au jugé. Tous les regards se portèrent vers l'endroit désigné. C'était bien là qu'était le trou. Une acclamation s'éleva, qui exaspéra de plus en plus Pourvoyeur.

« Eh bien, hurla-t-il, cette fois ce sera dans le coin supérieur de ton crâne. »

Il tira le second pistolet de sa ceinture, et l'arma.

Au même instant, un jeune homme mince, à la figure pâle et maladive, à l'œil hardi et malin, sauta par la fenêtre du rez-de-chaussée de la maison de Pourvoyeur, et se précipita sur Sagamore.

« Tu es un brave, toi, dit-il d'une voix claire. Dis-moi comment tu as pu si bien deviner?

— Paul, mon fils ! s'écria Pourvoyeur d'une voix suppliante.

— Dis-moi comment tu as pu si bien deviner, Sagamore?

— J'ai jugé, dit celui-ci, de sa voix brève et rauque, d'après la direction du pistolet. »

Pourvoyeur regardait d'un œil parfois sombre, parfois attendri, son fils, qui caressait d'un regard d'admiration l'impassible Sagamore, et qui se retournait vers le père, comme pour défier le président du comité révolutionnaire d'oser faire quelque mal à l'ami de Paul Pourvoyeur.

Mais de grands cris vinrent interrompre la scène.

« Eh ! les amis ! un aristocrate qui veut se cacher !... Sus au vieil aristocrate ! avait crié Pierre-Jacques Bry, l'un des membres du comité révolutionnaire en montrant du doigt un nouvel arrivant. »

Le côté droit de la maison de Pourvoyeur — tandis que la façade regardait l'ex-rue des Princes — donnait sur cette rue qui aujourd'hui encore descend en serpentant très-tortueusement, par une pente abrupte, jusqu'aux Moulineaux, au Bas-Meudon et à la Seine.

A cette heure, des plus matinales, un homme très-vieux montait péniblement le long de cette route. Il était proprement et pauvrement vêtu, et portait sur les épaules une boîte de colporteur. Mais malgré la simplicité presque misérable de son habillement, et malgré toutes les précautions qu'il prenait pour s'avancer sans attirer l'attention, ces précautions mêmes, sa barbe toute blanche, ses longs cheveux grisonnants, son air modeste et grave, timide et doux, tout l'empêchait de passer inaperçu.

Quoi qu'il pût être, et bien qu'il fût parfaitement habillé en colporteur, la première pensée de la plupart de ceux qui le rencontraient était qu'on avait affaire à un homme déguisé. En ce temps de folle défiance, une telle pensée était aisément accueillie et menait loin, et chacun formulait sa pensée en murmurant : « Voilà quelque vieil aristocrate ! »

Il avait dû voyager une partie de la nuit, et il avait l'air inquiet. Le poids de sa boîte, trop lourd pour ses vieux membres, l'avait évidemment retardé, et il montrait trop que c'était de nuit qu'il eût voulu arriver au but de son voyage.

Tout alla bien pourtant jusqu'à ce qu'il fût parvenu au dernier coude que fait la route avant de déboucher dans la rue des Princes. Là, le vieillard, surpris sans doute de voir devant lui une foule où il comptait trouver une rue quasi déserte, s'arrêta brusquement, et, obéissant à un mouvement irréfléchi, il se détourna prestement, comme s'il eût voulu fuir.

Ce mouvement n'avait pas échappé à Pierre-Jacques Bry. Il avait poussé le cri de défiance et de haine qui venait naturellement sur toutes les lèvres : Haro sur l'aristocrate ! Une dizaine des plus jeunes citoyens se précipitèrent vers le vieillard et l'amenèrent brutalement devant Pourvoyeur.

Celui-ci ne put retenir un tressaillement quand son regard eut embrassé le colporteur. Un sourire de triomphe erra sur ses lèvres; puis il reprit sa rude expression. Sagamore n'était pas non plus resté indifférent à l'aspect du vieillard. Son œil impassible s'attacha sur cette face grave et modeste, puis suivit sur la figure de Pourvoyeur les diverses impressions que nous venons d'indiquer.

Le vieil homme avait repris toute sa sérénité ; ses joues creuses perdirent la rougeur que l'émotion et un irrésistible premier mouvement de crainte avaient donné à ses pommettes. Son œil bleu, limpide, à l'expression austère et douce, se fixa sur Pourvoyeur qui l'interrogeait.

« Eh bien, vieillard, disait celui-ci avec une ironie

triomphante qu'il essayait de dissimuler sous une
apparence grave et digne, les meilleurs patriotes de
cette petite mais auguste cité t'accusent d'avoir voulu
nous fuir, dès que tu as aperçu la foule des sans-culottes réunis devant cette maison d'un bon républicain.
Tu as eu tort, vieillard, de vouloir nous fuir. Mais la
République a consacré des fêtes à la Vieillesse; elle a
mis le respect de l'âge à l'ordre du jour, comme toutes
les vertus. Nous ne voulons pas croire qu'une face
aussi vénérable cache une âme antipatriotique. Je suis
convaincu qu'en voyant cette foule, tu t'es rappelé la
mauvaise renommée qu'avait jadis cette commune; tu
as ignoré qu'elle était régénérée, et tu as voulu fuir,
n'est-ce pas? parce que toi, qui es un bon républicain,
tu ne voulais pas te trouver au milieu d'un rassemblement de suspects, de tièdes, d'aristocrates? »

Le vieillard ne répondit pas; mais il y avait dans
ces paroles de Pourvoyeur une bienveillance évidente,
et cette bienveillance était tellement inouïe en un
homme dont la passion semblait être de suspecter,
d'accuser, de torturer, de détruire ses semblables,
que Sagamore échangea avec son compagnon un signe
furtif, comme s'il eût voulu lui recommander de redoubler d'attention.

Le maire Testard, qui revenait après avoir recon-
duit Agricola chez lui, ne put, lui non plus, retenir un
geste d'étonnement.

« Tu es bienveillant aujourd'hui, Pourvoyeur, dit-
il ironiquement. Ce vieillard est sans doute digne de
ta protection; mais au moins faut-il qu'il réponde...

Est-il donc vrai, inconnu, que tu as voulu fuir en apercevant ce groupe ?

— La vérité est, dit l'étranger, que je suis vieux,
souffrant, fatigué, un peu timide ; et en voyant une
grande affluence de monde, je me suis détourné par un
mouvement instinctif que les plus bienveillants et les
plus justes parmi les citoyens qui m'entourent com-
prendront.

— Voyons ton certificat de civisme, demanda Testard, en jetant un coup d'œil scrutateur sur le personnage. »

Le certificat était en règle.

« Aller plus loin, dit Testard, serait peut-être exa-
gérer mon devoir. Tu m'es suspect, je l'avoue ; mais
je ne veux pas prendre mes soupçons pour des vérités.
Dans le doute, la vénération que je dois à l'âge fera
pencher la balance en ta faveur. Et si le président du
comité, qu'on n'a pas, en effet, l'habitude d'accuser
d'un excès d'indulgence, n'y voit pas d'inconvénient,
continue ton chemin.

— Je ne songe pas à continuer mon chemin, mais à
m'arrêter à Meudon. Je vous prie de m'enseigner
quelque maison où un pauvre homme de mon âge trouverait quelques soins en outre de l'hospitalité ordinaire.

— Vieux malin ! vieux sournois ! murmura Pourvoyeur. Il n'a pas voulu mentir, mais il se connaît en
politique. Attends, je vais combler tous tes vœux...
Des soins, qu'entends-tu par là ? cria-t-il avec un gros
rire ignoble. Si tu veux des soins aimables, nous allons

te faire conduire à l'auberge des *Deux-Vignerons*, où tu trouveras la bonne et belle patriote Jacqueline Lagosse, membre du club des Femmes républicaines. »

Le vieillard avait rougi et baissé les yeux. Il les releva bientôt :

« Citoyens, dit-il avec une énergique expression de dignité, je réclame le respect qui est dû à la vieillesse.

— Ah ! tu veux du respect, et tu n'aimes pas la compagnie des jeunes femmes aimables, eh bien, je vais t'en donner du respect ! Citoyen Éleuthérophile, tu vas conduire ce vieillard austère dans la rue des Pierres, tout en haut, à la dernière maison à la main gauche. C'est là que demeure la citoyenne Marie-Barbe Capeluche, qui a plus de cent ans, tu la réquisitionneras d'avoir à loger pour un jour un colporteur. »

Sagamore, dont l'attention avait redoublé en entendant le nom de Marie-Barbe Capeluche, remarqua alors un singulier mouvement. Le vieillard ne put s'empêcher de lever les yeux au ciel, comme s'il le voulait remercier d'un bienfait presque miraculeux, et Pourvoyeur ne put se retenir de se frotter les mains comme un homme dont la politique vient de remporter une grande victoire.

Le chef des gardes fit un nouveau signe à son compagnon. Éleuthérophile emmena le vieillard. Sagamore jeta un regard de froide bienveillance sur Paul Pourvoyeur.

« Continue de penser à l'honneur, lui dit-il de sa voix si étrangement caractérisée. C'est la grande religion de l'humanité, et elle distingue les hommes bien mieux que la démocratie ou l'aristocratie. »

Il s'éloigna, et suivi de l'Iroquois, il descendit vers Paris par la route des Moulineaux ; mais l'Iroquois remonta bientôt, rampant dans les vignes, et il vint s'enfermer dans une maisonnette isolée qui paraissait déserte et faisait face à celle de Barbe Capeluche.

« Citoyens, dit Pourvoyeur, nous venons de témoigner à la face de l'Europe, de l'Être-Suprême et des tyrans coalisés, quel respect la République est fière de montrer à l'auguste vieillesse dont elle a inscrit le culte parmi les fêtes de son calendrier. Testard, lis aux citoyens assemblés le dernier bulletin de la République. Je reviens à l'instant. »

Le maire obéit, en enrageant, à cet ordre que le président du comité révolutionnaire n'avait pas le droit de lui donner ; mais on l'eût accusé de ne pas vouloir faire connaître aux citoyens les gloires et les lois de la République.

Pourvoyeur entra dans sa maison précédé de son fils et suivi de Pierre-Jacques Bry, son séide et son confident, qui était à Pourvoyeur ce que Pourvoyeur était à Robespierre.

« Eh bien, Paul, dit Pourvoyeur d'une voix qui perdit subitement son ton âpre et cynique pour prendre des intonations d'une tendresse infinie, j'espère que tu es content de ton père. Tu me reproches souvent d'être...

— Je ne vous reproche jamais rien, mon père, répondit l'adolescent d'un ton sec.

— Je sais bien, tu es trop bon fils pour vouloir sérieusement me faire des reproches, mais tes yeux m'accusent souvent d'être impitoyable. Eh! bien tu es content de moi. C'est pour te faire plaisir que j'ai laissé ce vieillard en liberté. »

Un rayon de colère traversa l'œil noir, brillant et maladif du jeune homme.

« Prenez garde, mon père, s'écria-t-il en grinçant des dents, je crois que j'aime encore mieux la férocité que l'hypocrisie! Prenez-garde, continua-t-il en jetant à Pourvoyeur un regard pénétrant. Vous savez que j'ai un moyen de vous punir de tous les crimes que vous pourriez commettre.

— Eh bien, ce moyen, méchant, injuste et trop cher enfant?

— Ce moyen, c'est de me tuer. »

Et il s'éloigna en jetant un regard de triomphe sur son père. Il monta à sa chambre, qui était au premier étage sur la rue, et il se tint aux aguets.

Pourvoyeur toussa et se détourna pour essuyer une larme qui tombait de cet œil féroce et fourbe.

« Hum! dit-il d'une voix encore rauque, est-il assez malin et intelligent, l'enfant. Eh! Jacques Bry, il sera difficile à tromper. On n'est pas le fils de Pourvoyeur pour rien. Hé! mais nous le tromperons. Oui.

Hé! hé! Jacques! Eh bien, l'enfant avait raison. Ce vieillard, tu penses bien que si je l'ai épargné, c'est parce qu'il m'était plus utile vivant que guillotiné. Ce vieillard est un prêtre, un de ces fanatiques scélérats qui ont su échapper jusqu'ici au glaive de la loi vengeresse. Ah ! va me chercher le commandant Pluc. »

Le vieux soldat arriva.

« Pluc, lui dit le tyran d'un ton farouche, tu étais sergent au régiment de Picardie, un régiment d'aristocrates, qui n'a rien fait pour la Révolution. Tu as souvent été dénoncé pour ce fait. Étant là, tu n'as pas manqué d'occasions de crier : Vive le Roi ! »

Pluc, le brave, comme on l'avait surnommé dans Picardie ; Pluc qui avait assisté à vingt batailles et avait reçu en souriant dix blessures, Pluc tremblait, il n'osait lever les yeux devant ce représentant de la Terreur, de cette Terreur qui a, pour si longtemps, avili et encouardi le caractère français.

« En attendant que tout cela s'éclaircisse, j'ai besoin que mon fils Paul ne soit pas ici cette après-midi. Il me gênerait, tu vas le décider à aller à Paris avec toi, en lui disant que je ne veux pas qu'il y aille. Tu resteras dans les environs de la barrière de l'Observatoire, où je crois que Descluziers, l'Agent national du district, le futur de la belle dame Rose, a donné un rendez-vous liberticide à Testard, le maire de Meudon. Je suis sur la trace d'un immense complot. Tu les surveilleras adroitement tous deux. Tu sais ce que tu as à faire avec Paul. Il est malade. Tu as à l'empêcher de se compromettre. »

Le brave soldat s'éloigna la tête basse, sans oser faire la moindre objection. Quand il fut parti, Pourvoyeur tourna vers Bry sa sombre face qui s'était un peu éclaircie.

« Tout va bien, dit-il. Me voici débarrassé de cet

incommode surveillant, je veux dire mon fils, car ce
Pluc ! il haussa les épaules. Je disais donc que tout va
bien. Pluc, va. me surveiller Descluziers, et par là je
découvrirai peut-être la conspiration que les Montagnards, les Hébertistes comme les Dantoniens, les
Ultra comme les Indulgents, les Tallien, les Fréron,
les Laviconiterie, les Elie Lacoste comme les Vadier,
comme les Legendre, doivent en ce moment tramer
contre Robespierre. Ce vieillard que j'envoie justement où il désirait aller, chez la centenaire aristocrate,
chez la vieille Capeluche, nourrice des tyrans, ce
vieillard va me servir à mettre la main sur une autre
conspiration, celle des Royalistes, sur la fameuse conspiration de l'Etranger, que la Convention a déjà atta-
quée sans pouvoir la détruire.

— Et tu es déjà, citoyen président, sur les traces
de cette double conspiration ?

— Oui, répondit Pourvoyeur avec orgueil. Ah ! je
suis bien servi, je sais me faire bien servir, et Maximilien sait ce qu'il fait en me nommant son *observateur* en chef. Oui, je soupçonne que ce soir, au *Petit-
Bicêtre*, à une lieue d'ici, aux abords de la forêt, en
face de la ferme de Trivaux, et non loin de la Grange
Dame-Rose, la première conspiration, celle des Montagnards, doit avoir une réunion. Je soupçonne encore
que le chef de la seconde conspiration doit venir un de
ces jours ici. En voyant ce vieillard, ce vieux prêtre —
si c'est bien un vieux prêtre — l'idée m'est venue que
le rendez-vous est aussi pour ce soir ! Aujourd'hui
nous saurons tout, murmura-t-il, et tandis qu'on sur-

veille le Petit-Bicêtre, tandis qu'on ne perd pas de vue la maison de l'aristocrate centenaire, moi je vais à mon observatoire à Paris. En attendant, Bry, comme nous aurons besoin du patriotisme des habitants de Meudon, je vais aller leur faire un discours et leur expliquer les choses, mes idées s'éclairciront en parlant. Va, dit-il en se frottant les mains, tandis que ses yeux rayonnaient d'une âpre et étrange lumière comme s'ils voyaient la réalisation de ces rêves de gloire, va, dans trois jours, nous serons les maîtres absolus de la France, et, pour la première fois, l'humanité saura ce que c'est vraiment que la démocratie et l'égalité. Mais vois donc quel est ce bruit que se permet notre peuple assemblé, hé! hé! Jacques Bry! Par le saint rasoir national, continua-t-il avec colère, il me semble que j'entends applaudir! Est-ce que ces brutes champêtres se permettraient d'approuver d'autres paroles que les nôtres, Jacques Bry? Mais vois donc, triple brute, ou je t'envoie éternuer dans le sac. Qu'est-ce que c'est? des rires, de la musique! »

Jacques s'était précipité vers la fenêtre qui donnait sur la rue des Princes. Il l'ouvrit toute grande. Une bouffée d'air brûlant, roulant un flot de poussière dorée, entra dans la pièce avec les premiers rayons du soleil matinal. On entendit plus distinctement ce grondement qui avait frappé l'oreille fine du Pourvoyeur, grondement composé d'applaudissements, de rires, de chants, de sons de guitare et de clameurs indistinctes.

II

Le frère de dame Rose, l'enfant aristocrate, et le fils de Louis XV.

« Ah ! dit Jacques Bry, je vois ce que c'est. Ce qui cause ce tumulte ce sont ces deux êtres vraiment bizarres qui demeurent à la *Ferme de Vilbon*, à côté du château du même nom, habité par Piqueprune.

— Ah ! bon ! tu veux dire Pierre-Liévin Monbayard, le frère de la belle Rose, et son voisin le musicien. Je l'attendais en effet ce matin, ce Liévin Monbayard. Il doit me rapporter une réponse d'où dépend mon bonheur. Hé ! Jacques, tu entends, tout mon bonheur ! Apprends, toi, coquin, à parler plus respectueusement d'un homme qui aura l'honneur d'être mon beau-frère. Il n'est pas complétement fou, ou plutôt il a des moments d'égarement et d'humeur sombre. C'est un brave, mais une âme sans ressorts énergiques. Il était sergent aux gardes-françaises et c'était déjà un brave, mais incapable de s'élever à la hauteur du génie de la Révolution. Sa sœur Rose, créature pure et vertueuse, qui avait naturellement toutes les fiertés d'une âme républicaine, et qui, pour des raisons dont je n'ai pu percer le mystère, détestait avec rage l'aristocratie, sa sœur Rose, te dis-je, l'enflamma de son ardeur patriotique. C'est à elle peut-être que l'on doit la prise de la Bastille, où elle entra la première, à la tête des gardes-françaises et du peuple qu'elle avait illuminé par les appels de son impérieux génie. C'est elle encore

qui conduisit le peuple, les Fédérés et la Garde nationale, à l'attaque du 10 août, elle toujours, et vertueuse et escortée par son frère alors capitaine. Il fut
un de ceux qui opérèrent dans les prisons en septembre 1792. Toutefois il n'avait pas l'âme à la hauteur de l'attitude majestueuse des Maillard et autres
vénérables exécuteurs de la volonté du peuple en cette
prestigieuse circonstance, et il se fatigua plus vite que
ses compagnons de punir les aristocrates prisonniers.
Qu'arriva-t-il ensuite? Je l'ignore. Je sais seulement
qu'il tomba dans cet état de bizarrerie où tu le vois.
Mais pourquoi ces clameurs et ces rires qui continuent?

— Ah! c'est l'autre, tu sais, ce musicien insensé qui
va chantant ou proclamant et qui s'est donné la mission
de convoquer, au son de la guitare, les ci-devants internés ici. Et puis, à ce que je vois, Pierre Monbayard a
affublé d'une autre guitare ce jeune louveteau qu'il a
sauvé dans les prisons lors de ces massacres de septembre, ce fils d'aristocrates qu'il a adopté pour l'élever
selon les principes de la démocratie et faire respirer à
sa jeunesse l'encens d'un pur civisme sans-culottes. Je
suppose qu'il veut lui faire exécuter un duo avec l'autre
vielleux, ce qui excite la joie et les acclamations du
peuple. Mais le voilà, il se dirige par ici, suivi de son
louveteau. »

Quelques instants après, la porte poussée violemment
et enfoncée plutôt qu'ouverte s'ouvrit. Elle livra passage à un homme de taille moyenne et bien prise, dont
les membres et toute l'habitude du corps indiquaient
plutôt la légèreté, la vivacité, la prestesse que la force.

2

Il était vêtu d'un vieil habit de garde national de
1792, usé, reprisé, mais bien brossé, habit bleu à collet
rouge, à revers blancs ; il portait veste et culottes
blanches, les longues guêtres noires, le sabre pendu à
un vieux baudrier de cuir fauve. Il était tête nue, ses
cheveux courts et hérissés lui donnaient un air sauvage.
On disait qu'il passait parfois des journées, des nuits,
des semaines entières dans la forêt de Meudon, dans
les bois du voisinage.

Quand il entra dans la pièce où se tenaient le prince
républicain et son confident, il s'arrêta brusquement,
jeta un regard fixe sur les deux personnages, et il se
baissa comme pour écouter quelque bruit qui vint des
chambres voisines. Il se redressa en frissonnant et revint
vers la porte d'entrée.

« Viens ici, l'enfant-aristocrate, cria-t-il d'une voix
rauque. »

Un petit garçon entra, un pauvre être pâle, maigre,
chétif, à peine vêtu. Un pantalon de toile grise trop
long tombait en s'effilochant dans des sabots trop
grands et semblait vouloir remplacer les bas qui
manquaient ; une chemise de grosse toile et un bonnet
rouge, gras et sale complétaient le costume. L'enfant,
qui avait réellement douze ans, paraissait en avoir à
peine dix tant il était grêle, mais son regard froid et
impassible était celui d'un homme. Il y avait quelque
chose de frappant dans cette petite créature, à la face
rigide, à l'œil doux et impassible, et dont le corps mince
se redressait si fièrement dans ses haillons. On sentait
là une volonté ferme, une obstination noble, une ré-

flexion précoce. Le pauvre petit être était soumis à une tyrannie odieuse qu'il ne pouvait ou ne voulait fuir, mais qui ne l'écrasait pas, dont il méprisait l'instrument et les coups, et à laquelle il savait être supérieur. Il semblait que cette réflexion virile et ce noble orgueil fussent inscrits dans cette étrange ride qui coupait transversalement ce petit front.

L'enfant, en entrant, avait jeté un regard indifférent, sans curiosité, sans mépris, sans colère, sur les trois personnages, et il attendit impassible.

« Va dans ce petit coin, aristocrate, lui cria Monbayard de sa voix rauque.

« N'oublie pas, enfant-aristocrate, n'oublie pas, reprit-il, d'une voix plus douce, qu'il est juste que tu serves la démocratie. Quand tu l'auras bien servie et que tu auras ainsi expié un peu de tes crimes féodaux, je verrai, je te l'ai promis, si tu es digne d'être soldat et de mourir pour la patrie. Tu t'appelles Liévin, comme moi, et c'est pour cela que je t'ai sauvé, Liévin de Mimont. Ton père et tes parents étaient châtelains, c'est-à-dire des monstres. Eh bien ton père est fou, dans ce moment ; ta sœur est mariée avec un cabaretier sans-culottes. Tu n'as donc pas à espérer de redevenir jamais châtelain. Tâche pour lors d'être un bon domestique de la démocratie et je te promets que tu seras soldat. Apprends une belle chanson, je t'apprendrai ces coups d'escrime que tu désires tant connaître. »

L'enfant était resté immobile et comme indifférent. Bientôt on put croire qu'il essayait de suivre la conversation engagée entre Pourvoyeur et Liévin Monbayard.

« Eh bien, citoyen capitaine, avait dit le premier,
as-tu fait ma commission auprès de la belle citoyenne
Rose, ta sœur? lui as-tu remis ma lettre?

— Oui, répondit celui-ci d'un air renfrogné.

— Et, demanda Pourvoyeur avec une légère émotion,
qu'est-ce qu'elle a répondu?

— Elle a déchiré la lettre sans la lire et elle en a
jeté les morceaux avec mépris.

— Ah! fit le président, dont les joues déjà rouges
s'empourprèrent. Il me semble que j'éprouverais du
plaisir... »

Il grinça des dents, serra les poings, et sa phrase
s'acheva en un murmure indistinct. Mais il reprit vite
l'apparence du sang-froid.

« Bon tout cela, dit-il en ricanant. L'histoire
romaine nous apprend ce que deviennent les Sabines;
on les enlève et elles s'humanisent. Mais toi, que vas-
tu faire maintenant? tu sais ce que je t'ai promis?

— Je tiendrai mes promesses comme tu tiendras les
tiennes, répliqua vivement Liévin. Tu m'as juré que
tu me livrerais cette belle aristocrate, Marie-Thérèse
qui loge chez la centenaire Capeluche.

— Oui, dit Pourvoyeur avec son ignoble sourire, tu
veux l'épouser comme le vertueux Marat épousa sa
femme.

— Que t'importe, reprit le fou avec gravité. Tiens ta
promesse, je tiendrai la mienne. Je veux que ma sœur
soit ta femme, parce que tu es un misérable et que je
ne rougirai pas en ta présence, tandis que Victorien
Descluziers est un homme austère que je serais obligé

de respecter. Livre-moi celle qu'on nommait chez nous mademoiselle Marie-Thérèse de Lugnières, livre-la-moi ce soir, demain je tuerai Victorien, je l'ai promis, et je verrai couler son sang. »

Il s'arrêta et regarda autour de lui ; il se baissa de nouveau comme s'il écoutait et se releva en frissonnant. Ses yeux étaient devenus hagards, ses joues avaient pâli sous la couche de hâle qui les couvrait.

« Du sang ! murmura-t-il d'une voix rauque, du sang !... N'entendez-vous pas des cris de femmes et d'enfants, des chansons patriotiques, là, derrière la muraille. Ah ! ça ira ! ça ira ! du sang... je vois bien du sang. Mais les cris ! c'est plus horrible encore. Ah ! comme il coule..., il passe sous les portes. Le voilà, il baigne mes guêtres, le sang ! il me poursuit ! »

Il tira son sabre, bondit vers la muraille et y mesura quatre fois la hauteur de son arme.

« Il y en avait haut comme cela, des cadavres, à la Force, en septembre, murmura-t-il. Tous sans tête, et de ces cous ouverts coulait du sang, du sang ! Ah ! que de sang ! Et cet enfant, tout rouge, là, caché derrière les cadavres. Qu'est-ce qu'il faisait là, ce petit Liévin de Mimont, à la Force, au 3 septembre ? Ah ! je l'ai pris. Le sang avait monté jusqu'à mes genoux. J'ai tué deux citoyens qui voulaient m'empêcher de l'emporter et l'égorger. Et me voilà. Eh ! enfant-aristocrate, dis si ce n'est pas vrai. »

Mais en dirigeant son regard vers la fenêtre près de laquelle se trouvait l'enfant, il s'arrêta brusquement, et sa voix devint plus rauque encore :

2.

« Ah! le voici, celui qui ne voulait pas tuer et qui
regardait tuer les jeunes filles. C'est lui qui a fait
sauver mademoiselle de Lugnières. Ah! ne lui dis pas
qu'elle lui a échappé et qu'elle est ici. Il me la pren-
drait, et je te tuerais, misérable Pourvoyeur! »

Il agita son sabre d'un air menaçant vers la fenêtre
ouverte, dans l'embrasure de laquelle un profil fier
venait de se dessiner en paraissant s'avancer vers l'entrée de la maison. Quelques instants après, un personnage de haute, élégante et vigoureuse stature,
ouvrit d'un coup de pied la porte de la pièce où se
trouvaient nos personnages. Mais à peine eut-on le
temps de l'apercevoir. Monbayard s'était jeté sur lui.
L'élan avait été tellement violent, l'attaque tellement
inattendue, que, bien que le survenant fût renommé
dans tout Paris pour sa force herculéenne, bien que la
troupe des gardes du corps de Robespierre et les gens
de main des Jacobins et de la Commune aimassent à
voir en lui une belle incarnation de l'irrésistible vigueur de la Révolution, il fut renversé.

« Scélérat, hurlait Monbayard, vil bâtard d'un
tyran, du plus corrompu de tous les tyrans! toi, plus
corrompu encore que ton père Louis XV, je te connais
bien. Tu veux me prendre ma fiancée Marie-Thérèse!
Tu es mort. »

L'homme renversé avait en vain fait effort pour se
relever. La pointe du sabre qui cherchait sa gorge
effleurait son épaule, lorsqu'un nouveau personnage
vint paraître à la fenêtre, attiré peut-être par les cris de
Monbayard. On ne distinguait nul trait du visage, on

voyait seulement un vieux chapeau de paille, entouré
de cent rubans flétris et de fleurs fraîches. Puis on entendit, joué sur la guitare, l'air doux et mélancolique
de la chanson : « *Je l'ai planté, je l'ai vu naître.* »
Bientôt sur ce même air une voix fraîche et vibrante
chanta l'une de ces *romances* sentimentales qui étaient
alors à la mode en même temps que le bruit de la guillotine.

En entendant cet air et cette romance, Monbayard
se redressa légèrement et desserra les doigts qui tenaient
l'inconnu à la gorge. Celui-ci essaya de se soulever, et
sa main chercha ses pistolets ou son stylet, que la violence de sa chute avait fait sauter de sa ceinture. Monbayard s'en aperçut et resserra ses doigts. La tête
ornée du chapeau de Némorin continua de chanter.

Cette fois Monbayard se releva d'un bond, et avant
que son antagoniste se fût redressé sur le coude, il
avait sauté par la fenêtre.

Le petit Liévin, en voyant son étrange protecteur
sauter par la fenêtre, s'avança vers la porte. Il s'arrêta
un instant devant l'étranger, lui jeta un regard froid et
impassible, mais d'une étrange pénétration, puis se
baissa et, ramassant subtilement, sans que personne
le vît, un petit poignard très-effilé et à garde carrée que
ce personnage avait laissé tomber pendant la lutte,
il le cacha entre sa chemise et sa peau, et disparut
ainsi que le musicien.

Pourvoyeur avait considéré la scène précédente avec
un sourire de satisfaction. Mais aussitôt que Monbayard fut éloigné, il se précipita vers l'étranger

comme pour l'aider et le relever. Celui-ci le repoussa,
se redressa, et d'une voix sèche et sonore, d'une de ces
voix qui semblent faites en même temps pour le commandement et la raillerie, il lui dit :

« Tu ne t'es pas trop pressé de venir à mon aide,
Pourvoyeur. C'était un concurrent de moins, mon
garçon, hé! si j'avais été tué, et un concurrent qui
vaut un maître, n'est-ce pas, drôle ! Il me prend je ne
sais qu'elle envie de chanter sur ton dos le *Te déon*
raboteux. Mais ce sera plus tard, faquin. Je vois sur ta
face de Basile révolutionnaire que tu te réjouis de mon
aventure. Si je pouvais croire, mouche de ruisseau,
que tu y fusses pour quelque chose, je te ferais faire le
plongeon. Mais Maximilien et moi nous avons encore
besoin de toi pour quelques jours! Après quoi, pi-
toyable chenapan, je ferai couvrir ton nez de piche-
nettes par un essaim tout entier de vieilles tricoteuses,
et je te ferai jeter dans les boues puantes de la
Bièvre. »

Et, sans s'inquiéter de la fureur folle du vaniteux
tyran, il alla ramasser ses pistolets dans les jambes de
Pourvoyeur.

« Tiens, mon stylet a disparu ! Me l'aurais-tu volé?
coquin de basse fosse ! Qu'importe, je te le laisse. Je le
remplacerai par celui de la calomnie dont vous autres,
plats-gueux démocratiques, m'avez appris le ma-
niement et où je suis passé votre maître. Tiens, dit-il
en regardant Pierre-Jacques Bry, qui s'effaçait de son
mieux, quelle est cette autre face patibulaire? Je veux

gager que c'est ton secrétaire. Il a une mine de scribe de galère. »

Il alla tranquillement vers l'ancien huissier, le prit sous les bras et le portant, comme il eût fait d'un en- fant, au-dessus de la fenêtre, il le laissa tomber de- hors. Puis, fermant la croisée, il revint vers Pour- voyeur.

« Qu'est-ce que ce fou furieux, qui travaillait de si bonne grâce, hé! à me couper la gorge, voulait dire avec Marie-Thérèse. As-tu ici une jeune fille noble de ce nom-là?

— Je ne m'occupe pas des jeunes filles, répondit Pourvoyeur en grondant.

— Tant pis pour toi, rustre immonde.

— Et j'imagine que ce n'est pas pour que je te ren- seigne sur quelque pécore d'aristocrate que Robes- pierre, en un moment comme celui-ci, t'a envoyé vers moi? »

L'étranger éclata de rire.

« Me voilà donc l'ambassadeur de Robespierre, dictateur français, auprès de très-haut et puissant Pourvoyeur, prince de Meudon! Tiens, mais au fait, c'est vrai! Ce que c'est que de nous! Robespierre à qui j'eusse peut-être confié mes enfants à fouetter, et Pourvoyeur qui eût été honoré de laver ma vaisselle! Donc, c'est vrai, Maximilien m'a donné une commis- sion pour toi et il paraît même que de cette commis- sion dépendent la vie de Robespierre et le succès de ses projets pour après-demain. Mais crois-tu donc, pauvre sot, que je fais passer les affaires, la vie, le

salut de Maximilien et de la République avant mes
fantaisies et mon intérêt? »

En voyant toucher à ces objets de son respect, en
entendant traiter si légèrement les choses saintes, le
salut de la République et de Robespierre, Pourvoyeur
perdit patience. Il mit la main à son sabre.

« Tiens, tiens, dit l'étranger, un simulacre de
courage! ce n'est pas possible! Je gage que cela ne va
pas continuer. »

Et avec une hauteur indicible, avec une tranquillité
et une insolence que rien ne peut rendre, il s'avança
vers le président du Comité révolutionnaire et lui tira
l'oreille. Pourvoyeur poussa un cri, se recula, enleva
son sabre du fourreau et revint vers son ennemi. Celui-
ci, les bras croisés, la bouche railleuse, le regard inquisiteur comme s'il assistait à un spectacle, resta immobile. Le président, lancé sur l'étranger, lui porta la
pointe du sabre à l'épaule sans que celui-ci bougeât.
Puis Pourvoyeur hésita, et, avec un geste de fureur, il
jeta son arme sur le sol et la piétina dans l'accès d'une
rage qui se sentait impuissante.

« Je le savais, dit l'étranger. Tu me hais comme
tu n'as jamais rien détesté, et tu n'oses pas me toucher.
Veux-tu que je te débrouille les pensées qui ont tra-
versé ton immonde cervelle, plat-gueux? Elles se résu-
ment toutes en ceci : Si je le tue, Maximilien, défiant
comme il est, croira que c'est uniquement par jalousie
que je l'ai fait périr et pour me débarrasser d'un rival
d'influence et de faveur. Allons, espèce, reprends tes
esprits, je te donne cinq minutes. Surtout, tâche de te

rappeler ce qui concerne cette Marie-Thérèse dont ce fou, ton complice, a parlé.

Et pirouettant sur ses talons, il se promena de long en large, sifflant l'air de la Monaco, bâillant et chassant de l'ongle quelques grains de poussière qui miroitaient sur sa carmagnole en fin drap bleu de ciel. Un gilet tricolore à larges revers, qui laissait voir une fine chemise de batiste sur laquelle pendaient les bouts d'une cravate en dentelles de Malines ; un bonnet rouge, d'un tissu extrêmement fin ; des culottes en peau d'un grain très-menu, d'une nuance jaunâtre, d'une souplesse extraordinaire, et dont le porteur laissait dire volontiers qu'elles étaient en peau humaine ; des bottes à retroussis jaunes, à talons ornés d'éperons, enfin une ceinture rouge qui soutenait un beau sabre de cavalerie et une paire de pistolets à crosses damasquinées d'argent complétaient son costume.

Il le portait avec une grande aisance, et il passait pour le plus beau et le plus élégant des révolutionnaires. Les Jacobins le chérissaient à cause de sa beauté, dont ils étaient naïvement fiers.

Il était de fort haute taille. Son visage reproduisait cet admirable, ce fier et délicat profil de Louis XV, mais plus net, plus accusé, poussé en énergie.

Il était bien, en effet, un fils naturel de l'avant dernier roi.

Il y avait en lui des élans étranges que l'on n'a pas bien expliqués, des luttes intérieures qui s'étaient toujours résolues dans le sens d'une aide considérable apportée à la Révolution. Il avait eu en ses mains le

sort de Louis XVI et on pouvait le considérer comme
le principal, le véritable assassin de l'honnête roi. Il
paraissait, depuis lors, avoir rompu avec tous ces com-
bats intimes qui avaient rendu, au début de la Révolution, sa physionomie si curieuse à étudier.

Il était devenu un des plus énergiques favoris, gardes
du corps et conseillers de Robespierre. Celui-ci estimait en ce courtisan d'énergiques qualités qu'il n'avait
pas lui-même. Et ce favori du maître commun était
arrivé à faire taire la jalousie dans la petite et grande
cour de Maximilien, à dominer parmi les forts gour-
dins du numéro 366 de la rue Saint-Honoré, comme
parmi les Jacobins, en portant à l'excès tous les vices
qui distinguaient les uns et les autres. Il prétendait
que la Révolution avait déchaîné la bête humaine, et il
affirmait que la victoire définitive appartiendrait à la
plus déchaînée de toutes les bêtes.

On le connaissait sous le nom de Vingt-et-un-Janvier, de capitaine Tambour, de citoyen Front, selon
qu'on voulait faire allusion à tel ou tel de ses exploits
révolutionnaires.

« Eh bien, bon drille, dit-il, en regardant attentivement Pourvoyeur, es-tu revenu à tes coquineries
ordinaires? Il me semble que ton odieux visage est
rentré dans sa laideur habituelle, sans supplément
de rage. Voyons, et cette jeune fille? »

Pourvoyeur secoua la tête.

« Je te dis, drôle, s'écria son interlocuteur, que
j'ai des vues sur elle, des vues que tu peux bien connaître. Je veux l'épouser, il faut que je l'épouse.

— Mais tu es marié. De plus tu as un fils, et tu dis que tu ne crains pas ma vengeance ?

— Niais ! Je veux donc épouser Marie-Thérèse de Lugnières, et il y a longtemps que j'ai fait cet arrangement-là. Je l'avais vue ; elle me plaisait. Elle était richissime. Je l'ai sauvée de la Force, pendant que toi et tes pareils égorgiez une foule de vieilles femmes et de vieux abbés. J'étais encore jeune alors. Elle pleurait tellement, à l'idée de laisser là-bas, exposé à tes coups, un enfant, Liévin de Mimont (son parent), qu'on avait pris comme elle aux Tuileries, et emprisonné avec elle, que, voulant lui plaire, je rentrai pour sauver l'enfant. Je ne le trouvai plus, et quand je revins à l'endroit où j'avais laissé et caché la jeune fille, l'oiseau était envolé. S'était-elle sauvée ? avait-elle été reprise et égorgée ? J'ai fait quelques recherches sans résultat ; mais je n'ai jamais oublié Marie-Thérèse de Lugnières ! Marie-Thérèse n'est pas un nom bien commun, et c'est celui que cet homme a prononcé ici au moment où j'entrais. »

Pourvoyeur continuait de secouer la tète.

« Je t'avertis que Maximilien désire me voir épouser cette jeune fille, parce qu'elle est riche ; moi je n'y répugne pas, à cause de cela, et parce qu'elle m'a séduit. Puis (et voilà le fin du fin), en me voyant prendre cette belle épouse, qui me rendra un des riches propriétaires de France, ton Maximilien, qui est défiant, s'imaginera qu'il n'a rien à craindre de mon ambition, quand il me verra si bien gorgé, tandis que si je restais un pauvre sire, jamais il ne me croirait assez

simple pour vouloir en demeurer là? Me comprends-
tu? m'écoutes-tu?

— Je t'écoute comme si nous étions unis par le titre
sacré de frère, Vingt-et-un-Janvier, et je te comprends
autant que la créature éveillée brusquement peut
comprendre le soleil qui lui brûle les yeux. Mais — et
je le jure sur les mânes de Barra et de Viala, et de
tous les martyrs de la liberté — cette jeune vierge
n'est pas ici. Cette Marie-Thérèse dont parlait ce fou
furieux, tu te rappelles qu'il la nommait sa femme,
c'est une paysanne coquine qui a rendu ce soldat fou à
force de jalousie. Quant à cette jeune aristocrate dont
tu es épris, je crois bien me souvenir de ton aventure,
et je te jure par le bonnet auguste de la liberté que la
prochaine décade ne se passera pas sans que j'aie retrouvé ses traces. »

Vingt-et-un-Janvier jeta sur son interlocuteur un
regard railleur ; puis son visage redevint impassible.

« Et maintenant, continua Pourvoyeur, veux-tu
me dire quelle est cette commission dont Maximilien
t'a chargé pour moi? Elle doit être importante, pour
qu'il ait dérangé un homme comme toi, à une heure
aussi matinale. Hâte-toi. Tu le sais, les moments sont
précieux. Il faut tout préparer pour que décadi prochain, dans trois jours, Maximilien trouve tous ses ennemis sans forces et abattus. J'ai ici à suivre une tra-
me importante, et j'ai promis à la démocratie de Meudon, dont j'ai besoin d'enflammer le zèle, un discours
que je vais prononcer, et qui va enthousiasmer sa sensibilité.

— Tu as raison, Pourvoyeur. Voici le billet que Robespierre m'a donné pour toi. »

Il lui remit un papier plié, non cacheté, qui contenait ces mots :

« Le capitaine Tambour te dira de quoi il s'agit. Sois actif, zélé et habile. Le salut de la république et le mien, le tien et celui de tous les bons patriotes, dépendent de la réussite. Je compte sur toi, Pourvoyeur.

« ROBESPIERRE. »

Pourvoyeur plia le précieux billet d'une main qui tremblait d'aise, et il le plaça entre chemise et chair avec un geste à la fois pieux et fier ; puis relevant son front, qui respirait l'ardeur et la résolution :

« Parle, Vingt-et-un-Janvier. Je suis prêt à tout. Oublions nos querelles, pour nous rappeler seulement que nous avons à sauver Maximilien et la république. J'estime ton courage et ta haine des Capets. Parle, dis-moi quelle est cette commission. Je jure de réussir !

— Quelle commission ? répondit Vingt-et-un-Janvier avec un flegme railleur. Je le jure sur les mânes de Barra et de Viala, et de tous les martyrs de la liberté, j'ignore de quoi tu veux parler. Je crois bien me souvenir que Maximilien m'a parlé de quelque chose te concernant, et je te jure par le bonnet de la liberté que la prochaine décade ne se passera pas sans que j'aie retrouvé ses traces. »

Il éclata en un rire si franc et si insolent, et cette

réponse était tellement inattendue, que l'Observateur
de l'esprit public resta un instant abasourdi.

« Triple niais ! continua l'autre en s'éloignant.
As-tu entendu nommer un procureur nasillard, qui ne
parlait jamais mieux du nez que quand il se préparait
à mentir et à voler plus outrageusement que d'habitude? Vous autres, vils orateurs d'égoût, vous vous
décelez vous-mêmes, et quand on vous entend employer les mots les plus sonores et les plus pompeux
de votre grotesque vocabulaire, on peut gager que
vous allez redoubler d'hypocrisie. Quand tu as invoqué
le bonnet de Viala et les mânes de la liberté, j'ai eu la
certitude que tu connais cette jeune fille.

— Mais, s'écria Pourvoyeur avec angoisse, si cette
jeune fille était nécessaire à la réussite de nos plans.
Suppose qu'elle est indispensable, comme un appât
dans une souricière.

— Adieu. Quand tu auras retrouvé cet appât, je
retrouverai la commission. »

Il continua son chemin. Arrivé à la porte, il se
retourna. Pourvoyeur l'ajustait avec son pistolet, mais
d'une main hésitante.

« Tu me manqueras, mon garçon et tu empireras
tes affaires. J'ai déjà éveillé la méfiance de Maximilien,
et au premier geste que tu fais contre moi, tu seras
convaincu d'hébertisme ! Et penser que la France a
été jouée et gagnée par des nigauds de cette trempe ! »

Il sortit de la maison en éclatant de rire, et se dirigea
vers son cheval qu'il avait confié à la garde d'un citoyen. Il sauta lestement en selle et se précipita

au galop dans la route qui descendait vers le Val.

Quand il eut perdu Meudon de vue, il quitta la route et conduisit son cheval au pas dans les sentiers tracés au milieu des vignes. Il marcha quelque temps en regardant à droite et à gauche, puis il descendit de sa monture. Il venait d'apercevoir à mi-côte une excavation qui existe encore aujourd'hui, et qui, alors comme aujourd'hui encore, était obstruée d'arbrisseaux, de ronces, et abritée par des branches tombantes de cerisiers et de marroniers.

Il prit son cheval par la bride et le conduisit jusqu'au fond de l'excavation. Il le caressa, lui parla, le bouchonna avec des branches, et remonta. Il s'orienta un instant, et, courbant sa grande taille, il regagna les abords du bourg.

Il se cacha dans un enclos abandonné qui avoisinait l'église, et duquel, avec quelques précautions, on pouvait voir ce qui se passait devant la porte de Pourvoyeur.

Quelques instants après qu'il avait eu quitté la maison de ce dernier, on avait vu apparaître au bas de la rue des Princes le Sagamore, marchant de son pas rapide, et le regard à terre, comme un homme qui suit des traces invisibles pour tout autre. Il suivait une piste en effet : il avait rencontré en chemin Vingt-et-un-Janvier. A son aspect, après avoir constaté la route que paraissait vouloir suivre le cavalier, il était retourné sur ses pas et s'en revenait vers Meudon, à la suite de l'homme.

Il s'arrêta à la maison de Pourvoyeur, et sans rien

dire, sans demander nul renseignement, toujours l'œil
baissé, il s'éloigna et fit ce qu'on nommerait, s'il
s'agissait d'un chien de chasse, une randonnée. Il
arriva à la place où le cheval avait été tenu en bride. Il
reconnut la direction qu'avait prise le cheval et la
suivit.

III

Les internés de la Terreur.

Pourvoyeur était resté comme hébété après la sortie
du favori de Robespierre.

« Il est plus fort que moi ! murmura-t-il. Mais
patience, il fera bien un jour quelque imprudence.
Mais cette commission, cette chose que je dois faire, et
qui, faite ou non, doit sauver ou perdre la situation !
Voyons, voyons, ne perdons pas le sens. J'ai deux
mesures à prendre immédiatement : cacher cette jeune
fille aristocrate aux yeux de cet homme immoral, puisque cette jeune fille est nécessaire pour attirer ici un
homme qui est peut-être un des chefs de la faction
monarchique et de la Conspiration de l'Etranger ; en
second lieu, il faut avertir Maximilien. »

Il ouvrit la fenêtre et appela le secrétaire-greffier.

« Tu vas, dit-il, ordonner au nom de la République, à la ci-devant Marie-Thérèse Lugnières, qui
demeure chez la centenaire Capeluche, de ne pas
sortir de chez elle pour quelle cause que ce soit, ou la

mort. Puis tu me trouveras un émissaire sûr à envoyer immédiatement à Paris. Moi, je vais parler au peuple. Annonce aux citoyens assemblés que je sors à l'instant même. »

Quand Pourvoyeur reparut sur le pas de la porte, une bonne partie du bourg était rassemblée. Il avait suffi pour cela d'indiquer que le proconsul le désirait, qu'il allait parler ; et parmi ceux que la curiosité ou le patriotisme n'eût pas appelés, aucun n'osa manquer à la convocation.

« Citoyens, s'écria-t-il d'une voix sonore, Meudon est une petite cité ; mais dès aujourd'hui elle va prendre sa place dans les annales des nations ; et l'impérissable histoire va la confier, de sa voix d'airain, à la postérité la plus reculée. Meudon va devenir le salut de la France. Le génie de la liberté a illuminé mon esprit. Oui, c'est le génie de la République qui a entr'ouvert pour moi qui suis, comme vous le savez, son enfant chéri, c'est lui qui a entr'ouvert pour mes yeux les portes de l'antre où toutes les factions réunies, les royalistes, les fayettistes, les fédéralistes, les alarmistes, les bris-sotins, les hébertistes, les dantonistes, les bourdons, les modérantistes, les indulgents, les accapareurs, forgent les stylets de la ruse et de la calomnie, qui doivent servir à égorger la République et les bons sans-culottes, ces êtres purs comme l'air qu'on res-pire dans les campagnes. Que dis-je, le génie de la Liberté ! le génie de la République ! c'est le génie lui-même de Robespierre qui m'a illuminé, ce puis sant, auguste et vertueux génie, en qui se sont in-

carnés les deux autres génies de la Liberté et de la
République. »

Testard devint rouge de colère. Il ouvrit les lèvres
comme pour protester contre cette extravagante idolâ-
trie, qui tendait à déifier Maximilien, après avoir divi-
nisé la Liberté.

Un homme déja mûr, mais au teint frais, à la figure
ronde, à l'œil ouvert et riant, quitta l'extrémité du
groupe où il se tenait solitaire. Il s'avança vers Pourvoyeur, chacun s'écartant avec une précipitation qui
n'était pas sans mélange de dégoût, et comme si l'on
eût craint d'être touché, effleuré par lui. L'homme qui
était, du reste, fort proprement vêtu d'une carmagnole de fin drap roussâtre et de culottes en peau
exactement pareilles à celles que portait le capitaine
Tambour, continuait son chemin en souriant, sans
paraître apercevoir ces marques d'effroi et de répulsion.

« Citoyen président, je t'applaudis et je te demande à te donner l'accolade fraternelle, en témoi-
gnage d'admiration pour l'éloquence avec laquelle
tu parles conformément aux principes. En effet,
qu'est-ce que disent les principes : le peuple ne peut
se tromper. Or, qu'est-ce qu'écrivaient au divin Robespierre les sans-culottes Peys et Roupillon, président et secrétaire du tribunal révolutionnaire de Saint-
Calais, le 15 nivôse dernier : « Robespierre, colonne
de la République , protecteur des patriotes , génie
incorruptible, montagnard éclairé, qui voit tout, prévoit tout, déjoue tout, et qu'on ne peut tromper et

séduire. » Tu le vois, citoyen président, c'est le peuple dans sa sagesse et dans sa force qui a parlé par la voix des illustre citoyens Peys et Roupillon, mes amis de Saint-Calais, et je dis qu'il est dès lors conforme aux principes de considérer Maximilien comme une incarnation de l'Etre Suprême, puisque le peuple a constaté qu'il prévoit tout et voit tout, ce qui est l'attribut de la Divinité.

— Sempronius Boudin, dit Pourvoyeur avec majesté, tu connais ma faiblesse pour toi. Tu es, en effet, le directeur de cette tannerie de peau humaine, fondée ici à Meudon par le citoyen Pélaprat. Tu as ainsi su te mettre au-dessus des vils préjugés de l'ancien régime, et tu as rendu un service à la France et à l'humanité, en utilisant une matière restée inutile.

—Et dont on fait, cria Sempronius, en frappant sur ses culottes, une étoffe merveilleuse, qui défie toute concurrence de la part des vaches, des chamois et même des porcs, qui étaient jusqu'ici en possession de l'empire des peaux, et que nous avons détrônés. »

Sempronius, toujours souriant, fendit de nouveau la foule, qui, malgré les regards menaçants de Pourvoyeur, continua de s'écarter devant lui. Le président allait lancer les plus violentes foudres contre les préjugés. Un murmure assez fort, et le mouvement des citoyens placés à l'extrémité du groupe, et qui se retournaient vers le bas de la rue des Princes, le vinrent distraire. Il porta ses regards de ce côté.

« Voilà l'Anglais ! l'Anglais, l'Anglais ! murmurait la foule. »

3.

Le personnage ainsi désigné s'avançait tranquillement, suivi d'un chien marchant gravement sur ses
talons, et le maître semblait aussi indifférent que
l'animal à ces murmures qui accueillaient son arrivée.

Il s'approcha de l'extrémité du groupe, donna silencieusement une rude poignée de main à Sempronius,
le seul de toute cette foule qu'il parût connaître et
estimer, et il se tint immobile, dans la posture d'un
curieux intelligent, qui se prépare à écouter avec une
attention complète une leçon offrant un intérêt de premier ordre.

C'était un homme jeune encore, grand et maigre, à
l'attitude roide, au regard fixe et intelligent. Sa longue
figure fine et la pâleur rosée qui distingue les blonds,
son menton carré, sa bouche large, aux dents blanches, aux lèvres pâles et pleines pourtant, ses paupières sillonnées de larges veines bleues, mais surtout
l'expression de son visage d'un flegme presque mar-
moréen, eussent attiré l'attention en tout temps et dans
les milieux les plus intelligents. A Meudon, où il était
tombé brusquement quelque quinze jours auparavant,
et où il paraissait être dans une position équivoque, qui
n'était ni l'internement ni la pleine liberté, il était déjà
devenu légendaire.

Quand on le voyait passer, marcher lentement, mais
la tête droite, l'air réfléchi et l'œil froidement inquisiteur, avec ses grandes bottes à retroussis jaunes, ses
culottes de peau de daim, son gilet ajusté, son frac
marron coupé carré, et son chapeau rond à forme basse

placé sur ses cheveux rougissants, très-légèrement poudrés et rassemblés en une petite queue presque toujours immobile, il n'était homme, femme ou enfant qui ne s'arrêtât pour le regarder en le maudissant.

Mais cet Anglais était protégé contre la haine des sans-culottes champêtres par une protection puissante, qui n'était autre que celle de Robespierre, protection occulte, d'ailleurs, et bien dissimulée. Comment et pourquoi ? quelles relations existaient entre Samuel Vaughan, jeté, à ce qu'il prétendait, sur les côtes françaises par un naufrage, et Robespierre ? C'est ce que nous expliquerons plus tard.

Pourvoyeur croyait, du reste, être le seul habitant de Meudon, et peut-être le seul Français, à connaître ces relations. Et Maximilien lui avait dit, d'une façon énigmatique, que cet Anglais, il le mettait sous sa protection en même temps que sous sa surveillance, car si ce personnage était actuellement ami de Robespierre il pouvait être, à un moment donné, son plus cruel ennemi.

En voyant arriver l'étranger, Pourvoyeur sentit sa verve s'accroître. Cet Anglais n'était-il pas un agent, un espion déguisé de Maximilien, de ce dieu, sans doute, mais de ce dieu de la défiance et de l'inquisition.

« Oui, oui, reprit-il, les illustres citoyens Peys et Roupillon, dont tu es le pur organe, Sempronius, ont raison ; et ce qu'ils disent, toutes les trompettes de la Renommée française le répètent dans un concert ma-

jestueux, qui réjouit les mânes les plus lugubres. La
confiance dont m'honorent l'auguste législateur Couthon et le grand citoyen Duplay, amis du vertueux
Maximilien, m'ont permis de saisir quelques-uns
des sons de cette musique civique. Savez-vous ce
qu'on lui écrivait de Paris, en floréal dernier : « Admirable Robespierre, flambeau, colonne, père protecteur du peuple, la couronne, le triomphe vous
sont dus, et vous seront déférés, en attendant que
l'encens civique brûle sur les autels que nous vous
élèverons. » Un autre lui écrit : « J'ai le projet de te
placer au ciel, à côté d'Andromède... Sage législateur,
la patrie, la nature, la Divinité, te doivent une triple
couronne. » Eh bien, vous savez comment un jeune
monstre, couvert d'opprobres, Cécile Renaut, à peine
âgée de quinze ans, et déjà vomie par les ondes du Styx,
et revêtue du fiel des Furies, se présenta, en prairial
dernier, à la porte de cette pierre angulaire de notre
édifice social, armée d'une paire de ciseaux homicides et
d'un paquet de chemises qui décelaient ses intentions
féroces. Or, savez-vous, dignes et purs citoyens, dont
l'âme ignore le vautour du remords, parce qu'elle fut
toujours républicaine, savez-vous quel était le scélérat
qui machina ce crime inconnu jusqu'ici dans les fastes
de l'impartiale histoire. Élie Lacoste vous l'a dit, dans
le rapport qu'il lut, à la Convention, sur la grande Conspiration de l'Etranger. Eh bien, ce scélérat, ce monstre,
fils d'une Parque plutôt que d'un membre du sexe enchanteur auquel nous devons tous les charmes de
la vie, c'était un de ces esclaves superbes, frivoles et

aristocrates, à qui leur parure et leur faste cachaient leur abaissement, avant que les sans-culottes les leur eussent arrachés. C'était, il faut prononcer ce nom immonde, bien qu'il doive salir une bouche sans-culottes, c'était, je le dirai donc, le ci-devant baron de Batz, le dernier boulevard de la royauté et de l'aristocratie. »

Agricola poussa un rugissement, qui fut repris en chœur par tous les assistants.

« Et savez-vous la nouvelle que je veux vous apprendre, et ce qui doit inscrire le nom de Meudon sur l'airain de la postérité. Ce lâche Batz n'a pas osé affronter la justice du peuple. Il ne comprit pas qu'il avait là un moyen d'expier ses forfaits et de fuir le vautour du remords que vous ignorez. Il vit, il continue ses trames. Il les a tissées jusque dans ce bourg. Je veux l'y prendre aujourd'hui même. »

Le bruit de la caisse municipale dont on entendait, depuis quelque temps déjà, les roulements dans le haut du village, devint plus distinct. Pourvoyeur s'interrompit. Le tambour s'approcha. Un grondement plus fort couvrit tout bruit. Le roulement cessa, et l'on entendit la voix aiguë de Pierre-Jacques Bry, qui joignait à ses fonctions de courtisan et d'officier municipal celles de crieur public :

« Le maire de Meudon,

« Rappelle aux citoyens et aux ci-devants internés dans la commune, conformément aux décrets de germinal et de floréal de cette deuxième année de la République française, une, indivisible, ou la mort, que,

conformément aux usages suivis dans toutes les com-
munes des environs de Paris, chez lesquelles on a in-
terné la peste de l'aristocratie, et après en avoir con-
féré avec le citoyen Germignac, législateur auguste,
rapporteur du Comité de l'agriculture, il a pris l'arrêté
suivant :

« Le maire de Meudon décrète que, tous les citoyens
devant être pleins d'estime pour les cultivateurs des
campagnes, l'emploi qu'ils font de leur temps les rendant dignes de la vénération de toutes les classes de la
société, et tous les citoyens leur devant le respect que
les enfants doivent à leur père ;

« Tous les ci-devants et ci-devantes, internés à
Meudon, feront la moisson avec les paysans, qui sont
priés de ne pas se montrer cruels comme ils en auraient
le droit, à cause de la féodalité, mais seulement dignes
et fiers, après quoi les ci-devants couperont la fougère,
et les ci-devantes iront glaner pour les pauvres. »

Cette publication, fut écoutée attentivement. Puis,
comme le bas de la rue des Princes était la dernière
station pour les annonces officielles, le tambour battit
un ban, mit sa caisse sur l'épaule, et se mêla à la foule
des citoyens qui applaudissaient à grands cris.

« C'est ainsi, hurla Sempronius Boudin, que les illustres citoyens Peys et Roupillon doivent parler en ce
moment-ci à Saint-Calais même. »

L'anglais fixa son regard pénétrant et immobile sur
le visage de son voisin. Il se demandait sans doute si ce
personnage, en qui il voyait un homme vraiment
utile et un grand savant avec sa tannerie de peaux hu-

maines, portait un masque ou était un bouffon politique.

Puis, comme s'il fallût qu'en ce temps le grotesque
se mêlât sans cesse à l'horrible, et que la vraie folie
succédât à cette folie volontaire de l'enthousiasme, de
l'utopie, de la férocité, un son de guitare succéda au
son de la caisse, et rendit vivement l'air de la chanson,
si souvent redite avant la Révolution, *A l'abri des traits
de l'amour*.

Toute la foule se retourna vers le haut de la rue, en
criant et en applaudissant. L'on vit apparaître, dansant les pas du menuet et de la gavotte, sautant et
lançant les jetés battus, l'homme en guenilles qui portait un chapeau couvert de fleurs flétries. Il paraissait
s'être donné la mission d'avertir et de conduire les ci-
devants internés, au son de la guitare, quand l'heure
était venue de se présenter à la Maison commune.

On vit s'avancer, par groupes de deux ou trois personnes, une vingtaine d'individus des deux sexes et de
tout âge. Ils marchaient gravement, silencieusement,
les yeux baissés, n'osant ni se saluer, ni se sourire, ni
regarder aux fenêtres, ni même faire signe de se
connaître ou de se reconnaître, tant ils avaient à craindre qu'on ne les accusât de tramer une conspiration,
de chercher à apitoyer les âmes faibles, et, en résumé,
de préparer l'égorgement des patriotes meudoniens et
la perte de la République.

Parmi eux, on reconnaissait madame Durand-Maillane, mère du député, l'un des chefs du Marais à la
Convention ; le marquis de Saint-Just et sa femme

Anna d'Orville, qui seule osait regarder autour d'elle, comme si elle cherchait déjà les éléments de ce roman révolutionnaire qu'elle devait publier en l'an XIII (1805) ; M. de Petit-Val, sa mère, ses sœurs, son fils, son beau-frère ; la comtesse du Roure et ses filles, madame de Marans, la mère, qui s'avançait toujours voilée, tant elle redoutait sa parfaite ressemblance avec Marie-Antoinette ; son fils ; deux étrangers, un gentilhomme espagnol, et un négociant hollandais qui était venu offrir à la République cent mille barils de farine, contenant 18 millions de livres, poids de marc, et qu'on avait arrêté comme agent de Pitt chargé de rappeler au peuple qu'il mourait de faim.

Testard s'avança, et dit avec une solennité grotesquement magistrale :

« Citoyens et citoyennes, — je vous donne avec bienveillance ce nom honorable dont vous êtes indignes, — vous savez à quelles conditions la République a bien voulu vous laisser la vie, qu'elle avait le droit et peut-être le devoir de vous retirer, car c'est le principe de toute société de se débarrasser de tous ses ennemis, comme c'est le principe de tout corps de se débarrasser de toute maladie. Or toute âme aristocrate, élevée dans les idées féodales, est nécessairement l'ennemie de la démocratie et c'est un vice dangereux dans un corps républicain. La République, dans sa magnanimité, vous a permis de vivre. Mais elle a voulu se garantir de vos haines perfides. Elle vous a interdit, par la loi du 27 germinal de l'an IIᵉ de la République, une, indivisible, démocratique et impérissable, — impérissable, vous l'entendez, — de séjourner dans Paris, les places fortes ou frontières. Elle a bien voulu vous donner des *lettres de passe* révocables à sa volonté, qui vous permettent de demeurer dans les environs de Paris, mais à ces conditions, que je dois vous rappeler souvent et que la loi de floréal a précisées : Vous devez vous présenter une fois le jour, — et j'ai décidé que ce serait deux fois, à cause du voisinage des bois propices aux trames scélérates des contre-révolutionnaires, — au Conseil général de la commune, ou à la Maison commune, les jours où, par hasard, le Conseil général, quoique permanent, ne siégerait pas. Vous ne devez pas vous éloigner d'un quart de lieue de votre demeure. Vous ne devez vous trouver, soit chez vous, soit à la promenade, plus de trois ensemble. Vous devez, à la queue des marchands, être servis les derniers de viande, de pain, de savon, de chandelles, de sucre s'il en reste encore quand les autres citoyens sont servis, etc., etc. J'espère que vous reconnaissez la justice et la bienfaisance de la République, qui plus douce qu'aucun gouvernement ne le fut jamais, laisse l'existence à ses mortels ennemis. »

Les auditeurs de Pourvoyeur applaudirent. Quant aux nobles, ils étaient restés immobiles, impassibles.

« C'est bon. Mais, continua brusquement Testard, le nombre des ci-devants n'est pas au complet.

— Eh ! qu'importe le détail ! dit vivement Pourvoyeur. Tu emprisonneras les délinquants qui manquent à l'appel et tu les enverras à Fouquier-Tinville,

il leur procurera une voiture pour se rendre à leur
poste. Hé! hé!

— Non, dit le maire. Il faut qu'ils viennent, ou que
je sache pourquoi? »

Pourvoyeur s'apprêtait à répondre, lorsque deux
jeunes femmes, vêtues d'un jupon court en grosse bure,
d'un casaquin de coton et d'un bonnet de toile, ac-
coururent et s'arrêtèrent essoufflées devant le maire.

« Qui êtes-vous, demanda celui-ci?

— Nous sommes, dit l'une d'elle, les deux filles du
marquis de Brion. Nous vous prions de nous excuser
si nous sommes en retard. Mais le besoin de gagner
notre vie nous a forcées à nous faire lavandières, et
nous sommes en ce moment occupées à faire la lessive
chez M. Piqueprune, au château de Vilbon, qui est
un peu éloigné d'ici.

— Je le constate, dit Endymion.

— Tais-toi, imbécile, dit Pourvoyeur, prends garde
que je ne te dénonce comme leur complice. Ne vois-tu
pas que ce sont des *apitoyeuses*, et qu'elles cherchent à
amollir l'âme des bons sans-culottes sensibles et
simples, en faisant croire qu'elles meurent de faim et
que l'aristocratie en est tombée si bas qu'on peut lui
pardonner.

— Mon Dieu, monsieur, dit Adèle, l'aînée des demoiselles de Brion, belle et vigoureuse jeune fille à
l'œil ferme, aux traits nobles, à la physionomie mo-
queuse...

— Dis « citoyen, » louve d'aristocratie, et tutoie-
moi.

— Mon Dieu, si vous saviez combien peu nous tenons à la vie, vous comprendriez combien peu nous redoutons vos gros mots. Je continuerai donc à ne pas vous tutoyer, et je vous remercie de la permission que vous me donnez de ne pas vous appeler monsieur. Je voulais dire que ce n'est pas pour notre agrément que nous lavons le linge du citoyen Piqueprune, puisque vous m'assurez que c'est un citoyen.

— Scélérate, je lui ferai payer la peine de ton insolence.

— A votre aise. Je suppose que nous trouverons d'autres citoyens aimant la propreté et détestant le linge sale. Mais comme je ne suis pas fâchée de causer un peu avec les grands de ce monde... nouveau, laissez-moi vous dire, pour achever, que nous avons mieux aimé recourir à nos bras qu'à l'aumône pour vivre. Vous savez bien, d'ailleurs, que vous nous interdisez toute relation avec nos parents et nos amis. Si nous avions eu l'idée de recourir à l'obligeance des femmes de la bonne compagnie qui sont, comme nous, internées ici, vous n'auriez pas tardé à nous accuser de conspirer contre votre précieuse vie et contre la sûreté de cette auguste cité de Meudon.

— Bravo, c'est bien, cria la voix de Paul Pourvoyeur, accoudé à la fenêtre de la maison paternelle.

— Ooooh! dit l'Anglais à Sempronius. Cette belle jeune femme, c'est la seule homme que j'avais rencontré en France. C'est une créature très-spirituelle, monsieur.

— Malheureux enfant, s'était écrié Pourvoyeur.

— C'est cela, dit Testard avec un demi-sourire railleur, fais la leçon à ton fils. Cela ne nous regarde pas, — quant à présent, Pourvoyeur. — Mais tout compte fait, il manque encore une ci-devante. Son absence est assez remarquable, et je serais coupable de ne pas constater que la plus belle de ces citoyennes manque à l'appel. Elle ne demeure pas loin. Il faut que je sache pourquoi elle a failli à son devoir civique.

— Ta, ta, ta, dit Pourvoyeur en qui la présence de ce fils si cher et si dangereux, si compromettant et si compromis, produisit l'effet, ordinaire, d'abattre momentanément l'arrogance paternelle, les enfants sont des enfants, hé, Testard !

— Excepté les nôtres, dit à mi-voix Petit-Val, qui sont des monstres.

— Et si cette jeune fille est absente...

— Il faut qu'elle vienne. La loi le veut et aussi l'égalité.

— Je te dis que nous avons des affaires autrement graves à débattre. Il faut que je finisse mon discours avant de me rendre à Paris où Maximilien et des intérêts sacrés m'appellent pour le salut de la République. J'ai à parler à ces ci-devants. N'est-ce pas, peuple éclairé, vertueux et patriote.

— Oui, oui, cria la foule.

— Parle-leur. C'est ton droit. Mais je veux faire exécuter la loi, et je ne comprends pas...

— Tu n'as pas besoin de comprendre. J'en référerai à Maximilien. Je m'oppose...

— Oppose-toi aux propos aristocrates de ton fils, Pourvoyeur. La-dessus aussi j'en référerai au Comité de Salut public.

— Misérable indulgent, qui t'introduis lâchement dans la vie privée des plus purs patriotes, avant qu'il soit trois jours, tu porteras sur l'échafaud ta langue expiatoire. Mais je l'ai dit, j'ai des raisons de salut public pour m'opposer à la présence de cette scélérate, et je m'y oppose.

— Tes raisons ne sont pas la loi. Et quand ce serait la dernière fois, dussé-je mourir pour la justice et la République, moi, représentant de la loi, je la ferai exécuter. Secrétaire-greffier, je t'en requiers, au nom de la municipalité, va chez la centenaire Capeluche, sache pourquoi la citoyenne Marie-Thérèse Lugnières n'est pas venue, et si elle n'est morte, amène-la, au nom de l'égalité, afin que le dernier mot de ces ci-devants soit celui-ci : « Le maire de Meudon fut toujours un homme juste. »

— Et moi, je me moque de ce que diront les ci-devants, ce n'est pas l'opinion des ennemis de la République que je recherche, et en avouant que tu le fais, Testard, tu montres ce que tu es et tu signes ton acte d'accusation pour le Tribunal révolutionnaire, mais, Pierre-Jacques Bry, au nom du Comité de surveillance de cette commune, je te délègue pour accompagner le secrétaire et voir à ce que tout se passe bien. »

Il lui fit un signe de l'œil ; celui-ci approcha et dit à mi-voix à son seigneur suzerain :

« J'ai bien passé l'inspection dans le voisinage,

comme tu me l'as dit, je suis sûr que le capitaine Tambour a bel et bien quitté Meudon.

— Pourtant tâche de décider la jeune aristocrate à ne pas venir ici. Ce ne sera pas difficile. »

Les deux délégués partirent en courant. Pourvoyeur promena son regard sur cette troupe d'aristocrates vaincus, enchaînés par la Terreur, et livrés sans défense à toutes les avanies, à toutes les insultes, en un mot, à la merci de chacun de leurs innombrables tyrans.

« Puisque tu as envoyé le secrétaire-greffier là où ton obstination le voulait, Testard, — et je te promets que ton obstination ne sera pas de longue durée, dit Pourvoyeur, tandis qu'un rire amer et silencieux courait sur ses ignobles lèvres, — les ci-devants, leurs femelles et leurs petits (personne ne bougea dans le groupe, qui n'avait plus que le mépris et le silence pour armes), se trouvent là à rien faire, et ne peuvent pas aller signer sur le registre dont ce secrétaire est gardien. Je vais en profiter pour leur dire quelques mots qui leur donneront le regret de quitter cette humanité à laquelle les sans culottes et l'éminent citoyen Maximilien préparent de si augustes destinées. La loi le permet-elle citoyen, maire de Meudon?

— La loi les emprisonne, les désarme, les punit, mais elle ne les oblige pas à écouter ton éloquence ou tes injures, dit celui-ci, en tournant le dos et en se portant à l'extrémité de la foule.

— Moi, dit mademoiselle Adèle de Brion, j'ai une

question à poser, avant de savoir si j'ai intérêt à vous
écouter ou non.

— Parle, scélérate, et parle bien, ou sinon...

— Encore des menaces ! Mais je vous le dis, et vous
le savez, ma sœur et moi, nous sommes seules au
monde, nous sommes fatiguées de laver les cravates du
citoyen Piqueprune et des autres citoyens. Vous nous
rendriez un grand service en nous débarrassant de
cet office, fût-ce au prix de la guillotine. Si vous croyez
qu'on est heureux de vivre ! Nous ne vous craignons
pas, et réservez vos menaces pour ceux qui ont des
des époux, enfants ou des maris.

— Maintenant tais-toi, vipère, ou sinon, je te fais
fouetter.

— Non pas vivante, au moins, dit la jeune fille, en
se redressant et en jetant un regard tellement sombre
au proconsul, que le souvenir de Charlotte Corday
traversa son esprit.

— Citoyenne, s'écria le bon Endymion, je devine
ce que vous voulez dire. Vos journées vous seront
payées comme si vous aviez travaillé chez moi sans
quitter. »

Adèle haussa les épaules, se détourna et son regard
tomba sur le visage de l'Anglais qui la dévorait du regard.

« Ooh ! dit-il, cette belle femme, c'est un très-grande
général ! »

Il quitta pour la première fois son immobilité, et fit
quelques pas pour trouver une place qui le rapprochât
de la jeune fille.

Pourvoyeur appela à son aide le rêve de triomphe
qui surnageait dans son imagination : il se rappela qu
dans trois jours Robespierre serait le maître unique e
incontesté de la France et pourrait doter ainsi chacu
de ses serviteurs de la toute-puissance dictatoriale. I
détourna de Mlle de Brion ses petits yeux rouges
qui redevinrent pétillants de malice, de cruauté sa
tisfaite et aussi d'intelligence. D'ailleurs ce n'étai
pas seulement par instinct de férocité, mais aus
pas habileté diplomatique qu'il songeait à resserre
autour de ces aristocrates les liens de la terreur.

Il prévoyait pour le soir même, pour la nuit pro
chaine, une expédition qui amènerait peut-être un
lutte, et il voulait abaisser plus encore par la frayeu
l'âme de ces ci-devants afin de leur enlever jusqu'
l'envie de prendre part à l'affaire.

« Ci-devants et ci-devantes, dit-il avec emphas
c'est à vous que je parle, puisque tout en étant d
monstres couverts d'opprobres, des êtres mis hors l
loi de l'humanité, vous avez encore, pour m'entendr
des organes que la nature vous a donnés comme si ell
voulait faire croire aux simples et vertueux san
culottes que vous êtes des hommes.

« Je vous annonce que vous êtes naturellement
nécessairement sur les marches de l'échafaud. Vous
êtes nés, en naissant aristocrates, et tout ce que pe
pour vous la magnanimité de la République, c'est
vous y laisser toujours sans vous faire monter pl
haut, je veux dire jusqu'à la plate-forme expiatoire
le niveau démocratique appelle à grandscris vos tête

Vous savez que c'est vrai. C'est la justice de la loi.
Vous savez bien qu'il ne se passe pas de jour qu'on
n'envoie éternuer dans le sac des monstres d'aristocrates condamnés seulement sur cette accusation :
« Prévenu d'être l'ennemi du peuple. » Cela suffit et
bien justement. Il n'y a pas de contestation là-dessus.
Or vous êtes les ennemis du peuple ; vous ne pourriez
non plus le contester. Concluez. »

Un applaudissement universel, auquel Testard lui-
même se laissa entraîner, salua l'admirable logique de
ce raisonnement.

Mais, du milieu de ce bruit louangeur, on entendit
une voix claire qui chantait avec une âpre ironie le
cinquième couplet de l'hymne républicain, si connu
sous le nom de *la Versaillaise :*

> Peuple qui gémissez sous un joug tyrannique
> Venez voir le Français à sa fête civique.
> Comparez vos terreurs à la sérénité
>   Des enfants de la liberté.
> Comparez à vos fers nos guirlandes légères
> Que porte en s'embrassant tout un peuple de frères.
> Vous ne reconnaîtrez, en détestant les rois.
> Que l'amour des vertus et l'empire des lois.

C'était Paul Pourvoyeur qui s'était de nouveau mis
à la fenêtre de la maison paternelle, et qui, avec sa
physionomie railleuse, chantait cet hymne présentant
un si étrange contraste avec les faits et les principes
qu'invoquait son père.

« Oui, s'écrie celui-ci d'une voix forte, mon fils
m'a compris. Il vous dévoile l'avenir, l'avenir qui

4

attend la démocratie et l'humanité quand le dernier des
aristocrates aura été pendu avec les boyaux des derniers des fanatiques. Alors il n'y aura plus de riches,
tout le monde le sera.

— Et, s'écria énergiquement Adèle de Brion,
qu'est-ce qui lavera les chausses du citoyen Piqueprune ? »

Pourvoyeur répondit quelques mots qu'un murmure
intense empêcha d'entendre, et tous les regards, distraits de l'orateur, se tournèrent de nouveau vers le
haut de la rue des Princes.

IV

Marie-Thérèse.

Le ciel était d'une pureté parfaite, quelques nuages
diaphanes ternissaient seuls l'azur et gagnaient pares-
seusement l'horizon septentrional. Le vent orageux
qui devait régner si violemment dès le jour suivant,
paraissait vouloir rester dans les hauteurs, occupé à
poursuivre mollement ces dernières brumes. Mais la
chaleur était déjà grande, et quoique la matinée fût
encore peu avancée, le soleil embrasait les champs et
les bois de ses plus vives ardeurs. Les contrastes
d'obscurité et de lumière étaient tranchés comme ils
le sont en plein midi ; les lignes d'ombre se décou-
paient et se profilaient avec une netteté qu'elles ne
présentent guère que dans les climats de l'Orient. Les

arêtes de tous les objets étaient vives, les effets de lumière puissants et le noir des recoins où le soleil n'atteignait pas était aussi opaque que l'auréole jetée sur les objets éclairés était lumineuse et resplendissante.

La rue des Princes, étroite, encaissée, irrégulière, en pente roide, présentait ces contrastes avec une rigueur de ligne et une ardeur de couleur admirable pour un œil d'artiste, mais saisissante même pour cette masse grossière qui entourait le maître Jacobin. Il fallait seulement qu'un objet nouveau, brillant, inattendu, vînt se placer dans le cadre si vivement composé d'éclat fulgurant et d'obscurité profonde et en révélât à la foule toute l'originalité.

A l'une des roides sinuosités de la rue, l'ombre opaque de la voie étroite était brusquement coupée par un flot de puissante lumière ouvrant une large brèche à travers l'ouverture créée par la jonction d'une ruelle latérale. C'est là que venait d'apparaître une forme svelte et blanche.

Cette forme, qui rappelait vaguement à ces lourdes imaginations les fées légendaires, les vierges idéales, tous les êtres diaphanes dont les contes de leur enfance étaient remplis, traversa ce ruisseau de lumière splendide qui était comme encaissé entre deux rives sombres, et le fantôme angélique disparut dans l'obscurité. On eût pu croire que l'on avait vu, dans un rêve, une apparition adorable et charmante, l'ombre de quelqu'une de ces jeunes filles que le couteau républicain retranchait chaque jour du nombre des vivants. Mais, une seconde fois, le spectre ravissant apparut dans un rayon de soleil qui se précipitait dans la rue par une porte de jardin entr'ouverte. Ce fut comme un éclair.

Puis la rue s'élargit, les maisons semblèrent moins serrées l'une contre l'autre, le soleil régna en maître et le fantôme, la fée, l'ange apparut dans sa forme précise, plus charmante encore que tous les rêves qu'elle avait suggérés à l'imagination.

Svelte, légère et animée d'une joie qui faisait rayonner son visage et donnait à sa démarche comme un ressort divin, elle accourait vers cette foule ignoble qu'elle sembla illuminer et transformer par un reflet céleste.

« Voilà la citoyenne Lugnières, elle n'a pas attendu une seconde invitation pour venir, et elle n'a même pas voulu écouter Pierre-Jacques Bry qui voulait la détourner d'obéir à la loi, cria le secrétaire greffier. »

Marie-Thérèse s'était arrêtée un instant, en arrivant à quelques pas du groupe. Et ainsi, dans le nuage d'or qui l'entourait comme d'une tunique idéale, hésitant un moment, à l'aspect de cette foule nombreuse et hostile qu'elle semblait apercevoir pour la première fois, oscillant dans sa course brusquement arrêtée par un léger émoi, agitant doucement la tête et les épaules comme un jeune arbre flexible dont le vent fait branler le sommet, elle était si belle que le murmure d'étonnement se changea en cris contenus d'admiration.

Elle était vêtue d'une robe en fourreau, en toile de coton blanc garnie de mousseline ; un ample fichu de

gaze couvrait le cou, le sein, et venait se nouer par
derrière au-dessus d'un ruban de soie blanche qui serrait légèrement la taille. Les manches de la robe s'arrê-
taient au coude, et l'avant-bras, ainsi que la paume de
la main étaient protégés par des manches mobiles, en
basin blanc. De dessous un large chapeau de paille
tombaient une masse de cheveux noirs descendant en
boucles fermes et épaisses jusque sur l'épaule.

Marie-Thérèse était de moyenne stature, mais sa
taille était si élancée, tous ses mouvements si vifs, si
aisés, son port si svelte, sa démarche si légère et si
onduleuse, qu'elle semblait grande. Son col un peu
long, aux gracieuses courbures, soutenait une tête
fine aux joues rondelettes, et qui, avec les couleurs
rosées que la course avait données à son teint d'un
blanc mat, eût paru trop mignonne, sans les fermes
contours de ses lèvres. Il y avait aussi dans ses grands
et admirables yeux noirs ombragés de longs cils, une
expression de gravité réfléchie qui relevait la douceur
gentille de l'ensemble des traits. Le chapeau cachait
son petit front merveilleusement modelé, et surtout ces
sourcils si longs, si déliés, si régulièrement arrondis
— la seule chose dont la jeune fille, aux temps plus
heureux des naïves confidences, eût avoué qu'elle était
fière. — Mais c'était surtout par l'ensemble de son
être, par un attrait mystérieux et ravissant qui sortait
de tout elle-même comme le parfum de son âme, que
la jeune fille était enchanteresse.

« Ma chère Marie-Thérèse, s'écria Adèle de Brion
en se précipitant vers elle, j'espère qu'on ne m'accu-

4.

sera pas de conspirer la perte de la Convention si je
t'embrasse.

— Chut, dit vivement et à voix basse Marie-Thérèse, c'est pour ce soir, mon mariage, tu sais. Et il
faut que je ne fâche en rien ces gens-ci, de peur
qu'ils ne m'emprisonnent. Aussi, comme je suis accou-
rue docilement! »

Elle s'avança vivement, puis hésita entre Pourvoyeur et Testard, qu'elle regardait l'un après l'autre,
en se demandant qu'elle était le plus puissant et celui
à qui elle devait surtout parler. Il lui parut que Pourvoyeur, étant le plus laid, le plus repoussant, le plus
farouche, devrait vraisemblablement être le plus important dans ce nouveau monde révolutionnaire.

« Monsieur, dit-elle, — et je vous demande pardon
si je ne vous donne pas le nom qui vous appartient ou
vous convient, — on m'avait assuré que je ne devais
pas sortir aujourd'hui, mais aussitôt qu'on m'est venu
donner l'ordre contraire, je me suis hâtée de me rendre
où la loi m'appelle.

— D'ailleurs, dit Paul Pourvoyeur, qui avait quitté
la fenêtre à l'aspect de la jeune fille et qui était sorti
de la maison, il y a moyen d'arranger tout : j'irai travailler à votre place, mademoiselle, vous rentrerez
chez vous, et je vous demanderai, pour tout remercie-
ment, de vouloir bien penser qu'on me passera sur le
corps avant de vous atteindre.

— Je vous remercie bien, monsieur ; mais je ne suis
pas si impotente. Et d'ailleurs, demanda-t-elle avec
une légère angoisse, est-ce que je cours donc un grand

danger pour que vous vouliez me venir en aide? Ah! grand Dieu! protégez-moi, conclut-elle en pâlissant, en poussant un cri déchirant, et en montrant de son bras raidement tendu un nouveau personnage qui s'avançait.

Il venait de derrière l'église, maintenant Maison commune, vers laquelle s'avançait, pour signer au registre, le petit groupe des nobles persécutés. Ils tressaillirent en voyant le personnage, et se détournèrent en signe de mépris quand il passa près d'eux.

« Voilà Vingt-et-un-Janvier, l'homme qui est à la fois Judas et Caïn, dit à sa sœur la vaillante Adèle de Brion. Je serais heureuse de mourir en crachant au visage de ce traître. »

Mais le personnage ne parut rien voir, rien entendre. Il se dirigea vers Marie-Thérèse, qui le regardait venir avec l'effroi de l'oiseau sous l'aile du milan. Il s'approcha d'elle, et, s'inclinant d'un geste noble et courtois qui tranchait avec la rusticité de tout cet entourage, il dit à voix basse :

« Mademoiselle, vous oubliez que je vous ai déjà sauvée une fois, à la Force. Avec une grande ingratitude et une grande imprudence, vous m'avez quitté. Peu d'heures après, à l'hôtel de Toulouse, vous étiez de nouveau en danger de mort. Ne fuyez pas les hommes sur la renommée que leur fait la foule imbécile... N'avez-vous pas, continua-t-il en lui jetant un regard inquisiteur, tel de vos amis calomnié et poursuivi, lui aussi, par la multitude?

Marie-Thérèse tressaillit. Un sourire de triomphe erra sur les lèvres de Vingt-et-un-Janvier.

« Et bien, conclut-il à tout hasard, c'est celui-là même qui m'envoie pour vous protéger ; car votre vie ici est en danger... Attendez-moi ! »

Avant que la jeune fille eût pu lui répondre, il la quitta, s'avança vivement vers Pourvoyeur l'aîné, et le poussant par l'épaule, il le mena hors de la foule jusqu'à la muraille de sa maison, contre laquelle, de son côté, Paul vint s'appuyer tout rêveur.

« Ah ! rustaud, dit Vingt-et-un-Janvier au président, tu as voulu me tromper ! Mais tu t'es préparé plus de chicotin que de sucre, et je vais me venger horriblement. D'abord, tu ne sauras pas la mission que Robespierre m'a donnée pour toi ; et comme il faut, sous peine de faire échouer toute l'entreprise, qu'elle soit remplie d'ici à une heure, Maximilien ne te pardonnera jamais de lui avoir fait manquer une conspiration si bien ourdie. Tu as, continua l'aventurier, tu le sais, vilain singe, bien des ennemis auprès de lui. Moi seul je te soutenais, par amour de la coquinerie. Dis, veux-tu m'aider à enlever cette jeune fille ?

— Ecoute-moi, capitaine. Demain, je te la porterai moi-même dans ta chambre ; aujourd'hui c'est impossible. Je ne veux rien te cacher. Voici pourquoi : Je suis sur la trace d'une conspiration de la plus grande importance. J'en dois saisir les fils à l'aide de cette jeune fille. Je crois qu'elle doit se marier ce soir. Je suis arrivé, à force de génie, à deviner que celui qui doit l'épouser est un chef royaliste, peut-être le fameux Batz lui-même, le chef insaisissable de la faction de l'Etranger et le porteur de ces papiers, tu sais, que Robespierre payerait au prix de son sang et du nôtre.

— Et c'est pour des imaginations plus ou moins vagues que tu sacrifies un ordre clair? Mais qu'importe. Je te dis ceci; j'aurai cette fille malgré toi. Je vais commencer par dire à Maximilien que tu as mieux aimé satisfaire tes ignobles passions que d'obéir à son ordre. Maximilien est défiant; il exige de ses serviteurs une docilité d'esclave. Tu sais quel empire j'ai sur lui; il me croira. D'ailleurs, en ce moment, je suis plus que son bras droit; je suis ses deux bras. Tu es perdu avant ce soir même. Adieu ta souricière. »

Pourvoyeur serra les poings, grinça des dents. Il n'y avait rien à répondre aux arguments, ou plutôt aux menaces du capitaine. Tout ce qu'il disait là était vrai ou vraisemblable. Tout d'un coup la face du jacobin se détendit : pourquoi ne tromperait-il pas ce scélérat qui abusait ainsi de la situation, et ne ferait-il pas une promesse qu'il reprendrait aussitôt qu'il connaîtrait la commission dont Maximilien avait chargé pour lui Vingt-et-un-Janvier.

« Eh bien, dit-il d'un air maussade, si tu veux me promettre de ramener cet appât avant la nuit close, je vais t'aider à l'emporter. Je le jure.

— Et sur quoi ? Il me faut un gage.

— Sur ma tête.

— Ce n'est pas riche. Mais tu n'as rien de mieux, faquin. Baisse-toi, écoute. Il y a ici un Anglais. Maximilien dit que tu le connais. Cet Anglais peut être dangereux, ou du moins peut le devenir. Maximilien, ne veut pas laisser à cet Anglais des lettres qui pourraient fournir à ses adversaires des Comités des arguments terribles et victorieux. Il faut donc que cet étranger soit adroitement assommé (mais non tué) hors de chez lui. Pendant qu'il se remettra, tu enverras dans sa demeure faire une perquisition et tu feras saisir tous les papiers, que tu enverras chez Duplay. Dirige tout, sans paraître, afin qu'on ne puisse accuser Robespierre, qu'on sait être ton maître. Tu as compris?

— Oui, dit Pourvoyeur en réfléchissant.

— Et tu consens à m'aider à enlever immédiatement cette fillette ?

— Mais moi je m'y oppose, cria Paul Pourvoyeur en bondissant et en sautant à la gorge du capitaine, moi, Paul Pourvoyeur !

— Misérable enfant ! s'écria le père ; imbécile qui viens te mettre à la traverse de tous mes projets et me désarmer au moment où j'allais...

— Reprendre ta promesse, triste drôle !... Je le supposais, dit le vigoureux soldat, qui n'avait pas eu de peine à repousser l'enfant et à le jeter dans la poussière. Eh bien, soit. Tu a juré sur ta tête. Je prends celle de ton fils ! »

Et tirant son pistolet, il ajusta le jeune homme.

« Arrête ! cria le père, qui devint pâle. Je le sauverai à tout prix. Attends une seconde, par pitié ! Tu vas voir. »

Et élevant sa voix, qui tremblait, et sans quitter de l'œil le pistolet qui menaçait cette chère tête, il s'écria :

« Citoyens, je jure par le bonnet sacré de la liberté et sur le nom même du vertueux Maximilien Robespierre, que ce que ce citoyen va exécuter, c'est par l'ordre exprès du Comité de Salut public. Malheur à celui qui s'y opposerait ! En agissant ainsi il se ferait mettre hors la loi. »

Chacun de ceux qui arrivaient au secours de Pourvoyeur recula avec effroi.

« Cela suffit, dit ironiquement Vingt-et-un-Janvier. Tiens, voilà un papier qui servira à te garantir de tout. C'est un blanc-seing que Maximilien m'a remis pour toi. Il est signé par tout le Comité de Salut public et contre-signé Robespierre, afin qu'il soit toujours valable; car les autres signatures ne vaudront bientôt plus rien. »

Il s'avança alors vers Marie-Thérèse qui, perdue dans son angoisse, ne voyant ni un aide, ni un conseil, ni un lieu de refuge, et frappée, du reste, par les paroles que l'équivoque personnage lui avait dites, était restée le regard fixé sur le groupe où il lui semblait que se décidait sa destinée.

Vingt-et-un-Janvier lança dans la direction du bas de la montagne un sifflement long et aigü; puis se baissant vers la jeune fille :

« Mademoiselle, dit-il, j'étais bien renseigné, et vous étiez ici en danger. Celui qui devait venir ce soir (il prononça ces mots lentement et en fixant son regard dans les yeux de la jeune fille, qui devint toute rouge) votre fiancé, en un mot, — vous voyez que j'ai le mot du guet — m'a envoyé pour vous retirer de ce danger.

Vous savez qu'il ne peut se montrer avant ce soir, et il
a pensé que vous auriez confiance en moi, qui déjà
vous ai sauvée dès le début des massacres de septembre. De nouveaux massacres vont commencer, mais
cette fois, non plus des nobles dans les prisons, mais
des nobles dans les champs où on les a parqués.

— Cela, c'est vraisemblable, dit Adèle de Brion,
qui était revenue en toute hâte de la Maison commune,
où elle était allée signer sur le registre. Mais toutefois
vous n'enlèverez pas mon amie sans son consentement,
je vous l'affirme.

— Et même avec son consentement vous ne l'enlèverez pas, dit Testard qui, après un instant d'hésitation, s'avança.

— Vraiment ! dit railleusement le capitaine. Et qui
es-tu, pour t'y opposer, toi, petit homme aux yeux de
porc ?

— Je suis le maire de cette commune, insolent, et
je réponds de cette ci-devant.

— Eh bien ! maire de cette commune, tu as entendu ce que t'a débité ton compère Pourvoyeur : Ordre du Comité de Salut public ; et n'oublie pas qu'on
se met hors la loi en y résistant.

— Mais, répliqua Testard, qui enrageait et baissa
pourtant le ton, n'est-ce pas aux gendarmes, aux agents
habituels, aux porteurs d'ordres, que les missions des
Comités sont et doivent être confiées ?

— Crois-tu ? Je veux bien porter au Comité
l'expression de ton blâme. Le Comité chargera Fouquier-Tinville de t'expliquer ses raisons, maire de cette

commune... Mais, continua le personnage en regardant avec quelque inquiétude du côté du bas de la montagne, il faut que tu sois plus ingénu qu'il ne convient à un magistrat de hameau, pour croire que Héron, agent général du Comité de Salut public, ou bien l'un des chefs de chacune de ses bandes, Coulongeon, Lesueur, Quéneau, Toutin, Rigogne, Bois-Marat, ou quelqu'un des soldats de ces chefs, pourra exécuter un ordre du Comité, et que moi je ne le pourrai pas ?

— Qui es-tu ? dis-le donc.

— Je suis le capitaine Vingt-et-un-Janvier. »

Testard recula, tandis que les plus audacieux du bourg, Agricola, Jacques Bry, le petit Liévin de Mimont, qui venait de rentrer dans la foule, Sempronius Boudin, et l'Anglais, lui-même, se rapprochaient pour mieux voir cet homme, célèbre dans les fastes révolutionnaires.

En ce moment, le cheval du capitaine accourut en bondissant. Le front de l'homme se rasséréna. C'est à peine s'il remarqua que les rênes étaient cassées, comme si la bonne bête, après avoir été saisie et liée, avait dû faire des efforts vigoureux pour se dégager.

« Tu as bien tardé, César, dit le capitaine en se mettant légèrement en selle. »

Puis, se baissant, il saisit Marie-Thérèse sous les bras et la leva jusque sur le pommeau de la selle.

En se sentant ainsi soulevée, la jeune fille, qui était restée là comme hébétée, revint à elle.

« Au moins, dit-elle, celui que vous m'avez désigné vous a donné un gage auquel je puisse prendre foi ?

5

— Il est trop pressé et trop en danger.

— Au moins, dites-moi son nom, continua la jeune fille en commençant à se débattre.

— Eh! repartit brusquement Vingt-et-un-Janvier, ne savez-vous pas que je ne dois pas le nommer?

— Nommez-le, il le faut! dit Marie-Thérèse éperdue.

— Eh bien, puisque vous le voulez, c'est le baron de Batz.

— A l'aide! laissez-moi! cria la jeune fille en se débattant. Messieurs, citoyens, au secours!... C'est un traître et un menteur!... Adèle! Ah! mon Dieu! Sauvez-moi! Sainte Vierge, ne me protégerez-vous pas? »

Le capitaine, maniant son cheval avec les jambes, serra les bras autour de la femme et domina ses mouvements. Adèle de Brion sauta à la bride, qui, brisée, lui vint dans les mains. Un mouvement de l'épaule de l'animal la rejetta rudement dans les bras de l'Anglais qui venait à son aide.

« Aôh! dit-il, très-brave cavalière! Excusez si j'ai vous touchée. Je suis tremblant de humilité et de respecte. »

Adèle le repoussa et courut après le cavalier. Celui-ci forçait son cheval à ouvrir les rangs de la foule qui s'était amassée aux cris de la jeune fille. Il jurait, blasphémait, excitait l'animal assourdi par les clameurs de la femme qu'il portait. La bonne bête ne comprenait rien à ce mur humain qui s'ouvrait à grand'peine en grondant devant elle.

Toutefois le capitaine était presque dégagé, lorsqu'un autre cavalier, dont ce tumulte activait la

course, accourut au grand galop. Il sauta à bas de
cheval et vint résolûment se mettre devant César en
levant la main comme s'il le voulait saisir aux na-
seaux.

C'était un homme d'une quarantaine d'années, d'une
taille haute, d'une figure régulière et belle, d'une physionomie grave, réfléchie, assez imposante. Ses traits,
presque austères et souvent chargés de tristesse, étaient
adoucis par l'expression d'un œil bleu rempli de sérénité et de bienveillance.

« Qui es-tu? demanda-t-il d'une voix ferme et
mâle! que signifient ces cris et cette jeune vierge que
tu tiens là comme un milan qui saisit sa proie?

— Je ne crois pas que je sois un milan, du moins
cela m'étonnerait, répliqua le capitaine avec son im-
pertubable ironie. Qui je suis, n'étant pas un milan?
Tu me connais bien, Victorien Descluziers, nous nous
sommes vus jadis souvent, chez Maximilien, quand tu
n'avais pas quitté la République pour l'indulgentisme,
je suis Vingt-et-un-Janvier. »

La pauvre Marie-Thérèse, épuisée par l'émotion et
par la lutte, presque sans voix, et quasi évanouie, ne
luttait plus contre son ravisseur que par des soubresauts convulsifs.

« Oui, répliqua Victorien Descluziers, tu rendis de
grands services à la République et tu portas à la tyrannie et au trône des Capets le coup mortel.

— Bon, bon! dit le capitaine. Place donc, fais-moi
place. »

Et voyant que la jeune fille était décidément éva-

nouie, il la soutint du bras gauche, et du droit il tira
son sabre.

Descluziers n'avait pas bougé.

« Je te demande quel est ton droit, dit-il de sa
voix toujours calme et forte. Réponds-moi ou je t'accuse d'être un brigand, un voleur de grand chemin, et
je te fais arrêter par la garde nationale de cette commune. »

Vingt-et-un-Janvier, qui se préparait à enlever son
cheval, s'arrêta. Il promena sur Victorien et autour de
lui un regard de défi et de dédain vraiment superbes.

« Mon droit, le voici, — et il montra son sabre. —
C'est le seul qui reste respectable, magistrat imbécile,
qui crois à la loi parce que, après avoir renversé presque toutes les lois, il te plaît d'en conserver une pour
la représenter fructueusement. Mon droit! Ne sais-tu
pas que la Révolution, et la Convention, son interprète,
ont suspendu tous les droits jusqu'à la paix, jusqu'à ce
qu'elles aient exterminé tous leurs ennemis. Il n'y a
plus d'autre droit que la force, te dis-je. Toi, tu
l'exerces la force, à l'aide des gendarmes comme un
avocat, moi, avec mon sabre, comme un soldat. »

Victorien était resté muet, comme atterré sous l'insolence de cette effrontée déclaration.

« D'ailleurs, demande à celui-ci, ton compère en
magistrature, à ce vil Pourvoyeur, de quel droit j'agis.
Il te nommera le seul et unique droit, supérieur à tout,
souverain de toute la force de la souveraineté du peuple
qui est infaillible, il te nommera le Comité de Salut
public.

— Est-ce vrai ? »

Pourvoyeur s'était approché. Il jeta un regard sombre sur son rival Descluziers, et pourtant son plan, que cet enlèvement déjouait, lui tenait au cœur. Il se demandait si maintenant que son fils était à l'abri, il ne ferait pas bien d'oublier le serment prêté et d'aider Victorien à reprendre la jeune fille. Testard, honteux de son moment de faiblesse, s'était rapproché lui aussi de son ami, de son oracle, Descluziers.

Il y eut un moment de silence. La plupart des nobles internés avaient dû s'éloigner. Mais la foule des habitants du village s'était accrue. Tous attendaient avec une impatience fiévreuse. Paul, assisté par Endymion, se remettait du coup qu'il avait reçu. Jacques Bry et quelques autres des plus *vertueux* sans-culottes s'étaient mis à quartier. Pluc, au contraire, et Agricola, moins vertueux, mais plus braves, se tenaient aux côtés du président du Comité révolutionnaire. Adèle de Brion s'était approchée sournoisement de son amie évanouie dont elle touchait le bas de la robe. Le bizarre Sempronius et l'excentrique Anglais, les seuls qui parussent avoir gardé le sang-froid de l'observation, regardaient cette scène avec une curiosité ardente.

Chacun, ai-je dit, dans cette foule attendait avec anxiété la réponse de Pourvoyeur, qui paraissait devoir décider du sort de plusieurs des personnages présents. Celui-ci se demandait ce qui offrait le plus d'utilité pour lui de la vérité ou du mensonge. La vérité lui parut plus fructueuse.

« Le capitaine Tambour a menacé la vie de mon fils, j'ai dit tout ce qu'il a voulu. La vérité est qu'il n'a aucune mission du Comité de Salut public.

— Tant pis pour ton fils, dit tranquillement le capitaine, en serrant plus énergiquement la pauvre Marie-Thérèse, toujours évanouie. »

Il agita son grand sabre, et avec ses jambes il fit faire à son cheval divers mouvements brusques à droite et à gauche, qui élargirent le cercle refermé autour de lui.

« Citoyens, cria Victorien d'une voix énergique, au nom de la loi, arrêtez-le. »

Une ondulation s'opéra dans la foule. Testard, Pourvoyeur, Pluc, Agricola, se précipitèrent auprès de Descluziers, qui n'avait pas quitté la tête du cheval. L'Anglais se rapprocha d'Adèle, qui tenait toujours le bas de la robe de la jeune fille évanouie.

Mais le capitaine, d'un mouvement puissant des jambes, enleva la bonne bête qui se cabra, en agitant les pieds de devant. Le cercle s'ouvrit.

« Mon Dieu, cria Adèle, ayez pitié d'elle. Tuez-la par pitié. Elle est perdue. Ah! tuez-la. »

Elle venait d'apercevoir dans le champ voisin, en face d'elle, un homme armé d'un fusil, qui mettait quelque chose en joue dans le groupe.

Un coup retentit. L'homme au fusil disparut. Un tumulte de cris d'effroi et d'étonnement, un nuage de poussière soulevée, dans cette route desséchée, par les mouvements de cent personnes s'agitant fiévreusement, s'élevèrent. Pendant un instant, on ne sut ce qui s'était passé.

Le tumulte s'apaisa un peu, la poussière s'envola. On put essayer de se rendre compte de ce qui venait d'avoir lieu. Le cheval était étendu immobile, un léger filet de sang coulait de son front. L'Anglais soutenait Adèle de Brion. Victorien, Testard, Pluc, se relevaient du sol où ils avaient été jetés.

Vingt-et-un-Janvier, debout, adossé contre un pan de muraille, le pistolet d'une main, le sabre de l'autre, fixait sur le groupe de ses adversaires un regard vif et moqueur. Marie-Thérèse avait disparu.

Au moment où le capitaine, sentant que son cheval manquait sous lui, avait instinctivement ouvert les bras pour sauter plus aisément, la jeune fille avait été reçue par Adèle de Brion, qui plia sous le fardeau. Au même instant, un homme vigoureux, fendant la foule, s'était précipité, avait enlevé Marie-Thérèse, qu'il avait étendue sur son épaule, et, chargé de ce fardeau, il s'était élancé dans la direction du bois.

Sagamore — c'était lui qui avait tiré le coup de fusil — s'avançait tranquillement vers le cheval étendu.

« Misérable, cria le capitaine, que la colère sembla saisir pour la première fois, c'est toi qui as assassiné mon pauvre César. » Et il ajusta le garde-chef.

Sagamore tourna vers lui sa face impassible et sa prunelle morne.

« Il avait un trop vilain maître, dit-il de sa voix

rauque. » Et il fit un bond de côté, au moment où l'autre lâchait son coup de pistolet.

Quant au capitaine, il avait habilement saisi le moment de trouble qu'avait de nouveau occasionné le coup de pistolet. Il bondit jusqu'au cheval qui avait amené Victorien, il renversa l'enfant qui le tenait en bride, et sauta lestement en selle.

« Au revoir, imbéciles, cria-t-il. Pourvoyeur, tu as tué ton fils.

— Feu, feu, tous, feu ! hurla celui-ci. »

Mais l'officier avait enfoncé ses éperons dans les flancs du cheval. L'animal partit comme le vent, escorté par le bruit d'une dizaine de pistolets qui tirèrent, mais sans paraître avoir atteint ni le cheval ni le cavalier.

« Piqueprune, cria de nouveau Pourvoyeur, conduis les citoyens agent national et maire là au bas de la colline, chez la citoyenne Lathuille ; elle possède une voiture légère et un cheval vigoureux. Vous ne tarderez pas à arriver à Paris, conclut-il, en s'adressant à ces deux personnages, dont il tenait à se débarrasser, et vous arriverez à temps chez Robespierre, pour l'édifier sur le compte de ce scélérat et sur ce qui vient de se passer. »

Victorien et Testard, encore un peu étourdis, se mirent en marche sous la conduite du petit poëte.

« Mademoiselle, disait l'Anglais, je rendrai à vous votre amie, avec le secours de mon chien *Love* qui est de la très-bonne espèce des chiens blood-hound, qui retrouvent les traces des nègres et de tout le monde universel. Love, venez ici. »

Et prenant respectueusement des mains d'Adèle la ceinture de Marie-Thérèse, qui s'était détachée au milieu de la lutte, il la présenta au chien. Celui-ci flaira le ruban, puis fixa ses petits yeux sur Adèle. Il ne comprenait pas bien ce qu'on voulait de lui. Mais l'intelligence parut lui venir, et, après avoir encore flairé la ceinture, il se mit à courir en rond, en traînant sur la terre ses longues oreilles.

« Quand il aura trouvé le commencement de la trace, il aboiera et il suivra la maîtresse de la ceinture jusqu'au bout du monde.

— Ah ! dit Pourvoyeur, qui venait d'échanger quelques mots avec Jacques Bry et Agricola, ton chien est si savant. Tiens, tiens... Je croyais que c'était une fable que ces histoires de nègres retrouvés par des chiens.

— Je parlais pas à vous, répliqua froidement l'Anglais, qui se détourna.

— Tant mieux. Mais, moi je te parle, et je te dis que la patrie a besoin de ta bête, et je la mets en réquisition, au nom de la loi. »

Love, après avoir en vain cherché dans la poussière, releva le nez, et il commença à laisser échapper un petit grondement qui indiquait une série de réflexions débutant par le doute, mais qui se terminèrent bientôt en certitude. Il lança alors un hou, hou qui témoignait encore de quelque arrière-pensée, et qui devint enfin un yok, yok, plein d'affirmation et de confiance. Il partit d'un pas lent dans la direction du bois.

« Arrêtez cet animal, cria Pourvoyeur, et apportez-le moi ! »

Une bande de petits paysans eut bientôt saisi Love, qui n'opposa, du reste, aucune résistance. Mais Samuel Vaughan s'avança d'un pas raide, et, distribuant très-vigoureusement quelques coups de poing, il renversa deux ou trois enfants.

« C'est parfait, s'écria Pourvoyeur, Agricola, va, pour la République, mon garçon. »

L'hercule se précipita, et de son bras formidable il asséna sur la tête de l'Anglais, surpris, un coup qu'il redoubla, et qui jeta l'homme évanoui dans la poussière.

« C'est bien çà. Maintenant, Agricola, pose cet étranger à l'ombre, loin des maisons, en face de la Maison commune. Que chacun des habitants rentre chez lui immédiatement, sous peine d'être déféré au Comité révolutionnaire. Tenez-vous prêts tous à agir ce soir. Toi, Agricola, tu as bien mérité de la patrie ; comme récompense civique, et en guise de couronne triomphale, je te donne la garde de ce chien. Toi, Pluc, tu vas t'asseoir là, à l'ombre de la Maison commune, et veiller à ce que personne ne s'approche de cet Anglais. Mais tu le laisseras s'éloigner quand il sortira naturellement de son évanouissement.

« Toi, Jacques Bry, dit-il à mi-voix, tu vas prendre les deux plus vertueux sans-culottes du comité, et tu iras faire une perquisition exacte des papiers de cet étranger. Tu me les enverras à Paris, tu sais où. »

Il rentra chez lui, avec son fils, qui vint bientôt se mettre aux aguets derrière le rideau d'une fenêtre qui donnait sur la rue.

Bientôt cette rue tout à l'heure si bruyante devint silencieuse. Pluc fumait immobile, et attentif comme une sentinelle sous les armes. En face de lui, de l'autre côté du chemin, le corps de Samuel, agité par quelques soubresauts, était étendu. Un peu plus loin, le cadavre du cheval gisait. Adèle de Brion s'était mise à la recherche de son amie. Sempronius était parti le dernier, en jetant un regard de pitié sur le personnage évanoui.

Quelques instants après son départ, Sagamore revint du haut du bourg ; il s'agenouilla auprès de la tête du cheval, et mesurant l'espace qui séparait de chacun des yeux la blessure que sa balle avait faite au front de l'animal, il haussa les épaules.

« J'avais pourtant voulu frapper juste entre les deux yeux, et il y a plus d'une ligne de différence.

« C'est bien le vieux Pluc, murmura-t-il en secouant la tête. Sergent Pluc, dit-il de sa voix rauque. »

Celui-ci se redressa étonné.

« Tu criais bien : *Vive le roi!* à l'attaque d'York-town. »

Le vieux soldat se mit à trembler, et regarda autour de lui d'un air effaré. Sagamore secoua de nouveau le front, lança comme un regard de regret sur l'Anglais étendu.

« Le salut est peut-être là, dans la poche de cette redingote, pensa-t-il. »

Il hésita encore, considéra de nouveau la physionomie bouleversée du vieux soldat, et il s'éloigna décidément dans la direction de Paris.

Le silence devint plus profond encore. Le soleil versait sur la route le flot de ses rayons brûlants ; et l'on n'entendit bientôt plus, à travers le murmure confus envoyé par le bourg, que le chant des oiseaux, célébrant, eux aussi, les fêtes de leur république dans les jardins voisins, et le bourdonnement des insectes qui, féroces comme les hommes, tournoyaient, ivres de sang, autour de la blessure du cheval mort.

Peu de temps après, on vit descendre de la rue des Princes une jolie fille, fort simplement vêtue, d'une jupe légère, d'un pierrot en basin et d'un bonnet rond. C'était, comme on disait alors, Hébé dans sa fraîcheur ; mais quand elle levait brusquement les yeux, on eût dit qu'un voile se levait aussi, qui laissait deviner un esprit hardi, effronté, ambitieux, capable de toute hypocrisie, de tout mensonge.

Quand elle fut arrivée, au coin de la maison de Pourvoyeur, elle se retourna brusquement, promena autour d'elle un regard qui essayait de paraître indifférent. Elle ne vit pas Paul Pourvoyeur qui, à son aspect, ferma vivement le rideau de la fenêtre derrière lequel il continua de l'observer ; le commandant Pluc paraissait ne pas exister pour elle ; le corps étendu la fit tressaillir et comme hésiter. Puis, d'un mouvement inattendu, tant il fut prompt, elle se lança dans la maison du président du comité.

Celui-ci paraissait attendre quelqu'un avec une impatience qui se traduisait en jurements. Quand il vit la jeune fille entrer, sa figure se dérida, ses vilains yeux essayèrent de prendre une expression de tendresse, et sa voix devint mielleuse. La jeune fille, aussitôt entrée, et avec la brusquerie d'un ressort qui se détend, se mit à fondre en larmes.

« Voyons, mon aimable enfant, et je pourrais dire ma digne épouse, que signifient ces pleurs ? Je n'ai pas le temps. Je t'attendais avec une vive impatience. Tu sais qu'il faut que je sois à Paris avant onze heures. »

Geneviève essuya énergiquement ses yeux.

« C'est toujours la même chose! Eh bien, je ne veux plus me faire de la peine pour vous, et je ne veux plus vous servir dans vos méchancetés.

— Hein ! dit Pourvoyeur, d'une voix qui reprit son âpreté ordinaire.

— Oui, vous m'avez trompée, vous m'avez épouvantée, vous m'avez séduite. Vous m'avez dit mille choses, qui me paraissaient belles, sur la patrie et contre les aristocrates. Vous m'avez dit que j'avais bien mérité de la patrie. Vous m'avez juré que je serais votre épouse, vous m'avez fait commettre tous les crimes. J'ai trompé et vendu et ma tante Manon, et la centenaire Capeluche, et les deux vieilles religieuses, et mademoiselle Marie-Thérèse, et bien d'autres. Je n'ai rien retiré de tous ces crimes. Eh bien, c'est aujourd'hui que tout doit se décider, et je puis encore tout empêcher. Je ne vous dirai rien, et je vais aller tout avouer.

— Ah! dit Pourvoyeur, en tressaillant. Et si, pour me venger, je te faisais prendre, emprisonner et guillotiner.

— Vous m'avez habituée à cette idée, elle ne me fait plus peur. D'ailleurs, je mourrais contente d'avoir réparé le mal envers ces bonnes gens-là, et surtout contente d'avoir empêché et puni un monstre trompeur et infidèle comme vous. Ah! j'ai entendu parler de dame Rose et de votre amour pour elle.

— Je t'ai déjà dit et montré que ce sont des sottises et mensonges. Qu'est-ce que dame Rose, pour être comparée à une jolie fille comme toi? Voyons, explique-toi. Que veux-tu? mais parle.

— Ce que je veux! Ah! vous m'avez appris vos ruses et vos défiances. Voilà! Qu'est-ce qui me dit que vous n'êtes pas un hypocrite, et que quand vous n'aurez plus besoin de moi vous ne me ferez pas prendre comme servante d'aristocrate, et guillotiner comme aristocrate moi-même. Eh bien, je veux ce papier dont vous avez parlé si souvent, et à l'aide duquel on est acquitté, quoi qu'on ait pu faire.

— Un blanc-seing? C'est ça seulement qui t'inquiète, dit Pourvoyeur avec un redoublement de douceur. Tu es une ingrate, ma bien aimée épouse. Ce blanc-seing, je l'ai justement demandé pour toi à Robespierre, qui n'ignore pas tes vertus patriotiques et ta qualité d'épouse d'un homme comme moi. Je dois arriver prochainement aux plus hautes places, où je te ferai asseoir à côté de moi... Tiens, prends. Petite coquine, pensait-il, je saurai bien le reprendre ce soir, avant que tu en aies pu faire usage. »

Il lui tendit le blanc-seing que Vingt-et-un-Janvier lui avait remis. Geneviève le saisit d'une main fié-vreuse, le regarda bien attentivement, le serra soigneu-sement, puis se précipita au cou de Pourvoyeur, en lui demandant, avec cent paroles tendres, pardon de ses soupçons.

« Maintenant, voilà ce que je sais, et je crois que ça en vaut la peine. Il est venu ce matin un vieux prêtre chez nous. On l'attendait pour marier mademoiselle avec son fiancé. Je ne sais pas bien tout, parce qu'il me semble qu'on commence à se défier de moi. Mais c'est ce soir que le mariage aura lieu. Le fiancé doit être averti de se tenir prêt par des signes qui sont, comme tu sais, tracés sur les murs des Carmes, rue de Vaugi-rard. Qu'est-ce que ces signes, et qu'est-ce qui les a tracés? Je ne sais pas. Mais aujourd'hui, à deux heu-res, à la barrière d'Enfer, ou à trois heures, à la bar-rière Vaugirard, ma tante Manon, déguisée en maraî-chère, doit aller dire au fiancé que c'est pour ce soir.

— Eh! demanda Pourvoyeur, tu es bien sûre que ce futur est un des chefs royalistes ! tu m'avais promis de tâcher de savoir son nom. Voyons, n'est-ce pas Batz, le baron de Batz?

— Oui, répondit Geneviève, après quelque hésita-tion, ce doit être ça, j'ai entendu sûrement ce nom-là. »

Après de nouveaux embrassements, ces deux fiancés, d'après la loi de la Terreur, se séparèrent, tous deux se félicitant de leur hypocrisie. Pourvoyeur, surtout, tandis qu'il gagnait Paris en toute hâte, se réjouissait de sa fourberie. Il eût été bien étonné, si on lui avait dit qu'à ce jeu de duperie entre lui, le roi des espions, le maître des habiles, le docteur des coquins, et une jeune paysanne de dix-huit ans, c'est lui qui était dupé.

Geneviève s'était précipitée comme une flèche hors de la maison de Pourvoyeur.

Paul, quelque temps après, mit le nez à la porte et sortit, à son tour. Il gagna le bois, entra par une brèche dans le parc réservé du château, et monta le long de la muraille jusqu'à un vieux chêne, dont les branches retombaient presque sur cette muraille, en face de la cour de la dernière maison, en haut de la rue des Pierres. Il grimpa dans l'arbre, et de là lança un caillou, recouvert d'un papier, dans celle des fenêtres de la maison qui était la plus rapprochée du mur, puis il s'éloigna précipitamment.

Geneviève avait pris la première ruelle qui descendait du château sur la rue des Princes, ruelle parallèle à cette rue des Pierres, dans la dernière maison de laquelle demeurait la maîtresse de notre Agnès, la centenaire Capeluche, — et c'était dans l'une des fenêtres de cette maison que Paul Pourvoyeur venait de lancer le caillou et le billet.

Geneviève, toujours alerte, gagna à travers les jardins le haut de la rue des Pierres, et elle arriva, après avoir pris de nouvelles précautions, dans une cour derrière, cette maison inhabitée qui faisait face à la demeure de dame Capeluche, et où nous avons vu entrer l'Iroquois.

C'est bien lui, en effet, qui vint ouvrir une porte donnant sur la cour et à laquelle la jeune fille avait frappé doucement.

« Eh bien, dit-il, après avoir introduit la jeune fille dans l'intérieur de la maison, as-tu bien manœuvré, comme je t'en avais tracé le plan stratégique, avec tous les virements de bâbord et tribord, en conséquence des mouvements de l'ennemi?

— Oui, mon oncle, mais vous savez bien ce qui me fait agir. Vous m'avez dit que votre chef, Samagore, comme vous l'appelez, et qui me paraît fier et beau, avec ses vilains habits, comme un seigneur qu'il est, me trouvait, moi aussi, une jolie fille, et qu'il m'aimait, mais qu'il ne voulait ni me le dire, ni le montrer, parce qu'il suspectait mes relations avec cet odieux Pourvoyeur.

— Exact comme une montre marine, ma fille.

— Alors je vous ai dit que je voyais ce vilain chien pour ne pas être guillotinée et pour le tromper. Et vous m'avez demandé pour preuve de vous rapporter un papier dont M. Sagamore avait besoin. »

Un peu en hésitant, Geneviève remit au soldat le blanc-seing.

« Maintenant, dit celui-ci, adieu. Il faut que je retourne à mon poste. Tu sais quand et où tu peux me revoir, si tu as quelques signaux à me communiquer. Dérape vivement. Mais assez, et marche droit, ou sinon... nonobstant, aie confiance en Sagamore.

Le brave Iroquois se tut. Il sentit que son honnête esprit se perdait au milieu des ruses dont les ambitieuses illusions de la jeune fille lui avaient donné l'idée. Il avait inventé cet amour de Sagamore pour Geneviève, dont il avait fait l'espion de Pourvoyeur, comme celui-ci avait fait de la fillette l'espion de Marie-Thérèse.

La jeune nièce était bien le type de ces jolies filles de bas étage qui devaient faire une si grande fortune sous le Directoire. Ouvrières ou servantes, émancipées par la Révolution, elles étaient bercées par les légendes républicaines, qui leur montraient qu'en partant de rien avec beaucoup de savoir-faire on arrivait à tout.

Geneviève rentra chez sa maîtresse Capeluche, en se demandant si elle serait une marquise avec Sagamore, ou la mairesse de Paris avec Pourvoyeur.

Pendant ce temps, Samuel Vaughan avait peu à peu recouvré ses sens. Ses membres s'étaient agités ; de brusques soubresauts, accompagnés de cris inarticulés, avaient révélé au commandant Pluc qu'il revenait à la vie. Bientôt il avait regardé autour de lui d'un œil vague, et il avait vainement essayé de se soulever. Il était retombé et était resté longtemps immobile. Il avait fait de nouveaux efforts pour se redresser. Il était parvenu à se mettre sur son coude. Longtemps encore était-il ainsi resté, reprenant ses esprits, puis rêveur, puis réfléchi. La mémoire lui était revenue tout entière. Il avait fait un geste brusque, comme un homme qui vient tout à coup de comprendre une chose inexplicable jusqu'ici. Il avait porté la main à la poche de sa redingote. Il avait constaté que son portefeuille lui avait été enlevé. Pourtant un sourire de triomphe éclaira sa longue figure flegmatique, qui était devenue livide.

Il se leva enfin, et d'un pas traînant il s'avança lentement, bien lentement. Pluc, esclave de sa consigne, le voyant debout et en marche, quitta sa muraille, et s'éloigna à la recherche de Paul Pourvoyeur.

Après avoir fait une centaine de pas loin des maisons, Samuel se laissa tomber, et, s'adossant à un talus, il resta là.

Quelque temps se passa encore. Midi était sonné; le silence et le calme étaient plus intenses encore. Le soleil descendait plus brûlant dans la vallée de la Seine, qui se déroulait aux pieds du blessé; l'atmosphère écrasait plus lourdement tout ce qui respirait sous les cieux. Les oiseaux se taisaient, cachés sous les feuilles des vieux arbres du parc de Mesdames; seuls, les grillons, les abeilles et les insectes redoublaient leurs cris et leurs murmures, harmonieux comme une mélodie lointaine. Du village, nul bruit ne sortait, les habitants dévorant, en rêvant aux mystérieuses aventures promises pour le soir, la maigre pitance que la République leur dispensait.

Une vieille femme, vigoureuse encore, portant une hotte, et vêtue comme les paysannes des environs de Paris, avec la jupe courte, la casaque de cotonnade, et le madras roulé autour de la tête, traversa la route. Elle s'arrêta brusquement en voyant l'homme à demi étendu.

« C'est encore un tour de ces gueux de démocrates, murmura-t-elle, je le parierais. Eh bien, tant pis, foi de Manon, je ne laisserai pas mourir un chrétien sans lui porter aide. »

Elle s'approcha.

« Ce sont ces gens-là, dit-elle en montrant la Maison commune, qui vous ont mis dans cet état-là, mon pauvre homme ? »

Le blessé fit un signe affirmatif.

« Ce doit être un brave homme, alors, murmura-t-elle de nouveau. Etes-vous d'ici ? reprit-elle. »

Il secoua la tête.

« Alors, mon pauvre homme, je ne vous laisserai pas mourir sur les grands chemins du roi, comme si vous étiez de la clique républicaine. Il en arrivera ce qui pourra. Mais mourir pour mourir, il vaut mieux être pris par ces vilains-là en faisant le bien. Appuyez-vous sur moi et venez. Je serai à trois heures à la barrière de Vaugirard, au lieu d'être à deux heures à la barrière d'Enfer, pensa-t-elle. »

Et, le conduisant lentement par les chemins presque déserts du haut du village, elle le mena à la porte de sa maîtresse, la vieille dame Capeluche.

Arrivée là, elle rencontra Adèle de Brion, qui sortait prudemment de la maison.

« Ma pauvre Manon, dit celle-ci, ta jeune maîtresse a disparu ; » et elle lui raconta en quelques mots les incidents du matin.

Manon restait comme hébétée. L'Anglais la regardait attentivement, et parfois il se tournait vers Mlle de

Brion, en laissant échapper les plus bizarres exclama-
tions d'admiration. Tout à coup il parut prendre un
parti.

« Soyez en paix, dit-il, je joure que je la retrouverai. Je le joure sur la beauté de mademoiselle et sur
la gratitude que je vous dois. »

Manon se retourna vivement.

« C'est un Anglais, dit-elle, un païen ! Vous avez tout
de même l'air d'un brave homme. Mademoiselle,
faites entrer cet homme-là chez nous, et soignez-le. Ces
coquins viennent de le maltraiter. Moi, à tout hasard,
dit-elle tout bas à Adèle, je vais à mon rendez-vous
avec le vicomte de Lozembrune, et je l'avertirai de ce
qui se passe, si les méchantes gens me permettent de
lui parler. »

Elle reprit la route de Paris, tandis que Samuel,
rougissant, exalté, entrait, appuyé sur le bras de
M¹¹ᵉ de Brion, dans la maison, en murmurant :

« Ooh ! quelle douceur ! J'ai jouré que je la retrouverai, ou bien je la vengerai ; je tiens dans mon main
les destins de votre patrie et le cou de Robespierre. »

V

Sagamore.

Tout en haut de l'une de ces ruelles qui descendent
en pente roide des murs du parc de Meudon à la rue
des Princes ; à l'extrémité la plus éloignée du centre

du bourg, à l'endroit où cette ruelle que nous avons
nommée la rue des Pierres, vient heurter cette muraille
du parc, une maisonnette se tenait très-propre, et
comme toute fière de son habit de pierres de taille.

Cette solidité et cette recherche exceptionnelle de
construction lui donnaient un air aristocratique, à côté
des habitations plus humbles et beaucoup plus négli-
gées du voisinage.

De plus, cette maison avait dans son histoire, peu connue, du reste, une légende qui sentait non pas le négociantisme, non pas même l'aristocratie, mais mille fois
plus, qui sentait la tyrannie. Les vieilles gens racon-
taient qu'elle avait été bâtie pour abriter, sous les plus
simples apparences, les amours du Grand-Dauphin,
fils de Louis XIV. Mais était-ce le commencement de
ses amours avec Mlle Choin ; étaient-ce, au contraire, ses
infidélités, quand il fut devenu l'époux morganatique de
cette Maintenon des champs, que ces murs devaient
cacher? Les avis étaient partagés et les récits obscurs.

Comment donc une telle maison était-elle protégée
contre les chances de destruction? C'est qu'elle était
défendue par la vanité locale, par l'amour-propre révolutionnaire; et surtout elle était sous la plus puissante égide qui existât en ce temps; elle était *sous
l'égide de la rhétorique.*

La propriétaire de cette maison était la plus vieille
femme de la République française. Elle était si riche
d'années, qu'on ajoutait, comme il arrive toujours aux
millionnaires, à ses richesses : le peuple de Meudon lui
donnait cent vingt ans; la vérité est qu'elle en avait

cent quatre. Toute la contrée était fière d'elle, comme d'un monument glorieux. Sa renommée, qui n'avait pas dépassé jusqu'en ces derniers temps la banlieue parisienne, était devenue française et, au dire de tous, européenne. A la fête de la Vieillesse, le 30 brumaire dernier, dame Capeluche avait consenti à être présentée à la Convention, qu'elle avait frappée d'étonnement par son aspect et ses paroles. Il avait été décidé qu'elle était l'être humain le plus âgé de la France et de l'Europe. Or, au moment où toutes les vertus étaient à l'ordre du jour, au moment où le respect de la vieillesse était prêché par les disciples de Jean-Jacques, maîtres actuels de la langue et de l'opinion, comme une des plus précieuses conquêtes de la Révolution sur l'ancien régime; comment guillotiner la créature qu'on avait signalée à l'admiration de la nation et de l'univers, comme le suprême représentant de la Vieillesse.

De plus, cette vieille Capeluche était étrange. Elle avait des souvenirs, des mots, des idées, que les auditeurs ne comprenaient pas, mais où l'on parlait de rois maltraités, de seigneurs suppliciés, et où les jacobins flairaient les impressions qui leur étaient chères.

Aussi. quoique cette vieille femme, à côté de ces récits démocratiques, se vantât d'avoir été la nourrice de l'avant-dernier tyran; quoiqu'elle eût offert publiquement un refuge à une femme aristocrate; quoiqu'elle fût plus que soupçonnée de cacher dans sa maison d'autres aristocrates encore, qu'on disait être des ex-nonnes; quoiqu'elle fût accusée de faire dire parfois la messe, et de recevoir de temps en temps la

visite des ci-devants internés à Meudon et autres cou
tre-révolutionnaires, Pourvoyeur lui-même n'avait pa
osé la faire arrêter.

La maison de la centenaire était complètement sé
parée de toutes les autres habitations de la rue. A s
droite, je veux dire à la gauche du passant qui rega
dait la porte, elle les laissait à environ cinquante pe
au-dessous d'elle.

De l'autre côté, les champs commençaient avec leu
vignes, leurs cerisiers, leurs buissons, leurs clôture
avec les taillis couvrant les pentes de l'abrupte colli
que montait la rue des Pierres, et tout en haut de la
quelle était bâti le château.

On apercevait de la rue une petite façade perce
d'une porte entre deux fenêtres, défendues par de vie
barreaux de fer. Il n'y avait pas d'étage. Mais comm
la corniche était assez élevée au-dessus du haut de
fenêtres, comme le toit était très-haut, on pouvait sup
poser qu'il y avait sur le derrière de la maison plus d
développement et une autre façade plus élevée.

On n'en voyait rien. Les deux côtés de la maiso
étaient sans nulle ouverture, et se continuaient jusqu
la muraille du parc par deux murs élevés qui enclo
saient, avec cette muraille et cette façade de derrièr
si l'on peut dire, une petite cour d'une douzaine de pi
carrés.

La clôture était donc parfaite, et à moins d'entr
par la porte — ou par les fenêtres, — on ne pouva
s'introduire chez la centenaire qu'en escaladant le
murs de la cour ou du parc. Au temps jadis, on assu

rait que ce n'était pas merveille si cette demeure était
si bien fermée, et l'on disait qu'il y avait à l'intérieur
bien des dispositions mystérieuses et des cachettes
introuvables. Mais la vie de la vieille Capeluche et de
Manon, sa servante et parente, avait toujours été si
grave et si simple, que ces bruits avaient disparu depuis longtemps. Pourvoyeur, non plus qu'aucun des
janissaires de son proconsulat, ne semblait en avoir eu
connaissance.

La maison Capeluche n'avait qu'une voisine, bien
humble et bien muette, une petite chaumière, située
presqu'en face d'elle, de l'autre côté de la rue. On savait que cette cabane appartenait à un des gardes de la
forêt, qui n'y venait jamais, aimant mieux coucher à
la belle étoile. On ne se rappelait pas avoir jamais vu
ouverts la porte et le volet vermoulu qui en défendait
l'unique fenêtre. Le derrière de cette chaumière était
ombragé par des arbres touffus, par d'épais buissons,
et communiquait avec les champs.

C'est par là que, marchant, à l'ombre des buissons
et sous les arbres, de son pas aussi léger que le vol de
l'oiseau, le bizarre Sagamore s'avançait, vers le milieu
de l'après-midi de ce 7 thermidor. Quand il fut arrivé
près de la chaumière, il se coula dans un taillis, dont
il écarta légèrement les branches, et il regarda attentivement et l'aspect extérieur de la cabane et tout le
voisinage. Puis il s'inclina en fermant les yeux, et il
écouta.

Le bruit du bourg arrivait à peine jusqu'à lui. Il
lança dans l'air l'appel sifflement du loriot. Une tête

6

apparut à la fenêtre mansardée qui éclairait le grenier
de la cabane. Sagamore quitta son buisson, et s'avança,
avec une série de précautions qui semblaient ne l'abandonner jamais. Il entra par cette même porte de derrière qui avait déjà donné entrée à Geneviève, et qui
se referma sur lui.

Il se trouva dans une petite pièce humide et obscure
au rez-de-chaussée, celle qui donnait sur la rue. Les
trous du volet en bois plein qui fermait la fenêtre, permettaient de voir, sans être vu, tout ce qui se passait
aux abords de la maison Capeluche, et laissaient
passer de minces rayons de lumière. L'Iroquois avait
suivi son chef. Il se tenait debout derrière lui, le regardant avec un mélange de tendresse et de respect,
d'admiration et de gravité, qui ne ressemblait en rien
à la joyeuse et insouciante désinvolture de ses manières
ordinaires.

Sagamore restait muet, immobile, le regard vague
et le front penché. L'Iroquois fit un pas pour le mieux
voir, et, à la lumière d'un rayon de soleil qui tombait
sur le visage de son chef, il constata sur son visage une
expression de tristesse inquiète et découragée qui ne
lui était pas habituelle.

« Ce n'est pas pour vous commander, chef, dit-il
d'une voix insinuante, car si je suis le fils de Mars,
vous êtes son propre frère, de même en connaissance
suffisante avec les charmes d'Amphitrite, et quand
vous me dites : « Jacques, va là-bas ! » j'y vais, sans
demander pourquoi : « Fais ça ! » je le fais. Vous me
dites : « Tire ! » je tire, et je tirerais sur le nez camus

de la Convention comme sur une cible. Vous me diriez :
« Mets le feu à Paris ! » Je l'y mettrais ; et pour ce qui
serait d'aller prendre Robespierre au milieu de ses
gardes-du-corps, à la barbe de Tacherot, qui est un
Hercule, comme on dit, autrement dit le bourreau des
crânes et autres malins, quoi ! je le prendrais par le
plus extrême fondement de ses culottes de nankin, et
je l'amènerais ficelé dans sa cravate jusqu'en haut du
grand hêtre de l'Hermitage ci-devant de Vilbon. Si
ce n'est que ça, parlez, une, deux, trois ! mais parlez,
car je dis que ça fait du bien de débiter ce qu'on a sur
le cœur à un quelqu'un qui donnerait sa vie et en surplus ses quatre-z-yeux pour vous.

— Tu as raison, mon ami Jacques, répondit Sagamore, en le regardant avec une bienveillance tendre,
qui fit battre le cœur du soldat. Vois s'il n'y a pas de
surprise à craindre. »

D'un saut, l'homme sortit de la chambre, tandis que
Sagamore collait son œil à une fente du volet.

« Pas la plus petite embarcation à l'horizon, dit
Jacques en rentrant. »

Sagamore inclina la tête. Il retomba un instant dans
sa rêverie, puis secoua le front.

« Sais-tu ce qui me rend soucieux, Jacques ? Je ne
puis chasser cette impression de mon esprit. Est-ce ce
brillant soleil ? Est-ce l'inexplicable lâcheté de tout ce
pays, de toute cette France, et de ses plus énergiques
représentants ? Sais-tu, Jacques, quel désir me presse ?
Je voudrais être encore dans nos forêts d'Amérique, et
reprendre cette vie sauvage que je maudissais tant

que j'ai quittée en courant mille dangers, et qui
me paraît si belle, si brillante, si heureuse, si riante à
cette heure !

— Heu, heu, dit Jacques, les Indiens et la famine !
Pour des arbres, il y en avait de beaux et beaucoup, et
des braves gens aussi. Mais c'était mal arrangé pour
les repas, chef, et aussi pour la protection des citoyens,
hé ! hé ! vous vous en souvenez, Sagamore. »

Celui-ci secoua la tête, et il reprit après quelques
instants de réflexion, en fermant les yeux, comme s'il
voulait échapper à quelque vision importune :

« Je n'ai rien à t'apprendre du temps passé, mon
ami. Tu étais avec moi, dans ma compagnie d'artillerie, dès les premières luttes de l'Indépendance américaine. Le hasard et l'esprit d'aventure t'avaient mené
là où j'étais venu moi-même, précédant l'armée de mes
compatriotes, et guidé par un sincère amour de la
liberté. Tu te rappelles combien Ségur et ce pauvre
Lozembrune me raillaient doucement, Lozembrune
surtout... Ils m'appelaient un être bizarre. Cela n'empêcha pas qu'il ne s'établît entre nous des liens de
vive tendresse, basés sur l'estime réciproque. Je
voulus pousser jusqu'au bout mes principes ; et la
guerre pour la liberté américaine, terminée à peu
près, j'allai à Saint-Domingue. Nous nous retrou-
vâmes là. Tu sais encore comment les nègres me ré-
compensèrent. Ils essayèrent de m'assassiner. On crut
qu'ils avaient réussi. Pour le monde entier, pour mes
amis, pour ma famille, je suis mort. J'ai lu mon acte
de décès, et j'ai vu ma tombe. Tu me sauvas pourtant :

tu me guéris. Nous parvînmes à gagner l'Amérique du
Nord, où, après avoir couru mille dangers, et avoir
laissé presque ma tête au poteau du supplice, je fus
adopté par une des tribus des Sioux, et proclamé
chef. Et que de peines n'eûmes-nous pas quand, après
plusieurs années, l'amour de la patrie nous dévora le
cœur, et ne nous laissa plus aucun repos! Enfin, nous
revînmes en France. Mon rêve s'était réalisé. La liberté régnait. Ah ! combien je sentis mon cœur déchiré.
Mes maîtres les philosophes avaient annoncé, — et je
le croyais fermement, — qu'avec la royauté disparaî-
traient les haines, l'insolence, la corruption. La Révolution n'avait apporté que toute honte, toute lâcheté,
toute folie, l'avilissement de toutes les âmes, l'exaltation de toutes les bassesses, le règne de l'ignorance,
et une corruption, une hypocrisie, une tyrannie, mille
fois plus odieuse que tout ce qu'on racontait des plus
mauvais temps de la barbarie, de la féodalité et de la
superstition.

— C'est bien ça, dit flegmatiquement l'Iroquois.

— Je sentis le découragement et le désespoir! Je
perdais le but de toute ma vie et l'aliment de toutes
mes idées! Je songeai à me tuer, au sein même de la
Convention, en maudissant les tyrans et la liberté.
Puis, me relevant un peu, je pensai aller faire casser
ma tête insensée dans les rangs de l'armée française,
qui, au moins, elle, tout en obéissant aux ordres des
despotes conventionnels, était brave en face de l'ennemi. Mais je me relevai tout à fait. Je me dis que ce
n'était pas assez pour réparer le mal que j'avais pu

6.

faire en prêchant les idées dont ces monstres avaient
tiré leur pouvoir et notre honte. Je voulus rester ici
pour guetter le moment de les détruire. Je jurai que je
sacrifierais tout à ce plan, et que, ne m'appartenant
plus, j'oublierais tout pour éviter de me compromettre.
C'est pourquoi, Jacques, tu m'as vu toujours si prudent. Je me suis caché sous ce costume, et dans cette
position, où j'ai pu sourdement organiser un petit
corps de gens braves et qui me sont dévoués. Aujour-
d'hui encore, je t'ai recommandé de veiller sur la fille
de M. de Lugnières, un de mes vieux amis; je me suis
promis de protéger de mon mieux le pauvre Vulmer de
Lozembrune, que j'ai reconnu ce matin à Paris,
dormant au coin d'une borne, et qui (j'en ai maintenant la certitude) est celui que M¹¹ᵉ de Lugnières attend
ce soir, celui, en même temps, que Pourvoyeur et ses
jacobins guettent pour le saisir au moment où il ac-
courra ici, auprès de sa fiancée; pourtant l'un et l'autre,
qui sont avec toi ce que j'ai jamais eu de plus cher au
monde, je les abandonnerai, si je ne puis les protéger
sans compromettre Sagamore, qui doit tout son être,
sa vie, comme ses sentiments, à la destruction de la
Terreur. »

Il resta un instant muet. Son austère visage s'était
animé, et ses yeux mornes brillaient maintenant d'un
éclat fiévreux.

« Ah! j'avais eu un instant l'espoir que j'allais
pouvoir travailler énergiquement et au grand jour à
cette besogne, à la destruction du tyran. Les Montagnards savent que je ne suis pas sans influence, et ils

me croient un des leurs, c'est-à-dire l'ennemi de Robespierre, mais l'ami de la Terreur, qu'ils feraient seulement passer des mains de Maximilien dans les leurs. Ils m'avaient donc convoqué chez le juré Roussillon, à l'hôtel Lameth, cul-de-sac Notre-Dame-des-Champs, où ils se réunisssaient aujourd'hui à midi pour comploter la chute du tyran.

— Eh bien, quoi! c'est déjà un joli commencement. Il n'y a rien de plus beau que de voir les crocodiles se manger la queue en famille, comme dit...

— Non, les misérables ne cherchaient pas à sauver la France, pas même la République, ils ne cherchaient qu'à sauver leur tête. Voilà ce qui est arrivé : des conspirateurs, royalistes à ce que j'ai pu voir (et sûrement mon ami Vulmer de Lozembrune en est avec son compagnon le baron de Batz — tu m'as souvent entendu parler de tout cela —), ont pu saisir de très-importants papiers chez Robespierre. Ils en ont fait connaître quelques-uns à nos Montagnards. Ces papiers prouvent bien deux choses : que Maximilien est en relation avec l'Angleterre, et qu'il veut se débarrasser de quelques ennemis. Eh bien, les lâches, par peur d'engager la lutte, aiment mieux se persuader que ces renseignements sont trop vagues.

— Sauf respect, c'est comme les autruches, que je les ai vues, qui mettent leur nez dans leurs ailes, dans l'espérance qu'en ne voyant pas les coups pleuvoir elles ne les sentiront pas.

— Exactement, Jacques. Chacun espère que son voisin seul est menacé et que lui échappera, et ils font

semblant de croire que Maximilien ne menace pas la
République. Ils demandent, pour marcher, qu'on leur
montre la liste des trente proscrits, des trente Montagnards, que Robespierre a marqués pour la mort, liste
que les royalistes prétendent avoir par devers eux. Ah!
si nous pouvions, par l'intermédiaire de Lozembrune,
dont je compte me faire reconnaître demain, avoir ces
papiers, il me semble que je sauverais la France.

Mais, continua Sagamore, qui avait retrouvé tout
son flegme et son calme glacial, je suis décidé à une
chose, pour toi comme pour moi. Si Robespierre l'emporte (et ce doit être décadi, 10 thermidor, dans
trois jours, que sera proclamée sa dictature), primidi, 11 thermidor, Robespierre sera mort. C'est ce
fusil-ci qui le frappera entre les deux yeux. Toi, tu te
chargeras de son dauphin et futur héritier, Saint-Just.
Les autres ne sont pas à craindre. Après le coup, nous
jetterons nos armes ; et, pour montrer que nous sommes
des juges et non des assassins, nous nous rendrons à
la Convention, si l'on ne nous a pas mis en mille pièces,
ce qui est probable.

— Probable, chef, répéta tranquillement l'Iroquois.
C'est entendu. D'une façon ou d'une autre, Saint-Just
sera fini, primidi prochain, foi de fils de Mars. C'est
sacré. »

Et par un reste d'habitude de marin de l'ancien régime, il dessina dans l'air, avec son pouce, un signe
de croix.

« Maintenant que s'est-il passé ici pendant mon
absence ?

— La jeune fille de votre ami a été enlevée après que vous l'avez eu débarrassée de son enleveur.

— Je le sais.

— Et personne dans le pays ne connaît celui qui l'a enlevée.

— Je le connais, dit Sagamore. Et, demanda-t-il avec quelque émotion, elle n'est pas revenue depuis?

— Non. »

Une légère pâleur envahit les joues de Sagamore.

« Pauvre enfant, murmura-t-il! Dieu sait ce qui a pu lui arriver entre de telles mains! Mais, conclut-il d'une voix plus sèche et rude, nous ne nous appartenons pas. Nous ne pouvons faire pour eux, j'entends pour Valmer, pour elle, et pour les honnêtes gens qui demeurent là en face, que des efforts bien prudents et bien vains, sans doute! Quoi encore?

— La petite coquine m'a remis ce que vous désiriez, un blanc-seing du Comité de Salut public.

— Bien, donne-le-moi. Et puis?

— Il est entré là Mlle de Brion, et l'Anglais blessé et amené par Manon, qui est repartie aussitôt. J'ai vu rôder aux alentours le fils de ce gueux de Pourvoyeur. C'est tout. »

Sagamore réfléchit pendant quelque temps. Puis il fit signe à Jacques, — il avait assez parlé pour un jour, — et tous deux sortirent avec précaution.

Une fois arrivés dans la ruelle des Pierres, ils ne se cachèrent plus. Ils descendirent vers la rue des Princes.

Ils étaient à peine au milieu de la ruelle, qu'ils

furent arrêtés par un petit rassemblement. Un homme
de haute taille, aux cheveux hérissés, au visage dé-
gouttant de sueur, aux prunelles flamboyantes, aux
vêtements déchirés et salis de poussière, retenait par
le bras une vieille femme, portant un panier rempli de
légumes. Il lui adressait des paroles entrecoupées, vé-
hémentes, peu intelligibles, ou, du moins, que la
femme faisait signe de ne pas comprendre.

« Oui, disait l'homme d'une voix tantôt furieuse,
tantôt suppliante, oui, on me l'a dit... C'est bien toi...
La maison où tu demeures renferme une jeune aristocrate... Attends... Marie, oui, Marie-Thérèse, oui, ah!
mon Dieu, oui... Seigneur. Réponds, je t'en supplie.
Est-ce vrai?... Réponds. Elle attend son mari...
aujourd'hui, ce soir. Réponds. Est-ce vrai? un blond...,
une grande barbe blonde. Aristobule des Piques! Réponds! Ah! j'ai livré dans ma folle jalousie... ma
femme et mon enfant! Réponds! Existe-t-elle, cette
jeune fille? Oui, je les ai livrés au Tribunal révolutionnaire, ma femme et mon enfant! Mais je puis, je veux
les sauver, quand je devrais...

— Citoyen Heurtevent, dit Sagamore, en se plantant
devant lui et en fixant sur lui son œil impassible, que
dis-tu? que fais-tu? Laisse cette vieille femme. Es-tu
un homme! viens, je te donnerai tous les renseignements. Viens. »

Il lui prit le bras. Heurtevent se laissa conduire, en
regardant Sagamore d'un air hébété. Manon (c'était la
vieille femme), disparut prestement et regagna sa
maison.

VI

La centenaire Capeluche.

La maison de la vieille femme est aussi froide, aussi austère à l'intérieur qu'à l'extérieur.

La porte de la rue s'ouvre sur un petit corridor, guère plus large que la porte, et assez obscur. Pourtant à droite et à gauche, on peut distinguer les portes de deux chambres, chambres à coucher donnant sur la rue, et éclairées par ces fenêtres grillées que nous avons indiquées. Seulement, la chambre de droite est beaucoup plus grande ; à gauche, sur un espace aussi étendu, on a établi non-seulement une chambre à coucher, mais la cuisine. Cette plus petite des deux pièces appartient à Geneviève, la nièce de Manon ; la plus grande, à cette dernière.

Au bout du corridor, une porte s'ouvrait sur une grande pièce, dallée de carreaux rouges fort usés, et éclairée par deux larges fenêtres donnant sur la cour et montrant, au-dessus de la muraille du parc, le haut des grands arbres. Cette grande pièce, meublée de chaises en paille à dos de bois peint en rouge, d'une grande table ronde en boi blanc, posée, au milieu de la salle, sur deux X gigantesques, était la pièce d'honneur, le salon, la salle à manger et la chambre à coucher de la centenaire.

Un portrait assez enfumé s'étalait au-dessus de la cheminée. En y regardant bien, on y pouvait distinguer le cordon bleu; c'était, en effet, un portrait capable de faire raser de fond en comble la maison, et, dans un bon moment patriotique, capable de faire incendier toutes les maisons de la rue : c'était un portrait de Louis XV.

On avait pris dans cette salle la place d'une immense alcôve, tenant presque toute la longueur entre la muraille donnant sur la cour et le mur formant la cage de l'escalier, qui, très-grossier, en bois à peine taillé, était ainsi encadré entre cette muraille de l'alcôve et celle de la chambre de Manon. Nous y reviendrons, du reste, car nous ne voulons pas dissimuler que les vieilles gens de Meudon n'avaient pas calomnié la maison, en l'accusant d'être mystérieuse, et cet escalier dissimulait l'entrée de la plus admirable cachette qu'il y eût dans toute la grande banlieue de Paris.

Il était d'ailleurs peu élevé, et menait à trois chambres en mansarde sur la rue, en plein mur sur la cour, et qui n'avaient pas été occupées jusqu'à ces derniers temps.

La grande salle, pour froide et grave qu'elle fût naturellement, était, au moment où nous y entrons, au commencement de l'après-midi du 7 thermidor, toute claire, riante et chaude, sous les rayons de ce soleil brûlant qui entrait par la fenêtre, escorté de cent parfums d'herbes et de feuilles, et d'un concert de chants d'oiseaux.

Sous ce rayon de soleil, une vieille femme semblait se réchauffer avec quelque peine. Elle se tenait roide

dans un grand fauteuil à siége de paille, à montants
de hêtre rougi ; ses pieds se cachaient frileusement,
malgré l'étouffante chaleur, dans un sac de laine ; ses
bras tout menus grelottaient dans leurs mitaines de
gros drap noir : et ses doigts, complétement desséchés,
cherchaient instinctivement la place où le soleil dar-
dait ses plus brûlantes flèches.

Elle était presque immobile, et tout embéguinée
dans ses coiffes.

La figure était tellement émaciée, la peau jaune tellement collée sur les os, qu'elle n'avait même plus de
rides ; les sourcils, les cils même avaient disparu ; tout
en elle était anguleux, desséché et impassible. Ainsi
dans ce rayon de soleil qui caressait ses joues sans
pouvoir les réchauffer, et qui dessinait vivement ce
profil sec, elle rappelait les portraits qu'on moule
sur la face des morts.

Cette vieille femme, avait été, disons-nous, nourrice du roi Louis XV ; elle était en outre la dernière
descendante de Denizot Saint-Yon, l'énergique boucher, qui, avec ses deux compagnons, Caboche et Le
Goix, avait, au commencement du quinzième siècle,
maîtrisé et gouverné Paris, fait courber et reculer la
royauté, et qui, avec son peuple de varlets de la
Grande-Boucherie, avait organisé une Terreur presque
aussi farouche, presque aussi ignoble que la Terreur
de l'an II.

Aussi, élevée au milieu de souvenirs et de légendes
vagues, mais essentiellement hostiles à la royauté,
disait-elle naïvement, quand il lui plaisait de parler,

7

des choses qui étonnaient et ravissaient les jacobins qui la venaient visiter. D'autre part, cette nourrice du dernier homme qui eût été vraiment le roi, était pour les royalistes un être presque vénérable.

Elle paraissait indifférente à cela comme au reste de ce qui se passait autour d'elle. Elle s'en reposait du tout sur la bonne et énergique Manon, sa parente éloignée. Toutefois, il était facile de deviner que, quoique l'on ne pût percer la cuirasse d'insouciance dont les glaces de l'âge avaient entouré son esprit et son cœur, elle voyait tout, et se rendait compte de tout.

Geneviève, nièce de Manon, et que celle-ci avait prise depuis deux ans pour la sauver, — trop tard, hélas! — d'un ignoble milieu où elle vivait, Geneviève était la seule qui traitât la vieille femme, sa maîtresse, avec une légèreté railleuse et dédaigneuse. Manon n'avait pas une confiance absolue en sa jeune parente; elle cachait le plus de choses qu'elle pouvait; mais la maison était pleine de trop de mystères! et la fillette, avec sa figure d'Agnès, était bien fine pour l'honnête Manon.

Dès la fin de la matinée de ce septidi, celle-ci, qui voulait se déguiser un peu pour aller jusqu'à l'une des barrières de Paris, où elle avait rendez-vous avec Vulmer de Lozembrune, avait envoyé Geneviève faire une nouvelle tentative à la *queue* de la viande, où le matin, on avait refusé la portion attribuée à chaque personne par le Conseil général de la commune de Meudon.

Le soleil régnait seul, au milieu du silence, dans la

salle. Parfois un bruit léger, sorti de derrière l'escalier, ou un petit craquement du plancher à l'étage supérieur, venait se mêler au chant et au bourdonnement qu'envoyait le bois voisin. Marie-Barbe Capeluche restait immobile, encadrée dans ce rayon de soleil où nous l'avons montrée au début de ce chapitre. Un petit frémissement de métal et de buis indique seul que le chapelet court entre ses doigts sous sa guimpe.

Geneviève vient de rentrer. Elle annonce qu'il n'y aura pas de viande aujourd'hui pour les ci-devant. La municipalité a envoyé, selon l'usage, demander de la nourriture à la Commission des subsistances de la Convention. On a répondu que les aristocrates étaient trop gras. La fillette, après avoir fait la grimace à sa vieille maîtresse, sortit en disant qu'elle allait à la queue du pain et partit en criant bien haut contre l'ennui de servir des ci-devant, chez qui on était condamné à mourir de faim jusqu'à ce qu'on fût guillotiné.

La vieille dame paraissait ne rien voir ou entendre. Manon descendit bientôt après. Elle échangea quelques paroles et quelques signes avec sa maîtresse, qui répondit par un unique et grave hochement de tête. La fidèle servante alla jeter un dernier coup d'œil partout, et notamment dans la cuisine.

« Il n'y a encore rien pour le dîner, ma cousine, dit-elle. Au lieu de manger à l'heure ordinaire de midi, nous dînerons quand il plaira à Dieu. D'ailleurs, madame la supérieure est en train de faire un fourreau de mousseline blanche pour mademoiselle, qu'elle aime comme sa fille. Pauvre demoiselle, à qui ces monstres

ont guillotiné son père et sa mère !... Mais quelles
noces, madame ! jamais on n'en aura vu d'aussi mai-
gres ! J'aurais voulu avoir quelque chose pour le repas.
Voilà que nous n'aurons pas de viande. Notre-Seigneur
sait si nous aurons du pain ! Mademoiselle rapportera
peut-être de son travail des champs (où elle doit être
avec tous les autres nobles, puisqu'elle n'est pas revenue encore) une ou deux salades, et moi je verrai ce
que je trouverai en route. »

Elle regarda encore autour d'elle.

« Je n'oublie rien ?... Il ne vous manque rien, ma
cousine !... Je n'aime pas à vous laisser seule dans un
tel temps. Je crois toujours qu'à mon retour je trouverai la maison vide. Pourtant ces pauvres jeunes gens,
qui s'aiment tant, et depuis dix ans ! qui ne se sont pas
vus depuis des mois, et qui doivent se marier aujour-
d'hui !... Allons, j'ai gros cœur de vous laisser, cousine, mais il faut partir. Vous savez que d'après les
signes que nous avons fait mettre sur le mur du couvent des Carmes, je dois le rencontrer à deux heures à
la barrière d'Enfer, ou à trois à la barrière de Vaugirard. Faut avoir pitié des jeunes gens et des braves
amoureux ! »

Elle entoura sa vieille maîtresse d'un regard attentif
et tendre, et elle s'éloigna. Elle revint encore et s'approcha tout près de la vieille dame. Elle murmura, en
dessinant pour ainsi dire les mots avec les lèvres, et
sans qu'aucun son sortît.

« Monseigneur n'aura besoin de rien jusqu'à mon
retour ? Il est toujours là, n'est-ce pas ? »

Elle montra l'escalier. La maîtresse répondit par un signe négatif d'abord, puis affirmatif.

« Bien. Je vais tout fermer exactement. J'ai confiance en Geneviève, et pourtant j'aime mieux me défier. Elle a eu de si mauvais exemples, et elle a du mauvais sang en même temps que du bon. Aussi nous avons fait entrer là Monseigneur pendant qu'elle était partie pour la première queue de la viande. Je le *désemprisonnerai* quand je reviendrai. Il ne s'ennuiera pas, il arrange une chapelle pour la messe de mariage.

Elle regarda de nouveau attentivement autour d'elle, se pencha dans la cour et alla jusqu'à la porte de la salle ; puis, voyant que nul profane n'était dans le voisinage, elle revint vers l'escalier.

Elle pressa, au bas de cet escalier, le bout inférieur d'une traverse de bois qui descendait du haut en se collant au montant sur lequel les planchettes formant les marches étaient appuyées. Cette traverse, à peine large de dix centimètres, empêchait les marches d'être soulevées. Elles étaient, en effet, mobiles et pouvaient s'enlever, quand la traverse ne pesait plus sur les rainures. Le bas de l'escalier présentait alors l'aspect d'une porte ouverte.

Manon pressa, disons-nous, sur la traverse ; on entendit comme le bruit d'un pêne qui entre dans une serrure, et à moins qu'on ne parvînt à découvrir le ressort à l'aide duquel s'ouvrait ce pêne, les individus cachés derrière cet escalier étaient à l'abri de toute recherche.

La vaillante Manon sortit enfin.

Quelque temps se passa encore. Puis un bruit assez fort vint distraire la vieille dame. Il lui semblait qu'un corps dur venait de tomber rudement sur les carreaux de la salle. Elle regarda plus attentivement. Elle vit en effet une pierre assez grosse qui, non loin d'elle, gisait entourée d'un morceau de papier gris.

Geneviève rentra. Elle avait deux portions de pain, deux demi-livres. On avait bien voulu lui donner sa part et celle de Manon ; quant à la part de la centenaire suspectée d'aristocratie, elle suivrait le même sort que celle de la ci-devant citoyenne Lugnières : ces deux aristocrates seraient servies, selon l'usage, les dernières, et quand tout le bourg aurait reçu sa pitance.

« Tiens, dit Geneviève en regardant le papier roulé autour du caillou, qu'est-ce que cela ? »

Elle ramassa l'objet. La vieille dame lui fit signe de l'apporter.

« Attendez, madame, Il y a quelque chose d'écrit. Je vais le lire, si vous voulez. »

Marie-Barbe renouvela son signe. Geneviève n'en tint pas compte, et elle commença à défaire la ficelle qui attachait le papier à la pierre. La vieille femme se leva d'un mouvement brusque. Elle était grande, ses yeux brillaient d'un rayon de colère encore puissante, et cette face de cadavre, éclairée par ces yeux flamboyants, avait quelque chose de si imposant et de si effrayant même, que la drôlesse, après avoir d'abord reculé, obéit à un signe que la centenaire lui fit avec sa canne ; elle apporta le papier plié encore.

Marie-Barbe la congédia d'un autre geste et se ras-sit. Geneviève sortit en grommelant plus fort que ja-mais, pour aller à la queue de la chandelle et de l'huile. C'est évidemment plutôt par fierté que par cu-riosité que la vieille femme avait exigé ce papier, car elle le laissa quelque temps plié sur la table. Enfin elle l'ouvrit. Il ne lui échappa point un geste et nul trait de sa face rigide ne bougea. Le billet était pourtat fait pour pousser à la réflexion et à l'inquiétude.

« Citoyenne, écrivait-on, je vous demande pardon de vous nommer citoyenne, qui est un vilain nom qu'on donne aux femmes républicaines ; mais ça me paraît impossible de dire à quelqu'un madame, tant on en a perdu l'habitude. J'écris en gros, à cause de votre âge, et ne me jugez pas un sans-culotte à cause de ma vi-laine écriture. Je pourrais écrire mieux, quoique je ne le sache pas bien, non plus que l'orthographe. Mais ce n'est pas ma faute. Je vous jette cette lettre avec une pierre, ça n'est pas pour vous faire du mal ; et si je vous en fais, ça vaut mieux encore que de ne pas vous écrire et de vous tuer, quoique encore la vie ne vaut pas grand'chose en temps de république. Je suis le fils du citoyen Pourvoyeur l'aîné, mais j'ai horreur de ses idées et de sa conduite. J'aime les gens qu'il persécute. Les aristocrates me semblent de braves gens, et beaux, propres, et d'esprit. Je voudrais en être un, et je le deviendrai à force de voir les méchancetés des démo-crates et d'étudier de mon mieux. Vous voyez que vous pouvez avoir confiance en moi.

« C'est donc pour vous dire que votre servante Ge-

neviève est une petite coquine que Pourvoyeur l'aîné
a corrompue, et qui vous trahit. Défiez-vous d'elle ce
soir. C'est tout ce que je puis vous dire. Et pour vous
montrer que je suis franc, je vous dirai qu'elle vient
de dire que le vieillard est un ci-devant prêtre,
venu pour marier. C'est tout ce que je puis vous en
dire.

« Et encore la citoyenne Marie-Thérèse a été enlevée. Je sais par qui ; mais je ne peux pas la délivrer
avant ce soir. Mais je la délivrerai, je le jure, et elle
se mariera. Vous voyez que je suis franc. Ayez donc
confiance en moi, et ne me prenez pas pour un sans-
culotte.   « PAUL POURVOYEUR. »

Au moment où elle achevait cette lecture, la porte
de la rue s'ouvrit, poussée par quelqu'un de l'intimité ;
car cette porte avait un petit secret, et la personne qui
arrivait était entrée sans frapper.

C'était Adèle de Brion qui, hardie, courageuse et...
blanchisseuse, était un peu moins esclave, un peu
moins surveillée que ses frères en noblesse et en mar-
tyre.

Elle approcha vivement de la vieille dame et, s'agenouillant auprès d'elle, elle lui prit la main, qu'elle
baisa avec une tendresse filiale. Son âme vaillante
éprouvait une pitié profonde, respectueuse et atten-
drie pour cette extrême faiblesse d'un si grand âge.

Elle releva le front sous une débile pression des
mains de la centenaire, et fixant sur elle ses beaux
yeux bruns et ses paupières humides, elle lui dit avec
un sanglot :

« Marie-Thérèse, ma pauvre et chère Marie-Thérèse, a été enlevée! Mais que va-t-elle devenir? où
est-elle? qui l'a enlevée? Ils sont dix dans le village,
tous plus vils, plus répugnants les uns que les autres,
qui sont amoureux d'elle et veulent l'épouser, sans
compter ce scélérat de Pourvoyeur et ces jacobins de
Paris qui ont sur elle je ne sais quelles vues. Qui l'a
enlevée? J'ai fait tous les efforts pour arriver à le savoir. Mais où qu'elle soit, elle est en danger, en grand
danger. Si j'étais là, au moins! Moi, je ne les redoute
pas; je puis lutter contre eux de ruse et d'énergie.
Mais la pauvre Marie-Thérèse, si frêle, si douce!
N'est-ce pas une pensée horrible, madame? »

La vieille femme restait toujours immobile et, en
apparence, insensible.

« N'est-ce pas horrible d'ailleurs tout ce qui nous
arrive? N'est-ce pas à penser que Dieu nous aban-
donne, madame? N'est-ce pas — et sa voix devenait
sombre et pleine de colère — à être tenté de croire
qu'ils ont raison, ces scélérats, qui triomphent en disant qu'il n'y a pas de Dieu? Voyez, quel mal avons-
nous fait? Eh bien, est-ce vivre? Y eut-il jamais esclave, ou scélérat, persécuté, martyrisé, insulté, maltraité comme nous le sommes. Ah! dit-elle en relevant le front, il est dur de se résigner; et pourtant,
pourtant, c'est en voyant triompher ces monstres que
se comprend surtout l'autre monde. Cela explique
tout et console de tout. »

Elle fit quelques pas et revint très-près de Marie-
Barbe.

7.

« C'est toujours à minuit que la messe doit être
célébrée, n'est-ce pas, et, comme à l'habituée, nous
pourrons venir dans la soirée pour nous confesser? »

Marie-Barbe fit un signe affirmatif.

« Je vais chercher ma sœur Victorine. Elle a regagné le château de Vilbon.

— Ah! mademoiselle de Brion, dit, du haut de
l'escalier, une petite voix maigre et vive, je croyais
bien vous avoir reconnue au son. Je demandais justement à Dieu quelqu'un qui fût en posture de me sauver
la vie. Je ne vis plus, depuis ce matin, avec madame
l'abbesse, qui s'est fait une loi de me contre-carrer en
tout. Jamais personne ne m'a fait pire chose. Je voulais pour Marie-Thérèse, notre aimable Hébé, un costume de mariée qui la rendît aussi belle que la mère
des Amours. Je lui avais dessiné quelque chose de
troussé dans une perfection rare, et que Mamzelle Ber-
tin n'eût pas désavoué ; car enfin, jacobinisme ou non,
on ne se marie qu'une fois. Madame l'abbesse lui coud
un fourreau de simple mousseline, comme à une ver-
durière. Allons, venez décider entre nous, mademoiselle de Brion. J'ai encore quelques rubans de gaze,
l'*Attention*, l'*OEil abattu*, le *Soupir de Vénus*. Madame l'abbesse n'y veut pas entendre. Est-ce raisonnable, je le demande, à une abbesse, de vouloir lutter
sur ces matières avec une femme qui peut dire le nom
des cent cinquante espèces de garnitures en vogue
en 1781, par exemple? Venez, mademoiselle, ou je
me meurs. »

Adèle monta l'escalier et rejoignit Mme de Racontal, la personne qui venait de parler.

Mlle de Brion redescendit au bout de quelque temps, et après avoir de nouveau baisé la main de Marie-Barbe et avoir dit qu'elle avait cru devoir dissimuler là-haut l'enlèvement de Marie-Thérèse, elle quitta la salle.

Peu d'instants après, elle y revint, escortant et soutenant Samuel Vaughan.

Celui-ci était encore brisé des coups qu'il avait reçus. La vue et le voisinage de la jeune fille pour laquelle il s'était subitement senti saisi d'une si ardente admiration le secouèrent momentanément. Celle-ci ne voyait plus en lui qu'un blessé, et, tout en le soutenant, elle regardait avec une attention inquiète la figure pourpre et les prunelles fiévreuses de son malade.

« Madame, dit-elle, c'est un étranger que les scélérats ont presque tué, et que Manon a amené jusqu'ici, en vous priant de lui donner l'hospitalité; elle s'est mise à tripler de jambes pour arriver où vous savez, à l'heure dite. »

La vieille dame accueillit l'étranger d'un signe de tête, et lui jeta un regard long et vif. Puis d'un geste de la main, elle lui indiqua qu'il était le bienvenu.

« Ooh ! oh ! dit celui-ci, que je suis heureux. C'est la vieille cen...tinelle. Plus de cent ans, hé? C'est très-courieux, très-extra... houmain. Je serai bien heureux d'être introduit plus fort avec une personnage si rare sur ce sol ter...rain. Je serais venu dans la mer, non,

à travers l'eau... céan, non, à travers la Manche, exprès
pour dire à mes amis que j'avais vu une monstre de
beaucoup plus de cent ans. Mais aujourd'hui j'ai la
tête en fra... cassée et j'avais une autre idée. »

Il tomba assis.

Marie-Barbe montra un placard à Adèle et lui donna
une clef. La jeune fille ouvrit, et, parmi bien d'autres
bouteilles poudreuses, elle en choisit une trapue qui
renfermait une liqueur de la Martinique. Elle en donna
un grand verre à l'étranger, qui se leva, tira son chapeau et salua.

« Mademoiselle, dit-il, l'idée que j'ai, c'est en pensant à vous... Permettez-moi de parler en présence de
cette respectable dame.

— Parlez, monsieur, répondit gravement Mlle de Brion.

— Moi, Samuel Vaughan, gentilhomme anglais, je
dis, sur mon honneur, que je vous admire comme la
plus remarquable espèce de femme que j'ai jamais eue
devant mon œil. Je vous aime comme ma patrie, et je
vous prie d'être ma femme. »

Adèle regarda tranquillement ce bizarre personnage.
Elle se demandait si ce n'était pas un fou. Mais il y
avait dans son regard, dans tout l'ensemble de son être,
une gravité, une apparente sincérité, qui la touchaient
sans doute.

« Monsieur, dit-elle, toute autre femme vous traite-
rait comme un fou et comme un insolent. Je veux seulement croire que je ne connais rien aux mœurs anglaises et que vous ne connaissez pas nos habitudes
françaises.

— Mais, répliqua Samuel en s'animant, il y a la nature, et le cœur, et Dieu, qui sont les mêmes en tout
pays. Je suis pleinement sincère et convaincu. Dites-
moi — pardonnez à ce manquement de délicatesse en
égard de mon respect — êtes-vous engagée à un autre
homme ?

— Non, répondit tranquillement Mlle de Brion.

— Et que faut-il donc faire pour que vous aimiez un
homme ?

— C'est comme le catéchisme, murmura Adèle. »

Et regardant finement et froidement son interlocuteur :

« Pour moi, comme pour toute autre femme, je
suppose, avant d'accepter un homme pour mon pré-
tendu, il faudra que je le connaisse, que je l'estime,
enfin que je l'aime.

— C'est très-bien. Vous êtes sage autant que belle
et vaillante. Mais je vous supplie par ce qu'il y a de
saint chez tous les hommes, par votre mère, dites-moi
ce qu'il faut faire pour être connu, estimé et aimé.

— Monsieur, dit Adèle en relevant le front avec une
fierté sereine, vous avez invoqué une autorité à laquelle
je n'ai jamais su rien refuser. Écoutez-moi comme un
gentilhomme, de quelque pays qu'il soit, doit écouter
toute femme qui se respecte. Vous avez dit, en entrant
dans cette maison, que vous avez dans vos mains le
sort de Robespierre. C'est ce monstre qui m'a faite orpheline, en faisant égorger celle dont vous invoquez le
nom. Allez donc à cette œuvre, qui doit, en me ven-
geant, sauver mon pays et ce qui reste de mes amis.

Le monstre mort, je vous dirai que je vous estime et
vous permettrai de demander si je puis vous aimer.

— Eh bien, s'écria Samuel exalté, comme les fleg-
matiques que l'ardeur a gagnés, vous êtes belle et fière
comme Judith. Mais c'est moi qui détruirai Holopherne.
Le scélérat croit m'avoir désarmé. Je suis plus rusé
que tous ses sicaires. J'ai là, sur moi, de quoi le perdre
en une heure. Donnez-moi cette jour et cette nuit; demain je vous apporterai son existence dans... un morceau de papier. »

Un éclat de rire railleur se fit entendre du haut de
l'escalier. Adèle tendit la main au jeune homme; mais
elle vit sa face, déjà rouge, s'empourprer, ses yeux
s'injecter; et sous cette raillerie qui tombait lourdement sur son faible cerveau, il s'affaissa brusquement.

Mme de Racontal, aussi frivole, malgré son âge
mûr, que vertueuse, aussi bonne que bavarde, se précipita du haut de l'escalier, suivie avec moins de préci-
tation par une grande femme à la figure impérieuse,
au costume simple et sombre.

C'était Mme d'Abzac du Mayac, abbesse de l'abbaye
bénédictine de La Règle, au diocèse de Limoges. L'abbesse, chassée par les jacobins limousins, était venue au
commencement de la Révolution chercher refuge à
Paris, dans l'obscur couvent de son ordre, qui s'était
établi rue de Vaugirard sous l'invocation du Précieux-
Sang. Elle y avait rencontré Marie-Thérèse de Lugnières, élevée dans ce couvent. Bientôt sa vieille amie la
comtesse de Racontal, dame surnuméraire pour accompagner madame Victoire, l'y était venue joindre.

Elle avait quelque peu connu Marie-Barbe Cape-
uche. Celle-ci ne croyait pouvoir rien refuser aux
filles de son *fils* Louis XV et à ceux ou celles qui leur
avaient appartenu. C'était donc chez elle que Mme de
Racontal avait amené Marie-Thérèse et l'abbesse,
quand tout autre asile leur avait été enlevé.

Les trois femmes se baissèrent sur le corps du jeune
Anglais, en poussant des interjections et en demandant à grands cris du secours. La centenaire, qui était
restée indifférente à tout ce qui venait de se passer, se
leva.

« Mademoiselle, dit-elle d'une voix brève, nette, impérieuse, levez-vous ; il y va du salut de cet homme et
du vôtre à tous. N'attirez pas l'attention. Venez fermer
cette fenêtre et ces rideaux. Bien. Allez fermer la porte
de la rue aux verrous, puis la porte de cette salle. »

Adèle fit en courant ce qu'on lui recommandait.
Quand elle revint, la centenaire était agenouillée au
bas de l'escalier, une petite clef à la main.

« Maintenant, dit-elle en se levant, levez cette traverse, faites sortir des rainures que vous voyez là les
six planches qui composent les trois plus basses marches de l'escalier, vous n'avez qu'à tirer à vous les
trois planchettes horizontales, et en haut les trois planchettes perpendiculaires. Bien. Passez par le trou qui
vient d'être fait, passez à quatre pattes, s'il le faut. Au
bout de six pas vous trouverez le mur, ou plutôt une
porte simulant la muraille. Il y a là derrière quelqu'un
qui n'est pas ignorant en médecine. Ne l'appelez pas, il
ne saurait venir, on ne peut sortir de l'endroit où il est

à moins qu'on n'ouvre la porte du dehors. Tout au bas, en cherchant bien, vous trouverez avec le doigt un petit trou, vous y mettrez cette clef et pousserez six fois. Vous appellerez. »

Marie-Barbe Capeluche rejoignit son fauteuil. Bientôt on vit sortir du trou, formé au bas de l'escalier, Adèle, suivie par le vieillard que Pourvoyeur avait le matin même envoyé chez la centenaire.

« Monseigneur, s'écrièrent à la fois les deux femmes en s'agenouillant. »

Le vieillard les salua avec un sourire bienveillant.

« Relevez-vous, dit-il, je ne suis pas évêque et ne suis coadjuteur que temporairement. Qu'y a-t-il, mon enfant ? »

Adèle lui montra le corps. Le vieillard s'agenouilla avec effort et saisit le poignet de Samuel.

« Ce ne sera rien, dit-il. J'imagine qu'il y a une légère congestion. Voulez-vous m'aider à porter ce...

— Dans le lit de Manon, dit Marie-Barbe sans se retourner.

— Je lui ferai de mon mieux une légère saignée. Dans une heure, j'espère, il n'y paraîtra guère. »

On porta Samuel dans la chambre qui donnait à droite du corridor et dont une des murailles touchait l'escalier et la cachette dont le secret venait d'être ainsi dévoilé. Les trois femmes rentrèrent bientôt.

« Madame, dit sèchement Adèle à Mme de Racontal, vous avez jeté un éclat de rire qui a sauvé la vie à Robespierre et aventuré la nôtre et celle de bien d'autres. »

Et, laissant la comtesse stupéfaite, elle vint, sur un signe de Marie-Barbe, replacer les planches de l'escalier, et elle quitta la maison sans vouloir rien expliquer à Mme de Racontal qui lançait cent questions.

VII

Un peu d'histoire.

Le vieillard était resté dans la chambre, à côté du lit où l'on avait couché Samuel Vaughan. Celui-ci, après la saignée légère qu'on lui avait faite, s'était endormi d'un sommeil fort calme, et le médecin improvisé avait tiré un petit livre de la carmagnole rouge qu'il portait sur une vieille et longue veste en droguet bleu. Il s'était assis, avait fait le signe de la croix et avait commencé à lire, lorsque le bruit d'une troupe qui s'arrêtait devant la porte se fit entendre.

La porte de la rue s'ouvrit brusquement et on entendit une voix claire qui disait :

« Oui, citoyens, c'est une bonne idée, et patriotique, et qui peut porter cet auguste bourg à la postérité. Peys et Roupillon eux-mêmes, mes illustres amis de Saint-Calais, n'en ont jamais eu une meilleure. D'ailleurs, vous l'avez voulu, et tout ce que veut le peuple souverain c'est sacré et sage.

— Oui cria Agricola de sa voix de stentor, nous voulons que tu demandes à la centenaire de léguer sa peau à la municipalité de Meudon ou la mort. Tu en feras une robe qu'on montrera comme les scélérats de curés d'autrefois montraient les reliques, et qui enrichira le pays et tous les cabaretiers.

— C'est dit. Mais je ne veux pas qu'on dise que c'est Sempronius, quoique ami des illustres citoyens Peys et Roupillon de Saint-Calais, qui a tué cette vieille que l'être suprême avait laissée sur la terre pour la gloire de la petite mais auguste cité de Meudon. Non je ne veux pas.

« Or vous comprenez bien; citoyens, avec cet esprit qui est l'apanage du Français, que si nous allons entrer tous ici, cela va faire une révolution dans le sang de cette citoyenne qui n'a plus ses quinze ans, hé! hé! hé! Puisque vous l'avez désiré, commune de Meudon, je ne puis mal faire en venant demander à ce vénérable représentant de la caducité humaine de nous léguer sa peau. Mais je suffis à cette demande, et je veux y mettre les formes que commandent la dignité du peuple et l'hommage dû à la décrépitude. Ainsi montrons le grand caractère des sans-culottes, ou bien point de peau tannée. Je vous rendrai ce soir, au club, compte de ma conversation dans tous ses détails. Éloignez-vous sans bruit, comme il convient à une cité qui a célébré, le 30 brumaire, une fête à la Vieillesse dont la France entière a retenti. »

Le peuple souverain s'éloigna silencieusement, en baissant pieusement le front et en marchant sur la pointe des pieds.

Sempronius referma soigneusement la porte de la

rue et s'avança dans le corridor en regardant autour de lui. Il aperçut le vieillard qui s'était levé.

« Monsieur l'abbé de Dampierre, dit Sempronius en s'avançant, vous voyez comme il est peu malaisé à deux chefs royalistes de se procurer un rendez-vous à la barbe du peuple souverain et même de s'y faire escorter par un conseil général d'une commune jacobine. Et voilà, monsieur l'abbé, les gens que l'avenir nous promet pour conduire nos destinées ! »

Le vieillard pâlit légèrement en entendant cette brusque apostrophe ! mais il avait promptement repris son calme et son sang-froid :

« Que voulez-vous dire, citoyen ? demanda-t-il. »

Sempronius s'avança vivement vers le lit où était étendu Samuel.

« Ah ! dit-il, mon ami l'Anglais ! Que diable est-il venu faire en France ? Et pourquoi lui a-t-on cassé la tête ce matin ? Je donnerais pour le savoir un de mes doigts. En tout cas ce n'est pas lui qui me le dira avant une heure d'ici. Il est bien réellement aussi assoupi que la Belle-au-Bois-Dormant. Emmanuel-Henri-Louis-Alexandre de Launay, comte d'Entraigues, continua-t-il avec un fin sourire et une révérence, après s'être retourné vers le vieillard ! Je croyais que l'abbé Brottier...

— Ah ! pardon, monsieur le comte, il est vrai que l'abbé Brottier m'avait averti hier que j'aurais sans doute l'honneur de vous voir aujourd'hui, mais s'en m'en dire davantage. Votre manière d'entrer m'avait un peu troublé. Mais venez, je vous en prie, hors d'ici.

Je ne connais pas cet étranger, qui peut se réveiller et simuler la prolongation du sommeil. Venez dans la salle voisine. Nous n'y trouverons que la maîtresse de céans. Elle est très-sûre. Mon malade, continua le vieillard avec un demi-sourire, ne doit pas se réveiller avant quelque temps. Je serai à portée de sa voix. »

Les deux personnages entrèrent dans la salle à manger, où Marie-Barbe était seule. Le vieillard alla lui dire quelques mots, elle fit un signe grave d'assentiment et il vint rejoindre son compagnon dans le coin le plus éloigné des fenêtres.

C'étaient bien, comme l'avait dit Sempronius en entrant, deux chefs du parti royaliste. Seulement ils représentaient chacun une mission différente. Le danger était tel, qu'ils étaient souvent sans relations soit entre eux, soit avec le baron de Batz, autre chef du royalisme parisien; quand les circonstances exigeaient impérieusement que l'on cherchât à s'entendre, ils communiquaient non pas directement, mais à l'aide d'intermédiaires.

L'abbé de Dampierre était le chargé de pouvoirs de l'archevêque de Paris. Il était surtout le chef religieux de ces prêtres vaillants et de ces catholiques courageux qui, malgré la plus active persécution, continuaient à distribuer et à recevoir les secours de la religion. Il eût bien voulu se borner aux termes exacts de sa dangereuse mission; il avait cherché à s'occuper uniquement de veiller sur le troupeau qui lui avait été confié, de réaliser et de distribuer les aumônes, d'encourager les uns, de consoler les autres, de faire fuir celui-ci,

de cacher celui-là, d'essayer en un mot de donner à
autrui une ombre de sécurité qu'il n'avait pas lui-
même ; néanmoins il était forcé de suivre le courant
des événements et d'agir politiquement.

Le baron de Batz était le chef du parti purement et
vraiment monarchique, des royalistes militaires, gens
de main, qui ne voyaient qu'une seule chose : la
France aristocratique de l'ancien régime.

Le comte d'Entraigues dirigeait le troisième groupe,
celui des royalistes diplomates. Il était l'homme du
Régent qui voulait gouverner et prévoyait qu'il gou-
vernerait bientôt, en roi, mais sans nul préjugé politique ou religieux.

D'Entraigues, comme tous les contre-révolutionnaires d'alors, ne doutait pas du triomphe définitif de
la monarchie bourbonienne ; son but, en prévision de
l'avenir, était tout autant de concentrer dans sa main
toutes les forces des trois comités que de faire échec à
la République.

Nous ne devons pas dissimuler qu'il avait cherché
le rendez-vous avec l'abbé de Dampierre, dans le but
de détacher celui-ci de la politique militante, suivie
par Batz, contrairement aux prescriptions de M. de
Calonne.

L'abbé de Dampierre, malgré son apparence vieil-
lotte qu'il exagérait de son mieux, était un homme de
cinquante ans à peine, vigoureux de corps et d'esprit,
et, malgré sa mine modeste, sa face rougissante et sa
physionomie humble, douce et timide, il ne manquait
ni de finesse ni d'obstination.

M. d'Entraigues entama vivement la conversation.

« Le conseil du Régent, composé, comme vous savez, du baron de Flachelande, du marquis de Jaucourt et du duc de la Vauguyon, a décidé la formation d'un conseil de surveillance et de correspondance à Paris. Je me décidai donc à venir en France de ma personne. J'ai laissé à l'étranger des lettres qu'on envoie parfois à Paris à des personnages inconnus ou très-connus, lettres qui se laissent prendre en faisant quelques difficultés, et qui, venant de Berne et signées de moi, persuadent à Héron, à Lebas, à Maximilien, que je suis toujours en Suisse.

— Et, demanda l'abbé, comment fîtes-vous pour pénétrer les secrets de ces gens-là ?

— Ces misérables sont si sots, si crédules ! leurs idées sont si peu nombreuses, et leur langage, toujours le même, est si facile à imiter, qu'il m'eût été fort aisé de devenir exactement un des leurs. Mais j'étais obligé alors de partager leurs passions, leurs petites querelles de parti, leurs dangers, de me cantonner sous leur étroite visière. Il valait mieux être un des leurs, sans être enrégimenté dans une de leurs coteries. Savez-vous ce que j'imaginai ? J'avais deviné que tout ce qui est inhumain, hors des voies de la société, voisin de la férocité ou de la saleté, devait attirer ces gens-là, comme l'ordure attire le chien errant. On avait chance de leur plaire en étant un garçon boucher. Mais pour les saisir, les ravir, les dompter, se mettre hors de toute suspicion, pour pouvoir, en un mot, défier toute chance contraire, il fallait être plus

qu'un boucher, plus qu'un bourreau : il fallait montrer un mépris pratique pour ce que les préjugés de
tous les peuples avaient respecté jusqu'ici. J'eus vraiment une illumination qui me prouva combien je com-
prenais les bassesses et les sottises de la démocratie,
je m'associai avec un savant naïf et grand chimiste, et
je passai pour avoir inventé la tannerie de peau humaine. »

L'abbé de Dampierre ne put retenir un geste de dégoût.

« Justement, reprit d'Entraigues, ce geste qui
vous échappe vous explique tout. Ce qui vous révolte,
vous homme délicat, de bonne éducation, de pieuses
et affectueuses habitudes d'esprit, ravit ces brutes révolutionnaires ; et ceux que cela ne ravirait pas crie-
raient plus haut que les autres, et par fausse honte,
qu'ils sont ravis. Je fus donc aisément reconnu par
ces scélérats imbéciles comme leur maître en fait de
vilenies. Avec beaucoup de bonhomie, d'abandon et
de stupidité bavarde, je devins si cher aux sans-culottes, que si je n'avais pris l'habile précaution de demeurer à Meudon, c'est-à-dire d'être évidemment sans
ambition, j'aurais excité la jalousie même de Robespierre. Toutefois je pris l'habitude d'aller au cabaret
de Chrétien, près du Théâtre-Italien. Outre sa qualité
de cabaretier, ce Chrétien, comme vous savez, est un
des gardes du corps de Robespierre et juge au tribunal
révolutionnaire. Il reçoit dans une salle de spectacle,
où j'eus bientôt mes entrées, la fine fleur du jacobinisme. C'est là que je pus tout apprendre et tout pé-

nétrer. Eh bien ! l'heure du grand combat entre les révolutionnaires approche. Robespierre appelle à Paris
tous ceux de ses amis qui sont dans la province, les
grands comme les petits ; non-seulement Saint-Just,
qui était à l'armée du Nord, mais Arthur qui était en
Bourgogne, et bien d'autres. Les gardes du corps de
Robespierre ne dissimulent pas que dans trois jours
ils seront, sous la dictature de Maximilien, les maîtres
de la France, et qu'ils remplaceront les représentants
du peuple, les commissaires de la Convention, dans le
gouvernement des provinces françaises. Chrétien,
mon cabaretier, jure qu'il est nommé gouverneur de
la Provence, dont il aime l'huile et la température. Je
sais bien que nos amis songent à prendre parti pour
les Montagnards contre Robespierre, et qu'ils font à
celui-ci une guerre terrible destinée à le rendre fou, à
le terrifier, à lui retirer son audace, son sang-froid et
son intelligence. La guerre est bien menée. Nos amis
sont arrivés à pénétrer dans l'intimité de Robespierre,
par quels moyens ? les gardes du corps l'ignorent. —
Ils en sont exaspérés, mais ils ne découvrent rien. Il
paraît qu'on est parvenu à dérober à Maximilien une
partie de ses papiers précieux et compromettants ; on
fait parvenir jusqu'à lui les lettres les plus effrayantes,
et cela sans cesser ni jour ni nuit ; on lui dénonce
comme suspects les plus fidèles de ses amis, les gens
même de son escorte habituelle, les Garnier-Delaunay,
les Didier, les Girard, les Chatelet, les Nicolas. C'est
extrêmement réjouissant de voir la fureur impuissante
et bouffonne de ces gens, au fond fidèles et dévoués.

Quant à Robespierre, on peut croire, monsieur l'abbé, que Dieu a voulu commencer sa punition dès ce monde. Je l'ai vu hier ; il n'est pas reconnaissable. Ses petits yeux ternes se sont rougis de taches sanglantes ; son teint s'est mélangé de la liveur de l'envieux et de la pâleur du criminel. Il ne rêve plus qu'assassinats, le sommeil le fuit. »

Le diplomate s'arrêta un instant et courut jusqu'à la pièce voisine, où il avait cru entendre remuer Samuel Vaughan. Il revint promptement.

« La situation de Robespierre, reprit-il, nous importe très-fort, et je m'afflige, et Mgr le régent s'étonne, que nos amis, le baron de Batz, M. de Lozembrune, M. Kéraudren et leurs partisans, ne comprennent pas mieux l'intérêt des royalistes. Je ne veux pas vous dissimuler, que la politique de monseigneur est favorable à la continuation du pouvoir de Robespierre. D'ailleurs celui-ci est invincible, inexpugnable, cela se peut établir comme avec des chiffres. »

Le diplomate s'arrêta un instant. Il penchait l'oreille du côté de la porte, où il semblait qu'on essayait d'ouvrir. Mais le bruit cessa et nos deux royalistes, distraits par ce bruit du dehors et reprenant vivement leur conversation comme des gens qui ont hâte d'en finir, ne firent pas attention à un autre bruit plus léger qui venait de l'intérieur et qui était comme d'un homme qui marche nu-pieds avec grande précaution.

« Laissez-moi vous dévoiler toute la politique de Mgr le régent en quelques mots. Il veut d'abord laisser ces

8

gens-là se dévorer les uns les autres, comme ils ont
commencé à le faire, et dérouler librement le rouleau
de tous les crimes que contiennent en soi la démocratie
et la République, afin d'en dégoûter à tout jamais les
générations à venir. Il veut ensuite que la France
tombant dans la dictature, reprenne ces habitudes
de respect de l'autorité que la République lui a fait
perdre, et comprenne essentiellement la différence
qu'il y a entre le pouvoir doux, bienveillant et légi-
time de nos rois et la tyrannie d'un chef républicain.
Enfin, car il me faut conclure, Mgr le régent est dirigé
par des vues plus hautes encore. Il ne veut pas engager en ce moment ses fidèles royalistes, ni à Paris ni
dans les provinces, car la seule nation qui puisse en
ce moment seconder le mouvement c'est l'Angleterre,
et nous nous défions de l'Angleterre. La politique du
parti royaliste et de Mgr le régent est donc de rompre
l'alliance avec la Grande-Bretagne et de continuer les
traditions de la politique de la maison de Bourbon,
en demandant à l'Espagne l'aide que nous redoutons
d'être obligés de devoir à l'Angleterre. C'est là le fin
du jeu, monsieur l'abbé. Attendez encore, et nous dé-
masquerons l'odieux et machiavélique cabinet de Saint-
James, et une flotte espagnole débarquera dix mille
émigrés sur les côtes du Poitou. »

M. de Dampierre allait répondre lorsqu'un bruit,
cette fois violent, éclata dans la rue. Les clameurs
confuses et les coups répétés dont la porte était assaillie
troublèrent un instant nos deux royalistes.

« Je me suis attardé, et le peuple souverain de

Meudon vient de rêver quelque nouvelle sottise,
Voyons donc. »

En disant ces mots, M. d'Entraigues s'avançait vers
la porte.

« No, dit une voix aigre, j'avais tout entendu ce
que vous avez dit d'injurieux contre l'Angleterre. Je
demande raison.

— Ah ! misérable traître, tu nous espionnais, s'écria
d'Entraigues, en qui le diplomate disparut immédiatement pour faire place au soldat et au montagnard
vivarais. Tu vas mourir. »

Il se jeta sur Samuel avec tant de force, que celui-ci
encore faible, du reste, céda et tomba. Entraigues se
précipita sur lui, et, le saisissant à la gorge de la main
gauche, il tira de la droite un long stylet.

« Comte, comte, s'écria le prêtre, vous ne commet-
trez pas ce crime. »

Le bruit redoublait toujours et aussi les efforts pour
forcer la porte.

« J'ignore, continuait l'abbé en saisissant encore le
bras qu'Entraigues avait dégagé, ce qui a pu le pousser à nous espionner, mais je suis prêt à croire que ce
n'est pas un traître et qu'il ne nous trahira pas. »

Samuel serré à la gorge, fit un signe éloquent de ses
yeux, qui commençaient à devenir sanglants sous
l'effort du comte.

« Qu'importe, cria celui-ci, il n'est rien de plus
muet que la mort, d'ailleurs ce cadavre expliquera
aux coquins qui hurlent là pourquoi j'ai été si long-

temps ici, et l'on nous portera tous en triomphe. Il
faut qu'il meure. »

La vieille femme, restée jusque-là indifférente, s'é-
tait levée et avancée, et, tirant avec le bec de sa canne
le bras du comte :

« Vous ne tuerez pas un homme chez moi, dit-elle
de sa voix étrange. Je vous ai donné l'hospitalité à
tous. Je le jure par Denizot, mon ancêtre, si vous le
touchez, cet Anglais, je dis hautement qui vous êtes et
je livre tout le monde et moi avec. Je l'ai juré. »

Elle fit tranquillement un pas pour retourner à sa
place.

« Il faudra donc, s'écria le diplomate en se soulevant avec un étrange et froid sourire, commencer par
la vieille femme. Je ne me laisserai pas prendre ici
comme un sot. Ce serait un beau début pour un
homme qui a rêvé de succéder à Richelieu. Allons, le
pistolet pour la vieille femme.

— Et pour moi, monsieur, s'écria l'abbé en se
plaçant devant la gueule d'un pistolet que d'Entraigues avait tiré de sa carmagnole, et dont il visait la
centenaire. »

Le diplomate avait lâché la gorge de Samuel et
continuait de le menacer du poignard qu'il tenait
maintenant dans sa main gauche. L'Anglais s'était
écrié d'une voix éteinte :

« J'expliquerai le espionage. Je jure de n'être pas
un traître ! » Et il était retombé la tête sur le sol, et
momentanément suffoqué.

« Faudra-t-il tuer le prêtre aussi ? murmura d'Entraigues au comble de la fureur et en grinçant des dents. »

En ce moment la porte assaillie de coups violents, céda sous un pavé qui emporta la serrure, et une troupe hurlante entra dans le petit corridor, à l'autre bout duquel se trouvaient nos quatre personnages.

VIII

Une soirée de noces dans l'aristocratie.

Le petit groupe de citoyens et de citoyennes, que la bizarre querelle qui s'était élevée entre Heurtevent et Manon avait attiré au milieu de la rue des Pierres, s'était trouvé augmenté par l'arrivée de deux personnages étrangers à Meudon.

Ils étaient conduits par Agricola et Jacques Bry, auxquels ils s'étaient faits reconnaître comme des membres de la Société-mère, chargés d'une mission secrète qui se bornait, pour le présent, à pénétrer sans bruit dans la maison de la citoyenne Capeluche.

« Eh! bien, citoyens de Meudon, s'écria Agricola, très-fier de la confiance que lui témoignaient des émissaires des jacobins de Paris, notre frère et ami Sempronius a-t-il terminé son affaire avec la peau de la centenaire, hé! hé!

— Non, crièrent les citoyens assemblés. Nous l'attendons ici, et nous ne l'avons pas encore vu sortir.

8.

— Mais, dit d'une voix sèche et impérieuse l'un des deux étrangers, qu'est-ce qui nous dit, citoyens, qu'un bon patriote comme celui que vous appelez Sempronius, ne court pas des dangers dans un pareil nid d'aristocrates.

— Nous allons bien voir, d'ailleurs, dit Jacques Bry, voilà la jolie Geneviève qui s'en vient rentrer au nid, après avoir achevé *sa queue*. Savoir si elle rentrera. »

Geneviève frappa, elle aussi, vainement à la porte.

« Hé! la belle enfant, dit le second des jacobins, dont le regard cynique et impertinent dévorait de l'œil la gentille soubrette, il paraît qu'on t'a refusé l'hospitalité. Si jamais tu es embarrassée de trouver un bon logis, je t'engage à t'adresser à moi.

— Je ne sais ce que vous voulez dire, citoyen, dit Agnès, en baissant pudiquement les paupières. »

Puis les relevant par un geste mutin, elle détacha un petit soufflet au galant personnage qui l'avait saisie par la taille, et elle se sauva.

C'est alors que les cris s'élevèrent, et que Jacques Bry se mit à frapper violemment à la porte.

« Tout ça, c'est inutile, cria l'hercule Agricola. On n'ouvre pas. Une, deux, trois. Attends. »

Il s'éloigna, ramassa une énorme pierre. Il la lança contre la maison. Mais, dirigée de trop loin, elle alla donner contre la fenêtre de gauche dont elle brisa deux barreaux.

« Tu ne sais pas ton métier, dit le mytérieux jacobin, voilà comme il faut faire. »

Et, ramassant à son tour le pavé, il s'approcha et le lança juste à la hauteur de la serrure qui céda. La porte s'entr'ouvrit, et Agricola la poussant, entra dans le corridor suivi de toute la bande.

Le spectacle qu'ils avaient sous les yeux était assez énigmatique : le vieillard aidait l'Anglais à se relever ; Sempronius remettait tranquillement un long poignard dans sa poche ; la centenaire, debout à quelques pas, jetait sur lui un regard fixe et menaçant.

Sempronius, fort habile dans l'art de diriger la foule, savait combien il est utile de prévenir ses impressions et de ne pas lui laisser le temps d'asseoir son jugement.

« Citoyens, mes frères, dit-il (et jamais sa face n'avait été plus ronde et plus joyeuse), je vous remercie de l'empressement. Vous avez cru que votre ami était en danger, mais c'était une erreur. J'ai rencontré cet étranger dont le hasard avait amené les pas fatigués dans cet asile de l'hospitalité. Pardonnez à mon patriotisme ; il m'a égaré. J'avais cru que cet étranger ne rendait pas justice aux douceurs du gouvernement républicain, et osait comparer la majestueuse attitude d'un peuple libre avec la bassesse des esclaves couronnés. Je tirai mon glaive, mais, citoyens, je m'honore, comme Peys et Roupillon eux-mêmes, de Saint-Calais, s'en honoreraient, de reconnaître que je me suis trompé. La triste ignorance dans laquelle vivent les étrangers de la langue française a causé mon erreur. En signe de la magnanimité avec laquelle je la reconnais, je pardonne à cet étranger son ignorance

de notre langue libre, je lui donne l'accolade fraternelle. »

La maison trembla sous les applaudissements,
et l'on parla de porter en triomphe Sempronius et
l'Anglais, le vieillard vénérable et la centenaire auguste.

Les deux jacobins parisiens, tandis que la majeure
partie de la troupe restait dans le corridor, avaient
pénétré dans la salle et paraissaient étudier avec soin
la disposition du lieu.

« Allons, dit à mi-voix le premier jacobin au second, la cage n'est pas longue à connaître et il ne
sera pas difficile d'y saisir l'oiseau. Je crois que je
pourrais dessiner l'intérieur de cette cabane-ci comme
si je l'avais construite. Viens, il est inutile d'éveiller
d'avantage les soupçons. »

Pendant ce temps, Éleuthérophile était accouru,
et, prenant Agricola et Jacques Bry à part, il leur dit
à mi-voix :

« Malheureux! vous avez oublié les ordres de
Pourvoyeur. Il nous avait ordonné de veiller à ce
qu'il ne se passât rien qui pût troubler les habitants
de cette demeure, et voilà que vous venez l'envahir.

— Tu as raison, dirent les deux personnages en
jurant. »

Et se mettant à crier, à hurler, à injurier, à bous-
culer le peuple souverain, ils eurent bientôt rendu la
place nette.

Le comte d'Entraigues, avant de suivre la foule, se
pencha vers l'abbé de Dampierre:

« Vous excuserez un moment d'emportement. Surveillez cet Anglais. Nous nous reverrons. Maintenant, un renseignement de la plus grande importance : je viens de reconnaître déguisés, et tout occupés de lever un plan de la maison, deux affidés de Maximilien, l'un, son bras droit, l'exécrable renégat qu'on nomme Vingt-et-un-Janvier ; l'autre, le marquis de Lavalette, l'ami d'Hanriot, et l'un des chefs de la garde nationale parisienne. »

Samuel et l'abbé étaient, après son départ, restés dans la salle, non loin de la vieille femme dont la tête baignait dans les rayons du soleil rouge descendant à l'horizon. L'abbé avait été fermer de son mieux la porte fort endommagée. Samuel s'était assis et demeurait, le front dans les mains, plongé dans de profondes réflexions. Il se leva brusquement et serrant la main du prêtre :

« Connaissez-vous l'amour ? demanda-t-il, monsieur le Jesouite.

— Mais, répondit le vieux prêtre en souriant doucement, on m'en a beaucoup parlé.

— Et l'honneur, et le patrie ?

— J'ai vécu avec l'un et je mourrais pour l'autre, répliqua l'abbé en redevenant grave.

— Eh bien, continua Samuel, au comble de l'exaltation, je suis le victime de tout cela à la fois. L'amour, l'honneur et le patrie me donnent en même temps les conseils les plus contradictoires. »

Il courut comme une flèche vers la porte, sans regarder l'abbé, il tira cette porte à soi ; puis, toujours bondissant, il se jeta dans la chambre où on l'avait couché, reparut en tenant à la main une paire de souliers, et il se lança dehors, en criant en anglais :

« L'amour! l'amour! »

Manon ne tarda pas à rentrer! La vieille dame était seule. L'abbé de Dampierre avait regagné le premier étage. La servante jeta un regard défiant autour de l'appartement, et s'approcha de Marie-Barbe Capeluche :

« Et cette pauvre chère mamzelle Marie-Thérèse, dit-elle, j'espère bien qu'elle est revenue, et sans qu'on l'ait fait souffrir? J'ai vu son fiancé à trois heures, à Paris, à la barrière Vaugirard. Ce pauvre M. de Lozembrune! quand je lui ai eu dit : « Ce soir, à Meudon, la dernière maison à gauche, tout en haut de la rue des Pierres, » le bonheur s'est levé sur son visage, comme le soleil du matin qui sort de la nuit. Je n'ai pas pu lui parler longtemps, car m'est avis que le pauvre amoureux était poursuivi par ces jacobins. J'ai vu ce vilain magot de Pourvoyeur qui était sur ses talons, et lui, il l'a bien vu aussi, car il les a tournés lestement, et moi j'ai été à mes affaires... »

La centenaire avait tiré lentement de sa guimpe le billet de Paul Pourvoyeur. Manon le lut; elle tomba sur une chaise; de grosses larmes coulèrent bientôt le long de ses joues.

« J'ai confiance, dit lentement la centenaire. On la délivrera... Et Geneviève, ta nièce? continua-t-elle en fixant sa prunelle blanchâtre sur le visage de Manon. Tu l'aimes bien, hé! C'est pourtant à elle que nous devons tout le mal.

— C'est pour cela que je pleurais, madame, c'est la
fille de mon pauvre frère. Mais la voici. Ah! nous savons punir comme nous savons aimer. »

Geneviève rentrait alors. Elle vint jeter brusquement
un petit panier sur la table.

« Voilà. J'ai pu enfin avoir un peu d'huile et des
chandelles, c'est tout ce qu'on nous donne pour nourriture, parce que nous sommes des aristocrates. Est-
ce que je suis une aristocrate, moi?

— Tu as été bien longtemps dehors, Geneviève, dit
Manon avec un grand calme.

— Ah! c'est comme ça qu'on me récompense?...
Passer toute sa journée aux queues, sans manger, et
pour avoir six chandelles pour son souper, et on me
dit : Tu as été longtemps dehors !

— Dis-moi, Geneviève, continua Manon avec ce
calme qui étonnait la fillette, et qui dérangeait tous ses
plans de soulever une querelle pour avoir bon prétexte
de rester toute la soirée dehors, dis-moi, as-tu à te plaindre de quelqu'un ici?... Nous ne sommes pas heureux,
mais tu partages tout ce que nous avons. Tu es la fille
de mon propre frère, un brave homme, tout comme
moi; mais tu as du mauvais sang dans les veines. Je
me disais qu'à force de bontés, et de bons exemples,
et de bons conseils, et d'honnêtes gens autour de toi,
le bon sang l'emporterait sur le mauvais. Alors je t'ai
retirée, avec bien du mal, des mains de ta tante Lagosse, qui est une coquine. Dis, t'en plains-tu? Réponds
franchement.

— Oui, je m'en plains. Si j'étais restée là, j'aurais

appris à vivre, à connaître les hommes et à attraper les
autres plutôt qu'à me laisser prendre, et j'aurais eu les
moyens de devenir riche. Ici je ne vois que des femmes
et des braves gens ; je n'apprendrai jamais qu'à rester
une bête, une sainte-nitouche et une servante. Voilà la
vérité, puisque vous me maltraitez. »

Après avoir, avec cette sincérité et cette profondeur
de corruption, dévoilé le fond de sa jeune âme, Geneviève lança un regard de défi à sa tante qui, chose
merveilleuse, conservait tout son calme.

« C'est bon, dit celle-ci. Je sais ce que je voulais
savoir. Viens faire le dîner. Nous causerons une bonne
fois de tout ça, et tu vas savoir ce que j'ai décidé. »

Geneviève, un peu étonnée de ce calme, mais sans
grande défiance toutefois, la suivit dans la petite cuisine qui précédait sa chambrette.

Le soir était venu, orageux comme avait été toute la
journée, mais plus lourd encore à supporter. La nuit
n'apportait nulle fraîcheur ; le thermomètre, qui devait se tenir, pendant tous ces jours immortels de thermidor, au-dessus de 30 degrés, avait grand'peine à
descendre à 18 degrés pendant les heures nocturnes.

Cette soirée du 7 était particulièrement accablante.
Un vent lourd embrasé, chargé d'électricité, promenait
lentement d'épais nuages gris-roussâtres dans un ciel
qui s'éclaircissait de temps en temps comme pour
montrer les reflets livides de la bordure convulsive-
ment tordue des nuées. Le tonnerre roulait en gronde-
ments lointains et continus qui semblaient aux âmes
religieuses d'alors annoncer une lutte vivement dis-

putée, dans les hauteurs des cieux, entre les bons et les mauvais anges.

Tout était retombé dans le calme aux environs et à l'intérieur de la maison de la centenaire ; calme apparent sans doute, car à l'extérieur bien des passions veillaient, et c'était le calme que fait le chasseur autour de l'oiseau qu'il guette. A l'intérieur les esprits étaient inquiets. Ordinairement, pour les nobles internés, le dîner avait lieu à midi, le souper à la tombée du jour ; et le souper achevé, l'on se couchait. On ménageait l'huile et la chandelle, toujours si difficiles — et souvent impossibles — à trouver.

Aujourd'hui tout avait été bouleversé ; on n'avait pu avoir de provisions et l'on s'était passé de dîner. Par compensation, on avait pu obtenir de la chandelle, et l'on était moins pressé pour l'heure du souper.

A la nuit tombante, Manon, un peu plus grave et plus silencieuse que d'habitude, était venue fermer, malgré l'horrible chaleur, les rideaux et les volets de la salle. Elle avait allumé une petite chandelle de douze à la livre. La centenaire ne lui avait pas demandé ce qu'elle avait fait de Geneviève, qu'on n'avait plus revue. Manon était retournée dans la cuisine, après avoir été voir si les verrous destinés à remplacer la serrure de la porte d'entrée tenaient solidement.

Quand la nuit fut tout à fait close, on entendit frapper à cette porte un coup, puis trois autres, à des intervalles déterminés. Manon sortit de sa cuisine, vint mettre les lèvres au trou de la serrure, en demandant qui était là. On répondit par un mot de passe.

9

M. de Petit-Val entra. Il avait été l'ami et le compagnon d'armes du père de Vulmer. Il devait être le témoin de celui-ci avec d'Entraigues qui, diplomatiquement, désirait donner cette marque de courtoisie à son rival d'influence. Mais le comte, qui avait vraiment toutes les qualités du chef de parti, et la plus grande de toutes, l'activité, avait voulu, après les événements de l'après-midi, retourner encore une fois à Paris. Il ne devait revenir que très-tard.

L'heure s'avançait, Manon, qui avait retardé le souper, dans l'espérance de voir arriver Marie-Thérèse et Vulmer, comprit qu'il fallait avoir pitié de gens qui n'avaient pas mangé depuis le matin. On se mit donc à table. L'abbé de Dampierre se plaça à droite de la centenaire, M. de Petit-Val à sa gauche. En face d'elle, on garda deux couverts pour les fiancés. Mme l'abbesse et la vicomtesse de Racontal complétaient l'assemblée.

« Un beau festin de noces, dit celle-ci, après avoir comblé de révérences son voisin, M. de Petit-Val : il n'y manque que le marié, la mariée et le festin ! »

Il n'en faut pas trop vouloir à la vicomtesse, qui disait vrai. Le festin consistait surtout en linge d'une blancheur éclatante qui brillait même à la lumière fumeuse de la petite chandelle.

Pour le menu, c'était celui du dîner ou du souper de tous les jours où l'on n'avait pu avoir que peu de pain et point de viande. Les pommes de terre remplaçaient le pain, des haricots, un peu de riz, des lentilles formaient les plats de résistance. On y avait joint de la salade et, à cause de la solennité, quelques harengs.

À la fin du repas Manon s'avança.

« Voilà le dernier plat, c'est un gâteau. Nous avons, plusieurs jours, mademoiselle Marie-Thérèse et moi, économisé et rassemblé quelques œufs et un peu de farine. C'était tout ce qu'on pouvait faire de plus brillant pour ses noces. Et elle était si contente, la pauvre demoiselle. Et qu'est-ce qu'elle est devenue, elle et son promis qu'elle aimait tant? Enfin, voici le gâteau. Ah ! voilà qu'on frappe à la porte. »

Elle posa le gâteau et s'en alla en essuyant ses joues pleines de larmes. Elle ne tarda pas à revenir en disant avec quelque inquiétude :

« C'est toujours la même chose, voilà trois fois qu'on frappe doucement ; j'y vais, je demande qui c'est, on ne répond pas. C'est sans doute quelque vilain qui nous espionne. Eh bien, personne ne touche au gâteau, ni à cette vieille bouteille que madame a gardée pour aujourd'hui ? »

La centenaire fit un signe et tendit une vieille timbale d'argent toute bossuée. Elle se leva péniblement, et levant lentement la tasse que Manon avait remplie :

« Je bois, dit-elle de sa voix sèche et grêle mais pénétrante, et en jetant un regard de bizarre défi à ses convives, je bois au triomphe du roi de France et à la victoire du bon peuple de France. »

Elle se rassit et le silence régna.

Mais bientôt Mme de Racontal, avec cette légèreté d'impression que le dix-huitième siècle avait tant développée dans la race française, et avec cette obstination qui est propre aux représentants de l'étiquette, se hâta de reprendre son thème habituel de conversation.

« Je disais donc ce matin à madame l'abbesse, qui me chicanait là-dessus, que le deuil pour père et mère est de six mois. Les hommes doivent le porter pendant les trois premières semaines, avec l'habit de drap sans boutons et les grandes pleureuses ; pendant les trois semaines suivantes, ils portent les petites pleureuses. »

Un bruit sec, un coup violent, mais qui se fit entendre cette fois sur le volet de la fenêtre donnant du côté de la cour, vint interrompre la vicomtesse. Chacun fit un bond et écouta avec anxiété. Les coups se renouvelèrent pressés et plus violents.

« Cachez la chandelle, Manon, dit M. de Petit-Val. Je vais aller voir.

— Non, non, dit la servante. Il faut que ce soit moi qui y aille. S'il y a du danger, la cachette n'est pas prête et je m'en repens. Mais je crierai et vous vous défendrez comme vous pourrez, à la grâce de Dieu. »

Elle cacha la chandelle dans une armoire. La chambre tomba dans une complète obscurité. Manon se dirigea vers la fenêtre qu'elle ouvrit prudemment. Un rayon de pâle lumière pénétra dans la salle, et l'on put voir un corps très-mince bondir légèrement. On l'entendit retomber sur les carreaux de la pièce et la fenêtre se referma.

Au bout d'un instant la chandelle reparut. L'on vit jaillir de l'ombre, à l'extrême bord de l'orbe lumineux, une petite figure absolument pâle, surmontée d'un bonnet rouge. C'était celle de l'enfant que nous avons déjà entendu nommer *l'Aristocrate*. Le petit être s'avança et se montra avec sa carmagnole rapiécée et ses culottes en lambeaux.

Il promena un regard vif autour de la table, et, s'avançant plus près de la vieille femme, il lui remit un morceau de papier. Marie-Barbe, après avoir ouvert, vit que ce papier était écrit au crayon, elle le donna à Manon en lui faisant signe de lire.

« Citoyenne centenaire, lut la servante, je vous ai dit que je sauverais la jeune et belle ci-devante. Je l'ai sauvée. Il ne lui était arrivé aucun mal. Je l'ai cachée dans un autre endroit, parce que je me défie de ce qui doit arriver dans votre maison ce soir. Je m'en vais aller sauver son futur qui est en grand danger. Je le ramènerai auprès d'elle, et je vous les amènerai tous les deux pour voir ce qu'il y aura à faire. Vous voyez que, malgré mon nom, vous pouvez avoir confiance en moi. Je continue d'écrire en gros pour que vous puissiez lire ; parce qu'à votre âge l'écriture fine est gênante à lire, mais je puis écrire en fin, et ce n'est pas par ignorance que j'écris en gros.

« PAUL POURVOYEUR. »

Chacun avait écouté cette lecture avec une extrême attention, qui n'avait pas été sans mélange d'inquiétude à l'annonce des dangers qui menaçaient la maison et ses habitants.

« Vous êtes un brave enfant, dit le prêtre, d'avoir pris tant de peine pour nous apporter ce papier. Voulez-vous nous dire comment vous l'avez eu. »

L'enfant se rapprocha encore et jeta un coup d'œil vif et défiant sur le visage de chacun des assistants.

« Je suis muet avec les sans-culottes, dit-il d'une voix lente et saccadée, et l'on m'a battu jusqu'à me laisser comme mort sans me faire parler. Mais quand je suis seul dans les bois je parle aux arbres pour ne pas oublier. J'essaye de me rappeler comme mon père et ma mère et ma chère sœur Isabelle parlaient, pour ne pas désapprendre à parler comme eux et pour oublier le langage des sans-culottes que j'entends tous les jours. Je ne veux pas parler avec les jacobins parce qu'ils me feraient mal parler et chanter et jurer comme eux.

— Pauvre petit, s'écria l'abbesse en lui tendant les mains. »

Mais l'enfant lui jeta un regard sauvage comme un jeune chat qui craint d'être pris.

« Je veux bien vous parler. Je vois bien que vous n'êtes pas des sans-culottes ; mais à une condition, c'est que vous me reprendrez si je dis mal, car il y a longtemps que je ne me suis trouvé en si bonne compagnie. »

Il retira brusquement le bonnet rouge qui couvrait son front brun, aux tempes sèches et anguleuses, et il redressa sa petite taille :

« Je suis le chevalier de Mimont, châtelain de Dalles, seigneur de Baucorroy, de la Blanque-Jument et autres lieux. Mon père est capitaine dans les régiments du roi ; mais peut-être est-il mort. On a tué ma mère à la Force, au 3 septembre. Et moi, on m'avait jeté,

étourdi, sous beaucoup de cadavres, auprès de celui
de ma mère dont le sang coulait sur mon front, dans
ma bouche et dans mes yeux. Un soldat m'a sauvé.
C'est le capitaine Monbayard. Il m'a maltraité souvent,
car son sans-culottisme l'a rendu fou ; mais je ne le tue
pas parce qu'il m'a sauvé, et puis parce qu'il est bon
quelquefois. Je ne me sauve pas non plus, parce qu'il
sait où sont mon père et ma chère sœur Isabelle, et
souvent, dans sa folie, il dit beaucoup de choses. J'en
sais déjà beaucoup, et je veux tuer l'homme qui a fait
du mal à ma sœur. Je veux tuer aussi un autre qui a
fait du mal à l'amie de ma sœur, à mademoiselle Marie-Thérèse. Est-ce bien dit ?

— Chevalier, dit vivement Petit-Val, vous êtes
un brave garçon, nous vous connaissons pour un des
nôtres. J'ai été, comme votre père, capitaine dans un
régiment d'infanterie royale. Venez me voir, je vous
apprendrai à tirer l'épée pour vous venger comme un
gentilhomme.

— Ah ! j'ai tout ce qu'il me faut, murmura l'enfant
en caressant dans la poche de sa carmagnole le poignard qu'il avait enlevé le matin au capitaine Tambour.
Eh ! bien, vous voulez savoir comment j'ai eu cette
lettre-là ; je vais vous le dire : c'est le frère de dame
Rose, le capitaine Monbayard..., qui a emporté mademoiselle Marie-Thérèse évanouie. Il l'a portée jusqu'à
l'ermitage de Vilbon, où il demeure. Je sais bien qu'il
l'aime et qu'il voudrait l'épouser, mais ce n'est pas un
méchant homme et il ne voudrait pas lui faire de mal.
Aussi j'étais bien tranquille. Il l'a enfermée. Ce soir,

Paul Pourvoyeur est venu à l'Ermitage avec deux de
ses amis. Ils ont surpris et lié le capitaine, ils ont délivré mademoiselle et ils l'ont emmenée; moi je les ai
suivis. Ils l'ont menée dans une maison que je connais
bien, au bout de la rue des Vertugadins. Elle leur a
promis qu'elle attendrait là son mari que Paul Pourvoyeur est allé secourir, ayant appris par son père que
celui-ci devait aller le saisir et le tuer au Petit-Bicêtre.
Je ne sais pas si je parle bien.

— Oui, mon enfant, continuez, dit le prêtre, nous
vous écoutons et nous vous comprenons.

— Alors Paul Pourvoyeur me remit cette lettre. Je
lui ai promis de la porter ici la nuit. Je retournai chez
le capitaine. Je le déliai. Il voulut me faire parler. Je
ne dis rien. Il m'a battu et enfermé, puis il s'est mis
à la recherche de mademoiselle Marie-Thérèse. J'ai eu
beaucoup de mal à me sauver. Il était bien tard. Je
suis venu ici. Mais j'ai bien cru voir qu'il y a autour
de cette maison des hommes qui se cachent pour espionner ce qui se passe, et je vous dis de prendre bien
garde à vous. C'est pour cela que je frappais doucement à la porte et que je n'osais rien dire quand on me
demandait qu'est-ce qui est là. Enfin, je me dis que je
grimperais bien par-dessus le mur de la cour, et me
voilà.

— Cher et pauvre enfant, dit l'abbesse. »

Et, s'avançant vivement, elle le saisit et l'embrassa
tendrement sur le front.

« Ah ! madame, cela me fait du bien. Je suis toujours seul avec mes idées et c'est bien lourd, car je

n'ai encore qu'une petite tête et pas beaucoup de forces ; mais je prie Dieu tous les jours comme ma mère me l'a appris, et je pense bien plus clair de jour en jour. Aussi je pense que puisque Paul n'est pas revenu, comme il l'avait dit, c'est qu'il lui est arrivé malheur. Il ne faut pas laisser mademoiselle Marie-Thérèse passer la nuit là-bas, toute seule. Ici, elle sera mieux au milieu de ses amis. Savez-vous ce que je vais faire? les sans-culottes sont très-sots, on leur fait faire ce qu'on veut avec des mots. Je connais les mots. Je vais aller au cabaret de Lagosse, où ils sont en grand nombre ; je vais leur dire que c'est un aristocrate qui a enfermé mademoiselle dans la rue des Vertugadins pour l'enlever à une vieille et respectable citoyenne non noble comme est la centenaire. Je sais qu'ils vont aller la délivrer, et ils vont l'emmener ici en grand bruit, comme s'ils avaient remporté une grande victoire sur l'aristocratie. »

Une ombre de sourire parut sur sa figure pâle, et, avant que personne eût pu soupçonner son dessein, il avait regagné la fenêtre, l'avait ouverte et franchie.

« Allons, dit Manon, profitons de tout ça. Nous nous repentions tout à l'heure de n'avoir pas la cachette ouverte. Je vais l'ouvrir.

— Je n'ai pas encore tout préparé pour la messe que j'y dois célébrer. Je vais y achever les préparatifs, et dresser l'autel. Nous sommes d'ailleurs absolument introuvables dans cette cachette. Il est vrai qu'elle est faite de façon à ce que nous n'en puissions pas sortir sans un aide du dehors, sans l'aide de quelqu'un qui

9.

reste dans cette pièce-ci, mais du moins ne peut-on
pas nous y découvrir et nous y saisir sans une trahison. »

Manon fit jouer le ressort qui soulevait les barres de
l'escalier. Puis elle s'arrêta brusquement et courut à la
porte où l'on venait de frapper, mais cette fois avec les
signes convenus.

C'était en effet le comte d'Entraigues qui revenait
de Paris. On le mit au courant.

« Je crois bien, dit-il, après un moment de réflexion,
que la diplomatie me conseillerait d'aller rejoindre à
Bellevue ma tannerie de peaux humaines. Mais, monsieur le vicaire général, je ne veux pas que vous croyiez
que je pense uniquement à protéger ma précieuse existence. J'ai quelque remords de vous avoir montré,
cette après-midi, une sorte d'emportement puéril contre cet étranger et cette vénérable personne. Il ne me
déplaît pas de cesser de temps en temps d'être tan-
neur sans-culottes, pour redevenir gentilhomme. Je
reste donc, puisque je l'ai promis, en excellente compagnie du reste, et dans une cachette sûre. Je n'ai
vraiment aucun mérite.

« Je reviens de Paris. La plus grande fermentation y
règne, continua-t-il. Le peuple est plus que jamais pour
l'Incorruptible. Aujourd'hui, au Comité de Salut public, Saint-Just a fait la déclaration de guerre. Il a
affirmé la nécessité de confier le gouvernement à
une *destiné particulière* et comme ces mots paraissaient vagues, on l'a poussé à s'expliquer. Il a alors
fermement articulé le mot de dictateur. »

Un coup de feu qui éclata dans le parc de Mesdames, et qui semblait avoir été tiré tout près du mur de la cour de la maison, interrompit le diplomate. Un second coup se fit entendre, on eût dit qu'il sortait de la cour même.

« Ah ! mon Dieu, s'écria Manon, j'ai oublié de fermer le volet de la fenêtre par où le petit... »

A l'instant même cette fenêtre vola en éclats, un être bondit dans la chambre, sauta jusqu'à la table et éteignit la lumière.

Les deux dames poussèrent un cri, l'abbé murmura une invocation pieuse. On entendit le bruit d'un pistolet que le comte armait. Puis un silence d'anxiété dura quelques secondes.

« Chère Manon, dit une voix joyeuse, claire et hardie, je suis décidément invulnérable. Il paraît que ces braves gens qui entourent la maison ne se sont pas décidés à me suivre jusqu'ici. Non, la cour est dénuée de tout jacoquin. Si vous voulez tâcher de retrouver votre boîte à feu et y tremper un bout de bon soufre, moi je vais fermer le volet, que bien galamment vous avez laissé ouvert.

— Monsieur Vulmer, s'écria joyeusement Manon ! Il n'est donc pas mort ! »

Le personnage qui se présentait ainsi paraissait bien être le plus horrible sans-culottes qu'on pût rêver. Il était sans habit, sans gilet, sans veste, ou carmagnole — car si le *gilet* n'était qu'un diminutif de la veste, la *carmagnole* n'était, elle, qu'une veste de chasse. — Ses culottes étaient poudreuses, sa chemise

toute tachée. Sa barbe et ses cheveux blonds étaient
emmêlés de feuilles, de brindilles, et entrelacés d'herbes. Pourtant malgré ce hideux aspect d'ultra-jaco-
bin, il y avait dans l'œil clair et franc, dans la voix
fraîche, dans le front énergique et beau, dans toute
l'attitude résolue, aisée, gracieuse du personnage, un
je ne sais quoi de sympathique qui saisissait le cœur.

« Et Marie-Thérèse, mademoiselle de Lugnières,
veux-je dire ? s'écria-t-il quand il eut jeté un regard
autour de lui.

— Elle va revenir, dit vivement Manon.

— Excusez-moi, madame, dit-il en s'avançant vivement vers la centenaire, de m'être introduit chez vous
d'une façon inusitée. Quand les coquins occupent toutes les portes, il faut bien que les honnêtes gens entrent
par les fenêtres. »

Il se baissa et, avec une courtoisie charmante et un
respect infini, il posa sur la main desséchée de la
centenaire un long baiser. Un rayon doux et presque
attendri traversa les prunelles glacées de la vieille
femme ; elle se redressa lentement, leva au ciel sa
main tremblottante, comme pour bénir Vulmer qui
s'inclinait et elle lui dit d'une voix qui semblait s'être
adoucie :

« Vous êtes brave comme les chevaliers bourgui-
gnons qui furent les compagnons de Denizot Saint-Yon,
et vous êtes le premier soldat du roi de France, c'est à
cause de vous que j'aime mademoiselle de Lugnière. »

Vulmer se releva et en se retournant pour cacher
l'humidité de ses paupières, il aperçut la vicomtesse.

« Voilà un étrange costume, n'est-il pas vrai, vicomtesse ? pour un des plus fidèles courtisans de Sa Majesté le roi de France. Les chiens de la barrière du Combat eux-mêmes aboieraient sur moi. Pardonnez-moi, mais j'ai depuis quatre jours à mes trousses toute la république française, tous les sans-culottes, tous les jacobins, toute la Terreur, tout Paris. Si bien qu'après quatre jours de course où l'on ne m'a pas laissé deux heures pour dormir (ah ! le terrible supplice, vicomtesse !), après avoir été mis, moi présent et applaudissant, hors la loi ; après avoir servi de but à une compagnie entière de sectionnaires qui m'avaient condamné à mort ; après avoir, il y a plus d'une heure, été de nouveau condamné à mort, et depuis lors, avoir reçu quatre coups de fusil, voilà tout ce qui me reste en fait d'habits de noces. »

Et il montrait ses culottes en lambeaux et sa chemise tachée de poussière et de sang.

« Ah ! monsieur l'abbé, combien je vous suis pour toujours reconnaissant, d'avoir voulu courir tant de dangers pour venir m'unir à celle qui est depuis si longtemps ma femme et dans mon cœur et devant Dieu, si je puis le dire. Mon cher baron, dit-il à M. de Petit-Val, que je suis heureux de vous voir ! Vous vous cachiez méchamment dans l'ombre. »

Et il se précipita dans les bras du vieil ami de son père, qui le pressa avec une véritable amitié sur son cœur.

« Excusez-nous, vicomte, de vous tourmenter, dit l'abbé, mais, hélas ! la situation de la malheureuse

France est telle, qu'il faut bien vite quitter les bonnes et aimables pensées pour le souvenir des méchants. Nous apportez-vous aussi la nouvelle de la victoire de Robespierre? »

Vulmer réfléchit un instant. D'Entraigues attendait avec une certaine impatience la réponse, qu'il se préparait à combattre vivement.

« Je crains bien que Robespierre ne soit victorieux. Il a tout pour lui, et surtout l'opinion publique à un point qu'on ne peut imaginer, il possède une popularité réellement monstrueuse. Du reste, personne n'ose commencer à l'attaquer. Nous venons de voir quelques-uns de ceux qu'il doit sacrifier, ils n'osent entamer la lutte. »

Le diplomate, au comble de la joie de voir son rival donner ainsi raison à ses idées, lui tendit la main.

« Votre sincérité est parfaite, vicomte, et elle est clairvoyante. Mais réjouissez-vous, la victoire de Robespierre rentre dans les plans de Mgr le régent. Il a dû vous le faire savoir par M. de Calonne. Son Altesse Royale n'est pas pressée de rentrer en France.

— Eh bien, alors, Elle restera hors de France plus longtemps qu'Elle ne voudra : la victoire de Robespierre, c'est l'extermination.

— Mais, vicomte, dit M. de Petit-Val, tu ne nous expliques pas pourquoi tu as employé cette manière d'entrer chez les gens, qui rappelle le théâtre de la Foire.

— Avant que je parle, je vous en supplie, dites-moi où est mademoiselle de Lugnières? Je commence à être inquiet...

— Mon Dieu, monsieur le vicomte, ne vous tourmentez pas, dit vivement Manon. Elle est dans une maison voisine où elle est bien en sûreté, parce que cette maison-ci...

— C'est bien cela, dit vivement Lozembrune. Fort bien ! »

Et se redressant allègrement, il jeta autour de lui un regard hardi et intelligent qui ne rappelait en rien l'œil abattu et languissant qui se fermait parfois sous ses paupières gonflées.

« Voici ce qui m'a fait entrer par la fenêtre, baron. J'ai trouvé le bas de la rue occupé par des gens qui paraissaient veiller. Je fis un détour et je montai. Le haut de la rue était certainement gardé et bloqué par des hommes armés. Je me jetai dans le parc de Mesdames par une des brèches dont la muraille est remplie. Je grimpai à un gros arbre qui domine la cour de cette maison. C'est là que je fus salué de deux coups de fusil. Je n'en sautai que mieux, et voyant une espèce de lueur, je m'en autorisai à supposer qu'il y avait là une fenêtre. Ma foi, je jetai une bûche dedans, et me voici après la bûche. Mais si c'est bien vous qu'on menace, parbleu, la garnison a reçu du renfort. Nous ne nous laisserons pas prendre sans vert. Baron, vous êtes, comme feu M. de Lozembrune aimait à le dire, un vieux Rodrigue qui avez battu la Calabre. Comte, on sait que, quoique vous soyez un homme à talent, vous n'en êtes pas moins un homme de main. Vous, Mesdames, vous êtes femme et fille de gentilhomme. M. l'abbé, qui a beaucoup de bon sang dans les veines, ramassera les

blessés que Manon soignera. Pour peu que nous ayons
quelques armes, nous pouvons tenir tête à toute la coquinerie du village. Moi j'ai un sabre que vous voyez-
là, sans fourreau, à ma ceinture, et que j'ai pris à un
sectionnaire de la Fontaine-Grenelle : je serai la cavalerie légère et ferai les sorties.

— Pardieu, dit M. de Petit-Val, il y a longtemps
que la patience m'étouffe! Moi j'ai une paire de pistolets. »

La centenaire s'était levée cette fois, et s'adressant
à Vulmer :

« Je ne veux pas, dit-elle. Inutile et dangereux.
Très-brave, très-fou ; oubli des femmes ; on brûlera la
maison. Manon, la cachette !

— Notre hôtesse a raison, dit doucement le prêtre.
Nous n'avons pas le droit de faire courir à des femmes
un danger si certain et si inutile. Nous avons là un refuge, là justement où je dois bénir votre union, un refuge qui est introuvable. »

Tout le monde se tut. Vulmer baissa le front. Manon
avait déjà couru vers l'escalier.

« Voici la cachette ouverte, cria-t-elle. Veuillez
passer le premier, Monseigneur, vous connaissez déjà
bien le chemin. Vous ferez attention aux marches qui
sont derrière la porte, après la muraille. »

Les trois degrés inférieurs de l'escalier avaient été
déplacés, et formaient un vide où le prêtre entra en se
baissant. M. d'Entraigues le suivit, puis M. de Petit-
Val. Madame l'abbesse et la vicomtesse vinrent après.

« Moi, dit Vulmer j'attendrai Marie-Thérèse.

— Moi aussi, murmura la centenaire en se rasseyant et en prenant son chapelet. »

Manon tira un rideau qui cachait grossièrement l'ouverture, suffisamment toutefois pour donner le temps de replacer les degrés de l'escalier.

Vulmer, après s'être promené de long en large, ne put résister à la tentation de s'asseoir, et bientôt, après maint soubresaut et maint violent écarquillement d'yeux, il laissa tomber la tête sur la poitrine.

Manon avait été fermer à double tour la porte de la chambre de Geneviève, et elle était allée se mettre en sentinelle derrière la porte de la rue, écoutant avec anxiété les bruits sourds qu'elle entendait ou croyait entendre. Quelqu'un frappa bientôt, quelqu'un qu'elle n'avait pas entendu venir. Elle s'imagina que c'était Marie-Thérèse. Elle ouvrit.

C'était l'enfant-aristocrate qui rentra d'un pas allègre. Il s'avança jusque dans la salle. À la lueur de la petite chandelle, on pouvait voir un sourire de triomphe errer sur son visage pâle et grave.

« Je l'avais bien dit, s'écria-t-il. Ils ont été chercher mademoiselle de Lugnières, l'amie de ma sœur Isabelle, et ils la ramènent en triomphe. »

Vulmer avait bondi, réveillé en sursaut.

« Que dis-tu, mon enfant ! s'écria-t-il. »

L'enfant lui lança un regard inquisiteur et se tourna vers Manon.

« C'est celui qui va épouser mademoiselle, dit celle-ci.

— Ah ! oui. Il est habillé comme les scélérats, mais

il n'en a pas la figure. Eh bien, croyez-moi les sans-
culottes vont venir ici, sans méchanceté ; mais ils
voudront tout voir. S'ils vous trouvent, ils deviendront
aussi furieux qu'ils sont bons maintenant. Ainsi cachez-
vous, et cachez-vous bien. »

Il bondit hors de la lumière et disparut brusquement
comme la première fois.

« Allons, Monsieur, dit Manon, suivez les autres
dans la cachette. C'est le plus sûr, comme vous voyez,
si vous ne voulez pas qu'il arrive malheur à mademoiselle. Dans un instant je vous l'amènerai.

— Vous avez raison, bonne Manon. Il vaut mieux
que madame Capeluche soit seule ici. Son âge leur en
imposera plus que mon sabre. »

Il disparut à son tour dans le trou de l'escalier.
Manon, après quelque hésitation, sortit de la salle
dont elle ferma la porte. Elle alla ouvrir celle de la
maison, et, se posant sur le seuil, elle chercha à percer
les ténèbres qui l'entouraient et à apercevoir ce qui
se passait dans le bas de la rue, d'où un sourd murmure s'élevait.

Parfois la rue s'éclairait subitement d'une pâle lumière. Les gros nuages disparaissaient à l'horizon,
bientôt suivis par d'autres qui ramenaient les ténèbres
opaques. Si Manon avait profité de ces intervalles de
lumière pour regarder persévéramment à côté d'elle,
elle eût pu apercevoir derrière les arbres et les buissons du voisinage quelques ombres immobiles qui lui
eussent donné des soupçons. Mais toute son attention
était portée, disons-nous, vers le bas de la rue.

Il lui semblait que le murmure grandissait, et l'on commençait à distinguer, au milieu de la basse continue de ce sourd bruit, quelques cris et quelques lambeaux de chansons. Tout à coup les cris devinrent plus forts, la masse du murmure se brisa et s'émietta en cent clameurs qui se firent plus violentes, comme les échos d'une querelle, puis d'une lutte, puis d'une bataille. Les cris devinrent perçants.

La brave servante se désespérait. Elle n'osait quitter la porte de cette maison ouverte. Le tapage devenait plus violent. Quelques coups de feu firent entendre leur crépitement sonore et lugubre. Elle crut distinguer des cris d'angoisse et d'appel, des plaintes féminines. Elle allait se précipiter, quand un fantôme blanchâtre apparut courant, montant la rue, et vint presque tomber dans ses bras.

« Est-ce vous, mademoiselle? demanda-t-elle.

— Ah! ma bonne Manon, pitié! Secourez-nous, sauvez-nous!

— Mamzelle Victorine de Brion! Ah! grand Dieu! qu'est-ce qu'il y a donc d'arrivé?

— Ah! Manon, je ne sais plus... Ah! oui, ma sœur était aux aguets dans le village. Enfin elle rencontra Marie-Thérèse, qu'on venait de délivrer, et qu'on ramenait ici. L'Anglais y était aussi. Il avait aidé à la sauver. Comment! Je ne sais pas ce que je dis. Là, au bas de la rue, on se jeta sur nous; on voulait prendre Marie-Thérèse. Des cris, des menaces, des coups, une bataille... Je me suis sauvée. »

Et elle s'affaissa sur le seuil.

« Êtes-vous capable de m'entendre? lui dit la vieille servante d'une voix rauque et ferme. Restez là, criez comme une perdue, si quelqu'un veut entrer. Il faut la sauver avant tout. »

Elle se mit à courir. Mais à peine eut-elle fait quelques pas qu'elle fut arrêtée par deux personnes qui montaient la rue en grande hâte.

« Mamzelle Adèle! s'écria-t-elle et l'Anglais! »

Mademoiselle de Brion prit Manon par le bras et l'entraîna. Son compagnon souleva Victorine. La porte de la maison se referma sur eux. Adèle assura les verrous et se précipita dans la salle, suivie de ses compagnes et de Samuel Vaughan, dont le front était déchiré et le visage sanglant.

La vieille dame Capeluche les regarda sans qu'aucune émotion n'agitât son visage.

« Parlez, dit-elle froidement, dites-moi tout.

— On a voulu enlever Marie-Thérèse, répondit Adèle. Je me suis attachée à elle. Il y a eu combat. Il y avait là plusieurs hommes inconnus qui se battaient les uns contre les autres au milieu de la foule, qui criait et qui se battait aussi sans paraître savoir pourquoi. Quelqu'un que je n'ai pas reconnu m'a arraché mon amie. On m'avait déjà saisie moi-même, quand ce brave jeune homme est venu en rugissant et en distribuant des coups de poing terribles. Il m'a sauvée. Je les ai entendus qui criaient : « Chez la centenaire! chez la centenaire! » Hélas! j'ai fait tout ce que j'ai pu pour Marie-Thérèse. Ah! sauvez-nous! Vraiment, c'est à devenir folle! »

La vieille femme montra la cachette à Manon, et désignant l'Anglais.

« Il a partagé le danger, il partagera l'abri. »

Manon conduisit les trois personnages vers l'escalier en leur donnant ses instructions.

« Ooh ! oh ! s'écria Samuel, très-curieux, extrêmement curieux cette trou. Je suis content d'avoir donné mon sang hou... houmain pour vous sauver, mademoiselle, et voir cette curiosité tout à fait... curiosité.

— Maintenant, dit la centenaire à Manon, qui revint seule, je ne veux pas rester ici pour voir ces hommes. Ils ont assassiné le roi. Puis je veux assister à la messe. Je sens que mon dernier jour est venu. Taistoi. Il est temps. Je vais dans la cachette avec les nobles. »

Elle tendit les mains à Manon, qui l'embrassa en pleurant.

« Tu vas aller fermer derrière moi la porte de la cachette, afin que ce jeune homme ne veuille pas venir rejoindre sa fiancée. Tiens-toi bien prête, car tu sais que, quand nous devrions tous mourir, rien, rien au monde, ne peut ouvrir la porte par le dedans. Ainsi, sois prête à l'ouvrir pour les délivrer quand je te le crierai par le petit trou du bas de la porte ; on entend bien ; on entend un peu aussi par la muraille de ta chambre. Et surtout, surtout, si tu ne veux pas être maudite par moi, quand il s'agirait de sauver mille créatures, ne dévoile pas, jamais, jamais, l'autre secret. Tu sais, Manon, je te l'ai dit un jour que j'étais à la mort. Tu as juré sur ton salut. »

Elle s'éloigna cette fois lentement, entra sous l'escalier, suivie de Manon. On entendit le bruit, comme d'un pêne énorme qui entrait dans une gigantesque rainure en fer. Manon reparut, remit les planches de l'escalier en place. Elle écouta à la porte de la chambre de Geneviève et vint s'asseoir, les mains jointes et l'œil pensif, auprès de la petite chandelle qui arrivait à sa fin et s'éteignit.

IX

Fidèle Tranquille Bailli.

Quelque temps après que la centenaire eut rejoint ses compagnons dans la cachette, et que la maison fut entrée dans un silence profond, deux personnages qui venaient, l'un du haut l'autre du bas de la rue des Pierres, se rencontrèrent devant la porte. Ils étaient tous deux haletants.

« Est-ce toi ? capitaine Vingt-et-un-Janvier, demanda-t-on.

— Oui, général Lavalette. Eh bien ! as-tu trouvé quelque indice de notre Marie-Thérèse ?

— Rien. J'ai battu tous les environs dans le bas, comme toi dans le haut du pays.

— Une affaire si bien montée ! dit le capitaine, qui réfléchissait sans écouter son compagnon. Sans ce grossier coquin de capitaine Monbayard, qui est venu se jeter sur nous avec plusieurs autres drôles de son espèce, au moment, où fort des renseignements qu'Yvon le Brestois était venu, cette après-midi, donner à Robespierre, j'allais l'enlever à cette troupe de paysans...

— Elle s'est enfuie, dit Lavalette, et maintenant ?

— Eh bien, je veux faire encore un effort cette nuit, un dernier, sauf à revenir demain. Je veux entrer dans cette maison, qui est la sienne, et où il est possible qu'elle soit refugiée.

— Faire du bruit, enfoncer les portes, ameuter contre nous le peuple souverain, quand nous avons besoin de tant de prudence ! Non, c'est de la folie. »

Il s'éloignait, entraînant à grand'peine son compagnon, quand un bruit qui partit de la maison les ramena près de la porte.

« C'est vous, monsieur, dit une voix contenue qui sortait de la fenêtre à gauche de la porte, qui avez voulu m'embrasser cette après-midi ? Je suis ici chez des aristocrates qui sont mes parents. Ils m'ont accusée de trahison parce que vous aviez voulu m'embrasser. Ils m'ont jeté un linge sur la tête pour que je ne crie pas ; ils m'ont liée, bâillonnée et enfermée ici. Je suis parvenue bien difficilement à me délier et à me débâillonner. Si vous voulez éloigner un de ces barreaux qui a été cassé cette après-midi, je suis mince, je pourrai passer, et je vous dirai le moyen d'avoir la porte ouverte. »

Les deux jacobins s'approchèrent, et, après avoir écarté les barreaux, ils tirèrent à eux une femme.

« Tiens, dit Lavalette, c'est bien mon Agnès ! Comment t'appelle-t-on, jeune Hébé ?

— Geneviève. Mais si vous voulez entrer, voilà
comment vous devez faire. Vous allez frapper un
un coup, puis trois. On demandera qui est là ? vous
répondrez, toujours en continuant de frapper doucement : « Nous venons voir Marie-Barbe. » Alors on
vous ouvrira. »

Tambour s'effaça contre la muraille et força Geneviève à en faire autant. Lavalette frappa, donna le
mot du guet, et la porte s'ouvrit.

« Sautez-lui à la gorge, cria Geneviève, pour
qu'elle ne crie pas. »

Manon se sentit saisie, et les trois personnages,
laissant la porte de la rue à demi fermée, entrèrent à
la suite de la vieille femme qu'ils poussaient devant
eux.

« Là, arrêtez, dit Geneviève, quand on fut dans la
salle obscure. Attendez que je trouve le bois soufré et
la bouteille à feu. »

Bientôt la chandelle fut rallumée. La vieille servante
avait les deux poignets tenus par Lavalette, qui les
lâcha quand on vit clair.

« Si tu cries, vieille ! dit-il en montrant la crosse
de ses pistolets.

— Pourquoi crierais-je ? dit-elle tranquillement ;
pour amener d'autres loups ? Est-ce que les honnêtes
gens ne sont pas en ce moment-ci en France comme des
voyageurs perdus dans des bois remplis de voleurs ?
Que me voulez-vous ?

— Une réponse franche et sincère, faute de quoi,
tu es morte.

— Demandez, je vous répondrai, si je le puis et si je le dois. Quant à menacer vous perdez votre temps. »

Un bruit à peu près semblable à celui d'un gros chien qui marche, se fit entendre dans le corridor. Mais personne n'y fit attention. Une petite tête passa prudemment à travers la porte à demi close de la salle à manger, et se retira précipitamment.

« Eh bien, tu vas nous dire, reprit Vingt-et-un-Janvier, si la jeune fille qui demeure ici, et qu'on nomme Marie-Thérèse, y est revenue ce soir. »

Un tressaillement de joie échappa à Manon. Ces scélérats, qui étaient vraisemblablement ceux qui avaient voulu enlever mademoiselle de Lugnières n'y avaient donc pas réussi ? Elle réfléchit, et se demandant ce qu'il valait mieux faire : se taire ou répondre la vérité.

La petite tête, — avec le manége d'une souris qui avance et recule au bord de son trou en inspectant le voisinage, et en se demandant si le terrain est libre et sans danger devant elle, — la petite tête reparut. Elle fut bientôt encouragée par l'obscurité ambiante que n'arrivait pas à percer la petite chandelle placée sur la table. La lumière éclairait seulement, en leur donnant des couleurs livides, des reflets profonds, des rides tourmentées et des lignes d'une violence extra-ordinaire, les faces des trois interlocuteurs. La petite tête s'avança, un petit corps suivit, qui se mit à ramper dans l'ombre, le long de la muraille, jusqu'à ce qu'il touchât la cheminée vide, où il se cacha.

10

« La vérité est, dit Manon, que Mademoiselle n'est
pas rentrée ici depuis ce matin.

— Coquine, s'écria Vingt-et-un-Janvier en prenant
la vieille femme à la gorge, tu viens de prononcer un
mensonge !

— Faites-lui jurer, dit Geneviève, si elle jure, vous
pouvez la croire.

— Ah ! dit Manon, dont le visage sévère s'épanouit
un peu, il y a encore du bonheur à être honnête, et
même les plus scélérats témoignent pour vous ! Eh
bien, c'est vrai, j'aimerais mieux mourir que de faire un
faux serment. Je jure par le nom de Notre-Seigneur
(et vous pouvez me martyriser pour ça) que mademoiselle Marie-Thérèse n'est pas revenue ici !

— Eh, cria d'une voix dure un homme qui entra
violemment, en diras-tu autant, vieille fanatique de
son futur mari ? »

Pourvoyeur l'aîné, les traits bouleversés, les mains
tremblantes, la figure tantôt violacée, tantôt livide, et
agitée de contractions brusques, les habits ensanglan-
tés, entra suivi d'une foule assez nombreuse, et silencieuse pourtant.

Le sang qui couvrait ses habits était celui de son
fils, qu'il avait atteint d'un coup de feu destiné à
Lozembrune, et qu'il avait rapporté sur ses épaules
depuis le haut de la vallée de Bièvre. Le peuple
comprenait la douleur de ce père. Il le suivait avec
une compassion silencieuse, pour venir joyeusement voir mettre à la torture, à une torture effroyable, une vieille femme dont tout le crime était

d'être condamnée par un coquin à cette torture.

« Allons, cria Pourvoyeur d'une voix rauque, allumez des torches et tout ce que vous trouverez ici propre à éclairer, à brûler. »

La salle fut bientôt splendidement illuminée. Le petit personnage qui était dans la cheminée grimpa et disparut. Une vingtaine d'hommes et de femmes occupaient la place. Les deux gentilshommes-terroristes, près de la porte, la main appuyée sur la poignée de leurs grands sabres, regardaient la scène avec un mélange d'ironie et d'intérêt. Pourvoyeur, au centre, à côté de la table, fixait ses yeux sanglants sur Manon, qui considérait tout ce qui se passait avec une sérénité grave. Geneviève s'était approchée de Pourvoyeur et lui avait dit quelques mots à l'oreille pour le mettre au courant de ce qu'elle savait.

« C'est bien, dit le jacobin. Le forgeron a été requis, au nom de la république et du comité révolutionnaire de Meudon, n'est-il pas vrai, citoyen Pierre-Jacques Bry, de fournir un réchaud allumé et entretenu de charbons toujours ardents ?

— Oui, citoyen président, répondit Jacques Bry.

— Tu entends, scélérate, ces charbons ardents te sont destinés.

— Il fait déjà bien chaud, répondit gravement Manon ; mais un peu plus, un peu moins.... Avec la grâce de Dieu, nous le supporterons.

— Ah ! ah ! Nous verrons bien. Où est le commandant Pluc ?

— Tu le sais bien, auprès de ton fils, répondit Bry.

— Tonnerre de... Qu'on ne me rappelle pas ça ! Je vais devenir fou, et tout tuer, et mettre tout le pays à feu. Qu'on me laisse mon sang-froid pour retrouver le monstre, le scélérat de Lozembrune qui est cause de tout le mal, et que je vais faire souffrir, comme on n'a jamais fait souffrir un homme. Qui est-ce qui commande les soldats qui gardent cette maison, dans la forêt, de l'autre côté de la muraille du parc ?

— C'est Agricola, citoyen.

— Et elle est bien entourée par ici du côté de la rue, de façon à ce qu'une souris n'en puisse sortir ?

— Oui, citoyen : seulement Eleuthérophile Pissot, qui devait commander, n'y est plus. Il a été tué tout à l'heure par un coup de pistolet de l'un de ces deux citoyens ici présents, et qui ont été envoyés ici avec une mission de l'état-major de la garde nationale de Paris.

— Oui, tu m'as déjà raconté ça. Il paraît qu'Eleuthérophile Pissot gênait l'état-major de la garde nationale, dit Pourvoyeur du ton à demi grondant d'un dogue qui voudrait mordre, et qui n'ose pas.

— Pied-Plat, je crois que tu te permets d'employer l'ironie. N'oublie pas que cela te va comme une cravate à un porc, drôle ! dit le capitaine Front, en menaçant de la main le président du comité révolutionnaire.»

Celui-ci se recula. Il était surtout exaspéré de se voir ainsi bafoué en présence de son peuple (car c'était bien cela). Mais tout ce qui touchait à Robespierre était si sacré que Vingt-et-un-Janvier, le grand favori de Maximilien, avait à l'insolence des droits inconnus de l'ancien régime. Pourvoyeur se contenta de dire :

« Le temps viendra où il n'y aura plus que de vrais démocrates, dont l'ignorance vertueuse sera le seul titre pour toutes les magistratures. Ce sera la vraie démocratie, et c'est ce que Maximilien nous a promis. C'est pour cela que nous l'aimons par-dessus tout. Ne l'oublie pas, Vingt-et-un-Janvier.

— C'est merveilleux, s'écria Lavalette en éclatant de rire. Le temps viendra où il n'y aura plus que des aveugles, et où Pourvoyeur, qui n'est que borgne...

— Toi, majorien d'Hanriot, faux sans-culottes, ex-marquis, tu n'es pas l'ami de Robespierre, tu n'es pas sacré pour moi, tu vas payer toutes les dettes.

Et, tirant son sabre, il s'avança vers Lavalette, qui tira le sien en souriant.

— Et moi, cria un des assistants en bondissant, je veux donner une leçon à l'autre muscadin.

— Ah ! c'est toi, capitaine Monbayard ? s'écria le capitaine Front. Eh bien, il y a longtemps que j'ai envie de te renvoyer dans la boue dont tu es sorti. »

Il tira son sabre de cavalier, auquel Monbayard n'a-vait à opposer que son petit glaive. La foule avait fait le vide.

Les quatre fers s'étaient croisés, quand un des gardes arriva en criant :

« Citoyens, c'est un envoyé de Robespierre. »

Au même instant entra un petit vieillard, courbé, appuyé sur une canne à bec de corbin, et portant le costume d'avant 1789.

10.

Le personnage était connu des quatre antagonistes,
qui baissèrent l'arme en le voyant.

— La...a paix, la tran..anquillité et la con..oncorde
dans les fa..amilles, mes bon..on..ons me...essieurs,
dit le petit vieillard en saluant et en faisant des révérences à la ronde. Fi..i..dèle-Tran..anquille Bailli,
maî..aî..tre de langue pour vou..ous servir, si..i,,i
j'en suis di..i..igne.

Il combla de révérences les quatre coins de l'horizon,
en jetant partout un regard vif qui s'arrêta un instant
sur Manon, et il se précipita vers elle avec des saluts
que les trois Malter, les illustres académiciens de la
danse, n'eussent pas désavoués.

« Ma..a..a..dame, ou qui..qui....qui que..que
vous soyez, j'ai..ai l'ho..on..neur de mettre mes
ho..ho..hommages à vo..os genoux.

Puis il revint vers Vingt-et-un-Janvier.

« Voi..oici une épî..pî..pî..tre de l'Inco..co..co..or-
ruptible pour vous. Je me..e..e trouvais sou..ou..ous
sa main, continua-t-il, en adressant un mot et un regard perçant à chacun de ceux qui composaient l'assemblée, tandis que le capitaine lisait, car au..au..
jourd'hui mes a..a..mis et pa..pa..rents, les bon..on..
ons.. Du..u..play, ne se son..ont pas cou..cou..ouchés
à cause de di..di..verses causes. Alors l'Inco..o..rup-
tible m'a..a dit : « Fi..i..dèle-Tran..quille Bailly,
Fi..i..dèle-Tran..an..quille, mon..on cher a..a..mi,
vou..ous êtes enco..core vert pour vô..ôtre â..â..âge,
vou..ous a..allez mon..onter en voi..oi..ture et po..o..-
orter cette lettre à Meu..Meu..eudon. »

La vérité est que Robespierre avait voulu avoir auprès de lui le capitaine Tambour, l'homme qu'il regardait comme le chef de ses gardes, comme son général, son homme de main, l'être dans le courage, la froide énergie et la lucidité duquel il avait le plus de confiance. Enfin, ne sachant à qui s'en prendre, et malgré l'extrême confiance que Fidèle Bailli lui avait inspirée, il avait voulu tenter l'épreuve à son sujet, et voir si les lettres menaçantes qui lui venaient chaque nuit lui arriveraient pendant l'éloignement de celui-ci.

Fidèle Bailli, ou Keraudren, avait été au-devant des vœux de Robespierre qui justement comblaient tous les siens. Il avait appris comment, grâce à la trahison d'Yvon le Brestois, la maison de la rue Notre-Dame-des-Champs avait été signalée, fouillée et occupée par les sans-culottes. Comme c'était là le lieu où il rencontrait Batz et Lozembrune, auxquels il avait à communiquer des nouvelles importantes, il s'était trouvé déconcerté. Il ignorait ce que Batz était devenu ; mais il savait que Vulmer devait venir ce soir même à Meudon. Il avait saisi et même fait naître l'occasion d'y venir lui-même, espérant y rencontrer son compagnon, lui transmettre ses renseignements, prendre les siens, enfin tout concerter pour l'action des jours suivants.

«Robespierre m'appelle, dit le capitaine à demi-voix. Il paraît, Lavalette, que le cœur lui manque. Je n'ai jamais vu un pareil homme. Allons, je ne puis hésiter, ni rester plus longtemps loin de lui. Venez-vous avec nous, Fidèle Bailli ?

— Mille grâ..âces, aimable jeu..jeu.. jeune homme,
pour votre cour..our..ourtoisic (et il fit dix saluts).
Mais vou..ous allez à che..che..cheval ; moi, je suis un
vi..vi..vieil..vieil..lard, et j'ai besoin de sou..souffler,
et ma voi..voiture aussi. Je pa..ar..rtirai bien..bientôt. .
Je vais consi..i..dérer ce qui se pa..asse ici, mon..-
onsieur Pou..our..voyeur, et respirer un peu l'ai..air
pu..ur des champs, s'il vou..ous plaît, Tran..anquille-
Fidèle Bailli, pou..our vou..ous servir, me..essieurs
les vi..i..illageois. Il y a lon..ongtemps, vin..ingt ans,
que je n'a..a..a.,avais qui..quitté Pa..a..a..ris, pau..-
au..vre vi..i..ieil..lard, Fidèle-Tran..an..quille. Et
d'ailleurs, Ro..o..o..bespierre m'a..a dit de voir co..
co..co..comment tout se pa..assait. Con..ontinuez vo..
otre beso..o..gne, messieurs, Fi..idèle-Tran..anquille,
pour vou..ous servir.

— Eh bien, dit Pourvoyeur, citoyen Bailli, respectable ami de l'incorruptible Maximilien. — Tiens, ce
Monbayard est parti à la poursuite des deux majoriens!
Mais qu'ils s'arrangent. — Voici donc ce qui se passe,
citoyen Fidèle Bailli. Cette scélérate que vous voyez
là a donné asile à des aristocrates.

— O..o..oh ! et qui est-ce qui le..e dit?

— C'est cette jeune fille, qui est la propre nièce de
cette scélérate.

— Eh! la belle en..enfant, vous avez vu en..entrer
i..i..ci de..es aristo..o..crates des deu..eux sexes ?

— Oui, monsieur, dit Geneviève en baissant mo-
destement ses beaux yeux. Mais comme on m'avait enchaînée et aveuglée, je n'ai pas pu bien voir ceux qui

sont venus. Je sais bien qu'il y a des hommes et des femmes, et sûrement j'ai vu entrer Sempronius Boudin, qui est le directeur de la fabrique de peau humaine, et l'Anglais qui est exilé ici, et un vieillard qui est arrivé ce matin, et qui est un vieux prêtre venu ici pour marier mademoiselle Marie-Thérèse.

— Et le jeu..eune homme qu'on..on devait ma..a-rier, qui était-il? Le co..on..onaissez-vous, ma..b belle en..enfant?

— Je sais bien que c'est un aristocrate et un des chefs. Je sais qu'on l'attendait et qu'on m'a enchaînée, c'est tout.

— Trè..ès-bien, ma..a belle en..enfant. Vou..ous êtes trè..ès-bien re..en..enseignée, et une ai..aimable et ve..e..ertu..euse pe..ersonne. Eh bien, mon..onsieur Pou..our..voyeur, qu'est-ce qu'en dit la vi..vi.. vieille dame? Fi..idèle-Tran..anquille Bailli, ma..a..-dame, pour vou..ous servir!

— Eh bien, vieille scélérate, dit Pourvoyeur, tu as entendu ce qu'a dit cette jeune fille, animée de l'amour le plus pur de la patrie. Où as-tu caché tous ces scélérats? »

Manon ne répondit pas; son regard calme restait fixé sur le visage de sa nièce.

« Ah! tu ne veux pas répondre! Nous n'avons pas de temps à perdre. Je sais un moyen de te faire parler. Aujourd'hui les lois étant suspendues, les bons citoyens ont tout droit, et je vais te brûler les pieds jusqu'à ce que tu parles. Apporte le réchaud plein de charbons ardents, Pierre-Jacques Bry.

— C'est..est trè..ès-bien, trè..ès-sage et pa..pa..pa-tri..i..otique. Mais, mon..onsieur Pou..ourvoyeur, vou..ous savez que l'Inco..corruptible n'aime pa..as les cris, su..urtout dans un mo..oment co..co..comme ce..e..elui-ci. Si vou..oulez bien, avant de lui chau.. au..auffer les..es pieds, me laisser seul a..a..avec la vi..ieille dame, je vai..ais peut-ê..être bien la dé..écider à pa..pa..parler.

— Soit, dit Pourvoyeur, je ne veux pas refuser ça à un ami de l'auguste Maximilien ; je sais qu'il vous respecte, vénérable vieillard, qui cachez sous une perruque de l'ancien régime une âme naturellement sans-culottes. Allons, citoyens, que tout le monde sorte un instant, je le requiers au nom de la loi, et sous peine de désobéissance à la commission révolutionnaire.

— Sans-cu..cu..ulottes, oui, pa..artez, ci..ci..citoyens. La paix et la tran..anquillité, avec mille ex..ex..cuses de Fi..i..dèle Bailli, pou..our vous ser..ervir. »

La foule, qui s'était augmentée malgré l'heure avancée, s'écoula avec une docilité merveilleuse. En un clin d'œil, il n'y eut plus en vue dans la salle que Fidèle Bailli et Manon.

Le vieillard s'avança vers elle, et la repoussa hors du centre de la lumière jusqu'à la muraille. Il regarda autour de lui attentivement, et, changeant de voix :

« Vous devez, dit-il, être la servante fidèle dont Vulmer de Lozembrune nous a souvent parlé. Vous êtes attachée à sa fiancée. Vous avez dû entendre mademoiselle de Lugnières parler d'un ami, ou plutôt

d'un compagnon d'armes de Lozembrune, du bailli
Keraudren. Je suis Keraudren. »

Il se tut. Manon ne répondit pas ; elle paraissait réfléchir.

On n'entendit pendant un instant que le murmure
contenu de la foule qui s'agitait dans la rue et dans
les premières pièces de la maison.

« Je vois que vous vous défiez, continua Keraudren,
Eh bien, vous devez avoir aussi cachés ici le comte
d'Entraigues et l'abbé de Dampierre. Vous voyez que
je connais tout. Parlez, dites-moi où ils sont, que je
les sauve !

La vieille servante se taisait toujours.

« Je vous en prie, dit Keraudren en s'échauffant.
Vous avez peut-être là aussi cet Anglais dont Robespierre s'est tellement occupé ces jours derniers. Enfin
tout ce qui peut nous sauver est ici. Parlez. Il s'agit du
salut du roi de France, de leur salut à tous, et du vôtre. Dites-moi, sont-ils là? Et pensez au supplice qui
vous menace, et dont je puis vous sauver. »

Manon était de la bonne race champêtre, défiante,
obstinée, immuable. Elle avait, du reste, avec une
grande simplicité d'héroïsme, fait le sacrifice de sa
vie.

« Tout ce que vous me dites est inutile, répondit-elle
enfin. Je vois bien que vous trompez quelqu'un, ces
gens-là ou moi... Qu'est-ce qui me dit que ça n'est
pas moi que vous attrapez, et lequel des deux vous
êtes, un vrai Keraudren ou un vrai Fidèle Bailli?
Quand on est si habile à tromper les uns, ça met les

autres en défiance. Ni à vous, ni à d'autres je ne répondrai rien, rien. C'est dit et entendu.

— Ma foi ! c'est assez logique, cet argument villageois, dit Keraudren. »

Et il resta un instant à réfléchir en regardant attentivement Manon.

« Je me butterais en vain contre l'obstination de cette vieille domestique, murmura-t-il. Je crois qu'elle se laissera tuer plutôt que de parler. Je suppose qu'ils sont bien cachés. Je reviendrai demain matin.

— Citoyen, le temps presse, cria Pourvoyeur.

— Vous ave..ez raison. Il n'y rien..en à..à faire a.. a..avec cette respectable vi..i..il..lageoise. Moi, il faut que..e..e je re..e..tourne à Pa..a..ris, où l'Inco..co.. corruptible m'a..a..attend. Cette bo..onne vi..i..i..illageoise se tai..aira, continua-t-il en jetant un regard vif à Manon ; elle sai..ait bien qu'elle se..erait mon.. ontrée au..au doigt en ce..e monde et da..a..amnée, hé ! hé ! hé ! dans l'autre, si elle tra..a..ahissait ses a.. a..mis.

— Nous verrons bien, dit rudement Pourvoyeur. Les charbons ardents n'ont jamais trouvé de langue rebelle, et je sais comment on s'en sert.

— Fi..i..dèle-Tran..anquille Bailli, pou..our vou.. ous se..e..ervir, dit le vieillard en distribuant à droite et à gauche les révérences. La..a paix, la tran..anquillité et la con..on..corde dans les fa..a..milles, ma..a..a respec..ec..ec..table dame. »

Et glissant comme un maître à danser, il disparut.

« Allons, Jacques Bry, s'écria Pourvoyeur, maintenant que nous voici entre nous, apporte le réchaud et souffle dessus. Et toi, scélérate, veux-tu parler ou la mort !

— A quoi bon ?

— Pas de paroles ! veux-tu parler ! Si ce n'est rien de mourir, c'est quelque chose de souffrir. Les brigands m'ont tué à peu près mon fils. Citoyens, vous en avez été témoins. Et celle-ci qui est leur complice refuse de prononcer une parole qui pourrait sauver la patrie ! Parle, toi, Jacques Bry, au nom du peuple et du comité révolutionnaire. N'avons-nous pas le droit de juger cette scélérate et de prendre toutes les mesures pour sauver la patrie ?

— Il n'y a pas de doute, s'écria Jacques Bry. »

La plupart des assistants, des assistantes surtout, confirmèrent ce jugement.

« Prends-la donc, Jacques, lie-la à une chaise. Là bien. Maintenant lie-lui les jambes contre les barreaux de la chaise. Bien. Maintenant enlève ses souliers et ses bas. Bien. Pose-lui cette chaufferette sous les pieds. Nous activerons le feu autant que besoin sera. »

Alors commença une de ces scènes effroyables où la brute émancipée par la Révolution se montrait tout entière.

Le feu n'avait pas tardé à entamer la peau, puis la chair. Manon, pâle, puis rouge, les traits crispés, les lèvres serrées, les yeux hagards, qui s'ouvraient parfois plus grands encore comme par une secousse horrible d'une souffrance continue, Manon pressait ses mains avec une sorte de rage. Mais elle ne parlait pas.

11

Souvent, après un cri, après une plainte, on l'entendait qui disait à mi-voix : « Jésus, mon Sauveur! Jésus, mon Sauveur! Jésus, mon Sauveur! »

« Parleras-tu, scélérate? hurlait Pourvoyeur, au milieu de cette foule haletante, mais plus curieuse encore qu'émue, et qui trouvait qu'il n'y avait pas des souffrances trop fortes pour punir une servante de ne pas trahir sa maîtresse, quand un jacobin le lui ordonnait. Parleras-tu, lâche scélérate, infâme aristocrate?

— Non, murmura-t-elle d'une voie rauque et comme si elle eût craint de desserrer les dents. J'aime mieux souffrir en ce monde que dans l'autre.

— Ah! fanatique atroce, tu nargues la Révolution et tu insultes à ses lois libérales qui ont aboli les superstitions et tous les préjugés. Souffle, Jacques Bry, souffle, ou la mort, souffle mieux que ça! »

Et prenant lui-même le soufflet, il activa les charbons ardents jusqu'à la flamme qui atteignit la plante des pieds.

La pauvre femme, vaincue par la douleur, poussa un cri effroyable, et toujours serrant les lèvres de plus en plus, elle renversa sur le dossier de la chaise sa tête violacée. Une odeur nauséabonde de graisse brûlée se répandit dans la salle.

« Souffle, souffle, vociférait Pourvoyeur dont les instincts féroces se réveillaient à la vue de ces souffrances. Souffle, hurlait-il en arrachant de nouveau le soufflet aux mains de son esclave. »

Mais le murmure de la foule s'éteignit tout d'un

coup. Elle s'ouvrit brusquement, et l'on vit entrer dans la salle un fauteuil porté par le commandant Pluc et par le petit poëte, Endymion Piqueprune. Dans ce fauteuil était étendu Paul Pourvoyeur, livide, l'œil morne, l'épaule et le bras gauche entourés de linge taché de sang.

« Ah ! s'écria-t-il en se soulevant légèrement — et son œil reprit son éclat furieux, — je savais bien que mon père était en train de commettre quelque action horrible. Il brûle vives les vieilles femmes. Être suprême, dit-il avec un cri déchirant, s'il est vrai que tu existes, quel crime épouvantable avais-je commis avant ma naissance pour mériter d'avoir un tel monstre pour père ! »

Pourvoyeur était resté comme épouvanté, et la foule stupéfaite avait concentré sur ce nouvel épisode toute sa curiosité.

« Il me dira, comme toujours, reprit Paul, que cette femme mérite la mort. Eh bien, je ne veux pas lui arracher cette femme, si la loi, si la Révolution, si la République, que sais-je, l'ont condamnée. Mais je ne veux pas qu'elle souffre aussi horriblement. Et, continua-t-il en proie à une exaltation folle, s'il ne la tue pas, je me tue. »

Il tira un poignard de dessous lui.

« Mais, malheureux ! s'écria Pourvoyeur.....

— Tuez-la, tuez-la, vous m'avez déjà voulu tuer. Tuez-la, ou je me tue ; je le jure par le souvenir de ma mère que vos mauvais traitements ont fait mourir.

— Mais je te jure que son supplice va cesser.

— Non, non, non, je vous connais; je n'ai plus
que pour quelques minutes de forces; je vais tomber
évanoui, alors vous recommencerez son horrible supplice. Il n'y a que la mort qui puisse la sauver de
vous. Passez-lui votre sabre dans le corps ou je me
tue. »

Il leva le bras. Pourvoyeur effrayé tira son sabre et
l'enfonça dans le flanc de la vieille femme qui s'affaissa en s'écriant :

« Merci, Jésus, mon Sauveur! »

Paul se redressa encore, en proie à une fièvre plus
folle que jamais :

« Être suprême, dit-il, les pères ont le droit de
maudire leurs enfants, et cette malédiction porte malheur. Être suprême, je maudis mon père, et je te
supplie de le punir des crimes qu'il commet et me fait
commettre. C'est pour le bien, que j'ai fait tuer cette
pauvre femme. »

Et à bout de ses forces, il laissa tomber le couteau
qu'il tenait. Sa tête se renversa livide comme une face
de mort.

« Misérables, dit Pourvoyeur d'une voix qu'il n'o-
sait pas élever et en menaçant les deux porteurs, je
me vengerai terriblement, sur toi, surtout, lâche,
lâche Pluc! »

C'en était trop, même pour le brave et couard vieux
soldat.

« Vous ferez ce que vous voudrez, dit-il d'un ton
sombre; mais j'en ai assez. Comment aurions-nous
pu refuser de le mener ici quand il nous menaçait de

se tuer, alors que, vous, vous n'avez pas pu lui refuser de tuer cette vieille! Mais tu as raison, Pourvoyeur, je suis un lâche. Tu m'as rendu lâche. Je l'ai
pensé cette après-midi, quand je t'ai vu assassiner
mon brave vieux capitaine, sans que j'ai osé le défendre. Pierre, dit-il à un de ses voisins, prends le bras
de ce fauteuil. En avant, par file à droite, marchez. »

Le fauteuil chargé du jeune homme inanimé sortit.
Pourvoyeur voulut le suivre.

« Attends, Pourvoyeur, dit le vieux soldat en le
prenant par l'épaule. »

Pourvoyeur leva son sabre sanglant.

« Attends, je te dis, continua l'ancien sergent de
Picardie d'une voix plus froide et en saisissant le
poignet du président un instant stupéfait. Tu as fait
de moi un lâche, tu m'as fait croire mille mensonges,
tu m'as fait faire mille lâchetés et scélératesses. Tiens,
voilà comme je me venge. » Et il asséna deux soufflets
sur les joues de Pourvoyeur qui chancela et tomba.

Puis, tirant un de ses pistolets, il l'appuya sur son
propre front et tourna les yeux au ciel :

« Mon capitaine, pardon! Je n'étais pas fait pour
être un lâche. »

Le coup partit. Le soldat après être resté une seconde debout, tomba, la tête fracassée.

C'était trop d'émotion même pour cette troupe de
Jacobins. Tout le monde se sauva, sauf Jacques Bry
et Geneviève.

Pourvoyeur était resté comme hébété après s'être
relevé.

« Voyez-vous, dit Geneviève, je sais bien qu'il y a ici des gens renfermés, et je sais qu'il y a ici une cachette, et qu'ils sont dans la cachette. Où est cette cachette, je l'ignore. Mais je sais aussi que c'est une cachette qui ne peut pas s'ouvrir en dedans.

— Alors, dit Pourvoyeur qui reprenait les sens, si on ne leur ouvre pas la porte, ils y mourront de faim.

— Oui, répliqua l'ingénieuse fillette, mais c'est long, et on ne sait pas ce qui peut arriver, ni si quelqu'un ne viendra pas les sauver. Voici ce qu'il faut faire : Les murs sont bien faits, et on entend bien à travers ; ainsi, en collant mon oreille sur les murs de la chambre de ma pauvre tante Manon, qui vient de mourir, j'ai entendu plusieurs fois remuer dans la cachette. Si nous leur parlons contre la muraille, ils nous entendront. Venez. »

Tous trois s'en allèrent dans la chambre où l'Anglais avait été couché pendant l'après-midi. Pourvoyeur frappa à la muraille et, y collant ses lèvres, il cria :

« Manon est morte, rien ne peut vous sauver. Nous allons mettre le feu.

— Là, dit la candide Geneviève. Maintenant ils vont souffrir tout leur content. Nous allons rassembler tous les meubles, tout le bois sec, toute la paille qui est dans le bûcher et tout ce qui est bon à brûler. »

Ainsi firent-ils, après avoir appelé toutefois quelques voisins à leur aide. Puis, toutes les fenêtres étant ouvertes et toutes les chambres remplies de matières combustibles, on mit le feu et l'on partit.

Le feu flamba. La chaleur fut bientôt assez forte pour chasser l'enfant de la cheminée qu'il n'avait pas quittée. Il descendit. Plusieurs foyers d'incendie peu actifs encore avaient été disposés dans la salle qu'ils éclairaient. L'enfant-aristocrate — c'est bien lui — recula d'effroi. Mais c'était un brave et réfléchi petit garçon. Il se dirigea vers le corps de Manon. Le feu l'atteignait, déjà, et il remuait quand l'enfant s'en approcha.

« Manon, dit-il en tirant de son mieux la vieille femme hors de la portée des flammes.

— De l'eau, murmura celle-ci. Dans la cour. »

L'enfant bondit et revint. La servante ouvrit son œil mourant.

« Je ne pense qu'à ça, dit-elle, depuis que j'ai repris un peu connaissance. Je vais mourir. Ils sont là enfermés. Je ne peux plus leur ouvrir la porte et eux ils ne le peuvent, et toi tu ne pourras pas. Mon Sauveur, faites que je ne meure pas avec l'idée qu'ils vont étouffer là-dedans et brûler vifs. Mon enfant, va, lève les planches de l'escalier, et reviens.

— C'est fait, madame Manon.

— Maintenant passe par là, et traîne-toi jusqu'à ce que tu rencontres une porte de fer. Tu frapperas, et quand tu auras frappé tu crieras : Écoutez-moi. Puis tu diras : Manon est morte; personne ne peut plus ouvrir la porte. Puis tu reviendras me raconter ce que tu as entendu; puis je t'enseignerai ce qu'il y a à dire encore.

X

Dans la cachette.

En dessous de l'escalier, en arrivant à la muraille, on rencontrait une petite porte de fer. Elle s'ouvrait à l'aide d'un mécanisme qui, faisant levier, la soulevait d'une rainure également en fer dans laquelle sa partie inférieure s'encadrait. Ce mécanisme était mis en mouvement par une clé qui demandait quelque force et une habitude particulière pour être maniée et qui s'adaptait à une pointe d'acier cachée dans le carrelage de la salle en dessous de l'escalier.

Après avoir ouvert cette sorte de poterne, on trouvait devant soi un creux dans lequel on descendait par un escalier de six fortes marches. La porte se refermait aisément ; mais, nous le répétons afin que l'on saisisse mieux les scènes qui vont suivre, une fois rentrée dans sa rainure, nulle force ne pouvait la soulever, et tout effort qui ne viendrait pas du dehors et d'une main habile à manier la clé serait vain.

Pourquoi ces précautions avaient-elles été ainsi prises? Il était difficile de l'établir clairement. Les légendes sur cette cachette étaient confuses, et ce genre de monument n'est généralement pas bâti sous les regards d'un historiographe royal.

L'escalier de six marches donnait dans une pièce d'environ vingt pieds de long sur dix de large et de haut. La moitié de la hauteur était prise dans le sous-sol ; le haut de la muraille formait ainsi le bas du mur de la salle et de la chambre de Manon.

La pièce avait tout l'aspect d'une chambre élégante, abandonnée depuis longtemps et dévorée par l'humidité et la moisissure. Le plancher était effondré en maint endroit, les peintures du plafond ne montraient plus qu'un informe fouillis de couleurs verdies ; les coquilles dorées des corniches étaient tombées ; les lambris, zébrés de veines étranges et d'une viscosité brillante, semblaient aussi lugubres que la tapisserie de verdures de Flandres qui pendait, dans l'intervalle des lambris, en lambeaux décolorés et doublés de toiles d'araignées. Une grande glace, ornée de plus de contours et de plus de coloriages roussâtres qu'une carte de géographie, tenait presque tout le panneau du fond qui donnait sur la chambre de Manon. Une lampe d'albâtre ombrée de rouille jetait, sur ce spectacle des ruines honteuses de l'élégance, une lumière forte et lugubre ; et une odeur âcre et nauséabonde saisissait à la gorge.

Une porte située en face de la porte en fer donnait accès dans une pièce plus petite aux murailles toutes nues, et qui n'avait d'autre mobilier que deux chaises et une natte recouvrant le sol planchéié.

Dans la grande pièce, on avait aussi descendu quelques chaises. Une table disposée en face de la glace, deux petits flambeaux, quelques ornements ecclésiastiques, un calice, annonçaient que l'on allait célébrer la messe.

Quand les deux demoiselles de Brion, escortées par

11.

Samuel Vaughan, et bientôt suivies par Marie-Barbe
Capeluche entrèrent, Vulmer se dirigeait vers la petite chambre, succédant à M. de Petit-Val, qui venait
de s'y confesser. Lozembrune, qui avait jusque-là attendu avec une muette angoisse l'arrivée de Marie-
Thérèse, ne la voyant pas venir avec ses deux amies,
et remarquant les yeux rouges et la physionomie bouleversée des deux sœurs, se précipita vers elles.

« Eh ! bien? demanda-t-il.

— Marie-Thérèse n'a pas pu venir jusqu'ici avec
nous. »

Lozembrune fit un geste comme pour s'élancer dans
l'escalier. La vieille femme fermait la porte.

« C'est inutile, dit-elle avec fermeté. Elle n'est pas
en danger. Il vaut mieux qu'elle ne soit pas avec nous.
Nous sommes en plus grand péril qu'elle. Si vous
l'aimez, vous devez être satisfait qu'elle ne soit pas
ici.

Vulmer réfléchit un instant, une larme roula dans
ses yeux, il s'inclina comme un homme qui ne veut
pas s'abaisser à lutter par de vaines paroles et des
gestes inutiles contre un obstacle insurmontable. Il
entra vers la petite pièce où se tenait le prêtre.

Le silence se fit. Marie-Barbe s'était assise en jetant
un regard bizarrement joyeux et rajeuni autour d'elle.

Samuel, grave et roide, respectueux comme les gens
bien élevés de sa race, curieux comme l'étaient les
Anglais, à la fin du dix-huitième siècle, de tout ce qui
concernait le catholicisme, Samuel se tenait silencieusement dans un coin à l'extrémité de la pièce. Ses

regards se portaient de la table, où l'abbesse et la comtesse arrangeaient la nappe d'autel, à mademoiselle de
Brion sur laquelle ils s'attachaient avec une tendresse
et une admiration passionnée.

Non loin de lui, dans l'autre coin de ce bout de la
pièce, M. d'Entraigues réfléchissait aux paroles de la
vieille femme.

Vulmer rentra, suivi de l'abbé qui s'approcha de la
table. La centenaire se leva et alla d'un pas ferme
fermer la porte de la petite pièce. Puis elle revint s'asseoir ; et ses regards se fixèrent sur Vulmer avec une
étrange émotion.

On eût dit qu'une pensée très-combattue l'obsédait
à son sujet. Enfin, l'abbé de Dampierre, après avoir
revêtu ses ornements sacerdotaux, se tourna vers la
petite assemblée.

« Mes frères, dit-il avec la douce gravité qui lui
était naturelle et à laquelle l'émotion du moment donnait quelque chose de pénétrant, il y a environ dix-
huit cents ans, l'Eglise de Jésus-Christ était alors bien
peu nombreuse, elle tenait tout entière dans une
barque qui contenait Notre-Seigneur et quelques disciples. Mais déjà la tempête l'assiégeait, car l'Eglise,
comme toutes les choses divines, est faite pour être
battue par les orages du monde et pour en triompher.
Notre-Seigneur dormait sur la barque qui portait son
Eglise. La tempête redoublait et les flots du lac de
Génésareth menaçaient d'engloutir les disciples du
Sauveur, et leur barque s'emplissait d'eau et ils étaient
en péril. Ils s'approchèrent alors de lui et ils lui di-

rent : Maître, sauvez-nous, nous périssons. Jésus se
leva et apaisa les flots en courroux.

« Nous sommes les humbles et indignes disciples du
Sauveur, l'Eglise, en ce temps où elle est devenue si
puissante, est encore battue par la tempête, et nous,
dans cet asile, entouré de tous côtés par les ennemis
de notre foi et de nos personnes, qui nous cherchent
pour nous détruire, nous ressemblons, sauf notre indi-
gnité, à ceux que la tempête menaçait sur le lac de
Génésareth. Comme ils n'avaient qu'une frêle planche
entre eux et les vagues furieuses, nous n'avons que
ces frêles murailles entre nous et les lions rugissants
de la Révolution. Jésus-Christ paraît dormir pour
éprouver notre foi et nos courages. Mais il va bientôt
paraître sur cet autel ; approchez-vous de lui, criez,
criez avec foi, avec ferveur : Maître, sauvez-nous,
nous périssons ; et il nous sauvera, et il confondra
ses ennemis et les nôtres, et il fera le miracle sans
lequel il semble que nous ne puissions pas être sauvés. »

Le prêtre se retourna vers l'autel improvisé. Les
deux soldats s'avancèrent avec une humilité fière et
s'agenouillèrent, pour servir la messe, auprès du prêtre.
Un peu plus loin, à droite, l'abbesse et madame de
Racontal, à gauche, les deux demoiselles de Brion,
s'agenouillèrent aussi. La centenaire, assise dans une
chaise, et tantôt la tête basse, tantôt l'oreille tendue
vers les bruits de la maison, tantôt l'œil fixé sur
Lozembrune avec cette même étrange hésitation que
nous avons signalée, tenait le milieu de la pièce. A

chacun des coins les plus éloignés, Samuel et d'Entraigues se tenaient gravement.

Un murmure puissant venait de la maison et jetait
l'angoisse dans l'imagination de tous. On entendait
vaguement des cris dominer le murmure. La messe
s'avançait. Tous, sauf l'Anglais naturellement et le
diplomate, se levèrent au moment de la communion
qu'ils s'étaient préparés à recevoir. A ce moment retentit le coup de pistolet qui tuait le pauvre commandant Pluc et mettait fin aux douleurs d'une des victimes de la Terreur. Tous tressaillirent.

La messe était achevée quand on entendit quelques
coups frappés à la muraille contre laquelle était justement appuyé l'autel. Les esprits étaient si tendus et
les bruits inexpliqués, qui grondaient autour de nos
amis comme le tonnerre, étaient si menaçants que,
quoique la répercussion ne fût pas aussi sonore que
Geneviève l'avait annoncé, chacun entendit. Un silence
complet se fit et tous tendirent l'oreille. Quelques paroles furent prononcées derrière la muraille, mais seuls
le prêtre et l'abbesse qui enlevaient à l'autel improvisé
ses ornements, les entendirent très-distinctement.

« Eh bien, demanda la centenaire que chaque instant passé dans la cachette semblait avoir rajeunie, on
a parlé, vous avez écouté, qu'est-ce qu'on a dit?

— Voici, répondit l'abbé de Dampierre, voici, autant que j'ai pu entendre, ce qu'on a dit : « Manon est
morte, on va mettre le feu à la maison. Rendez-vous
si vous ne voulez pas brûler vifs, scélérats d'aristocrates? »

— Allons donc, s'écria le diplomate, c'est un piége
et cela peut se prouver comme par des chiffres. S'ils
parlent ainsi, c'est que, évidemment, ils se doutent
qu'il y a quelque part, dans la maison, une cachette,
mais qu'ils enragent de ne la pouvoir découvrir. »

La centenaire, continuait de fixer son œil sur Vulmer debout et réfléchi à côté d'elle. Son bras se leva à
plusieurs reprises. Enfin il toucha le jeune homme qui
tressaillit.

La vieille femme lui fit signe de la suivre, et d'un pas
automatique elle se dirigea vers la petite pièce. Elle
ouvrit la porte et la referma sur Vulmer et sur elle.
Elle lui fit signe de pousser un vieux verrou. Elle lui
prit la main et l'emmena à l'extrémité opposée à la
porte. L'obscurité était complète.

« Vous tiendrez votre serment, vous, dit elle brusquement de sa voix rauque. Jurez-moi sur votre salut,
sur votre honneur et sur votre amour que vous ne ré-
vélerez jamais ce que vous allez apprendre.

— Est-ce pour vous être utile, ma bonne mère, demanda Vulmer d'une voix douce et grave, que vous
voulez me charger d'un tel secret? Je suis tout à
vous.

— Non, moi je n'ai besoin de rien. Je suis au-dessus
de tout. C'est pour vous, c'est pour mademoiselle de
Lugnières que je me suis prise à aimer, c'est pour le
roi de France.

— Pour Marie-Thérèse, pour le roi ! je jure de garder le secret que vous allez me révéler.

— Il faut qu'il n'y ait que deux personnes au monde

qui le sachent. Voilà Manon morte. La Geneviève l'a
trahie et nous a trahis, seulement la vilaine ne sait pas
grand'chose. Elle a pu entendre du bruit dans la cachette en faisant la chambre de Manon ; elle suppose
que cette cachette est quelque part derrière la muraille
de cette chambre. En l'entendant frapper là, j'ai tout
deviné. Ah ! cela me fait peine de dire mon secret,
mais il le faut, dit-elle avec un soupir. Je n'en suis pas
la maîtresse, je n'en suis que la dépositaire, et je vais
paraître devant Dieu. Puis j'aime cette bonne et belle
jeune fille. Et toi, mon enfant, tu es bon, brave, généreux. Tous deux vous ressemblez à ce que j'ai vu quand
j'étais jeune. Tu n'es pas comme sont devenus ces nobles insolents, que je hais, que je protége, à cause du
roi de France, mais que je suis heureuse de voir souffrir. Ah ! Denizot Saint-Yon serait content en ce temps-
ci, où le sang des nobles coule comme l'eau ! Vous
allez vous échapper, vicomte de Lozembrune ; je n'ai
pas besoin de vous rappeler votre serment, ce serait
vous faire injure.

— Je ne m'échapperai pas seul, madame, répliqua
vivement Vulmer.

— Il le faut pourtant, car nul autre, pas même moi,
ne se sauvera. Un seul, pas plus.

— Eh bien ! dit Vulmer avec un léger soupir, faites
sauver l'abbé de Dampierre ou l'une de ces dames...

— C'est vous ou personne, répondit froidement la
centenaire. L'abbé sauvera-t-il Marie-Thérèse ; et l'abbesse servira-t-elle le roi de France ? C'est vous ou
personne. Je le jure sur mon salut. Hâtez-vous. Restez

si vous voulez ; mais pensez à votre femme et à votre
roi.

— Parlez, dit tranquillement Vulmer après un moment de réflexion.

— Soulevez cette natte sur laquelle nous sommes.
A l'endroit où je suis, à deux pieds de la muraille,
cherchez bien avec le doigt. Dans une rainure du plancher, vous trouverez une tête de clou. Cherchez bien.

— Je crois la sentir, dit Vulmer, qui s'était mis à
plat ventre et promenait le bout de ses doigts dans la
poussière.

— C'est bien, dit la centenaire en s'éloignant, frappe
sur ce clou un coup très-sec, avec ton sabre, et quand
tu auras frappé, reviens très-vivement sur moi. »

Après bien des coups vainement frappés dans l'obscurité, Vulmer atteignit enfin le clou. On entendit un
grincement, comme d'une planche qui glisse dans une
rainure, et un air plus humide frappa Lozembrune au
visage.

« Maintenant, hâte-toi. Tâte : c'est l'ouverture d'un
escalier qui descend sous terre. Tu trouveras au bas un
chemin entre deux murailles qui monte en pente douce
jusqu'au-dessous d'une des fabriques du parc, à deux
cents pas de la muraille. Cette fabrique est déserte et
en ruine. Jette-toi dans le parc, puis gagne la forêt.
Hâte-toi, j'entends du bruit dans la chambre voisine.
Ils vont se battre et ils essayent, les fous, d'ouvrir la
porte en fer. »

Elle hésita encore ; puis, s'approchant de Vulmer
qui avait déjà mis le pied sur l'escalier souterrain, elle

lui dit d'une voix brusque comme un ressort qui s'é-
chappe à grand'peine :

— Avec beaucoup d'or sauveras-tu le roi de France?

— Ah ! si je pouvais acheter les chefs des bandes de
Héron, quelques officiers de l'état-major d'Hanriot et
quelques commandants des canonniers, je pourrais du
moins lutter contre Robespierre; et — après avoir un
peu dormi, toutefois, — je vaincrais. Robespierre
vaincu, c'est le fil de la Terreur coupé par le milieu du
peloton. Il s'agira de dévider le reste et d'empêcher
les deux bouts de se renouer dans les mains de Billaud, de Collot, de Vadier, d'Amar, de David, ou de
quelqu'autre plus vil encore que ce dernier, si c'est
possible.

— Je ne comprends pas, mais j'ai confiance. D'ailleurs pour mourir, à quoi bon garder tout cela? Eh
bien ! écoute: reviens demain par la fabrique ruinée
par laquelle tu vas te sauver. Au milieu du souterrain,
dans la muraille à gauche, près d'une poutrelle, tu
verras une pointe de fer comme celle-ci. Tu la frapperas aussi comme tu viens de le faire ici. Tu trouveras
le trésor de mademoiselle Choin, la femme, la Maintenon du grand Dauphin, fils de Louis XIV. Va, va,
va. »

Elle poussa Vulmer, qui descendit. Elle ramena la
planche qui reprit sa place au milieu du plancher. Elle
rabattit la natte et la piétina pour envoyer la poussière
couvrir, comme auparavant, les interstices des planches; et, entendant de grands coups frappés contre la
porte de la pièce où elle était, elle l'ouvrit.

La vicomtesse se précipita dans la petite pièce. L'abbesse et les deux jeunes filles la suivirent, doucement poussées par M. de Petit-Val, qui revint dans la grande pièce en disant au diplomate :

« Laissons ces dames jouir un instant de la fraîcheur qui se trouve là. L'air de cette salle-ci n'est pas agréable, j'en conviens, mais il est encore respirable pour nous autres hommes. »

Une vapeur chaude s'était en effet répandue dans cette première pièce, et se mêlait à l'air humide qui y régnait jusque-là.

« Mais, dit M. d'Entraigues, ce qui est tolérable encore va bientôt tourner à la fournaise. Ce n'était pas un piége que ces scélérats nous tendaient, mais un conseil sage qu'on nous donnait. Il faut absolument sortir d'ici.

— C'est impossible, dit tranquillement Marie-Barbe qui venait de rentrer, à moins d'abattre les murailles, et elles sont solides.

— Et alors? demanda le diplomate que la colère gagnait.

— Alors, il faut nous résigner à mourir ici. D'ailleurs, autant ici que sur l'échafaud.

— Mourir ! s'écria la vicomtesse qui s'était rapprochée, mourir étouffée ! être brûlée vive ! Mais c'est épouvantable ! c'est impossible ! Mais les jacobins eux-mêmes ne peuvent pas nous condamner à ce supplément de supplice.

— Non, non, dit d'Entraigues, c'est impossible. Voyons, gardons notre sang-froid, avant que la cha-

leur ne nous ait donné la fièvre. Cette vieille se moque
de nous. Il doit y avoir pour cinq hommes un moyen
de tourner un tel obstacle. Voyons, vicomte de Lozembrune, vous qui être un homme de ressource, de courage et de force, venez que nous nous consultions.

— Mais, dit Adèle de Brion en revenant à son tour,
le vicomte n'est pas là.

— Pas là! s'écria le diplomate.

— Non, dit tranquillement la centenaire, je l'ai fait
échapper.

— Ah! s'écria d'Entraigues, je savais bien que c'é-
tait une plaisanterie. Elle a assez duré, continua-t-il en
souriant. La chaleur augmente, les murs s'échauffent;
voyons, Madame, montrez le chemin à ces dames :
nous couvrirons la retraite.

— C'est impossible. Il est sauvé, seul il se sauvera.
Nous sommes tous condamnés à mourir ici.

— Ah! misérable sorcière, s'écria d'Entraigues en
bondissant vers elle et en lui secouant violemment les
épaules, tu vas parler ou mourir.

— Ne vous l'ai-je pas dit? Je vais mourir... en votre
compagnie; un peu avant, si vous voulez.

— Misérable! misérable! criait d'Entraigues, hors
de lui et en la secouant plus violemment. »

L'abbé de Dampierre l'éloigna doucement.

« Mme Capeluche, dit-il avec gravité, vous avez en
vos mains la vie de sept de vos frères en Jésus-Christ,
sans compter la vôtre. Nous forcer à mourir, quand
vous avez le moyen de nous sauver, ce serait un assas-
sinat, un suicide pour vous. Comment oserez-vous pa-

raître devant Dieu, chargée du sang de vos frères? »

Marie-Barbe resta un instant muette. Tous attendaient avec angoisse.

« Je l'ai juré, répondit-elle d'une voix calme et ferme, juré sur mon salut éternel. Un seul pouvait passer par-là. Je l'ai juré. Dites tout ce que vous voulez. Je ne vous écoute plus. »

Elle s'assit. Le prêtre s'approcha d'elle et lui parla à voix basse.

« Messieurs, dit Samuel qui était resté immobile, silencieux, dans son flegme, pendant toute cette scène, je veux bien périr en compagnie de Mlle de Brion, mais il y aurait une chose que j'aurais choisie plutôt. Ç'aurait été, continua-t-il en rougissant et en baissant les yeux, exister pour elle. Je suis content de le dire publiquement, devant cette réunion; et je dis encore que si ce brave gentilhomme amoureux a pu se sauver, c'est par quelque trou. Cette trou, on ne veut pas nous la montrer, eh bien, je dis : découvrons la trou. »

Et, saisissant une lumière, il s'avança vers la salle par où avait fui Lozembrune. Le baron et le comte le suivirent. Ils inspectèrent le mur, on devine avec quelle attention anxieuse! Mais la fièvre même qui les guidait nuisait à leurs recherches. Toutes les précautions avaient été prises pour que le secret ne fût pas découvert. Une oreille très-fine et très-attentive aurait peut-être distingué une différence de sonorité à certain endroit du plancher, mais on n'avait pas alors assez de sang-froid, et la chaleur qui régnait avait congestionné les cerveaux comme les esprits.

Le baron revint dire qu'on n'avait rien trouvé. Un sourire de triomphe courut sur la face de la centenaire. La vicomtesse jeta un cri, Victorine de Brion poussa un soupir douloureux. Ce fut tout.

L'abbé de Dampierre et les quatre femmes s'étaient agenouillés et priaient silencieusement. Victorine était presque couchée sur l'épaule de sa sœur, et son jeune sein se gonflait de soupirs qu'elle essayait de dissimuler. M. du Petit-Val, debout contre la muraille, suivait avec la main et par les progrès de la chaleur, ceux de l'incendie extérieur. Samuel était retourné dans la petite chambre et cherchait toujours. Le diplomate allait de l'un à l'autre. Puis tout brusquement il s'arrêta :

« On frappe à cette porte, dit-il. Ecoutez.

— M'entend-on ? cria une voix aiguë, qui suivit le bruit des coups. Vous pouvez avoir confiance : je suis le chevalier de Mimont. Si l'on m'entend, qu'on réponde à mes coups.

— A quoi bon répondre? dit la vieille femme, qui s'était approchée, elle aussi, mais avec une sorte d'inquiétude ; l'enfant est incapable d'ouvrir la porte. »

Mais Adèle avait déjà répondu au signal.

« Ah ! reprit la voix m'entendez-vous très-bien ? Frappez trois coups si vous m'entendez bien. »

Adèle obéit.

« Eh bien! voilà ce que je puis dire : On a mis le feu à la maison ; l'incendie a gagné vite ; je crains que la maison ne résiste pas longtemps. Je ne puis pas ouvrir la porte ; d'ailleurs, ce ne serait pas utile ; le feu devient trop fort. Manon, je la croyais morte ; elle ne

l'est pas tout à fait. Elle m'envoie vous dire qu'elle
voudrait bien vous secourir, si sa maîtresse le permet.
Vite, frappez deux coups, si elle le permet. Manon
prend tout sur sa conscience.

— Maudite traîtresse ! s'écria la vieille femme, re-
trouvant un élan d'énergie fiévreuse pour se précipiter
sur la porte. Je le défends, et je la maudis, si jamais...

— Cela serait trop stiupide, murmura l'Anglais. »

Et saisissant vigoureusement la vieille, il la mena
dans l'autre pièce, et revint.

D'Entraigues s'était empressé de frapper les deux
coups. Tout se tut.

Quelques minutes se passèrent, puis d'autres minutes, puis un quart d'heure, puis d'autre minutes qui
semblèrent des siècles.

C'était en cet enfant que reposait le salut ! Il ne disait rien. Qu'était-il arrivé ? Avait-il été écrasé, saisi
par l'incendie ? Manon était-elle morte avant d'avoir
livré son secret ? Les jacobins étaient-ils revenus et
avaient-ils mis l'enfant en fuite ? Ce fut une angoisse
effroyable, et dans ces cerveaux d'où la résignation
avait été chassée avec l'espérance prochaine, ce fut un
tumulte terrible qui souleva, en une minute, une puissance folle d'imagination, une série d'épouvantables
calculs de probabilités et de diaboliques hypothèses.

Enfin, le bruit se fit entendre.

« Hâtez-vous, dit la petite voix aiguë ! Je crois que
la maison va crouler ! Manon est morte. Dans la petite
pièce à côté de la grande, en face de la porte, à deux
pieds du mur, dans le plancher, sous la natte, vous

trouverez un clou entre deux autres. Vous le frapperez avec une pointe de fer...

Un bruit qui arriva violent, malgré les murailles, et qui était comme d'un mur qui s'affaisse, interrompit l'enfant.

On écouta encore. On frappa à la porte. Rien ne répondit.

« Pauvre enfant, dit l'abbesse, il est peut-être tué ! La maison se sera affaissée sur lui.

— Qu'importe, s'écria le diplomate, il me semble que nous en savons assez.

— Hâtons-nous, dit M. de Petit-Val, la chaleur devient horrible, l'incendie nous gagne. »

Mais au moment où l'on approchait de la porte de la petite chambre elle se ferma vivement.

« Eh bien ! mes enfants, dit l'abbé de Dampierre, nous avons espéré trop tôt. Dieu ne veut pas que nous nous sauvions. Que son saint nom soit béni !

La vieille femme, énergiquement fidèle à son serment, avait réuni toutes ses forces. Elle avait refermé la porte qui séparait les deux pièces, et était parvenue à mettre le verrou.

DEUXIÈME PARTIE

LA GRANGE-A-DAME-ROSE

I

De la porte de Verrières à la Grange-à-dame-Rose.

Le jour va bientôt paraître. Un petit souffle d'air se lève tout brusquement, le souffle précurseur de l'aurore ; il court, vite et léger, au milieu des hautes· feuilles auxquelles il parle doux et bas comme un conspirateur prudent qui donne le mot du guet au milieu d'une foule immense. Les hautes feuilles lui répondent par un chuchotement léger et à peine distinct, qui ne doit pas réveiller l'oiseau encore endormi dans les basses branches. Puis le petit souffle court, court à l'autre bout de la forêt, annonçant partout que l'ombre va disparaître, et partout suivi de ce bruit sec qui est le murmure des brindilles qui se réveillent. Puis il tombe tout brusquement comme il s'est levé. Le silence renaît et, pour un moment, plus intense. Les hautes feuilles se recueillent en tournant leur face humide vers un point blanchâtre que le petit souffle leur a montré, au milieu de la brune noire, tout à l'ex-

12

trémité de l'horizon du côté de l'orient. Pour un instant encore le brouillard qui couvre la terre s'épaissit.
Il couvre tous les recoins, le dessous des arbres et les
enfoncements de la forêt, d'ombres plus sombres,
tandis que ses bords supérieurs commencent à se va-
poriser sous les raies des étoiles qui lancent, par un
dernier effort, une lumière plus scintillante avant
d'éteindre leur pâle flambeau dans les flots de la
lumière.

Dans cette partie de la lisière de la forêt de Meudon qui regarde en même temps le sud et le village de
Villacoublay, et qu'on nomme le *Plant de Vilbon*,
deux hommes marchent dans les pas l'un de l'autre,
sans faire guère plus de bruit que n'en a fait le petit
souffle qui vient de disparaître vers le nord. Ils suivent,
sous les arbres, le sentier qui, longeant la plaine de
Villacoublay, va rejoindre la clairière, située entre la
ferme, nommée encore aujourd'hui la Grange-à-dame-
Rose, et l'enclos du château de Vilbon.

« Bon, continue ton récit, Jacques, dit l'un des
deux personnages.

— Sagamore, reprit l'autre, de ce ton sourd qui
n'éveille pas les échos lointains, je revenais de voir
brûler la maison de la centenaire, et je voulais savoir
si la mienne ne recevrait pas quelques éclaboussures.
J'avais le cœur gros en pensant que de deux parentes
que j'avais encore dans le monde, on disait que l'une,
qui était Manon, était brûlée, et que l'autre, qui était
Geneviève, l'avait fait brûler. Pour me consoler,
j'avais donné quelques taloches à Geneviève, et je l'ai

bien ficelée, bouche et bras, et attachée au fond de ma cave ; et je revenais, lorsque dans le bois de Fleury j'entendis, en approchant de la fontaine des Lains, un homme qui pleurait. Qu'est-ce que c'était, que l'on me demandera, foi de fils d'Amphitrite, que cet homme qui pleurait dans une fontaine ? Eh bien, c'était un neveu à dame Rose. Je lui fis raconter son histoire. Brutus Rendu, jaloux de le voir venir à sa place à la Grange-à-dame-Rose, l'a trouvé hier à Paris, dans la rue de Vaugirard. Il cherchait le chemin de Meudon. Brutus le promena pendant toute la journée et la soirée, chez beaucoup de jacobins et beaucoup de cabarets. Puis la nuit venue, il l'avait amené jusqu'au milieu du bois et lui avait dit : « Je t'ai promis de t'amener à Meudon, t'y voici. Bonsoir. Moi je vais voir brûler vifs des aristocrates ! » Il avait abandonné le pauvre Louis Jougleux qui s'est cru exposé à mourir de faim. A force de marcher, il a rencontré une fontaine et s'est assis à côté en se disant qu'il ne mourrait pas de soif, au moins. J'ai eu pitié de lui et je l'ai amené chez nous, à la maison du garde de la porte de Verrières. Alors en le voyant, il nous vint en pensée, Sagamore, que nous ferions bien de le garder. Mais comment faire pour le garder sans lui faire violence ? Bon, vous lui prenez sa carte de civisme, son passe-port, ses papiers. Compris ! Louis Jougleux est si poltron et il a une telle frayeur de la République qu'il n'osera jamais mettre le pied dehors tant qu'on ne lui aura pas rendu ses papiers. »

Ils continuèrent leur chemin en silence.

« Et, demanda Sagamore, sait-on ce qu'est devenue mademoiselle de Lugnières !

— Non, elle a disparu pendant le combat que nous
avons livré à ces jacobins de Paris, hier soir, pour la
sauver. Depuis lors, ni vu ni connu. L'ont-ils reprise?
A-t-elle été encore enlevée par le frère de dame Rose?
A-t-elle été tuée? On ne sait pas.

— Et ces pauvres gens, qui étaient enfermés dans
cette maison en flammes ?

— On dit dans Meudon qu'ils sont tous morts.

— Et, avec eux, le vicomte de Lozembrune ?

— Ah ! voilà, Sagamore! Lui, c'est le baril au gou-
dron, on n'y voit rien. J'ai voulu me mêler aux gardes
nationaux de Meudon qui entourent la maison Capeluche ; mais Agricola, moins méchant que les autres,
m'a dit tout bas de m'en aller, parce que les citoyens
me donneraient un mauvais coup par derrière, c'est
l'ordre de Pourvoyeur et de Testard, oui, de Testard
aussi qui a eu une telle peur hier soir en se voyant
surpris, au Petit-Bicêtre, par Pourvoyeur, qu'il a
passé aux Robespierrots. Mais, pour en revenir,
Agricola m'a dit de m'en aller et que tout ce qui était
là-dedans était frit et rôti, et que si le baron de Batz,
comme ils nomment M. de Lozembrune, se sauvait, il
serait vite rattrapé par un chien.

— Par quel chien? demanda Sagamore, par ce
pauvre animal qui courait hier soir dans la plaine à la
suite de Vulmer et que nous avons recueilli et soigné?

— Non, non, Sagamore, par le chien de cet Anglais,
qu'on a mis hier matin sur la trace de Mlle de Lu-

gnières, et qui est de la race, vous savez, de ces chiens
qui poursuivent les nègres marrons. On a trouvé hier
soir le bonnet de M. de Lozembrune et on le lui a fait
sentir. Et ces bêtes-là, une fois qu'elles ont senti quelque chose de quelqu'un et qu'on leur dit : Cherche,
elles sont si heureuses qu'elles poursuivent l'homme en
aboyant comme si c'était un lapin, et elles ne quittent
pas la piste jusqu'à ce qu'elles aient trouvé, quand on
serait dans la lune. Tu entends, Pain-d'épice, conclut-
il en se retournant vers un chien qui marchait gravement sur les talons de Sagamore, en secouant mélan-
coliquement la tête quand un fumet de lapin voyageur
venait trop vivement tenter son odorat. »

Pain-d'épice ne répondit rien et le silence régna de
nouveau.

« C'est du milieu de la plaine de Vilbon, Sagamore,
que vous verrez le mieux l'incendie, dans l'éclaircie
entre le pigeonnier du château de Vilbon et les grands
arbres du carrefour de Tronchet, en vous tournant vers
le nord.

— Je vais rester sur la lisière du Plant de Vilbon,
là, au coin, à côté de la muraille de clôture de la
Grange-à-dame-Rose. De là je dominerai et je surveil-
lerai la *plaine de Vilbon*, et, avec ma lunette, je verrai
jusqu'à la ferme, qui est à gauche, à l'ouest du château.
C'est là que le capitaine Monbayard a déjà enfermé la
pauvre Marie-Thérèse... »

Ils arrivaient au bout du sentier, à la pointe méridionale du Plant de Vilbon, à l'endroit où ce sentier
longe le mur du nord de la Grange-à-dame-Rose.

12.

Arrivés là, ils se retournèrent vers l'est, dans la direction de Paris. Le ciel était devenu d'un blanc d'argent. Les dernières étoiles pâlissaient et disparaissaient l'une après l'autre, excepté Diane, la fière et la brillante, qui scintillait plus vite et plus fiévreusement comme si elle eût voulu exciter sa force et sa colère afin de lutter une dernière fois contre l'astre puissant.

« Voilà, dit l'Iroquois, une chaude journée qui s'avance. Nous avons du mal à respirer ici, au milieu des bois, avec 18 degrés de chaleur pendant la nuit, qu'est-ce qu'ils vont faire les Parisiens, sous le coup de midi à deux heures? C'est un bon moment pour les rendre fous, comme ce pauvre diable d'Heurtevent, que nous avons recueilli hier, et saigné et soigné, et qui dort encore à l'heure qu'il est après avoir voulu tout tuer. C'est un hôpital que notre maison, Sagamore, ah! ah! pour les bêtes comme pour les chiens. Ah! voilà un de vos pensionnaires qui se fait entendre. »

On entendait, en effet, un hurlement, auquel des aboiements répondirent à la Grange-à-dame-Rose et au village de Villacoublay.

« C'est ce chien étranger, dit l'Iroquois, ce chien qui est venu hier soir de Paris avec M. de Lozembrune; il se plaint d'être enchaîné.

— Ce n'est pas un cri de plainte, dit Sagamore, mais un cri joyeux, comme de reconnaissance. Que se passe-t-il donc?

— Ah! dit Jacques, qui s'était avancé hors du couvert, voilà un homme et un chien qui se sauvent de chez nous. »

Il lança un sifflement vigoureux. Le chien d'abord, puis l'homme, s'arrêtèrent. Sur un nouvel appel, le chien se retourna, et l'homme le suivit dans la direction de nos amis.

C'étaient bien Heurtevent et Cadet ; celui-ci joyeux, bondissant ; Heurtevent pâle, l'œil sombre, mais la physionomie grave, reposée, résolue.

« Merci, camarades, dit-il d'une voix grave. Vous m'avez sauvé la vie. Je voudrais pouvoir vous dire qu'elle vous appartient. Elle appartient à d'autres. En me réveillant tout à l'heure, un peu faible de la saignée que vous m'avez faite, je me suis mis à la fenêtre pour savoir où j'étais. J'ai reconnu ce chien, c'est celui que ma femme a amené de son couvent, il m'a reconnu et il m'a rendu à la raison et à moi-même. J'ai été fou. Je ne le suis plus. Je vais sauver ma femme quand je devrais bouleverser tout Paris. Eh ! qu'importe qu'on ait la République, si la République est plus dure que la royauté, si elle vous tue votre femme, votre père, votre enfant et vous-même, si elle ruine tout et empêche tout le pays de vivre. S'il faut détruire La Force, où ils ont enfermé Isabelle et mon enfant, pierre à pierre, je la détruirai. »

Il s'éloigna d'un mouvement brusque dans la direction de Paris.

Sagamore, rentrant dans le Plant de Vilbon, était venu s'appuyer contre un gros arbre, à quelques pas de la Grange-à-dame-Rose, sur la lisière de la plaine de Vilbon qu'il embrassait du regard. Jacques se jeta dans le fossé herbu qui côtoyait cette lisière, le long du chemin Vert qui mène du château de Vilbon à la Grange, et il ne tarda pas à s'endormir. Sagamore, appuyé contre le gros arbre, ferma bientôt les yeux, lui aussi, Pain-d'épice se rasa dans l'herbe et veilla pour tout le monde.

Cette plaine de Vilbon, dont il est important que le lecteur prenne une connaissance exacte, représente un carré de 350 mètres environ de large sur 700 de longueur, à l'extrémité méridionale de la forêt de Meudon. Il est borné au nord par le mur de clôture du château et de l'ermitage de Vilbon, mur alors presque en ruine et comblé de brèches ; au sud, par la muraille, un peu mieux entretenue, qui entourait la ferme nommée la Grange-à-dame-Rose. Dans le sens de la longueur, ce carré est borné à l'est par le petit bois que nous venons de nommer le Plant de Vilbon, à l'ouest, par le bois de Meudon.

Un chemin qu'on nomme le chemin Vert, suit le bord du Plant, et met en communication le château et la Grange. Il a, entre les deux domaines, une longueur d'environ 700 mètres, avons-nous dit. Il est coupé à moitié de sa longueur, entre le château et la Grange, par un sentier qui vient de la ferme de Trivaux et de la maison de la porte de Verrières.

Une série de bâtiments ombragés par des arbres gigantesques, et qu'on nomme la ferme de Vilbon, apparaît à l'extrémité nord-ouest de la plaine, à la gauche du château. C'est dans cette ferme, louée par le capitaine Monbayard à la nation, que Marie-Thérèse avait été enfermée la veille. Le château avait été acheté par

Endymion Piqueprune, quand la République avait mis
en vente les biens et apanages du domaine royal. L'Ermitage, petit bâtiment situé entre le château et la
ferme, était habité par Mlles de Brion.

La Grange-à-dame-Rose avait été achetée par l'illustre citoyenne Rose Monbayard, qui s'y était retirée
et en cultivait les terres depuis environ quinze mois
que son mari était mort. C'était un domaine important
et une habitation charmante. Le clos, de la contenance
de plusieurs hectares, était appuyé d'un côté sur la
forêt de Meudon. Au nord, il regardait le château de
Vilbon et sa longue tour blanche et pointue ; au sud,
la route de Versailles et le village de Villacoublay.
L'entrée, la porte charretière et la poterne s'ouvraient,
à l'est, sur la plaine de Villacoublay.

Ces portes donnaient sur une large cour, au fond et
à gauche de laquelle se trouvaient les bâtiments d'ex-
ploitation, écurie, grange, hangar. A droite, immédiatement en entrant, on rencontrait la maison d'habitation, toute propre, toute blanche, maison à un étage,
dont les chambres supérieures, servant de greniers,
étaient en communication avec la cour par une grosse
échelle, sans préjudice de l'escalier couvert qui menait
de la principale pièce du rez-de-chaussée à ce grenier.

Le soleil, qui vient de se lever remplit la ferme et la
forêt de sa joyeuse lumière.

Sagamore semble se réveiller, il fait quelques pas
dans la plaine et regarde dans la direction de Meudon.
Une ligne noire, au nord-est, tranche sur le pâle, frais
et doux azur du ciel ; une colonne de fumée, rougeâtre

à sa base, d'un noir sale à son extrémité, monte vers le ciel. C'est la maison de la centenaire qui brûle.

La voix forte, rude et avinée d'un homme qui, venant de Meudon, longeait les murs du château et se dirigeait, en suivant le chemin Vert, sur la Grange-à-dame-Rose, se faisait entendre au bout de la plaine. Peu à peu la voix devint plus distincte, et l'ivrogne, s'avança en écorchant étrangement un hymne que d'Avrigny venait de composer pour la fête de Barra et Viala, ces deux curieuses divinités de la Terreur.

Pain-d'épice fit entendre un léger grognement. Jacques sauta sur ses pieds. Sagamore lui fit un signe et s'enfonça de quelques pas dans le bois.

« Comment ça te va, citoyen Brutus Rendu ? dit Jacques en s'avançant brusquement.

— Oh ! la la ! Aux armes, citoyens ! Au secours ! Sus à l'aristocrate qui veut m'égorger ! cria l'ivrogne en se sauvant. »

Mais bientôt, il ralentit le pas, et continua sa route vers la Grange–à–dame-Rose en reprenant sa chanson.

Il arriva devant la poterne, la poussa, ouvrit la porte charretière à deux battants, caressa et détacha un vieux chien mâtin renommé pour sa férocité, et que Rose avait amené de sa province du Boulonnois. Il alla vers le fond de la cour, ouvrit l'écurie, en fit sortir un cheval qu'il attacha à un anneau ; puis il prit une étrille, s'assit sur un tas de bûches et s'endormit.

Sagamore était revenu à la lisière du bois, ramené une seconde fois par un grognement de son chien. Il avança jusqu'à l'extrême bord du taillis. Une forme

blanche débouchait sur le chemin Vert, à peu près
à 400 mètres de l'endroit où le garde était caché.
Arrivé là, le blanc fantôme s'arrêta, tourna plusieurs
fois sur lui-même ; puis la vue du château le frappa
sans doute : il tomba à genoux, et, se relevant vivement, il courut dans cette direction.

Sagamore avait tiré sa lunette :

« Ce doit être mademoiselle de Lugnières, murmura-t-il. »

C'était bien elle, en effet. La veille au soir, quand
Vingt-et-un-Janvier et ses compagnons avaient été
forcés de lui donner la liberté, elle s'était jetée dans le
bois, avec la préoccupation de rejoindre Adèle de
Brion.

Marie-Thérèse avait conservé, au milieu des angoisses de ces dernières années, son cœur si doux, son
esprit candide et généreux, son âme pure et aimante,
mais l'énergie lui était venue. Les dangers mêmes que
courait chaque jour son fiancé la fortifiaient. Elle
ressentait d'ailleurs une joie profonde à l'idée qu'elle
souffrait, qu'elle souffrait pour celui qu'elle aimait ; et
elle se rapprochait ainsi davantage de Vulmer, dont
elle savait que la vie était toute de dévouement, de
labeur périlleux et d'abnégation. Mais si elle eût donné
volontiers sa vie pour son fiancé, si elle eût sacrifié
avec bonheur jusqu'à la dernière goutte de son
sang pour se conserver à lui tout entière, pourtant sa
fermeté était timide ; elle était énergique sans har-
diesse.

Elle avait pris naturellement un grand respect pour

le naturel résolu de mademoiselle de Brion. Il lui semblait qu'elle eût été sauvée en arrivant à côté de cette fille intrépide. Elle savait qu'Adèle demeurait dans une dépendance du château de Vilbon ; celle-ci lui avait indiqué mainte fois et la direction et l'aspect du château, et surtout cette haute et maigre tourelle blanchâtre, surmontée d'un toit pointu en tuile.

Elle s'était donc jetée dans le bois, sans autre renseignement que celui-ci : le château de Vilbon est au sud-est de Meudon, à la lisière de la forêt. Elle avait marché assez bien dans la direction, et était tombée à la ferme de Trivaux, en haut de la grande avenue, à environ un kilomètre de Vilbon. La ferme était innoccupée. Marie-Thérèse, lasse, s'était blottie dans un hangar.

L'aurore venue, elle s'était remise en marche. Elle suivit obstinément son chemin vers l'est. Quand elle arriva dans la plaine de Vilbon, quand elle déboucha sur le chemin Vert, et quand, après un instant d'hésitation, elle eut reconnu la fameuse tourelle, comme elle se jeta à genoux pour remercier Dieu avec une ferveur infinie ! et comme elle se dirigea en courant vers cet enclos, en se félicitant de sa persévérance, hélas ! qui la menait à sa perte.

Elle franchit la clôture par une des nombreuses brèches, et se trouva dans une grande prairie au bout de laquelle on apercevait un jardin et le château. Elle y courut ; car cette prairie, toute dénuée d'arbres et de couvert, lui semblait pleine de périls. Elle arriva jusqu'auprès de la maison. Marie-Thérèse écouta. Il lui sembla entendre un aboiement aigu, continu, comme d'un chien qui chasse avec une sorte de colère.

Mais un bruit se fit entendre dans la maison. Endymion Piqueprune ouvrait une des quarante fenêtres de son château, pour mieux voir la colonne de fumée qui sortait de la maison Capeluche.

Marie-Thérèse se jeta dans une logette qui était au pied de la tourelle et servait à serrer les outils du jardinier.

Sagamore, en voyant la jeune fille, avait hésité un instant. S'il se montrait, il allait l'effrayer, la faire crier peut-être, la faire fuir follement. Il se mit à gagner, à couvert, le sentier qui traversait le Plant.

Quand il arriva à l'endroit où Marie-Thérèse avait débouché sur le chemin Vert, la jeune fille disparaissait derrière la brèche.

Il regarda autour de lui. Dans la plaine, tout luisait, tout brillait sous les feux du matin. La brume s'était entièrement dissipée, et l'œil de Sagamore, dans cet air plus limpide, aperçut au pied d'un mont de cailloux, en avant des murs de la ferme de Vilbon, à deux cents pas au plus de la brèche par où était passée Marie-Thérèse, un groupe qui l'intrigua. Il croyait voir un enfant couché sur les genoux d'un homme.

C'était bien, comme la lunette lui apprit, le fou-musicien qui, assis par terre, tenait sur ses genoux la tête, peut-être morte, peut-être endormie, de l'enfant-aristocrate.

Jacques avait levé les yeux en voyant son compa-

13

gnon quitter sa place, et il reprit son sommeil, que le
moindre bruit interrompait.

Pain-d'épice s'était couché à côté de lui. Bientôt il
se redressa, regarda attentivement dans la direction
de la forêt et il fit entendre un grondement de colère.

L'Iroquois bondit brusquement et courut rejoindre
Sagamore. Celui-ci se retourna, et voyant son chien,
comme en arrêt, l'œil fixe, et continuant de gronder
dans la direction du bois, il se jeta à plat ventre et
écouta.

Il se releva, une ombre de tristesse passa dans son
œil morne.

« C'est le *blood-hound.* La chasse au sang a commencé. Le chien est sur la trace de Vulmer, il ne le
lâchera plus. C'est un homme mort. N'oublie pas la
vengeance, Jacques. »

Le chien, sachant ses maîtres avertis, s'était re-
couché et semblait sommeiller, en laissant échapper
par intervalles un grognement sourd. Sagamore et
l'Iroquois s'étaient jetés dans le taillis et s'y étaient
étendus de façon à n'être pas vus et à tout voir.

Les aboiements du chien cessèrent pendant quelques
instants.

« Savoir, dit Jacques, s'il n'est point parvenu à la
dépister, la maudite bête. Oh! oui, le capitaine Lozembrune connaît bien ces chiens-là, et leur aboiement qui ne ressemble à rien des chiens de ce pays-ci.
Nous en avons vu plusieurs et plusieurs en Amérique
et à la Jamaïque. Il sait les ruses, les sauts, que les
nègres emploient pour leur échapper. Aussitôt qu'il

l'aura entendu aboyer, il se sera mis en garde, il aura
rusé et il se sera sauvé. »

Sagamore lui toucha le bras et lui montra d'un
signe l'extrémité de la plaine. Au coin de la muraille
du château, du côté opposé à la ferme, et à cent pas
environ de la brèche par où Marie-Thérèse était entrée, un homme débouchait en trébuchant.

Il se releva, retomba encore, et se redressa définitivement. Il se détourna et baissa la tête comme pour
écouter. Il regarda autour de lui. Il fit quelques pas le
long de la muraille, monta sur l'une des brèches, et
considéra le château. Après quelque temps d'hésitation, il sauta dans la plaine et gagna le chemin Vert.

Il écouta encore ; puis apercevant un grand chêne
très-feuillu, dont les branches descendaient assez bas,
il bondit jusqu'à ces basses branches, et disparut dans
l'arbre.

« C'est lui, dit Jacques en secouant tristement la
tête. Et nous ne pouvons rien pour lui. »

Sagamore l'interrompit encore, pour lui montrer
non plus cette fois un homme, mais un groupe qui,
d'un pas hâtif, entrait dans la plaine, aux environs
de cette même encoignure du château, qui était, du
reste, le premier endroit découvert à la sortie du bois.

Il y avait dans ce groupe trois hommes et deux
femmes. Il se divisa là. Les deux femmes entrèrent
dans l'enclos par une des brèches. Les trois hommes
se dirigèrent vers la porte de Verrières, pour de là gagner le Petit-Bicêtre et la route de Paris.

« Alors, dit Jacques, ces braves gens n'ont pas été

brûlés vifs, car c'est certainement les deux mamzelles
de Brion ; et votre lunette, Sagamore, doit vous le
dire, comme elle me l'a dit. »

Les personnages, enfermés dans la cachette, étaient,
en effet, parvenus, en se servant de la table, comme
d'un levier, à briser la porte que la vieille femme avait
refermée sur eux. Ils avaient trouvé aisément, en suivant les indications de l'enfant, l'entrée du souterrain.
Rien n'avait pu décider Marie-Barbe à les accompagner. Elle s'était refusée silencieusement à tout effort ; elle s'était cramponnée quand on avait essayé
d'une légère violence. Le temps était précieux, l'angoisse forte, et malgré la fraîcheur que l'ouverture du
souterrain commençait à répandre, la chaleur, qui
avait failli étouffer nos personnages quelques minutes
auparavant, était encore insupportable ; des bruits de
moins en moins sourds, des craquements de plus en
plus violents, annonçaient le prochain effondrement
de la maison. Il n'y avait pas de temps à perdre. On
abandonna la centenaire.

La petite troupe déboucha dans un grand chalet
abandonné et à demi ruiné.

Mme de Racontal et M. de Petit-Val, qui connais-
saient fort bien le parc de Mesdames et la forêt,
avaient reconnu l'endroit. L'on s'était orienté, et l'on
décida de se séparer.

M. de Petit-Val allait rentrer chez lui. Mais avant
de partir, il avait pris à quartier l'abbé de Dampierre,
et lui avait dit, d'un ton sombre, qui contrastait avec
la sérénité habituelle de sa vieille figure martiale :

« Croyez-moi, monsieur le vicaire général, nous avons trop écouté les sophismes et les lâches frayeurs. Nous n'avons jamais été droit au but, comme il convient à des hommes, à des gentilshommes, à des chrétiens, qui ont foi en la Providence et vont droitement et simplement où le bon sens, l'honneur, le devoir et la conscience les appellent. Nous avons voulu ruser, être prudents, faire de la diplomatie, sauver notre famille et notre fortune. C'est trop d'abaissement et de sottise. Nous voyons maintenant que tous tant que nous sommes, hommes, femmes, enfants, vieillards, nous sommes destinés à périr. Au moins, défendons-nous; au lieu d'attendre, comme un lapin terré, le coup de la mort, défendons-nous et prenons une résolution énergique.

— Hélas! monsieur le baron, c'est que j'ai une grande famille, toute la chrétienté de ce diocèse, prêtres et fidèles ; et si, par une tentative imprudente....

— Et moi, n'ai-je pas ma femme, mes sœurs, mes enfants! Eh bien, je me dis qu'ils sont tous marqués pour la mort ; vaut-il mieux qu'ils l'attendent comme les moutons dans la bergerie? Non, le moment est favorable, les monstres sont prêts à se déchirer entre eux. Saisissons l'occasion. Je vais passer toute cette journée à courir dans la banlieue, je retrouverai mes vieux compagnons d'armes. Au premier bruit de la bataille, attendez-vous à nous voir entrer dans Paris. »

Il s'éloigna et disparut bientôt dans les dernières ombres de la nuit. Il fut décidé que Mlles de Brion allaient regagner leur ermitage, accompagnées par les trois hommes qui se dirigeaient sur Paris, et que les deux autres femmes sortiraient quelque temps après, et s'efforceraient de gagner Brimborion, dans le voisinage duquel on aurait une retraite.

Ainsi fut-il fait. Seulement, quand Mme de Racontal se vit sauvée et au grand air, elle se sentit si heureuse, qu'elle se mit à harceler, à haute voix, l'abbesse, sa grave compagne.

Elle avait à peine dit quelques mots, qu'elle fut, ainsi que cette compagne, saisie par les hommes de la bande qui gardait les environs de la maison. Ce fut la perte de Lozembrune. Pourvoyeur se dit que si quelques-uns des prisonniers s'étaient sauvés, les autres avaient pu également le faire. Mais vainement essaya-t-il d'arracher aux deux vieilles dames quelques renseignements. Elles résistèrent aux menaces et aux coups. Le président du comité révolutionnaire ordonna qu'on les enfermât dans les caves qui servaient de prison à la municipalité de Meudon.

Puis il lâcha Love, le blood-hound, en lui faisant flairer le bonnet de Lozembrune. Après quelques tours et randonnées, l'animal fit entendre un grognement puis un jappement, puis il remplit le bois de son aboiement, et, marchant lentement, il battit tous les buissons jusqu'au pied d'un gros arbre, où il s'arrêta assez longtemps.

« C'est là que le scélérat s'était caché, » dit Pourvoyeur, qui, accompagné d'Agricola, de Jacques Bry, de Testard, rallié décidément à la Terreur et d'une vingtaine de gardes nationaux armés, se mit à suivre le chien.

Les aboiements continuèrent, et l'animal s'avança, flairant, relevant prudemment toutes les fumées.

Pendant ce temps, nos cinq personnages arrivaient au château de Vilbon. Là il fallut se séparer. L'abbé et le diplomate gagnèrent Paris. Samuel ne voulut pas quitter le voisinage d'Adèle. Il se jeta dans le bois.

II

Autour du château de Vilbon.

Peu de temps après que Sagamore et son compagnon eurent vu Mlles de Brion entrer dans l'enclos du château, les aboiements du blood-hound avaient recommencé. Le chien avait évidemment retrouvé les traces de Lozembrune et repris chasse. Les hurlements se rapprochaient lentement mais incessamment.

« Est-ce que ce pauvre diable va se laisser dénicher dans son arbre, murmura l'Iroquois ; j'ai envie d'aller l'avertir. »

Sagamore songeait. Il secoua la tête.

« Ah ! ah ! le brave garçon ! reprit vivement Jacques, foi de fils de Mars, il a l'œil au gouvernail. Le voilà qui dégringole. Ah ! le voilà qui accourt par ici.

— Viens, dit Sagamore. »

Il regagna son observatoire sous bois. Vulmer arrivait, tantôt courant, tantôt rampant, tantôt trébuchant et tombant. Il était effrayant : ses culottes étaient en lambeaux, sa chemise ouverte, déchirée, son visage gonflé, sa tête pendante et ballottante, ses paupières battues et sanguinolentes, sa prunelle éteinte, sa barbe emmêlée, remplie de terre et de feuilles, ses cheveux hérissés, plaqués de la boue que la poussière et la rosée avaient maçonnée sur sa tête. Tout était hideux et poignant à voir dans cet homme brave, intelligent, généreux, à l'âme si aimante, au cœur si dévoué, et qu'on chassait comme une hyène.

Arrivé à la rencontre du chemin Vert et du sentier du Plant, il parut hésiter.

Un demi-sourire éclaira le masque horrible de son visage.

« Non, non, murmura-t-il, les bois ne réussissent qu'à me couvrir de feuilles sous lesquelles je ne parviens pas à me cacher. Je ne puis me retirer de l'esprit que je ressemble à Silène vêtu de pampres. Allons! quoique ce tapis d'herbes soit bien attrayant. Et dire que je ne demande que quatre heures de sommeil pour défier tous les blood-hound du monde, qu'ils soient chiens ou jacobins. »

Il reprit sa course dans la direction de la Grange-à-dame-Rose. Il s'arrêta tout brusquement ; il venait d'entendre une voix grave qui sortait du bois et qui disait : « Courage, tu seras vengé. »

Il se retourna vers l'endroit d'où partait le bruit.

« Ami, tu es lugubre. Je ne suis pas encore mort,

et je compte bien me venger moi-même. Mais, pour le moment, j'aimerais mieux un lit que la vengeance. Tu n'en a pas à m'offrir, mystérieux ami? Non. Merci pourtant. Ce n'est pas le courage qui me manque, et cela m'a fait du bien d'entendre une voix amie. Je me demandais si je n'étais pas métamorphosé en loup-garou. »

Il continua sa route et arriva bientôt aux abords de la Grange.

« Je gage que cette maison est remplie de lits moelleux, avec des draps bien blancs, sentant la fraîcheur de l'herbe. Allons, bon! Qu'est-ce que j'ai fait aux chiens, mon Dieu! chien derrière, chien devant; et celui-ci n'a pas l'air débonnaire. »

Monaux, le mâtin féroce, était assis devant la porte. En voyant ce personnage qui ressemblait à un mendiant, cet ennemi né de tous les chiens, il se lança sur Vulmer. Celui-ci fit un bond de côté pour l'éviter, glissa, tomba et roula dans le fossé du chemin. Le chien se jeta sur lui et, chose étrange, s'arrêta, se recula, revint, fit en rampant, le tour de Lozembrune, et remua doucement le tronçon de sa queue.

« Ah! dit Vulmer, encore un ami sur le chemin de l'adversité. Je ne te ferai pas la mauvaise plaisanterie, mon camarade, de te demander, comme à l'autre, un lit et des draps propres. Hein? »

Le chien continuait de remuer sa petite queue avec une apparence de grave et austère satisfaction : et, regardant de ses prunelles sanglantes Lozembrune, comme s'il l'engageait à le suivre, il se dirigea vers la porte.

13

« C'est évidemment le chien de saint Julien l'Hos-
pitalier, murmura Vulmer, en marchant derrière lui ;
il aura pris un masque de chien ignoble pour dépister
les sans-culottes et leur plaire. C'est curieux, il me
semble que j'ai vu quelque part cette tournure de
chien-là. »

Il avança prudemment la tête, et embrassa la cour
d'un regard. Tout était encore clos, sauf la porte de
l'écurie, à côté de laquelle un cheval était attaché. Un
homme qui tenait une étrille, dormait la tête appuyée
sur la croupe du cheval, comme dans la ville enchantée
des *Mille et une Nuits*. Tout était silencieux.

Vulmer grimpa à l'échelle appuyée contre le montant de la fenêtre du grenier. Arrivé en haut, il se
retourna. Il entra dans le grenier, après avoir reculé
l'échelle le plus loin possible de la fenêtre.

« O bonheur, dit-il, c'est comme dans les contes de
fées. »

Un lit, aux draps bien blancs, était entr'ouvert,
comme s'il attendait quelqu'un. Vulmer enleva au
plus vite ses culottes, qu'il jeta dans le grenier, comme
un paquet de chiffons qu'elles étaient, et il se fourra
entre les draps avec un bonheur indicible. Il prononça
un mot de prière et le nom de Marie-Thérèse.

Il était endormi.

Pendant ce temps, le blood-hound arrivait aux
abords de la plaine, suivi d'une foule assez considérable. Aux vingt gardes nationaux, commandés,
avons-nous dit, par Pourvoyeur et Testard, s'étaient
joints un grand nombre de curieux, qui suivaient cette

chasse révolutionnaire avec la même curiosité qu'ils escortaient autrefois les chasses princières.

Le chien s'arrêta un certain temps au pied de l'arbre où Vulmer avait grimpé. Il reprit sa route, et suivit le chemin Vert jusqu'à l'endroit que nous avons déjà indiqué plusieurs fois, comme le point de jonction de ce chemin et du sentier traversant le Plant de Vilbon.

Arrivé là, le chien s'arrêta encore, comme s'il venait d'être frappé. Il recula, hésita, revint sur ses pas, tourna, flaira. Il se passait dans son cerveau de chien quelque chose d'extraordinaire. Il n'aboyait plus qu'à petits cris, à demi retenus, et indiquant l'incertitude, l'hésitation, une série de réflexions canines en confusion. Mais bientôt, retournant sur ses pas, il partit comme une flèche à travers la plaine, dans la direction de la clôture du château. Il aboyait presque joyeusement, comme s'il venait de trouver la solution d'un mystère qui le troublait depuis vingt-quatre heures.

La bande des jacobins ruraux se précipita à la suite. Tous disparurent bientôt derrière les murailles qui avaient livré passage à Marie-Thérèse et aux demoiselles de Brion.

« Eh bien, Sagamore, sans vous commander, voilà la femme qui va être prise en place du mari. Ah! le maudit chien, il a retrouvé la trace de Mlle de Lugnières, qu'on lui avait donnée hier matin à chercher. Ah! voilà nos deux gens de la ferme qui se dirigent vers le château pour voir ce qui se passe. »

L'enfant-aristocrate et le fou-musicien avaient, en effet, couru se mêler au groupe envahisseur.

« Est-ce que, continua Jacques, ce ne serait pas
bien le moment d'aller avertir le capitaine Lozembrune,
et le faire ensauver?

— Il y aura deux victimes au lieu d'une, dit Sagamore. Lozembrune n'est pas sauvé, et nous ne pouvons rien pour lui, pas plus maintenant qu'il y a une
heure. »

Une demi-heure environ se passa, puis les gardes
nationaux reparurent, seulement leur troupe était
diminuée. Testard et quelques hommes avaient disparu. Le pauvre Endymion, les bras liés avec de
grosses cordes, suivait.

Pourvoyeur remit le chien sur la voie de Lozembrune, et crachant dans sa main, il s'approcha de Piqueprune et la lui essuya sur le visage.

« Tiens, scélérat, complice de la faction de l'Étranger, vil négociantiste, tiens, en attendant que je te
fasse boire le·sang de Batz, ton complice, dont tu
caches la femme, pour la soustraire à la vengeance
populaire. »

Le petit poëte bourgeois ne répondit rien, mais il
jeta, en dessous, à Pourvoyeur, un regard qui paraissait empreint de plus de résolution que d'habitude.

« Quand je répéterai cent fois encore ce que je t'ai
juré, c'est-à-dire que je·ne savais pas que cette jeune
fille s'était réfugiée...

— Tais-toi. Tu ne pouvais l'ignorer... D'ailleurs,
quand même tu l'aurais su et qu'elle serait venue te
demander asile, tu aurais été assez lâche pour le lui

accorder, sans penser à ce que tu dois à la république,
ta mère.

— C'est vrai, j'ai été quelquefois lâche, répliqua
Piqueprune, en essuyant à son épaule sa figure salie
par le soufflet de Pourvoyeur, oui, je l'ai été, et je sais
bien quand. Mais je jure bien que je ne le serai plus. »

Sa voix s'affermissait de plus en plus, et elle avait
un ton d'énergie qui blessa naturellement le tyran,
lequel lui frotta violemment l'autre joue.

« Tais-toi, je te l'ordonne ! Tais-toi ; et s'il élève
encore la voix, ce vil comploteur, qu'on lui mette, à
chaque parole, la baïonnette dans les reins. »

Le chien était arrivé de nouveau au croisement des
routes. Après un moment d'hésitation, ses aboiements
redoublèrent. Mais il était dit que ce serait pour lui un
endroit périlleux. Pain-d'épice bondit hors du bois
sournoisement, et, excité par l'Iroquois, il se jeta sur
le blood-hound, le roula, et lui emporta une oreille.

Pourvoyeur s'était précipité, et après avoir accablé
Pain-d'épice de coups de pieds, il tira son pistolet et
l'en menaçait, quand l'Iroquois s'avança. Avec son
fusil il releva le bras de Pourvoyeur, de telle façon
que le bout de son arme se trouva sur le front du jacobin. Celui-ci se recula en tressaillant.

L'Iroquois avait repris son air dégagé, railleur, et
aussi ce langage pompeux, pédant, sonore et préten-
tieux, qui était son éloquence de cérémonie.

« Oui, oui, citoyen, je me disais à l'instant même
que si le fils de Mars et d'Amphitrite pressait tant
seulement, par distraction, le suprême petit bout de

la gachette de son fusil, c'en serait fait du front, de la cervelle d'un président de comité révolutionnaire, comme si que c'était une vessie remplie de graisse de porc, sauf respect et avec comparaison. Et de plus je puis dire que trois ou quatre fusils de nos compagnons les gardes du bois, dans ce taillis, et avant cinq minutes, il ne resterait plus un citoyen de toute cette honorable compagnie.

— L'Iroquois a raison, dit Agricola, qui, en sa qualité d'homme de force et de masse, avait une vraie faiblesse pour l'ancien soldat, et tu aurais tort de vouloir que nous l'arrêtions, Pourvoyeur. On peut bien plaisanter les frères, sans que chaque plaisanterie, même quand elle s'adresse à un président de comité révolutionnaire, mérite toujours la guillotine. »

Un murmure d'assentiment accueillit la motion du garçon boucher.

« Tu n'es qu'une bête, Agricola, et vous tous ne valez pas mieux. Mais je peux bien attendre encore deux jours. »

Le limier, de nouveau lâché et à peu près pansé, s'avança en aboyant vers la Grange-à-dame-Rose. Au milieu de cette discussion, Endymion, que l'on savait incapable d'un effort courageux et que l'on ne surveillait guère, était resté derrière. Il vit que personne ne le regardait, et, dans un moment de rage désespérée, il se jeta dans le bois et s'y blottit.

« Ne restez pas là, lui dit une voix, et si vous voulez fuir, gagnez la forêt.

— Ah ! le citoyen Sagamore ! J'ai l'honneur de vous

saluer. Ne me perdez pas. Après tout, perdez-moi si
vous voulez. Je suis fatigué de vivre comme cela.
Voyons, dites donc, n'est-ce pas outrageant d'être
traité ainsi? Vous avez voyagé, vous avez vu des nègres, dites si on les traite aussi insolemment que ces
misérables, les plus grossiers, les plus malpropres,
les plus ignorants des hommes, traitent un bourgeois
de Paris, monsieur, un fils d'échevin, noble de plein
droit, monsieur, un poëte, dont les productions ont
été insérées dans l'*Almanach des muses*, à côté de
celles du célèbre Auguste Gaude, de M. Bret, censeur
royal, de M. Pieyre, de l'académie de Nîmes, de l'illustre baronne de Bourdic, et tant d'autres. Oui, monsieur, continua le petit homme exalté, on m'a couvert
la figure de crachats, moi, un pur Parisien, qui aurais
pu être président de la section des Lombards, tant j'y
avais d'influence par ma fortune et mon esprit... Ah!
monsieur, que je regrette ma... prudence et mon...
injustice! Voyez-vous, j'avais de l'argent, j'ai voulu
profiter de la Révolution pour faire de bonnes affaires,
j'ai voulu acheter des biens nationaux, sans me dire
que c'était des biens confisqués ou volés. Dieu m'a
puni. Depuis ce moment, je suis devenu l'homme de
ces gens-là; j'étais leur complice, leur pareil, et comme
je n'étais pas un méchant, ne pouvant devenir leur
chef, je suis devenu leur esclave. Monsieur, voulez-
vous me faire une grâce! Tuez-moi? »

Sagamore, regardant attentivement le petit homme :

« Vous paraissez honnête, et vos yeux indiquent de
la résolution, dit-il. Voulez-vous mourir comme un

homme, en risquant de vous sauver et de vous venger, ou vous laisser égorger comme un mouton ? »

Piqueprune se leva. Sagamore coupa les cordes qui le liaient.

« Je jure par ce qu'il y a de plus sacré, dit le bourgeois de Paris, par le nom de mon père qui était un homme fier, et qui serait mort de honte s'il avait cru que je deviendrais jamais assez lâche pour me laisser couvrir de crachats, assez malhonnête pour m'enrichir en achetant du bien volé, assez abandonné pour être le compagnon de cette lie de l'humanité, je jure que je suis prêt à me battre et à me faire tuer, si je puis en même temps tuer Pourvoyeur ou ses amis.

— Monsieur, dit Sagamore, partez, gagnez Paris. Utilisez votre influence dans le quartier des Lombards. Au revoir. Nous nous verrons ce soir ou demain à Paris, parmi ceux qui combattront pour sauver la France.

— Je le jure ! dit le petit homme avec résolution. Oui, je combattrai ces barbares... »

Un coup de pistolet interrompit sa phrase. Sagamore avait déjà disparu. Endymion se glissa plus avant dans le bois, en marchant toujours vers Issy-Union, où s'étaient réfugiés beaucoup d'autres bourgeois de Paris.

Quand Sagamore rejoignit la troupe de Pourvoyeur, elle était en grand émoi. Voici ce qui était arrivé. En arrivant près de la porte de la Grange, le limier avait redoublé ses cris, et cela avait été tellement frappant, que Pourvoyeur s'était écrié joyeusement :

« Je crois que nous approchons. »

Mais les aboiements s'étaient bientôt changés en un
hurlement de douleur. Le vieux mâtin s'était, sans
grognement, lancé sur le blood-hound. Cette fois c'était
trop fort! Love se sauva et eut bientôt disparu dans
les taillis, malgré les plus tendres appels et les plus
menaçantes injonctions de Pourvoyeur, qui tira son
pistolet sur l'auteur de cette fuite.

Le mâtin, blessé, roula, et, se relevant, il se traîna
tout sanglant jusqu'à la porte de la maison.

Mais que devenir? comment continuer cette chasse,
maintenant que le guide s'était enfui? Au milieu de ce
trouble, nul ne songea à remarquer la disparition de
Piqueprune.

« Moi, dit Jacques Bry, j'ai bien remarqué qu'au
moment où ce chien a été interrompu, il tournait le
nez vers la porte d'entrée de la Grange-à-dame-
Rose. »

La bande entra dans la cour en criant. Brutus Rendu, ému par tout ce bruit, accourait après avoir été
porter contre le mur de l'écurie l'échelle qu'il déplaçait
au moment où il avait entendu le coup de pistolet.

« Eh bien, qu'est-ce qu'il y a? dit-il.

— Il y a, répliqua Pourvoyeur, qu'un aristocrate, le
chef des aristocrates, le fameux Batz, le plus astucieux
séide des tyrans coalisés, vient d'entrer ici et de s'y
cacher. »

Brutus, nous l'avons vu, détestait sincèrement les
aristocrates. En entendant cette accusation, il entra
dans une véritable colère et se lança dans un torrent
de blasphèmes pour maudire et l'aristocratie, et les ty-

rans, et le fanatisme, et Pitt et Cobourg, et tous ceux
qui l'accuseraient d'avoir donné asile à un mauvais
citoyen.

« Mais, dit Pourvoyeur ébranlé, tu ne l'as peut-être
pas vu entrer?

— Pas vu entrer! Pour qui prend-on Brutus Rendu,
parent d'un législateur? pour un fainéant, un ivrogne,
un dormeur! Non, non, connaissez tous Brutus Rendu.
Il s'est levé avant l'aurore, et depuis l'aurore il tra-
vaille là, dans la cour... Comment voulez-vous qu'un
homme soit entré?

— Qu'y a-t-il, frères citoyens de Meudon? » dit une
voix fraîche et sonore sortant d'une fenêtre qui venait
de s'ouvrir au rez-de-chaussée au bout de la maison.

Tous se tournèrent de ce côté.

« La Rose de la liberté! cria Agricola. Vive dame
Rose! »

Un murmure d'admiration échappa à l'assistance,
et Pourvoyeur sentit une légère rougeur monter à son
front d'airain. Il était vraiment amoureux.

Rose s'était levée un peu en hâte. Ses épais cheveux
noirs, légèrement ondulés, formaient, en s'échappant
autour de son front, des courbes vagabondes qui donnaient du piquant à sa physionomie, volontiers grave
et austère; ses beaux yeux, encore noyés et légèrement
gonflés, gardaient une molle douceur qui semblait plus
attrayante que leur expression ordinaire de calme et
presque virile fierté : sa haute taille, ses rondes épaules, son cou finement posé, son teint rafraîchi par le
sommeil, se détachaient merveilleusement dans le ca-

dre d'une fenêtre autour de laquelle couraient les
feuilles déjà rougissantes de la vigne vierge.

« Belle Rose, dit Pourvoyeur — et l'amour, qui
donne au corbeau même un ton plus doux pour croas-
ser sa tendresse printanière, avait adouci la voix rude
du maître jacobin — nous sommes fâchés de t'avoir
dérangée, quoique nous soyons heureux de t'avoir
vue...

— Ne l'écoutez pas, dame Rose, s'écria Brutus, ils
viennent fouiller la maison, et vous accusent d'avoir
donné asile à un aristocrate. »

La noire prunelle de la fière républicaine s'illumina ;
elle lança un regard de colère sur cette foule et un
coup d'œil d'un mépris ineffable à Pourvoyeur.

« Me ferez-vous cette injure, citoyens, à moi, qui ai
donné mon sang pour la république ? Faut-il que vous
me laissiez insulter par un homme à qui j'ai montré tout
le mépris qu'une âme sensible peut renfermer, et qui
se venge de mes dédains en vous amenant ici pour
m'insulter. Dites ? le voulez-vous ? »

Pourvoyeur était devenu pâle d'émotion. Il se tourna
vers sa troupe avec des regards si menaçants que nul
n'osa répondre à l'appel de la jeune femme. Il courut
vers elle et lui dit à mi-voix.

« Tu m'as insulté, Rose, pour la centième fois, quand
je venais près de toi les yeux pleins d'admiration et
l'âme pleine d'amour ! Et tu crois que ces gens-là pren
dront ton parti contre moi ? Tu crois qu'on conduit le
peuple avec de belles paroles ? Oui, ça commence comme
ça, mais ensuite on ne le conduit plus que par la crainte.

Vois, tu as donné ton sang pour la démocratie, eh bien !
je n'ai eu qu'un regard à lancer, pour que la démocratie
te laisse insulter, et je n'aurais qu'un mot à dire pour
qu'ils te prennent et te fouettent, toi, la fière Rose, la
fille adoptive de la République française. Veux-tu me
défier de le faire ? »

Rose avait pâli à son tour ; mais elle ne baissa pas le
regard, et quoique sa voix fût moins calme, elle
n'avait rien perdu de sa fermeté, quand elle lui répondit :

« J'ai toujours avec moi le fer qui me soustraira à
tous les outrages, et que j'enfoncerai dans le sein de
tous les tyrans. »

Pourvoyeur éclata de rire, tandis que Rose continuait tout haut :

« Ce misérable-là, qui me menace, me dit que vous
être prêts à m'insulter.

— Eh ! non, citoyens ; je dis que la Rose, si belle
qu'elle soit, n'est pas au-dessus de la loi.

— Ça ne fait pas de doute, dit Jacques Bry. On a
envoyé au vasistas patriotique des têtes plus fières, plus
belles.

— Eh bien, quoi qu'il en soit, je veux garder mon
honneur de républicaine, comme je garderai ma pudeur
de femme. Pour celle-ci, j'ai ce fer qui ne me quitte
jamais, Pourvoyeur. Pour défendre l'autre, eh bien !
je dis : je hais la royauté, je déteste l'aristocratie ; et si
un royaliste, si un aristocrate avait souillé cette demeure de ses pieds infâmes, je la quitterais, après y
avoir mis le feu pour la purifier, et lui, le scélérat qui

eût osé ainsi venir insulter mes pénates, je l'eusse
assassiné si je n'avais pu l'emprisonner pour le livrer à
la sainte justice de la Révolution.

— Vive la Rose de la liberté! cria le groupe tout
d'une voix.

— Le peuple te croit, Rose, et moi je t'absous des
soupçons que nous avions conçus contre toi, dit Pourvoyeur. Mais je te le dis, il y avait des présomptions
pour que le monstre se fût réfugié ici, ou vienne s'y
réfugier. Veille donc bien. Nous allons continuer de
visiter la plaine et le village de Villacoublay. »

Tous s'éloignèrent. Rose se revêtit d'un jupon de
basin et d'un pierrot de coton blanc à petites fleurs
rouges, orné d'un col de mousseline. Elle prit un pistolet armé et visita sa maison. Le bas n'offrait guère
de recoins : il se composait d'une très-grande pièce
dallée, éclairée par quatre fenêtres donnant, deux sur
la cour, deux sur le clos. Une salle à manger et une
chambre à coucher qui se suivaient en enfilade et complétaient ce rez-de-chaussée.

De la grande pièce on montait au grenier par une
énorme échelle très-roide. Rose y monta. Un bruit sonore, cet effrayant ronflement qui accompagne tout
sommeil venu après une grande fatigue, l'attira près du
lit qu'elle avait fait préparer pour son neveu Louis Jougleux. Elle s'approcha. Nul cri, nul geste même, ne
lui échappèrent. Elle quitta le grenier sans bruit, referma soigneusement la porte solide, et redescendit.
Elle appela Brutus :

« Tu vas amener la herse, les dents en l'air, au-dessous de la fenêtre du grenier. Tu vas ensuite rattraper Pourvoyeur. Tu lui diras que le brigand est bien en effet venu jusqu'ici. Du moins je le suppose, et je le tiens sous bonne garde. »

III

Dame Rose.

Brutus Rendu ne tarda pas à revenir, accompagné de Jacques Bry.

« Citoyenne, dit Brutus d'un air digne, c'est la dernière commission que je fais pour vous. Je ne suis plus votre officieux. Je reviendrai bientôt prendre mes habits. »

Il s'éloigna fièrement, après avoir fait un signe protecteur à Jacques Bry.

« Dame Rose, dit celui-ci, je n'ai pas été fâché de voir partir ce bavard-là. Maintenant, voilà ce que Pourvoyeur m'envoie vous dire, sur votre vie. Il vient de rencontrer Tacherot, le favori du grand Maximilien. C'est ce citoyen intègre et vertueux qui le lui envoie pour lui dire que toute la conspiration des royalistes est découverte. On sait que l'infâme citoyen nommé *le Boulanger* n'est autre que ce scélérat de Batz. On est à sa poursuite, il ne saurait échapper. Quant à ce misérable Aristobule, celui que nous poursuivions, et qui s'est réfugié ici, à ce que tu nous as envoyé dire,

garde-le, sur ta tête ; c'est un des chefs les plus redou-
tables des royalistes. Pourvoyeur va venir le saisir ;
mais il avait encore quelques plans à arrêter avec Tacherot.

— Sois tranquille. Il n'y a pas une créature dans
l'univers entier qui a plus que moi l'amour de la République ; pour elle et pour la perte de tous ses ennemis, quels qu'ils soient, je donnerais mon sang goutte
à goutte.

— C'est bien. A bientôt, citoyenne... »

Il ouvrit la porte, puis se retourna.

« Ah ! j'oubliais de te dire que ce scélérat d'Aristobule que tu as fait prisonnier, c'est le ci-devant
vicomte de Lozembrune. »

Il s'éloigna. Rose, en entendant ce nom, avait pâli,
et, poussant un cri étouffé, elle se laissa tomber sur
une chaise où elle resta quelque temps sans connaissance. Elle se releva lentement, regarda autour d'elle
d'un air égaré, et poussa un nouveau cri.

« Lozembrune ! Vulmer ! Mon cœur ne m'avait pas
trompée hier, quand je le rencontrai à la section
Mutius Scévola. Il me disait bien, avec son battement
précipité, que c'était là celui que j'avais aimé avant
tout, par-dessus tout, sans jamais le dire, sans jamais
le montrer. Mais cette barbe, ce masque de hâle, cette
voix si changée !... Mais, mais, malheureuse ! je l'ai
livré ! ils vont venir ! Que faire ?... Ah ! »

Elle bondit vers l'escalier et le monta en courant.
Elle ouvrit la porte du grenier et s'approcha du lit. Vulmer dormait encore, mais d'un sommeil moins lourd.

« Vulmer, dit-elle d'une voix où la tristesse le disputait à la tendresse, vicomte! vicomte de Lozembrune! s'écriait-elle.

— Hein! qu'est-ce qu'il y a?

— Levez-vous. Vite, hâtez-vous! vous êtes trahi! on va venir vous saisir! Tenez, là, dans cette malle, des habits de mon neveu, un paysan boulonnois, Louis Jougleux! Votre taille, votre âge. Vite! Quand vous serez habillé, descendez vite par cet escalier-là. Je vous couperai les cheveux et vous vous ferez la barbe! Hâtez-vous! les minutes valent des heures. Ah! »

Elle prit cinq ou six bottes de paille et les jeta par la fenêtre sur la herse.

« Ma foi! dit Vulmer, qui avait achevé de se réveiller, c'est peut-être un piége; mais je suis las de mentir à des coquins, je ne mentirai pas à la beauté. Il est vrai que je suis le vicomte Vulmer de Lozembrune.

— Hâtez-vous, mon Dieu! hâtez-vous! s'écria Rose. qui s'éloigna. »

Quelques instants après, Vulmer descendit l'escalier, en bas bleus à côtes, en culottes de gros drap marron, en veste de droguet de laine à fleurages rouges et en carmagnole de même drap et couleur que les culottes.

« Venez, mon Dieu! venez! Peut-être sont-ils là! Ah! ne parlez pas. Je vous expliquerai tout. »

Elle l'emmena au fond de la maison, dans un petit cabinet attenant à sa chambre à coucher. Elle lui coupa

les cheveux d'une main tremblante et revint avec un
rasoir.

« Rasez-vous complétement, dit-elle, et venez me
rejoindre. N'oubliez pas : Louis Jougleux, mon neveu,
paysan boulonnois, qui vient d'arriver ce matin pour
m'aider à tenir cette ferme.

— Parbleu! c'est un rôle que je puis jouer au
naturel. »

Elle revint dans la première pièce, d'où l'on entendait du bruit, et qui commençait à se remplir de la
foule des jacobins ruraux, gardes nationaux ou simples
curieux, en tête desquels l'on voyait Sagamore et
l'Iroquois.

Quand Vulmer se regarda dans le miroir, la barbe
faite et les cheveux tondus ras, il se trouva fort rajeuni
et eut grand'peine à se reconnaître.

« Allons, mon vieux patois boulonnois, à la rescousse. Louis Jougleux! Mais c'est ce garçon naïf à
qui j'ai failli casser la tête hier, rue de Vaugirard! Ah!
fort bien. Mais il grasseye lourdement!... Bon!... Je
veux bien devenir démocrate, si je ne fais pas voir du
pays à tous ces sans-culottes de banlieue... »

Il se dirigea dans la première pièce, d'où l'on entendait sortir les voix de dame Rose et de Pourvoyeur,
alternant sur un mode qui n'avait rien d'ionien. Il se
précipita dans cette grande cuisine remplie de monde,
et outrant encore le ton nasillard, aigre et traînant du
patois picard, il s'écria, interrompant les querelles :

« Bonjour, hé! trétous et la compagnie. C'est droitement bien fait à vous, ma tante Rose, d'avoir ras-

14

semblé tous les voisins pour boire un coup à la santé
de mon arrivée dans ce pays-ci. Mais maintenant que
me voilà bien lavé et écrapé, vous voudrez peut-être
bien m'embrasser, ma tante. Moi, je ne saurais me
saouler d'embrasser une si belle tante, et si nette, et
connue dans toute la République, et qui fait honneur à
défunt ma pauvre mère, sa pauvre sœur aînée. Et
combien donc qu'elle avait de plus que vous, défunt
ma mère? Mon père dit que c'est plus de vingt ans. »

Et il se précipita sur dame Rose, sur les deux joues
de laquelle il déposa un baiser retentissant. Puis il
s'était jeté sur chacun des assistants, les embrassant à
tour de rôle, et Pourvoyeur, momentanément étourdi,
et Jacques Bry, et Agricola, et tous les gardes nationaux, et l'Iroquois, et Sagamore, qui lui dit vivement, à mi-voix :

« Bien, Vulmer; mais l'œil est trop vif. »

Lozembrune tressaillit; mais il n'avait pas le temps
de réfléchir.

Il se retourna vers l'assemblée — car Sagamore
était à l'une des extrémités, tout proche de la porte par
où il venait d'entrer. — Il ferma un peu ses paupières
et éteignit sa prunelle. Il promena un regard prompt
autour de lui. Cette scène d'embrassades, qui avait eu
quelques épisodes comiques, avait évidemment déridé
les visages. Pourvoyeur lui-même avait la face moins
sombre, quand Vulmer s'écria :

« Maintenant, ma tante Rose, ça serait sagement
bien à vous de verser un coup de cidre à tous ces
braves gens et voisins, et bons républicains, je m'ap-

pense, qui sont venus bien honnêtement pour me faire
fête. C'est moi qui régale.

— Citoyenne Rose, dit Pourvoyeur, je ne dis pas
que ce n'est pas là ton neveu ; je savais que tu l'attendais. Je suis bien sûr que tu ne voudrais pas sauver un
aristocrate. Tu as donné trop de gages à la patrie, à la
liberté, à la République. Mais répète-moi encore ce
qui est arrivé.

— Je te l'ai dit, Pourvoyeur, dit Rose, j'ai entendu
du bruit, des ronflements sonores dans le grenier. J'ai
été voir, j'ai soupçonné que ce pouvait être celui que
tu poursuivais. Je fermai bien la porte et je dis à
Brutus de mettre la herse, les dents en l'air, au pied
de la croisée, afin qu'il ne pût sauter sans se blesser
grièvement. Cet imbécile de Louis, mon neveu, est
entré ici en chantant. Le... scélérat s'est sans doute
réveillé, et voyant la herse, il a jeté des bottes de
paille dessus — je n'y avais pas pensé — et il s'est
échappé.

— Mais la citoyenne Gothon, ton officieuse, dit
qu'elle a vu un homme tout à l'heure passer entre ces
fenêtres-ci, et causant vivement avec toi. Tu le tirais
par le bras.

— Ça, c'est vrai, dit une paysanne dévouée, mais
imbécile, qui venait chaque matin faire le gros ouvrage
de la ferme.

— Elle m'a vu avec ce nigaud de Louis que je ne
voulais pas embrasser, et que j'envoyais se laver.

— Nous avons tout visité, dirent deux gardes nationaux. Rien, rien de suspect.

— Et moi, dit Jacques Bry, je peux assurer, pour dire la vérité en bon républicain, que j'ai entendu Brutus dire, il y a près de deux heures, que le neveu de dame Rose était arrivé.

— Allons, conclut Pourvoyeur, on ne peut pas supposer que dame Rose puisse se tromper sur la personne de son neveu. Nous allons nous remettre en chasse, car il nous faut ce scélérat à tout prix. Robespierre donnerait son bras pour qu'on le retrouve... Ah! reprit le rusé personnage en se retournant brusquement, tu ne nous a pas montré tes certificats de civisme et autres.

— Ah! c'est vrai, dit tranquillement Vulmer en fouillant dans les poches de sa carmagnole. Tiens, ça n'y est plus! C'est que je les aurai laissés là, dans le cabinet où je viens de me lessiver. Tu es sans doute le maire du village. Ah! Louis Jougleux est bien connu pour un bon patriote.

— Tes papiers, tout de suite!

— Attendez, citoyen, je m'en vas les quérir. »

Rose était restée impassible. Elle cherchait par quelle ruse nouvelle elle pourrait parer à ce danger inattendu; mais son cerveau, surexcité et troublé par le choc des idées contradictoires qui s'y livraient bataille et mettaient en lutte la tendresse et le patriotisme, son cerveau ne lui fournissait rien. Vulmer avait passé dans la salle à manger qui faisait suite à la grande pièce et précédait la chambre à coucher de Rose. Il se demandait, lui aussi, ce qu'il allait faire.

Sauter par la fenêtre et s'enfuir! Mais la cour était occupée. Puis n'était-ce pas abandonner lâchement

cette jeune femme qui venait de se compromettre pour
lui? Il hésitait entre dix projets; nul ne le satisfaisait,
et il tournait sur lui-même en sentant le découragement s'emparer de lui.

Que faire? Il s'arrêta brusquement: Un grand corps
maigre s'était campé dans l'embrasure de la porte,
qu'il avait, pour ne pas exciter les soupçons, laissée
ouverte. Vulmer ne voyait qu'un dos; mais derrière,
ou plutôt devant ce dos, une main s'agitait qui balan-
çait un papier plié. Il s'avança en rasant la muraille,
s'inclina, saisit le papier, y jeta un regard, se redressa
et rentra.

« Ma fine! citoyen maire et la compagnie, je l'a-
vais laissé tomber, ce bienheureux papier. C'est un
certificat de civisme par le conseil général de la commune de Samer, des braves gens, et civiques.

— Allons, tout est en règle, dit Pourvoyeur, par-
tons donc, braves sans-culottes, sauf à revenir. D'ailleurs les scélérats ne sauraient nous échapper : tout
est gardé dans le voisinage. Le grand citoyen Tacherot
va revenir dans la journée à la tête des compagnies du
citoyen Héron. »

Il allait partir, quand Brutus Rendu entra.

« Tiens, dit Jacques Bry, voilà Brutus! Il peut
dire si ce n'est pas vrai. N'est-ce pas, Brutus, que le
neveu de la citoyenne Rose est arrivé? »

Rose, cette fois, ne pût s'empêcher de pâlir. Une
ombre plus expressive s'étendit sur les prunelles de
Sagamore, qui toucha son fusil.

« D'ailleurs, dit vivement l'Iroquois, Brutus est

14.

d'autant plus capable de dire la vérité, qu'il a juré ce matin sur l'autel de la patrie, foi de fils de Mars! que pas un étranger n'était entré ici. Pour lors, si un étranger fût entré dans la cabine, ce ne serait qu'avec la complicité de Brutus, qui mériterait de partager son sort et de passer au Tribunal révolutionnaire.

— Hein! qu'est-ce que c'est? dit Brutus inquiet.

— Je voulais dire que tu connais le neveu de dame Rose, et que tu peux jurer que le voilà en figure naturelle, foi de fils de Marrrs! »

Il fit ronfler ce mot et remua son fusil d'un air martial.

« Hein! quoi? dit Brutus en se reculant et en regardant la terrible arme. Eh! oui, il a raison, l'Iroquois. Çà, le neveu de dame Rose! Parbleu! n'est-ce pas, l'Iroquois? Mais écoutez bien ce que je vous dis : je ne veux pas avoir affaire avec les neveux de dame Rose. C'est bien entendu, hein? Parbleu! si c'est lui, hein, l'Iroquois! conclut-il d'une voix tremblante, en voyant s'agiter ce fusil qui n'avait jamais manqué son coup..... Pourvoyeur, dit-il à voix basse, j'irai te dire quelque chose à Meudon d'ici à peu de temps. »

Il monta l'escalier qui menait au grenier. La troupe vida la maison. Vulmer essaya en vain de rencontrer les yeux de Sagamore, qui disparut avec le reste de la bande. Gothon, fort honteuse de son bavardage, alla se réfugier dans les étables. Vulmer et Rose restèrent seuls.

« Chut! dit Rose, attendons que Brutus soit parti. Voilà un litre de gros vin et un morceau de pain. Man-

gez et écoutez-moi. J'ai honte de ce que je viens de
faire. Mais si je vous ai sauvé, je ne dirai pas au prix
de ma vie — je ne compte pas ma vie — mais de ma
sincérité, de mon honneur de républicaine, de ma vertu
civique, de mon bonheur domestique peut-être, ce n'est
pas pour vous aider à renouer vos trames perfides et
contre-révolutionnaires. Vous allez me jurer de ne pas
partir d'ici avant demain sans mon aveu... Jurez-le sur
votre honneur de gentilhomme, ou je pousse un cri, je
vous livre, et me livre avec vous!

— Oui, dit Vulmer froidement, vous avez le droit de
me demander ce serment. Moi, qui sans vous serais
perdu pour mes amis, pour mon parti, je puis le prêter... Mais d'abord, dites-moi si vous avez entendu
parler de Mlle de Lugnières, si vous savez qu'il lui soit
arrivé quelque accident?

— Je ne sais rien de cette citoyenne, répondit Rose,
qui avait pâli.

— Eh bien, je vous jure sur mon honneur de gentilhomme royaliste et chrétien que je ne quitterai pas cette
maison sans votre aveu, à cette condition que dans
quelques heures vous me laisserez m'absenter pour peu
de temps. J'ai laissé quelque chose dans la forêt, je
veux le reprendre.

— Soit, répondit-elle sèchement. »

Brutus redescendait avec un paquet. Il gagna la
porte sans mot dire. Arrivé là, il se retourna :

« Adieu, dit-il en raillant, dame Rose et son neveu.
Ah! ah! le citoyen Descluziers sera heureux mari! »

Vulmer s'était levé.

« Restez ! lui dit Rose. C'est le commencement de la punition. »

Vulmer la regarda et baissa les yeux devant l'étrange et inexplicable coup d'œil que la jeune femme lui jetait, un coup d'œil où il lui sembla qu'il y avait de la folie, du rêve, de la haine, de la passion, tout un monde, tout un chaos.

Brutus avait été s'enfermer dans l'écurie.

Il déplia un papier qu'il avait trouvé en maniant le pantalon en lambeaux que Vulmer avait jeté au pied du lit, et avait oublié au milieu de la fiévreuse succession des aventures.

« Tiens ! qu'est-ce que c'est ? un manuscrit ? Hein ! ah ! ah !... Tiens !

« *Liste des intriguants qui cherchent à égarer la Convention :* Billaud, Collot, Barrère, Amar, Vouland, Cambon, Tallien, Fréron, Bourdon de l'Oise, Léonard Bourdon, Alquié, Monestier du Puy-de-Dôme, Lecointre de Versailles, Xavier Audouin, Meaulle, Cavaignac, Barras, Thuriot, Guffroi, Rovère, Panis, Duval, Carnot, Dubois-Crancé, Prieur, Fouché, Delmas, Calon de l'Oise, Legendre. »

« Legendre ! Legendre le législateur, mon parent ! »

Il se sauva en courant et disparut dans la direction de Meudon. Il rencontra en chemin l'Iroquois fort inquiet : le véritable Louis Jougleux n'était plus dans la maison de la porte de Verrières.

La Grange restait vide, ou du moins débarrassée d'hôtes importuns. Rose, dont les gestes inquiets contrastaient avec la gravité des mouvements habituels,

fit un signe à Vulmer. Elle le précéda dans la petite
salle à manger, tout ornée d'emblèmes, de gravures,
d'ornements républicains. En place honorable était
pendue cette médaille que la Convention avait décer-
née à dame Rose.

La jeune femme, toujours muette et brusque, ferma
les volets donnant sur la cour de la ferme. La chaleur
était étouffante ; de gros nuages roulaient dans le ciel
à l'horizon méridional, et n'éteignaient pendant un
instant les rayons du soleil écrasant, que pour les remplacer par une atmosphère lourde et intolérable. Le
tonnerre grondait presque incessamment, mais sourdement; quelques coups plus forts, toutefois, éclataient
brusquement; une brume violacée s'élevait sur Paris et
se rayait de mille lignes blanchâtres.

Nous prions le lecteur de ne pas oublier que c'est au
milieu de cette atmosphère, tantôt étouffante, tantôt
excitante, et bien faite pour ôter au cerveau tout sang-
froid et le pousser aux plus violentes résolutions, que
se passent les scènes du roman comme de l'histoire.

Après avoir fermé les volets de la fenêtre qui donnaient sur la cour d'entrée, dans la direction du soleil,
Rose ouvrit toute grande la fenêtre qui regardait le clos
plus ombreux, et que l'astre ne piquait encore que de
ses rayons obliques.

Vulmer regardait cette beauté républicaine avec un
étrange sentiment qui n'était ni le mépris, ni bien
exactement la répulsion, mais cette indifférence sèche,
cette froideur glaciale, plus insupportables pour toute
femme que la haine.

Elle entraîna, d'un geste brusque, Vulmer au fond
de la pièce, et, mettant son visage en pleine lumière:

« Me reconnaissez-vous? dit-elle.

— Sans doute, dit Vulmer en souriant. »

Et le visage de la jeune femme s'illumina d'un rayon
de joie qui disparut bientôt quand Lozembrune ajouta:

« Je vous reconnais fort bien, et hier je vous ai fort
bien reconnue pour cette vaillante amazone qui, au
10 août, conduisait une troupe... hum!... bigarrée à
l'assaut des Tuileries. J'ai de bonnes raisons pour ne
l'avoir pas oublié, car je reçus de cette amazone une
pistoletade qui me mit un bras fort mal en point. Je
suppose que je sais la raison qui vient de vous porter à
me sauver la vie... Je suppose que vous avez voulu me
rendre ce que je vous ai donné; et comme, malgré la
mousquetade dont vous veniez de me gratifier, j'ai été
assez heureux pour éloigner l'épée du vieux chevalier
de Mimont, qui avait déjà commencé à vous percer le
sein...

— Ah! c'est vous! dit Rose d'un ton indifférent.
Qu'importe la vie, et pourquoi ne m'avez-vous pas
laissé tuer? Les grandes causes ont besoin d'un sang
pur pour les arroser et les faire croître... Mais, soit.
Nous sommes quittes. Nous sommes l'un et l'autre dé-
barrassés de tout lien de reconnaissance. Ce n'est pas
de cela que je veux vous parler. Regardez-moi! Me reconnaissez-vous?

— En dehors de cela, non. »

Une ombre d'amère tristesse passa dans les prunelles de Rose.

« Cherchez dans vos plus lointains souvenirs et regardez-moi encore. Ne vous rappelez-vous pas une jeune fille qui fut la compagne de Mlle Louise-Jacqueline de Lozembrune, votre sœur?

— Je me rappelle en effet quelques jeunes filles, Mlle de Mimont, entre autres, qui furent les compagnes de ma sœur, mais aucune qui fût...

— Dans une position aussi basse que celle où je parais être, n'est-ce pas? dit dame Rose, en interrompant avec emportement Vulmer. Ils sont restés les mêmes! s'écria-t-elle, rien n'a corrigé leur insolence aristocratique, et je vois bien que la Terreur n'a pas assez duré, que la justice révolutionnaire n'a pas été assez rigoureuse encore... Ah! si au lieu de dire : compagne de votre sœur, j'avais dit : esclave, j'avais dit : serve; si j'avais dit : domestique ou servante, vous auriez vite reconnu Rose Monbayard!

— Servante ou domestique, répondit tranquillement Vulmer, eût été en effet plus conforme au langage que j'ai appris à parler. Je ne croyais pas que ma sœur eût jamais eu des esclaves ou des serfs. Je crois bien, fort vaguement, vous reconnaître...

— Qu'importe à cette heure!... J'ai longtemps demandé à l'Être suprême de m'accorder ce jour. Avant de mourir, avant que vous ou moi nous mourions, car la vie est courte en ce temps-ci, je veux que vous sachiez que vous m'avez mis dans l'âme une douleur horrible, que jamais je n'ai pu oublier, que je n'oublierai jamais. »

Vulmer la considéra avec étonnement.

« Oui, c'est vous qui avez dirigé toute mon existence, qui m'avez faite républicaine ; et, je puis le dire,
c'est vous qui avez tué la royauté et l'aristocratie. »

L'étonnement de Vulmer redoublait.

« Je ne parais rien être, n'est-ce pas ? Que suis-je ?
Une paysanne perdue au milieu d'un bois, dans une
maison solitaire. Mais, bien que je me sois effacée de
façon à ce que l'histoire même saura à peine mon nom,
et me confondra avec ces viles créatures, comme Thé-
roigne, comme Olympe... Mais qu'importe ! Je tra-
vaillais pour me venger de vous et pour la Révolution... Oui, cette obscure paysanne que je suis, elle fut
l'âme du peuple et de la démocratie. C'est moi qui
réchauffais les cœurs inertes, qui excitais les créatures
fatiguées, qui relevais les courages, qui récompensais
d'un sourire les hommes résolus, moi qui soufflais sur
toutes les flammes, et qui ne laissais jamais pendant
un instant le char de la Révolution s'arrêter dans un
passage difficile. Sans moi, votre roi fût resté à Versailles ; sans moi, il eût réussi à s'échapper ; sans moi,
le peuple eût fui, le 10 août, devant les Tuileries ;
sans moi, le tyran n'eût pas porté sur l'autel de la
justice sa tête expiatoire. Ecoutez-moi ! M'écoutez-
vous ? »

Vulmer avait pâli. Il répondit d'une voix calme,
mais en fermant les yeux, pour cacher le feu de sa
colère :

« Je vous écoute, et il le faut bien : vous m'avez fait
esclave par mon serment. »

Que se passa-t-il dans l'âme de l'étrange créature ?

Tout brusquement sa figure se décomposa. Elle pensa
que le père de Vulmer avait été une des victimes de la
révolution; ses beaux yeux se remplirent de larmes, et
elle tendit d'un geste suppliant ses deux mains à Lozembrune. Vulmer fit un pas en arrière :

« Ces mains, dit-il, je les vois couvertes du plus pur
sang de France. Elles m'offriraient le salut même de
Marie-Thérèse, je les repousserais ! »

Il y eut un moment de terrible silence. Rose fit quelques pas, sortit de la chambre, alla regarder à la porte
de la cour. Elle revint.

« Eh bien, dit-elle d'une voix qui, par un effort de
sa puissante volonté, avait retrouvé presque tout
son calme, je suis fière de ce que j'ai fait. Mais eussé-je
commis un crime, en sauvant la patrie au prix d'un
peu de sang versé, ce crime, c'est à vous qu'il faudrait
l'attribuer, vicomte de Lozembrune ; à vous, à votre
dédain, à votre indifférence. Ne me dites rien. Oui, je
l'avouerai, vous étiez tout pour moi ; vous étiez le plus
noble, le plus beau ; vous régniez en maître sur mes
pensées, sur mes rêves ; je vivais sans cesse à côté de
vous, et vous ne m'avez même pas vue. Vos chiens
étaient plus pour vous que cette servante de votre
sœur. Est-ce que la nature ne doit pas se révolter contre de telles injustices ? Est-ce qu'elles ne sont pas
contraires à la volonté de l'Etre suprême ? Est-ce qu'il
ne fallait pas maudire et renverser une société qui
consacrait des situations aussi contraires à l'humanité ?

— Ainsi, dit Vulmer avec une sombre amertume,
c'est parce que M. de Lozembrune n'a pas vu mademoi-

15

selle Rose Monbayard, c'est pour cela que celle-ci a cru
devoir troubler et bouleverser la France et l'Europe,
faire insulter et assassiner le plus vertueux, le plus doux
des princes, créer l'épouvantable Terreur qui a bu le
meilleur sang de France ! Et c'est parce que je me suis
conduit avec gravité dans la maison maternelle,
parce que je me suis conduit avec dignité envers une
domestique de ma sœur ; parce qu'au lieu de vous mépriser au point d'attaquer votre vertu, je vous ai montré, par mon indifférence, le plus grand respect que je
puisse montrer à une femme de votre position....

— Chacun de vos mots me blesse ! s'écria Rose en
se redressant avec sa fierté ordinaire. Croyez-vous,
dans votre insolence aristocratique, qu'il suffise d'attaquer une vertu plébéienne pour qu'elle rende les
armes ? »

Vulmer ne répondit pas. Rose reprit d'une voix
moins amère :

« Comprenez bien, monsieur Vulmer, que je me
savais belle, que je me sentais intelligente et enthousiaste pour tout ce qui était grand et beau. J'avais pour
vous, je vous l'ai dit, une grande estime. Je remar-
quais que vous aimiez naturellement ce que j'aimais
moi-même ; je vous voyais admirer chez d'autres des
qualités que j'étais sûre de posséder à un degré supérieur, et que vous n'aperceviez même pas en moi.
Quoi donc pouvait vous rendre aveugle à ce point
de ne pas voir en moi ce plein soleil dont vous admi-
riez un faible rayon chez Mlle de Mimont, par exemple ?
Quoi ? sinon l'inégalité des conditions. Et vous ne

comprenez pas que j'aie pris en haine cette inégalité qui menait à tant d'injustice, d'insolence et de crimes? C'est alors que je compris combien la République est grande, juste, bienfaisante et généreuse !

— Grande ! répondit Vulmer en lançant à Rose un regard dont elle commença à comprendre l'ironie dédaigneuse ; grande ! sans doute : elle a mis l'espion Pourvoyeur à la place de Louis XVI ! Juste ! parbleu : elle a mis les valets à la place des maîtres ! Généreuse ! oui, vraiment, elle a donné aux dénonciateurs les biens des guillotinés ! Et bienfaisante, parce qu'elle arrosera le sol de tant de sang qu'on n'aura jamais vu terre si fertile ! »

La rougeur de la colère monta au front de l'héroïne révolutionnaire. Mais on entendit quelque bruit de voix dans la cour. Avec le danger de celui que sa jeunesse avait tant aimé, Rose, cette fois encore, oublia pour un instant les ardeurs de son enthousiasme républicain.

« Prenez garde ! dit-elle, Cachez-vous? Qui sait !

— Ne suis-je pas votre neveu ? répondit-il avec un étrange sourire. »

Rose avait regardé par la fenêtre :

« Mais c'est mon frère ! s'écria-t-elle. Et, bien qu'il n'ait vu depuis longtemps mon véritable neveu, peut-être il ne voudra pas vous reconnaître pour lui. Il est violent : il ne reculera devant rien, comme c'est le devoir d'une âme patriote, pour débarrasser la République d'un ennemi.

— Eh bien, répliqua froidement Lozembrune, que le

frère me débarrasse de la reconnaissance que je dois à la sœur ! »

Monbayard entra comme un ouragan, tempêtant, grondant, menaçant. Pourtant on eût dit qu'il était moins fou que la veille. Il était proprement vêtu de ses habits de capitaine de la garde nationale. Il suivait un vieil instinct chevaleresque qui était devenu une habitude dans l'armée française, il s'était fait beau pour une bataille prochaine.

« Mon frère, dit vivement Rose, voici notre neveu Jougleux. Il est fort changé ; mais...

— Qu'importe la famille ! dit rudement le soldat sans regarder Vulmer. Il s'agit de la patrie et de la femme que j'aime. Vous savez, ils l'ont prise et emmenée à La Force. On s'agite à Paris contre la tyrannie, j'y vais. C'est une tyrannie, une tyrannie des *pierrotins*, que de l'avoir enfermée à La Force. C'est contraire aux lois.

— Mais, mon frère, dit Rose avec cette gravité qui en imposait toujours à ce cerveau exalté, si cette femme est une aristocrate, si elle est coupable, pourquoi invoquerait-elle la protection des lois républicaines ? Elles n'ont pas été faites pour elle, mais uniquement pour les républicains. »

Cet horrible paradoxe, qui dirigeait alors toute l'opinion, n'avait jamais paru si révoltant à Vulmer qu'il le fut sur les lèvres de cette femme jeune, belle, et évidemment sensible.

« Oui, oui, s'écria Monbayard (et ses prunelles s'allumaient de fureur), c'est avec tous ces raisonne-

ments que tu m'as fait égorger tant de pauvres gens.
Mais je vois clair. J'ai vu clair en regardant ces beaux
yeux, purs comme les eaux courant dans les prairies
de notre pays. Je vois où est maintenant la justice et la
tyrannie; et je jure, sur l'autel de la patrie, que jamais il n'y eut tyrannie comparable à celle qui règne
aujourd'hui avec Robespierre. »

L'enfant-aristocrate était entré silencieusement derrière lui, Il écoutait attentivement ce que disait Monbayard. Mais bientôt Vulmer attira son attention; il ne
le quitta plus de l'œil.

« D'ailleurs, conclut le capitaine, je vous ai dit que
je l'aime, cette jeune fille. Jusqu'ici, ma sœur, vous
ne m'avez fait commettre que des crimes, et pour une
fois que je veux faire une bonne action...

— Va-t'en donc, misérable imbécile! s'écria Rose,
humiliée en présence de celui à qui elle eût voulu
paraître si noble et si élévée; va-t'en, mais tu as choisi
ton lot : va-t'en te faire le jouet des aristocrates, et ne
te présente plus devant moi.

— Je m'en vais sauver celle que j'aime et attaquer
la tyrannie... Qu'y a-t-il de plus grand dans le monde?
Viens, aristocrate, tu es un petit brave, toi. Viens, je
te montrerai celui qui a tué ta mère, livré ta sœur et
rendu ton père fou. Viens, nous détruirons la tyrannie.

— Vraiment, Madame, dit Vulmer quand ils furent
sortis, la guillotine a en vous une avocate éloquente
et tendre. Vous aviez grand peur que votre frère ne lui
enlevât une tête, une tête bien coupable, sans doute,
coupable d'être jeune, d'être belle, d'être innocente,

et de n'avoir pas désiré de boire le sang de la veuve
Capet. »

Rose n'eut pas le temps de répondre. L'enfant qui
avait suivi Monbayard, rentra. Il jeta un regard à
Vulmer, un regard qui indiquait qu'il le croyait bien
reconnaître, et que c'était pour lui qu'il allait parler.
Mais, pour ne pas le compromettre, sans doute, il se
tourna vers dame Rose :

« Il n'a pas tout dit. Je veux que vous sachiez le
nom de la jeune fille.

— Va-t'en ! dit rudement Rose. Nous n'avons pas
besoin de toi. Nous en savons assez. Cela nous est
égal à mon neveu et à moi.... Va-t'en, te dis-je, ou
prends garde à toi ! »

L'enfant redressa fièrement son petit corps maigre ;
un éclair de fierté traversa son pâle et mélancolique
visage.

« Je suis le chevalier de Mimont, dit-il avec sa
gravité précoce. Il m'est égal qu'on le sache. Je veux
mourir quand j'aurai revu mon père et ma sœur. J'ai
vu trop de méchantes choses depuis deux ans, et je
n'aurais aucun plaisir à vivre. Eh bien, rien ne m'em-
pêchera de le dire : la jeune femme qu'on a menée en
prison à La Force ce matin, c'est Mlle Marie-Thérèse. »

Vulmer poussa un cri, fit un bond et se précipita
vers la porte.

« Votre serment ! dit froidement et sèchement
Rose. »

Vulmer revint, la regarda avec des yeux égarés.

« C'est donc pour cela, parce que c'était Marie-

Thérèse, ma fiancée, si noble, si pure, si digne de tout amour et de tout respect, et qui honore autant son sexe que vous le déshonorez! C'est pour cela que vous prêchiez si bien pour qu'on ne l'enlevât pas à la guillotine?

Il tomba sur une chaise, la tête dans les mains, et l'on put entendre un sanglot contenu. Ce fut tout. Il releva son front rouge et sa face bouleversée, et il interrogea de l'œil l'enfant, qui le regardait avec une curiosité attristée.

« Nous la sauverons, dit-il. Mon maître, depuis un jour, est devenu bon et sage, et je jure que nous la sauverons. Voici ce que je voulais raconter. Ce matin, quand j'ai vu le chien mener les démocrates vers le château de Vilbon, j'allais, avec mon ami le musicien, voir ce qui se passait. Le chien conduisit la bande de jacobins juste à une porte derrière laquelle Mᶫᴵᵉ Marie-Thérèse était cachée. Le maire Testard se montra aussi méchant que Pourvoyeur, et il dit qu'il allait conduire la jeune fille à Paris. Pourvoyeur voulut qu'on la conduisît à pied, avec des cordes, en passant par les villages de Clamart, d'Issy, de Vaugirard, pour terroriser les aristocrates et les empêcher de se soulever dans la banlieue, comme ils sont prêts à le faire. Alors accourut Mᶫᴵᵉ Adèle de Brion. Elle dit qu'elle était complice; mais c'était pour ne pas laisser Mᶫᴵᵉ de Lugnières seule avec ces vilains démocrates... Alors une partie des vilaines gens de Meudon lia les deux jeunes filles, et on les emmena. Nous suivîmes la troupe, mon ami le musicien et moi.

Elles arrivèrent à une prison qu'on nomme La
Force. Tout le monde criait que c'étaient des brigandes
de la Vendée qu'il fallait fusiller au Champ de Mars.
Mais il y avait à Paris une grande foule. On dit qu'on
va faire un... nouveau... 31 mai. J'ai laissé mon ami
le musicien devant la porte de la prison, en lui faisant
comprendre qu'il doit chanter des chansons pour les
démocrates, afin qu'on le laisse là, et qu'il me dise ce
qui surviendra. Et moi, je suis venu, un peu fatigué,
car j'ai travaillé la nuit passée comme un homme. Je
suis venu avertir et chercher mon maître, parce qu'il
est plus fort que moi et qu'il connaît toutes ces vilaines
gens. Mais je suis plus sage que lui, et à nous deux
nous sauverons Mlle Marie-Thérèse, je retrouverai ma
sœur et mon père, et je tuerai celui qui a fait le plus
de mal. »

Il se détourna et revint. Vulmer était retombé dans
les plus tristes réflexions. L'enfant était rougissant;
ses pauvres yeux mornes brillaient d'un éclat doux :
c'était, pour la première fois depuis des années, un
vrai regard d'enfant.

« Est-ce que je n'ai pas bien fait? demanda-t-il.
Je suis bien fatigué, je n'ai rien à manger ; mais je suis
habitué à tout cela... Je voudrais... ah ! je voudrais
tant qu'on me dise un mot doux, comme ma mère
m'en disait !... Est-ce qu'on ne voudrait pas embrasser
pour l'amour de Dieu, un pauvre enfant si malheureux, si maltraité, et qui va peut-être mourir?

— Va-t'en, petit coquin ! dit froidement Rose. Si tu
es si malheureux et orphelin, c'est que le peuple a con-

damné tes parents. Le peuple ne peut se tromper, et s'ils les a condamnés, c'est qu'ils étaient coupables. »

Vulmer s'avança. Il prit l'enfant dans ses bras et l'embrassa tendrement.

« Pauvre, pauvre et cher enfant ! que Dieu te bénisse, et qu'il retire de ton jeune esprit ces pensées cruelles que j'y vois. Tu n'entends parler que de crimes, que d'injustices, que de sang versé !... Laisse à Dieu la vengeance. Un jour tu seras soldat, et il sera temps alors de verser le sang des ennemis. »

L'enfant lui rendit son baiser avec passion ; puis il se dégagea et le regarda gravement.

« Non, non, dit-il. Il faut que je punisse les ennemis de mon père. Je suis un soldat, comme vous, comme tout le monde l'est. Tout le monde tue, arrête, emprisonne tout le monde. Je ferai comme tout le monde. Je suis très-grand dans mes pensées... Mais parlez-moi encore, encore un mot. Est-ce vrai, ce qu'on dit à Paris, que Robespierre va tuer la Convention ?

— Ah ! s'écria Vulmer, qui venait de penser, pour la première fois depuis le matin, aux papiers qu'il avait cachés dans la ceinture de ses culottes. »

Il bondit vers l'escalier et monta au grenier. Toutes les pièces de son misérable habillement avaient disparu. Il redescendit. L'enfant n'était plus là. Rose était assise, muette, le visage sombre, le regard fixe.

« Que sont devenues ces guenilles que j'avais ce matin ? Le savez-vous, madame ? »

La jeune femme ne répondit pas. Vulmer réfléchit pendant quelques instants. Mais tout était trouble en

15.

son cerveau. Ces papiers eussent pu décider au combat les partis révolutionnaires en présence et donner
ainsi à Marie-Thérèse une chance de salut.

Bientôt il se rappela les dernières paroles de la centenaire. Il n'ignorait pas quel rôle l'argent jouait dans
cette grossière et avide société que le jacobinisme avait
commencé à former et de quel poids immense il pouvait être dans les événements qui se préparaient. Il se
dirigea vers la porte.

Rose se leva tout d'une pièce.

« Songeriez-vous, dit-elle avec une âpre ironie, à
fausser votre parole pour aller au secours de cette fille
que mon frère honore de sa protection, de cette Marie-
Thérèse?

— Ne prononcez pas ce nom, répliqua dédaigneuse-
ment Vulmer. Et il la regarda en face avec un mépris
si sincère que tout ce qu'il y avait d'orgueil dans l'âme
de Rose se révolta et se mit en une rage folle. Je n'oublie pas mon serment; ma fiancée ne voudrait pas de
son salut au prix de mon déshonneur, et moi j'aimerais
mieux mille fois mourir que de donner à une créature
comme vous le droit de mépriser en moi la noblesse,
l'aristocratie, la royauté. Je vous ai dit que j'avais besoin de deux heures de liberté. Cela rentre dans les
conditions de mon esclavage, n'est-ce pas? conclut-il
avec amertume, et je sors. Dans deux heures, j'aurai
repris ma chaîne jusqu'à demain. »

Il sortit, alla dans l'écurie pour y chercher quelque
sac ou besace, et, quittant la Grange-à-dame-Rose, il

suivit le chemin Vert dans la direction qui menait au parc de Mesdames.

Rose le suivit des yeux. Elle vint jusqu'à la porte de la ferme. Puis elle rentra chez elle, courant comme si elle fuyait l'incendie, mais ne faisant qu'entretenir, par le mouvement plus vif de toutes ses idées, cette flamme de colère, de rage même, qui avait commencé à s'allumer dans son orgueil blessé et qui maintenant gagnait toute l'âme.

Elle alla s'enfermer dans cette chambre résonnant encore des paroles de cet homme qu'elle avait si violemment aimé et qui venait de la flétrir de son mépris, de l'exaspérer de son dégoût!

Ah! qu'elle avait été humiliée et dans sa dignité de femme et dans sa dignité républicaine! Ah! combien elle avait été lâche. Puis elle se dit qu'elle avait été ingrate et vile, qu'elle avait bien oublié Victorien Descluziers, cet homme si élevé, si vertueux, ce grave républicain, Victorien, qu'elle aimait tant et qui l'adorait, et à qui elle venait d'être infidèle en son cœur.

Et la force de ses pensées devint un vrai délire. Tout se leva en elle pour l'accabler et lui ôter le peu de sang-froid que les incidents de cette journée, que les coups reçus par sa sensibilité et sa vanité avaient pu lui laisser. C'est alors que, folle d'amour dédaigné, de fierté écrasée, folle de honte, d'humiliation, de regrets et de remords, elle vit paraître devant ses yeux, comme dans une hallucination, cette belle tête de la Liberté dont elle avait été la fille chère et qu'elle venait de trahir. Avec elle, n'avait-elle pas trahi la patrie, la

République, la Révolution, l'humanité? N'avait-elle
point pactisé avec ce traître, avec ce scélérat, avec cet
allié des ennemis de la France, avec le sicaire de la
tyrannie, avec le stipendié des despotes coalisés? N'a-
vait-elle pas ainsi porté un coup funeste, mortel peut-
être, dans le flanc de sa mère la Liberté? N'allait-elle
pas, en ce moment périlleux, aider au triomphe de la
féodalité, de l'aristocratie, livrer la porte de la cita-
delle de la Révolution aux tyrans étrangers, à ces
nobles insolents, imbéciles et scélérats, plus orgueil-
leux et plus féroces que jamais?

C'est alors que, au choc de ces grands mots, son
cerveau s'exalta complètement et que son cœur s'éleva
jusqu'à cette ivresse de fureur, de folie et d'héroïsme
qu'il faut toujours avoir présente à l'esprit pour comprendre l'atroce grandeur de ce temps-là.

Le délirant enthousiasme qui lui avait conseillé de
donner son sang la reprit tout entière et lui conseilla
de donner plus que son sang, plus que sa vie.

Tout se réunit pour livrer un dernier assaut à son
âme passionnée et à son cerveau affolé : la haine ancienne et renouvelée, la vanité insultée, l'amour pour
Victorien et le remords de l'avoir oublié, et par dessus
tout, la passion politique, le dévouement à la liberté et
l'enthousiasme de la République. Elle pensa à Lucrèce
comme à Brutus. Elle invoqua Barra et Viala, ces
deux héros dont on allait, le surlendemain, décadi 10
thermidor, célébrer la fête. Elle s'habilla d'une main
fébrile en murmurant des malédictions et des invoca-
tions, en versant des larmes de rage et de tendresse et

en chantant des versets de chansons patriotiques.

Elle sortit en courant et se dirigea vers Meudon ! Au
coin du château de Vilbon, elle aperçut, en regardant
au bas d'un sentier, un homme qui s'avançait, courbé
sous un poids considérable. Cet homme ressemblait à
Vulmer. Qu'importe ! qu'importe ! Elle se lança dans
le bois sur le chemin qui menait au bourg.

Pour imiter les grands exemples des héros qui
avaient sauvé leur patrie, elle allait livrer l'homme
qu'elle avait le plus aimé à l'homme qu'elle abhorrait
le plus, Vulmer à Pourvoyeur, le plus puissant des
chefs des royalistes au plus énergique des sans-culottes.

IV

Où l'Anglais brûle ses vaisseaux.

C'était bien Vulmer de Lozembrune qui, suant à
grosses gouttes, gardant l'ombre des taillis et courbé,
comme un vieux mendiant, sous le poids d'une besace,
mais d'une besace pleine d'or, regagnait la Grange-à-
dame-Rose.

Quand il arriva près du chemin Vert il lui sembla
qu'il entendait des plaintes sourdes. Mais il voulait,
avant tout mettre son trésor à l'abri.

« Camarade, cria-t-il, qui que tu sois, prends patience ! dans un quart d'heure je suis à toi ! »

Il hâta le pas, regagna la Grange. La maison paraissait vide. Il monta au grenier, cacha sa sacoche dans

des bottes de pailles et redescendit. Il fureta si bien
qu'il trouva une bouteille de vin. Il en but une large
lampée et mit le reste dans la poche de sa carmagnole
champêtre. Puis il courut vers l'endroit où il avait entendu les plaintes.

Il entra dans le taillis, un grand corps s'avança, en
rampant, derrière un buisson voisin, fixa sur Vulmer
des yeux si bizarrement effarés, et il était revêtu d'un
costume si grotesque, que notre héros éclata en un rire
convulsif.

« Un ennemi ! encore un ennemi ! s'écria en anglais
le personnage.

— Comment, votre ennemi, sir Samuel ! répliqua le
vicomte dans la même langue. »

Samuel resta la bouche béante. « Le vicomte Lozembrune ! murmura-t-il.

— Plus bas, sapredienne ! Je me nomme Jougleux.

— Aoh ! oh ! je suis un mort, un homme mort de
faim et de soif, dit l'Anglais en se laissant aller tout de
son long sur l'herbe.

— Nous allons vous ressusciter à moitié... du côté
de la soif. »

Il mit la bouteille entre les lèvres du mort, qui la vida
consciencieusement jusqu'à la dernière goutte. Tout
brusquement le ressuscité sauta sur ses pieds, et avec
une gravité augurale, il exécuta une gigue. Puis non
moins brusquement il se laissa retomber.

« Je ne suis plus un homme mort par la soif, je suis
maintenant un homme mort par le chagrin.

— Je gage, pensa Vulmer, que le soleil l'a rendu

fou ! allons, dit-il, levez-vous, comme un homme. Vous ne me paraissez pas atteint dans les œuvres vives. Quand on a du chagrin, on a toujours ou à se venger ou à se défendre. Allons, allons, luttons comme des gentilshommes !

— Oui, mais avant il faut que je raconte mon histoire ; et puisque vous savez parler anglais, jusqu'à ce que j'aie mangé, je ne parlerai pas la langue française. »

Il se mit à narrer avec une gravité admirable, la plus comique histoire du monde.

Il était venu rôder autour du château de Vilbon pour apprendre des nouvelles de mademoiselle de Brion. A grand'peine et vaguement avait-il su ce qui était arrivé. Il s'était décidé à aller à Meudon pour manger. Il avait, vu sa maison pillée, et quand il revint au bourg on le chassa, on le poursuivit en l'injuriant. Ne voulant pas attribuer à sa façon de parler mais à son costume cette déconvenue, il gagna le bois en se jurant qu'il dépouillerait de ses habits, en lui donnant les siens, le premier individu qu'il rencontrerait. Ce premier fut notre ami Jougleux, le vrai, qui, tout troublé par ses mésaventures, attribuant, lui aussi, ses misères à son costume de paysan picard, s'était juré de forcer le premier bourgeois venu à changer d'habit avec lui.

Ces deux hommes se rencontrant, il arriva la scène la plus bouffonne qu'imagination d'auteur du théâtre de la Foire ait pu rêver. Les deux personnages se précipitèrent l'un sur l'autre, ne se comprenant pas, et se prirent à se gourmer frénétiquement, l'un pour prendre à l'autre un habit que l'autre voulait lui donner.

Quand ils se furent étrangement abîmés, ils s'entendirent. L'échange s'opéra. Jougleux assez petit, engoncé dans les larges vêtements du puritain, ressemblait à un collégien qui a volé les habits de son maître d'études. Il alla échouer à Meudon, où Agricola, un peu échauffé par les libations d'une journée si émouvante, l'emprisonna.

Samuel, avec ces culottes qui ne lui couvraient pas les genoux, avec le gilet jaune qui lui descendait jusqu'au sein, retourna à Meudon pour y quérir de nouveau quelque nourriture. On le reconnut cette fois encore, pour un étranger. Il eut grand'peine à regagner ses abris forestiers sous la pluie de pierres dont on gratifia ce vil séide des tyrans coalisés.

« Mon cher sir Samuel, dit Vulmer, je vais vous mener dans une maison, ici près, où je n'ai guère que l'autorité d'un prisonnier. Mais peut-être qu'en me jetant aux pieds de ma geôlière, j'obtiendrai un brin de pain de son. »

Ils se mirent en marche vers la Grange-à-dame-Rose. Samuel retomba dans son mutisme.

La maison était encore vide. Nos deux compagnons s'y installèrent. Après quelques recherches, ils conquirent une nouvelle bouteille de vin et un flacon d'eau-de-vie.

« Maintenant, dit Samuel en anglais, je me sens redevenir moi-même. Vous m'avez plusieurs fois entendu dire que je tenais dans mes mains, dans ces mains-là, dans mes mains anglaises le sort de la

France! Oui, je puis protéger la justice, l'humanité
et ma fiancée. J'avais hésité jusqu'ici pour des raisons
qu'il est inutile de dire. Je ne dois plus .hésiter. Les
hommes à qui j'avais prêté serment m'ont trahi en me
voulant faire tuer. Ecoutez-moi, monsieur le vicomte,
je vais vous dévoiler une partie du mystère qui s'agite
en ce moment.

— Je vous écoute, sir Samuel, avec toute l'attention
d'un homme qui a son pays à sauver, et, comme vous,
sa fiancée à tirer des griffes de ces tigres.

— Je suis le secrétaire d'une association de whigs,
qui, sous la présidence de mon frère, sire Benjamin
Vaughan, membre du Parlement, et dans l'enthousiasme de la liberté, s'est formée à Londres, dès les
premiers mois de la Révolution française. Notre association s'étendit non-seulement en Angleterre, mais
dans toute l'Europe. Nous devînmes puissants. Je ne
veux pas vous cacher qu'à côté de notre amour pour
l'humanité, pour la justice et la liberté, notre amour
pour notre patrie trouvait son compte dans nos plans.
L'affaiblissement raisonnable de la France convenait à
la politique anglaise. Mais nous trouvons que vous êtes
arrivés à un état suffisant de misère et de faiblesse ;
nous pouvons alors écouter les sentiments d'humanité
pour vous empêcher de vous tuer complétement et
pour vous donner un gouvernement moins inhumain
et moins monstrueux. Nous voulûmes imposer des
conditions à Robespierre pour prix de notre alliance,
que Robespierre désirait au moment de fonder un
gouvernement dictatorial.

— Alliance qui vous convenait d'autant plus,
qu'avec Robespierre vous étiez sûr de voir désarmer
la France — car il redoute l'ambition des généraux —
et que nos succès militaires commencent à vous donner
à réfléchir. »

Notre Anglais se leva, alla serrer de nouveau la main
de Vulmer et se rassit en lui envoyant un fin sourire
d'approbation.

« Mais nous ne voulions pas, dans ce cas suprême,
traiter à l'aide de nos intermédiaires ordinaires. Robespierre, du reste, ne se fiant à personne, désirait que
nous vînssions en France. Nous vînmes. Pour ne pas
éveiller les défiances, nous échouâmes sur la côte de
France, près Gravelines, et nous nous présentâmes
comme des naufragés. Nous fûmes envoyés à Paris.
Nous vîmes plusieurs fois Maximilien. Il ne tarda pas
à apprendre que nous avions attiré l'attention du Comité de Surveillance générale. Il fit partir pour Genève mon frère, plus en vue. Il voulut, du reste, que
je restasse en France.

— A titre d'otage, sans doute !

— Je l'ai pensé. Mais, pour ne pas éveiller plus de
soupçon, il me fit exiler à Moudon, tout en me donnant
une carte de civisme fort bien en règle, qui me per-
mit de venir à Paris au besoin. J'ai reçu, il y a peu de
temps, de mon frère, deux lettres, et ce sont ces deux
lettres qui m'autorisent à vous dire que, en ce moment,
je tiens les destinées de la France et de Robespierre
en mes mains. Ces deux lettres, en constatant qu'il y
a entre Robespierre et l'Angleterre des négociations,

ne laissent aucun doute sur trois points : trahison de
Maximilien contre la Convention ; projet évident de
prendre le pouvoir suprême; abandon prochain de la
forme républicaine. Du reste, je puis vous montrer les
deux lettres. Voici la première ; elle est écrite par mon
frère :

« Citoyen, l'homme vraiment grand n'a pas besoin
qu'on le dît grand. Il le sait et il le reconnaît quand on
le traite en grand. Je vais donc vous parler des grandes
choses avec de la simplicité.

« Quand l'eau passe une certaine profondeur, la vue
ne se distingue pas, et quand l'appareil pour la félicité passe de certaines bornes, la félicité ne s'augmente pas avec l'appareil. Après un certain point, tout
réside dans l'âme, et pas dans les choses. La France a
donc assez de la territoire pour défense au dehors, et
assez de la territoire pour profiter de la concurrence
des volontés de plusieurs en dedans.

« Sa gloire même ne dépend pas de son étendue :
car Sparte et Genève ne se sont rendues renommées ni
par leur nombre d'arpents ou leur nombre d'individus.
L'âme, la sagesse, la probité, la bienfaisance, voilà les
principes de la gloire qui percent le plus.

« Pourquoi donc ne pas proposer, de la part de la
France :

« Aux sept provinces des Hollandais, aux dix provinces des Autrichiens, à Liége,

« Aux électorats ecclésiastiques sur le Rhin, et à
tous les autres pays enclavés entre le Rhin et la France :

« Que s'ils veulent profiter promptement de l'occa-

sion, la France les aidera à devenir un gouvernement
fédératif, sous un congrès, sauf à s'amalgamer ou non,
après, l'un avec l'autre, pour leurs gouvernements particuliers... » Mais, dit Samuel, il est inutile que je
vous lise la lettre jusqu'au bout. Le jour s'avance, le
temps est précieux, le soir vient.

— Mais l'autre lettre, monsieur, que vous avez bien
voulu me promettre de me communiquer?

— Elle est plus explicite encore. Elle déclare que
nous sommes prêts à reconnaître et à aider le gouvernement de Robespierre, et à continuer de négocier
avec lui sur ces bases : pouvoir exécutif établi sur une
ou deux têtes comme dans la république romaine ; ces-
sation des persécutions contre les négociants et le culte
religieux ; substitution, en faveur de l'autorité gouver-
nementale, à la noblesse détruite, d'un pouvoir équi-
valent.

— Cela suffit, monsieur, s'écria Vulmer. Portez cela
au Comité de Salut public, et Robespierre est mort.
Vous allez vous rendre à Paris en toute hâte, et sans
tarder vous gagnerez le palais des Tuileries. Vous irez
au pavillon qu'on nomme aujourd'hui le pavillon de
l'Égalité, et où siége le Comité de Salut public. Au
premier étage, en entrant à droite, vous trouverez une
sorte d'huissier ; vous lui demanderez le citoyen Dominique de Mirville.

— Bien, dit Samuel. Demain vous me trouverez près
de la prison où est enfermée mademoiselle de Brion. »

Il sortit, et, prenant le pas gymnastique, il ne tarda
pas à disparaître dans la direction de Paris.

V

Comment Vulmer tomba entre les mains des gens qui avaient opéré dans les prisons en septembre.

Le soleil illuminait de ses derniers rayons les nuages violacés suspendus et immobiles au-dessus de l'horizon occidental. Le tonnerre grondait toujours sourdement en divers points du ciel, et l'air tombait plus lourd que jamais.

Vulmer avait ouvert toutes les fenêtres. Ses rêves distraits couraient de Marie-Thérèse au baron de Batz, de la fiancée à la patrie ; et parfois ils s'égaraient à la suite de Samuel Vaughan, sur la bizarre tête duquel reposait peut-être le salut de la France ; à la suite de Rose, dont l'absence l'attristait comme une sorte de remords.

« Foi de fils de Mars ! dit un homme qui sauta par la fenêtre et bondit jusqu'au milieu de la pièce, ce n'est pas le temps pour les hommes de rêvasser ! Capitaine Lozembrune...

— Qu'est-ce que tu me veux, avec ton capitaine ? Tu es un affronteur et peut-être un voleur. Moi, je suis Jougleux.

— Ah ! ah ! je vous connais bien. Rappelez-vous la guerre d'Amérique et le siége d'Yorktown, vicomte de Lozembrune. Non, je ne suis pas un coquin ni un jacobin, mais un vrai fils de Mars et d'Amphitrite, Jacques, dit l'Iroquois. D'ailleurs vous êtes connu et

trahi... Voilà, à cent pas d'ici, une troupe de sans-culottes parisiens. Elle se compose de trois compagnies
des bandes de Héron, le grand chef des soldats du
Comité de Salut public. Ils viennent ici pour vous
cerner. Je les suis à la sourdine et à l'indienne depuis
Meudon. Ils sont conduits par ce gueux de Pourvoyeur...
Ils ne cachent pas qu'ils vont mettre la main sur le ci-
devant Lozembrune, le chef des royalistes. »

Vulmer était resté abasourdi.

« Allons, venez, capitaine. Nous leur ferons voir
plus de chemin qu'ils ne voudront... Mais venez donc!
conclut-il en voyant Vulmer s'asseoir tranquillement.

— Merci, mon ami, merci! Mais j'ai juré que je ne
me sauverais pas.

— Que le diable me... Je ne sais que faire, s'écria
Jacques en se frappant le front. Sagamore est absent!
Oui, il faut tenir sa parole, justement pour montrer à
ces faillis chiens de sans-culottes qu'on ne leur ressemble pas!... Adieu donc, mon pauvre capitaine! »

Il sauta dans le clos et disparut.

« Allons, dit Vulmer, en se levant, je crois que
cette fois c'est bien fini, et que tous les *In manus* que
j'ai envoyés là haut depuis deux jours vont décidément
me servir. »

Il avait retrouvé, en face du danger, toute la verve
de sa vive et sereine nature. Il sortit et vint se placer
debout hors de la ferme, à deux pas de la porte, dans
l'axe du chemin Vert. La troupe approchait.

« Le voilà, le voilà, cria la voix de Pourvoyeur.

— Oui, c'est lui, hurla une autre voix, que Vulmer

crut reconnaître, et il vit l'homme qui venait de parler abaisser son fusil, et tirer.

Une balle siffla aux oreilles de Lozembrune, qui ne bougea pas.

« Arrêtez, cessez le feu, ou la mort, vociféra Pourvoyeur. Vous savez bien qu'il faut le prendre et le garder vivant jusqu'à l'arrivée de Tacherot et de Héron.

— En chasse, cria d'une voix nasillarde Toutin, chef de l'une des trois bandes. »

Toute la troupe s'éparpilla, et avec une habileté qui indiquait quelque pratique de l'art du pillage et des surprises, en un instant toute la maison fut entourée. Vulmer, les bras croisés, regardait s'exécuter le mouvement.

« Voilà une manœuvre qui ferait honneur à Cartouche lui-même, dit-il tranquillement. Mais ne dépensez pas tant de science stratégique, dignes sans-culottes, à moins que ce ne soit pour surprendre ce vieux chien qui est mort. Qu'est-ce que vous voulez au vicomte de Lozembrune.

— Entre, dit en riant Pourvoyeur, tu le sauras assez tôt. »

L'espion était au comble de la joie. Il venait enfin de saisir, de bien saisir, l'homme qu'il poursuivait depuis longtemps. Il avait l'espoir fondé de faire prochainement d'autres captures non moins désirées de Robespierre, et enfin il avait laissé son fils, debout et marchant. Le grand médecin Desault était venu le voir, et avait constaté que si la balle, en offensant un peu le bras et en labourant l'extérieur du flanc, avait

procuré une abondante émission de sang, du moins il
n'y avait aucune lésion. Les deux passions de Pourvoyeur, sa haine et sa tendresse, étaient donc satis-
faites, et il se croyait tout près de la réalisation de ses
vœux les plus ambitieux.

Dame Rose était entrée avec la troupe, un peu pâle,
malgré la chaleur. En dépit des félicitations que lui
adressait sa conscience républicaine, elle marchait
très-roide, pour ne pas courber la tête sous le poids
des reproches que lui faisait l'autre conscience, l'ancienne et humaine conscience. De plus, elle s'attendait
à être acclamée pour son héroïsme, et elle n'avait pas
tardé à voir qu'elle venait de déchoir dans l'estime de
Pourvoyeur et de ses hommes. En commettant cette
trahison, qu'elle nommait sublime, Rose avait quitté
son piédestal, elle s'était faite, aux yeux de tous ces
hommes, leur semblable, leur compagnon, leur colla-
borateur. Tout cela se résumait en mille petits traits
que Rose ne s'expliquait pas, mais où elle trouvait la
preuve d'une familiarité grossière, dédaigneuse,
quelque peu railleuse.

Vulmer s'approcha d'elle et lui dit avec un doux
sourire :

« Je craignais de ne pas vous revoir, dame Rose. J'ai
été brusque et peu courtois. Voulez-vous me le pardonner, en souvenir de ma sœur. »

Rose devint rouge, puis livide. Elle essaya de parler, mais on n'entendit qu'un son rauque. Pendant ce
temps, Pourvoyeur et quelques-uns de ses compagnons riaient follement.

Il est trop bête l'aristocrate, s'écria Coulongeon, un des autres chefs, cynique, bizarre et avide coquin, le voilà qui fait des mamours à dame Rose, et c'est dame Rose qui vient de le dénoncer et de nous le livrer.

Vulmer avait lancé à Rose un regard chargé d'un tel et si tranquille mépris, que toute la fierté de la jeune femme se réveilla.

« J'ai agi, comme le génie de la patrie m'a ordonné de le faire, j'ai suivi les exemples sublimes de tous ces héros que l'histoire a inscrits dans ses fastes et qui ont sacrifié à leur devoir civique leur vie et les sentiments vulgaires de l'humanité. Pour vous, Pourvoyeur, n'oubliez pas que vous parlez à la fille adoptive de la République française.

— Dame Rose, dit Pourvoyeur, tu peux compter que je serai toujours là pour faire valoir tes excuses.

— Ah? dit gravement Vulmer, dame Rose, la fille adoptive de la République française, la Rose de la Liberté, celle qui a renversé les tyrans, tombant sous la protection de l'espion Pourvoyeur !

— Scélérat, s'écria celui-ci, scélérat, misérable et lâche fourbe....

— Arrête-toi, Pourvoyeur, dit tranquillement Vulmer, et ne parle pas de lâcheté, ou sinon,.... tu sais comment je me venge.

— Que veux-tu dire, infâme aristocrate, tu es si près de la mort, que je méprise....

— Souviens-toi de la soirée d'hier. Je me venge en commençant par te souffleter et en finissant par te forcer à tirer sur ton fils.

16

— Misérable, lâche, menteur ! qu'on lui lie les mains. »

Une dizaine d'estafiers sautèrent sur Vulmer, et le lièrent.

— Il est certain, dit celui-ci, que me voilà momentanément dans l'impossibilité de te souffleter, Pourvoyeur, mais il reste ton fils. »

Il se mit à cheval sur une chaise, appuya le menton sur le haut barreau et ferma l'œil.

« Laisse-le donc, Pourvoyeur, dit Coulongeon, les paroles ne font pas de mal. N'oublie pas que lui et les autres que nous pourrons prendre, nous devons les garder jusqu'à l'arrivée de Héron ou de Tacherot. Je ne sais si Héron pourra venir, car ça chauffe aujourd'hui à Paris. Mais Tacherot, à cause de l'importance des captures à faire et à cause du mouvement qui a lieu dans la banlieue, viendra certainement, seulement un peu tard, parce qu'il veut savoir ce qui s'est passé aujourd'hui à la Convention.

— Voilà la nuit qui arrive, dit Pourvoyeur. Une de vos trois compagnies va rester ici, avec moi, pour surveiller l'infâme Lozembrune. Les deux autres vont aller où elles savent, l'une à Clamart où on doit, continua-t-il tout bas, saisir le baron de Batz, l'autre à Villacoublay, où l'on trouvera le scélérat Descluziers. C'est ici le quartier général, où vous reviendrez tous le plus tôt possible. Voyons, Coulongeon, tu vas rester ici avec tes hommes; Toutin va à Villacoublay et poussera jusqu'au Petit-Bicêtre. Rigogne courra avec sa compagnie jusqu'à Clamart. Tu vas l'accompagner, toi, dit-il à l'homme qui avait tiré sur Vulmer, et qui depuis lors se tenait derrière les autres bandits.

— Non, dit celui-ci, je ne suis pas des vôtres. Je suis un volontaire. Je veux rester ici à surveiller Lozembrune que je hais comme l'enfer.

— On n'a pas besoin de toi, dit rudement Pourvoyeur, crois-tu que je n'y suffise pas, et voudrais-tu t'attribuer le mérite de cette capture? Va à Clamart, c'est toi qui connais le mieux le ci-devant Batz. Prends garde de désobéir, je te fais arrêter immédiatement, en ma qualité de président du Comité révolutionnaire. »

L'homme grinça des dents.

« C'est là ma récompense? dit-il.

— Ta récompense, coquin, dit en ricanant Pourvoyeur, c'est la satisfaction vertueuse d'avoir mené à la guillotine un ennemi de Robespierre et de la République.

— Je ne suis pas de force maintenant, je t'obéis. Mais tu as tort, Pourvoyeur, de te faire mon ennemi. En voilà un, et il montra Vulmer qui paraissait sommeiller, en voilà un qui peut dire comment se venge Yvon le Brestois. »

Il s'éloigna en grondant, rejoignit Rigogne, et les deux troupes disparurent dans l'obscurité qui grandissait. Coulongeon resta avec ses vingt-cinq hommes et Pourvoyeur.

Ces trois bandes faisaient partie des dix-huit compagnies qui composaient l'armée de Héron. C'était bien la plus horrible troupe qu'on pût rêver. Elle avait

eu pour noyau les scélérats qui avaient fait les massacres de Septembre et égorgé les prisonniers d'Orléans. Après la mort de Maillard, Héron, agent principal du Comité de Sûreté générale, en avait pris le
commandement.

Coulongeon vint se placer à côté de son prisonnier.
On alluma dans la grande pièce tout ce qu'on put trouver de luminaire. Rose s'était assise dans un coin, près
de la cheminée, à quelque distance de Vulmer, qui
s'était couché près d'une des fenêtres ouvertes sur le
clos. Pourvoyeur alla poser quelques sentinelles. Le
reste de la bande se mit à fureter dans la cour, les
étables et le cellier.

On entendit bientôt quelques cris perçants, poussés
par Gothon, mêlés aux grognements des porcs et aux
plaintes des poules.

. Coulongeon regarda autour de lui, et voyant que la
maison était bien gardée, il se précipita dehors afin de
veiller à ce que le déménagement de la basse-cour et
du cellier ne s'exécutât pas sans qu'on lui gardât une
sorte de dîme. Rose et Vulmer restèrent seuls. La
jeune femme se leva.

« Vous ne me suppliez pas de vous dégager de votre
serment? dit-elle d'une voix qui cherchait à être ironique, mais où perçait une sorte d'attendrissement. »

Vulmer lui répondit par un regard de mépris, qui
ramena la colère dans les yeux de Rose.

« Ce que j'ai fait, dit-elle d'une voix plus ferme, je
le ferais encore. Le soleil se lève dans la nuit. Les glands
qui doivent produire le chêne tombent dans la boue.

Le blé qui nourrit l'homme pousse dans le fumier. Il faut du sang pour purifier les vices que la royauté a imposés au peuple. Le peuple, je le plains ; ce n'est pas lui qui est coupable, ce sont les princes qui l'ont démoralisé ; et si la pauvre Rose, après avoir dépensé toute son énergie, est obligée de donner son cœur, sa fortune et sa vie même, elle ne regrettera rien, si c'est pour la démocratie qu'on a pris son existence.

Vulmer s'était levé péniblement ; il s'approcha de Rose.

« Oui, c'est bien pour le salut de l'humanité qu'on vous demande votre vie, pauvres niais, mais c'est pour Robespierre ou Barère, pour Héron, Tacherot ou Pourvoyeur que vous la donnez. Et ce n'est pas seulement la vie et la fortune que ces gens-là vous demandent, mais l'honneur, mais votre famille, mais votre fiancée, mais votre mère, mais votre enfant ! Je prie Dieu qu'il vous donne une fille, et que vous la voyiez traîner à l'échafaud après l'avoir vue aux genoux de ces monstres, demandant la vie de sa mère. Ce jour-là vous vous souviendrez de Vulmer de Lozembrune. »

Il regagna sa place, s'assit et referma ses yeux. Rose le regarda un instant d'un air sombre ; puis, roide, le front haut, l'œil fixe, elle ouvrit la porte de la petite salle à manger, et gagna sa chambre, où elle s'enferma.

« Psit ! psit ! fit une tête qui dépassait à peine le rebord de la fenêtre non loin de laquelle était assis Vulmer ; pouvez-vous vous sauver maintenant, capitaine ? La sentinelle se promène de long en large autour de la

16.

maison. Elle est distraite par le cri des poules et le
bruit des brocs. D'un coup de crosse je l'assomme et
nous fuyons, foi de fils de Mars.

— Je ne puis, dit Vulmer. Tout est inutile, mon
ami. »

On ne répondit rien. Il se détourna ; l'homme s'était
éloigné. Coulongeon ne tarda pas à rentrer avec Pourvoyeur.

Les deux maîtres-jacobins allumèrent leur pipe et,
s'asseyant l'un à côté de l'autre, ils se mirent à causer
à voix basse de leurs espérances. Pendant ce temps, le
bruit augmentait dans la cour. On avait découvert un
tonneau de vin blanc d'Auxerre au fond du cellier,
quelques bouteilles de vin rouge et d'eau-de-vie. On
alluma un grand feu ; on y fit rôtir tant bien que mal
des quartiers d'un porc que l'on venait de tuer. Les
chants, l'odeur de graisse rôtie qui arrivaient jusque
dans l'intérieur de la maison ravirent l'imagination de
nos deux sans-culottes. Bientôt chacun d'eux à tour de
rôle, s'éloigna pour trinquer avec les frères. Coulongeon, froid et réfléchi, supportait bravement ces libations répétées ; mais il fut bientôt facile de voir que
Pourvoyeur s'exaltait de plus en plus.

La première bande revint. Elle n'avait pas découvert
Descluziers. La seconde troupe se fit attendre un peu
plus, mais elle n'avait pas été plus heureuse. On n'a-
vait eu à Clamart aucune nouvelle du Boulanger. Là-
dessus on fraternisa sur nouveaux frais, et l'on commençait à se battre à propos des dernières bouteilles
d'eau-de-vie, quand Tacherot parut.

Celui-là était un personnage notable, diplomate habile, espèce d'homme d'État du sans-culottisme, homme lettré, versificateur passable. Il était monté au rang d'agent principal du Comité de Sûreté générale. Il méprisait et détestait Pourvoyeur, qui le lui rendait en haine mortelle.

Tacherot essaya de jouer parmi ces soudards le rôle de Neptune au milieu des flots agités. Son *quos ego* ne fut pas sans vertu. Les rixes cédèrent bientôt la place à l'ivresse, ici somnolente, ici hurlante. Il entra ensuite dans la ferme, suivi des trois chefs de bande et d'Yvon le Brestois, qui se tint dans l'ombre, autant que le permettait la grande lumière venant de la cour. Gothon avait profité de la diversion opérée par l'arrivée de Tacherot pour s'enfuir, vers Bièvre, où elle espérait trouver protection auprès de son parent, l'Union Gosse, farinier et premier conseiller municipal.

Pourvoyeur était resté auprès de Vulmer. Il accueillit Tacherot avec un grognement de haine. L'ivresse ne l'abattait pas ; elle lui enflammait littéralement le cerveau et le poussant à la rage.

Rose entra, les yeux, battus, la face tirée, mais le front toujours haut et le port roide. Tacherot, qui se piquait de galanterie, allait lui adresser quelques compliments, lorsqu'un rugissement de Pourvoyeur le força à se retourner.

« Saisissez-le ! liez-le ! bâillonnez-le ! hurlait le président du Comité révolutionnaire ; c'est l'infâme Batz ! »

Il s'était précipité sur un homme qui entrait, et qui,

surpris et saisi par six mains vigoureuses, fut abattu et
lié avant d'avoir pu opposer de résistance. Vulmer
avait essayé de courir à son aide, mais il avait été aisément maintenu par Coulongeon.

« Ah! s'écria Pourvoyeur en blasphémant et en agitant les bras comme un insensé, le voilà enfin pris!
Pourvoyeur, le grand Pourvoyeur a fait ce que nul
autre n'avait pu faire ! Son nom est désormais immortel
comme la patrie qu'il a sauvée ! Il a pris le baron de
Batz, le chef des royalistes, le chef de la faction de
l'Etranger ! Nous savions depuis hier soir que c'est lui
qui se cachait sous le nom et l'habit du Boulanger.
Son domestique, Yvon le Brestois, avait donné là-
dessus à Robespierre tous les renseignements. Depuis
lors, nous le surveillions. Pourvoyeur l'a pris ! Pourvoyeur! Il a échappé à toute la République, à toute la
Convention, au Comité de Sûreté générale, à toute la
France, Pourvoyeur l'a pris !

Son exaltation n'avait plus de bornes. Tacherot
fronça les sourcils, et les trois chefs de bande, blessés
dans leur amour-propre d'agents du Comité, lancèrent à l'espion des regards de colère.

« Qu'est-ce que vous dites donc, mon père? dit la
voix sèche de Paul Pourvoyeur, qui arrivait porté
plutôt que soutenu par Agricola. Vous ne savez ce que
vous dites.

— Tais-toi, mon fils, c'est bien le baron de Batz, et
voici l'ordre de son arrestation.

— Que m'importe! vous m'avez dit : « Promène-toi
un peu dans le bourg; si tu vois le Boulanger, tu lui

diras bonnement que son ami est à la Grange-à-dame-
Rose et qu'on a besoin de lui pour le sauver. Je l'ai
fait. Mon père, mon père! cet homme a eu confiance
en moi; il m'a fait jurer sur l'honneur que je répon-
dais de sa vie sur ma tête et que je n'étais pas complice de ses ennemis !... Il est venu sur ma foi, il m'a
porté souvent le long du chemin; et je l'aurais amené
à la guillotine! C'est impossible, c'est atroce, c'est infâme!... Je serais le complice de ces misérables héronistes !

— Hé! hé! fit Tacherot.

— Misérable enfant! s'écria Pourvoyeur, que l'i-
vresse et l'exaltation rendaient fou.

— Délivrez-le, vous dis-je! répéta Paul, que, de
son côté, la fureur et le désespoir aveuglaient. Combien n'en avez-vous pas délivré d'aristocrates à ma re-
commandation ?

— Ah! ah! fit cette fois Tacherot.

— Qui encore a empêché hier d'arrêter celui-ci,
Lozembrune? C'est moi, c'est vous. J'ai connu tous
vos plans, tous les plans des sans-culottes, et je les ai
fait échouer.

— Ah! ah! dit encore Tacherot. »

Cette fois, les trois autres jacobins firent écho. Pourvoyeur se démenait comme un tigre enchaîné. Mais
son fils ne lui laissait pas le temps de parler, et l'exaltation de l'adolescent croissait à la hauteur de la folie
du père.

« Vous allez le délivrer, vous dis-je! Voulez-vous
que ces honnêtes gens me croient votre complice, le

complice des brigands que vous-même vous méprisez
— vous me l'avez dit — et que je vois ici?

— Bravo, jeune homme! dit Tacherot en souriant.

— Ne savez-vous pas que je suis un aristocrate moi-
même, que je suis de leur complot, que je les aime,
que je les protége, que je les chéris mille fois plus que
vous qui me déshonorez; et faut-il vous crier devant
ces infâmes sans-culottes, comme je l'ai souvent crié
devant vous : Vive le roi! vive le roi! »

Une clameur d'indignation sortit de toutes les bou-
ches et se répandit en écho dans la cour. La discussion
avait amené un grand nombre de bandits aux fenêtres
de la ferme.

« A mort! à mort! criait-on de toute part.

— Je demande le silence! cria la voix sèche du
Brestois. C'est moi qui le tiens le traître, le vrai traître,
celui qui a vendu à son fils et par lui à la faction de
l'Etranger les secrets de Robespierre.

— Infâme! cria Pourvoyeur.

— Ecoutez! continua Yvon. Je livrais au vertueux
Maximilien les secrets des aristocrates, et il y avait
auprès de Robespierre un homme, un traître lâche et
infâme, qui livrait ses secrets les plus cachés aux aristocrates. Qui était-il? le vertueux Maximilien a failli
en perdre l'esprit. Souvent il m'a dit : « Je crois n'a-
voir confié ce secret qu'à Pourvoyeur. »

— A mort! à mort! l'infâme Pourvoyeur! Le traître
maudit! Que son nom soit voué à l'exécration de la
République!

— Maintenant nous comprenons tout. Il livrait ses

secrets, nos secrets, ces secrets d'où dépendait l'avenir de la France, à son fils...

— C'est évident! à mort! hurlèrent de nouveau les assistants.

— Le peuple te condamne, dit gravement Tacherot; je vais t'arrêter...

— M'arrêter, moi! s'écria Pourvoyeur, dont le cerveau s'obscurcissait.

— Je t'arrête comme un traître infâme, le plus lâche, le plus scélérat, dont les annales de toutes les républiques garderont à jamais le souvenir! »

Pourvoyeur rugissait, il hurlait, il écumait.

« Moi traître! moi trahir Robespierre! trahir les sans-culottes! Moi le grand Pourvoyeur, qui viens de mettre la main sur l'infâme Batz et acquérir ainsi une gloire immortelle! »

Dix mains l'avaient saisi; il se débattait avec frénésie.

« Qu'il parle, le louveteau; qu'il dise si son père lui a jamais refusé quelque chose, continua le Brestois.

— Jamais! jamais! Mon père, voyez comme ils vous traitent! Rappelez-vous, je vous le disais toujours, que ce sont des monstres, des sales coquins, des lâches, bons à la rue, cent contre un! Ah! venez avec nous! maudissez-les comme nous! et je vous pardonnerai, mon cher père, et je vous aimerai. Criez avec moi, vive le roi! pour les défier et les écraser.

— A mort! à mort tous deux! clamait avec un effroyable grondement la foule qui bondissait et s'exas-

pérait sous ces injures, et qui envahissait de plus en
plus la grande pièce de la ferme. »

Mais Pourvoyeur n'entendait plus rien. Il criait, lui
aussi, mais sans qu'on pût comprendre ce qu'il disait;
il roulait autour de lui des regards furieux et égarés; il
se débattait. Que se passait-il dans son cerveau?
Quelqu'un de ces terribles mouvements qui précèdent
la folie furieuse.

L'activité, la tension d'esprit, les mille émotions, le
travail infini des jours précédents, la chaleur, l'ivresse
du moment actuel; l'enthousiasme du succès qu'il venait d'obtenir, les espoirs grandioses qu'il venait de
concevoir, et la chûte qui suivait de si près cette gloire
promise! et quelle chûte! une chûte profonde, un
écrasement contre lequel il ne pouvait lutter! une calomnie effroyable qui le blessait dans tout ce qu'il avait
de plus cher et de sacré! tout se réunissait pour le
disposer au délire.

Il devint fou de cette folie politique, à la fois ambitieuse et sanguinaire, qui est propre aux révolutions.
Cent exemples héroïques et lugubres lui revinrent à
l'esprit, comme ils étaient revenus au souvenir de
dame Rose quelques heures auparavant, cent de ces
exemples sublimes et exceptionnels dans leur énergique horreur, dont on saturait les oreilles et les cerveaux de la populace ignorante et enthousiaste; cent
de ces mots, de ces noms, de ces faits par lesquels on
poussait jusqu'à la fureur la générosité des âmes
naïves et vulgaires! Lui traître! traître à son idole!
traître à la patrie! et pour plaire à son enfant!

Il fit un effort puissant et secoua les hommes qui
s'attachaient à ses bras. Puis tirant vivement un pistolet de sa ceinture, il le dirigea sans hésiter vers le
front de son fils. Le coup partit. L'enfant tomba. Un
cri d'horreur, un cri effroyable s'éleva, suivi d'un silence stupide.

Pourvoyeur s'était baissé à demi, les coudes serrés
au corps, la tête enfoncée dans les épaules, les yeux
démesurément ouverts, les prunelles ardentes, les
lèvres retroussées, comme une bête féroce qui se prépare à sauter sur sa proie. Il se redressa brusquement
et agita au bout du bras, d'un geste triomphant, le
pistolet déchargé. Il cria à deux reprises, d'une voix
rauque : « Brutus ! Brutus ! » Puis la voix s'éteignit
et ne laissa plus passer que des sons inarticulés et dé-
chirants. Il était muet ! il était fou ! Il lança un éclat
de rire terrible, montra du bout de son arme la direction de Paris, et bousculant quelques hommes, qui s'é-
cartèrent du reste vivement, il sauta par la fenêtre de
la cour, traversa le foyer flambant. On vit pendant un
instant ses formes vigoureuses dans un cercle de
flamme, et il disparut comme un fantôme.

Vulmer s'était penché sur le corps de l'enfant. Paul
était bien mort cette fois. Il avait une partie du crâne
emportée. Vulmer se releva, en entendant derrière lui
une voix mâle et impérieuse.

« Que se passe-t-il ici, citoyens ? disait Victorien
Descluziers en entrant vivement. Je voyageais là sur
la route de Paris à Versailles, lorsque cette flamme,
qui met en émoi tout le pays, m'a attiré. J'arrive,

17

j'entre ; j'entends le bruit d'une arme à feu, et je vois
un cadavre étendu. Qu'est-ce que tout cela veut dire?

— Victorien Descluziers ! s'écria Tacherot. Décidément, l'Etre suprême fait le jeu de Maximilien ! Lui
aussi, c'est trop de bonheur ! Tu demandes ce que cela
veut dire, citoyen Agent national ? continua-t-il en faisant signe à Toutin et à Rigogne. Eh bien ! cela veut
dire que nous jouons à divers jeux innocents en t'attendant. Maintenant, tu vois, le jeu est fini et Maximilien a gagné la partie. »

Il fit un nouveau signe. Les deux sans-culottes sai-
sirent Victorien, qui, surpris, n'opposa aucune résistance.

« Misérables ! s'écria-t-il, vous payerez de votre tête
cette insulte à la magistrature nationale !

— Bâillonnez-le ! c'est un avocat, il nous ennuierait, et attachez-le à côté de son compagnon, le ci-
devant Batz ! »

Victorien n'eut pas le temps de protester ; mais Rose
s'avança. Elle était superbe d'indignation. Elle avait
retrouvé toute sa dignité ; ses beaux yeux noirs brillaient d'une noble colère, et sa voix vibrait comme on
l'avait entendu jadis au milieu du sifflement des balles
et des cris du combat :

« Citoyens, vous n'êtes pas des républicains, vous
êtes des bandits ! Vous m'avez insultée, moi ; vous
m'avez volée, pillée, moi qui ai versé mon sang pour
la Liberté, pour briser vos fers, pour faire de vous des
hommes. Je n'en ai su faire que des scélérats. J'avais
cru remplir un devoir civique, en livrant cet aristo-

crate : l'Être suprême a voulu montrer à ma conscience qu'il a des droits supérieurs aux conseils des fu-
reurs politiques. Je maudis ce que j'ai fait. Je le dis à
qui veut l'entendre, j'implore mon pardon de celui que
j'ai vilainement vendu à des infâmes ; je lui rends sa
parole et le supplie de m'éviter un remords. Moi, vous
m'avez crue une des vôtres et vous m'avez traitée igno-
minieusement. Je méritais d'être punie. Mais lui, Descluziers, le père de la Révolution, lui le citoyen antique
et pur, lui l'austère républicain, lui dont l'âme est
grande comme la patrie et noble comme la liberté,
vous lui faites violence ! La patrie vous maudira et la
Convention vous punira !

— Ta ! ta ! ta ! dit Tacherot, nous ne lui faisons pas
violence, nous l'arrêtons, et sur l'ordre même de la
Convention.

— Eh bien ! puisque la République n'a pas d'autres
amis que vous, scélérats, puisque la démocratie n'a
pas d'autres favoris que vous, brigands, moi, Rose
Monbayard, je foule aux pieds le symbole de ma
gloire républicaine et je renie la démocratie. »

Elle jeta violemment la chaîne où pendait la médaille qui constatait ses exploits et sa gloire, et elle la
foula aux pieds.

« Bâillonne-la aussi... Une femme, c'est presque
aussi bavard qu'un avocat. Elle nous ennuierait.

— De l'or, du vrai or ! murmura Coulongeon en ramassant la chaîne et en la mettant dans la poche de sa
carmagnole. Toi, Lozembrune, mon oiseau, tais-toi :
tu vois qu'on est en train de bâillonner.

— Tu me fais l'effet, dit tout bas Vulmer, d'être un brave sans-culottes et de ne pas détester ce qui brille. Baisse-toi un peu, je vais te dire quelque chose d'aimable.

— Parle vite!... Je ne suis pas, en effet, si méchant que j'en ai l'air.

— Eh bien, qu'est-ce que tu dirais d'une bague en diamant qu'on nomme généralement solitaire, et qui vaut mille livres?

— Mais, je n'en dirais pas de mal.

— Ma foi, nous n'avons pas le temps de nous amuser. Si tu veux couper les liens qui me serrent un peu trop pour l'agrément de mes pouces, je te promets de ne pas me servir de mes mains pour t'étrangler, et de les garder bien dévotement derrière mon dos, et de te donner le dit solitaire que j'ai estimé bas prix à cause de la misère des temps.

— Tu me conviens, sais-tu, et je n'ai jamais refusé de faire un peu de bien aux pouces de mes semblables... Mais où est-elle, cette bague?

— Sur moi; seulement, si tu cherches à la prendre, je la confie à Tacherot, et tu sais ce qui t'en reviendra.

— Tu es sage comme un prophète et malin comme Arlequin. Ne bouge pas, que je tire un poignard... Là!... Remue doucement tes pouces, et que leur reconnaissance les mène au bon endroit. Seulement, laisse-moi te demander un service : si tu veux, par hasard, casser la tête à quelqu'un, choisis de préférence Rigogne. C'est un homme sans gravité, et dont la troupe vaut mieux que la mienne. Je ne serais pas fâché de

lui succéder... Merci. Le diamant me fait l'effet de
briller comme s'il n'avait jamais fait d'autre métier.
Tu es un brave ; profite d'un bon moment ; pousse-moi ;
prends mon sabre, que je tiens avec une mollesse en-
gageante, tue Rigogne et saute par la fenêtre. Ils sont
tous ivres, que ça m'en dégoûte de la démocratie.

— Coulongeon, dit Tacherot, bâillonne-moi ce ci-
devant Lozembrune. Je vois dans ses traits qu'il est envieux de partager le sort de ses compagnons. Maintenant, braves et augustes citoyens, j'ai promis à Héron,
votre général, que nous l'attendrions ici jusqu'à minuit. Mais si vous vous pressez ainsi les uns contre les
autres, vous étoufferez. Allez tout simplement vous
coucher là, à la fraîche, dans le bois, après avoir
éteint ce feu, qui n'a plus rien à cuire, en dehors de
nous. »

Les vaillants sans-culottes, fort appesantis, *vino ci-
boque*, reconnurent la justesse de ces conseils.

Au bout de peu de temps, il ne resta plus dans la
pièce, avec les prisonniers et les quatre chefs, qu'Yvon
le Brestois, Agricola, et le corps du pauvre Paul. Un
demi-sourire dérida les lèvres minces de Tacherot. Il
tira de sa carmagnole une bouteille et avala une pleine
rasade d'eau-de-vie. Ses yeux brillèrent d'un plus vif
éclat, et une légère exaltation d'ivresse remplit son
cerveau.

« Qui es-tu, toi, citoyen sournois ? dit-il à Yvon. Tu
as la figure sombre d'un maître de cérémonies funè-
bres. Tu sais, mon camarade, il n'y a personne qui

aime moins à être espionné que celui qui espionne les autres. Va-t'en !

— Je suis un ami de Robespierre... C'est moi qui ai livré, l'un après l'autre, tous les chefs de la conspiration de l'Étranger, tous les membres du Comité royaliste, si bien que voilà les deux plus importants qui sont pris. Après eux, il n'en reste plus qu'un, le bailli Kéraudren, un vrai renard ; mais j'ai des soupçons que j'ai communiqués à Maximilien. Je voudrais seulement savoir si Robespierre a fait arrêter ce vieillard qui demeure chez les Duplay, et qu'on nomme Fidèle Tranquille Bailli ! Bailli ! ! Le sais-tu ? Qu'importe ! Mais tu vois que j'ai droit à rester ici, si ça me plaît, et d'écouter ce que tu dis.

— Agricola, cria vivement Tacherot, tire ton pistolet, arme-le, colle-le au front du scélérat ! »

Agricola, saisi, obéit machinalement. Yvon n'avait pas eu le temps de se mettre en défense.

« Là, reprit Tacherot avec un nouveau sourire... S'il bouge, brûle-lui la cervelle ! Je t'en donne l'ordre devant témoins, au nom du Comité de Sûreté générale ! Maintenant, bon et vigoureux Agricola, tire ton sabre ! — Une belle lame, bien pointue ! — C'est parfait ! Tout en menaçant ce coquin de ton pistolet, à main droite, tiens ta lame à la hauteur des reins de ce rebelle ; un peu au-dessous, là... Maintenant, Brestois, ami de Robespierre, grand et habile dénonciateur, tu es vigoureux et trapu, tu as aidé à faire tuer ce jeune homme fou, qui est là étendu. Je ne t'en veux pas, mais ce cadavre nous gêne. Tu vas donc le prendre

sur tes épaules et le porter chez le citoyen son père.
Agricola, tu réponds sur ta tête de l'exécution de cet
ordre. Tu vas enfoncer dans les reins (ou un peu plus
bas) de ce Brestois, la pointe de ton sabre, trois fois
jusqu'à ce qu'il se baisse et ramasse ce corps. Au dernier coup, s'il n'est pas décidé, tu lui brûleras la cervelle, et nous jetterons les deux carcasses dans le
foyer qui s'éteint. Ce seront des funérailles à la manière antique.

— D'autant plus volontiers, citoyen Agent du Comité, que j'aimais ce pauvre petit diable-là. Allons,
coquin, un ! deux ! trois ! »

Au troisième coup, le Brestois, dont le sang commençait à couler, se baissa et prit le corps de l'enfant.

« Souviens-toi du Brestois, Tacherot, dit-il en fixant
sur celui-ci ses prunelles, blanches comme celles d'un·
nègre.

— Sois tranquille, je ne l'oublierai pas, pas un instant, tu peux le lui dire. Mais comme tu nous as procuré un moment de distraction, je veux te payer notre
place au parterre, en te donnant le renseignement que
tu demandais tout à l'heure. Le grand Maximilien n'a
pas précisément fait arrêter Tranquille-Fidèle Bailli,
mais il l'a pris en défiance. Maintenant, Brestois, voilà
tes vœux satisfaits. Agricola, tu réponds de ce coquin
sur ta tête. »

Un coup de pointe enleva au Brestois, fou de rage,
l'envie qu'il avait de répondre, et le força à partir.

Tacherot fit de nouveau circuler le flacon, qui revint
fort appauvri aux mains de son propriétaire.

« Mes amis, dit l'Agent principal, voilà le bon peuple ivre-mort, endormi, aveugle et sourd ; voilà nos contradicteurs muselés : c'est l'idéal d'un bon gouvernement. Nous pouvons causer entre nous autres chefs.

« Qu'est-ce que tu veux, toi, ci-devant dont j'ai oublié le nom, mais que j'aime? continua Tacherot, que l'ivresse commençait à envahir, et qui voyait Vulmer s'agiter. Tu veux parler? J'espère que mon idée t'a convaincu, et que tu es prêt à abjurer tes erreurs anticiviques... Otez-lui son bâillon ! Seulement, je t'avertis, ne blasphème pas contre la République et ne fais pas de bruit. Parle ! Point de bruit, surtout!»

Point de bruit ! Mais, du bruit, c'était justement ce que Vulmer voulait, au risque de sa vie même. Depuis un instant, de la fenêtre près de laquelle il était, et par laquelle il comptait bien sauter à la première occasion — mais ce diable de Toutin était venu se placer à côté de lui ! — de la fenêtre donc, il entendait quelque mouvement dans le clos, comme d'une troupe en marche. Il craignait que ce bruit ne finît par attirer l'attention des chefs jacobins. Les sentinelles étaient endormies sans doute, et le seul danger d'être entendu ne devait venir que de la maison. Il fallait donc à tout prix émouvoir quelque querelle, risquer même un ou deux coups de pistolet, afin que si les survenants étaient des sauveurs, ils pussent arriver jusqu'à la Grange sans être signalés.

« Tacherot, tu es un poëte, dit-il, et moi aussi... Tu comprendras ma demande : je voudrais réciter un huitain que je viens de faire, et que je crois bon. Ce serait dommage d'en priver la postérité.

— Parle, dit Tacherot, qui sommeillait de plus en plus.

— Ecoutez bien tous ! dit Vulmer, à très-haute voix. Tacherot, je te défie d'en faire de pareils :

Lorsqu'arrivés au bord du Phlégéton
Camille Desmoulins, d'Eglantine et Danton,
Payèrent pour passer ce fleuve redoutable,
Le nautonier Caron, citoyen équitable,
A nos trois passagers voulut remettre en mains
L'excédant de la taxe imposée aux humains.
« Gardez, lui dit Danton, la somme tout entière
« Nous payons pour Couthon, Saint-Just et Robespierre.

— Misérable et vil calomniateur ! s'écria Toutin. Tu souhaites la mort de Robespierre, et tu le condamnes aux enfers !... C'est la tienne de dernière heure qui est venue ! Allons, Rigogne, en joue ! »

Rose sanglotta et laissa tomber la tête sur son sein en murmurant : « Vulmer ! » Batz se précipita au secours de son compagnon. Mais avant qu'il pût arriver, deux coups de feu avaient retenti.

C'étaient Toutin et Rigogne qui venaient de tomber. Tacherot, sans qu'il eût eu le temps de se mettre en défense, vit une petite troupe sauter dans la pièce par les fenêtres du clos, saisir les prisonniers, et il reçut sur le crâne un coup de crosse qui l'abattit.

Quand les bandits, attirés par les détonations, entrèrent dans la pièce, ils n'y trouvèrent que trois corps étendus : Toutin avait reçu en plein milieu du front

une balle qui l'avait tué net, Rigogne avait le poignet
emporté, Tacherot bâillait et se relevait en gémissant.
Ils regardèrent par les fenêtres, et crurent voir à
l'extrémité du clos une masse noirâtre qui se mouvait.

Une vingtaine de héronistes se lança à la poursuite.
A mi-chemin, ils reçurent une décharge qui coucha
par terre la moitié des leurs ; le reste se jeta à plat
ventre et se mit à ramper vers la maison. Mais la nuit
était claire, le clos sans abri ; des bandits, deux seuls
purent regagner l'ombre : les autres étaient restés
aplatis sur la terre, atteints par des balles qui ne se
trompaient pas.

Pendant ce temps, une fusillade enragée partait du
bout du mur qui regardait Villacoublay. Une certaine
quantité de sans-culottes, qui sortaient l'un après
l'autre du bois, tomba avant d'avoir pu gagner la
maison. Les autres s'enfuirent ou se cachèrent dans
les profondeurs des taillis. La fusillade cessa brusquement.

Tacherot, après avoir retrouvé ses esprits, se coucha à plat ventre et rampa prudemment jusqu'à la lisière du Plant de Vilbon. Là, caché derrière un arbre,
il regarda dans la plaine de Villacoublay. Il lui sembla
qu'il voyait se mouvoir deux troupes, l'une fort nombreuse et l'autre assez petite. Bientôt il entendit un
coup de feu tiré contre un homme qui se séparait de
l'une de ces troupes et qui accourait à toutes jambes
vers la Grange.

C'était Coulongeon. Tacherot le reconnut et se fit
reconnaître.

« Ah ! citoyen Agent, dit le premier, j'ai bien cru que j'y resterais. Mon courage m'avait emporté à la poursuite de ces aristocrates. Je croyais être suivi par les braves sans-culottes...

— Coulongeon, ne parlons pas légèrement, et sans nous être bien entendus, de cette affaire. Je rendrai justice à ton héroïsme devant le Comité de Surveillance, et je te promets le commandement en chef de l'armée, en dessous du généralissime Héron. »

Tacherot ne s'était pas trompé. Il y avait bien deux troupes. La plus nombreuse se composait des habitants de la vallée de Bièvre. C'était elle qui avait tiré de derrière les murailles de clôture de la Grange-à-dame-Rose, et qui avait empêché les héronistes de sortir du bois.

La petite troupe se composait d'une dizaine d'individus : Sagamore, l'Iroquois, quatre autres gardes du bois, dame Rose, Victorien, Batz et Vulmer. Un onzième individu trottinait silencieusement à côté de ce dernier.

« Qui es-tu, toi ? lui dit brusquement Jacques. Je ne te connais pas. Avance à l'ordre !

— Je suis, dit Coulongeon avec cette gravité sombre qui ne le quittait jamais, même aux endroits les plus comiques, je suis un ami du citoyen.

— Ah ! c'est toi, coquin ? dit Vulmer en riant. Ne lui faites pas de mal. Que viens-tu faire avec nous ?

— Je n'en sais trop rien. C'est un mouvement irré-fléchi de tendresse pour toi qui m'a entraîné à ta suite. Puis, en voyant que c'était vous qui teniez la queue de la poële, je me suis dit que c'était de votre côté qu'il fallait se ranger pour ne pas être frit. Enfin, j'étais attiré par je ne sais quelle odeur de bagues, de diamants, de pierre fines et de louis d'or qui sortait de tes poches.

— Ah! morbleu! s'exclama Vulmer en se frappant le front. Allons, continua-t-il, tu t'es conduit comme un gredin plein de probité. Eh bien, tu n'as pas eu tort de flairer diverses choses précieuses. Mais avec nous tu n'as rien à faire en ce moment; rejoins tes compagnons, fais valoir l'héroïsme avec lequel tu nous as poursuivis. Tu deviendras ainsi plus puissant et plus cher.

— Raisonné comme en Sorbonne.

— Tu vas donc rejoindre ta troupe, et demain tu tâcheras de t'entendre avec nous. Où te trouvera-t-on?

— Je suis écrivain public au coin de la porte d'entrée du Comité de Surveillance et de Sûreté générale; mon épouse demeure au coin de la place de Grève et de la rue ci-devant Jean-de-l'Epine; mais je suis là le moins souvent possible et quand je ne suis pas en mission ou à mon bureau, je garde les prisons.

— Ah! fort bien, tâche de garder demain la prison de la Grande Force. Il est probable que si tu veux, le soir venu, aller visiter ton épouse, tu pourras lui montrer la figure du tyran répétée sur cinq cents louis.

— Je le jure! dit Coulongeon enthousiasmé.

— Maintenant fuis. On va tirer un coup de fusil contre toi.

— Hé là, tirez suffisamment haut. »

Coulongeon s'enfuit, comme nous l'avons indiqué.
Quand il fut hors de vue, Batz dit en riant :

« Vous êtes généreux, vicomte. Vous prodiguez
les louis ! Votre plan n'est pas mauvais : en effet, para-
lyser ces coquins qui sont le meilleur et le plus hardi
des troupes de la Commune, c'est parfait. Mais vous
oubliez que nous étions déjà pauvres avant-hier, et
qu'aujourd'hui nous sommes tout à fait gueux.

— J'ai fait un héritage, baron, et même il faut que
je l'aille recueillir. Je l'avais oublié.

— Jacques, dit Sagamore, tu vas conduire madame
et ces deux messieurs. Moi j'accompagne M. de Lozembrune. J'espère qu'il ne sera pas fâché de faire cette
expédition avec son vieux compagnon d'Yorktown. »

— Ah ! marquis, cher marquis ! s'écria Vulmer après
l'avoir regardé un instant. C'est donc pour cela que
mon cœur battait tellement quand je vous rencontrai !
Mais qui vous eût reconnu sous ce déguisement, et
comme vous êtes changé !

— Oui, je me cachais et je devais me cacher soigneusement. Je songeais à assassiner quelques-uns de
ces monstres, dit gravement Sagamore. Mais maintenant la guerre est déclarée, la lutte a commencé, et
quoique je fusse sans remords, j'aime à me battre
comme un soldat plutôt qu'à punir comme un juge.

Vulmer reprit en sa compagnie le chemin de la
Grange-à-dame-Rose. Les autres continuèrent leur
route, et leur arrivée au milieu de la bande des paysans fut accueillie avec des acclamations.

« Moi, dit un vieux paysan braconnier, que la

prieure de l'Abbaye-aux-Bois de la vallée de Bièvre avait surnommé Nestor pour sa prudence, je dis que moins on criera mieux ça vaudra. Nous avons déjà assez fait de bruit avec nos fusils.

— Au diable la prudence! cria l'Union Gosse. Il n'y a plus de prudence. Le temps en est passé. Père Nicolas Contesenne, vous marcherez comme les autres. Il faut vaincre ou mourir, et au bout du fossé la culbute. C'est l'opinion de la citoyenne Gosse quand elle a appris ce qui était arrivé à sa parente Gothon et à dame Rose. Est-ce juste, citoyens; pouvons-nous laisser maltraiter nos femmes et brûler et piller nos maisons, nous qui sommes de vrais républicains, par ces forçats de Parisiens? Tant que ça tombait sur les nobles, passe encore, quoiqu'en y réfléchissant bien, les pères des nobles l'avaient gagné comme nous, et nous espérons, comme eux, le laisser à nos enfants. Mais du moment où il n'y a plus rien de sacré, pas même les femmes, les fermiers, les paysans, alors tout est fini, il n'y a plus à regarder à droite et à gauche, mais en avant, marche, comme on dit en bon français.

— C'est çà, vive l'Union Gosse! c'est un brave!»

Batz tira Victorien à quartier.

« Cette bande ne peut pas entrer ainsi à Paris, dit-il, et d'ailleurs qui sait ce qui s'y passe. J'espère que vous et nous, nous pouvons combattre pour la même cause, pour la justice, l'humanité, et par haine de la tyrannie; mais nous ne pouvons mêler nos rangs. Je vous engage donc, monsieur, à emmener ces braves gens chez eux, en leur donnant rendez-vous à eux et à tous leurs amis de la banlieue, demain dans la journée à Paris, où ils entreront par très-petites bandes.

— J'y consens, dit Descluziers. »

La troupe des paysans se dissipa, emmenant Victorien. Dame Rose alla demander l'hospitalité à la citoyenne Gosse.

Batz, Jacques et les autres gardes étaient restés. Vulmer et Sagamore les rejoignirent bientôt portant deux sacs qu'on divisa chacun en deux autres sacoches, confiées à Batz et à Jacques.

« A cette heure, dit Sagamore, nous allons gagner Paris. En haut de Châtillon, nous rencontrerons M. de Petit-Val avec une vingtaine de gentilshommes. La barrière de l'Observatoire est gardée par la compagnie de Heurtevent, le poste est commandé par son officieux, Barthélemy, qui nous laissera entrer. En route, messieurs. Maintenant, à la garde de Dieu; pensons que nous allons mourir pour sauver, non-seulement nos amis, non-seulement la France, mais l'humanité.

— La France, dit Batz, la France nous suffit. Nous laissons l'humanité à Robespierre. »

LA GRANDE BATAILLE

I

Retour à l'auberge du Garde-Française.

La place ronde de la barrière de l'Observatoire est presque déserte. Il est plus de midi ; le soleil, plus brûlant encore, en cette journée du 9 thermidor, arrive au zénith ; il darde ses rayons perpendiculaires sur les quelques rares passants qui traversent ce petit Sahara.

La foule a compris qu'il y a combat entre la Convention et la Commune. C'est là qu'elle va. Aussi le grand mouvement s'est-il concentré d'une part, dans le jardin des Tuileries, sur la place du Carrousel, d'autre part, sur la place de Grève et les rues et quais environnants. On retrouve bien quelques groupes aux abords des lieux d'assemblée des 48 sections, mais le grand flot se dirige vers les deux camps où l'on se prépare à la bataille suprême.

L'auberge du Garde-Française que nous avons re-
présentée si bruyante le 7 thermidor, paraît, elle aussi,
déserte.

Le premier officieux du citoyen Heurtevent, le sergent Barthélemy a été relevé de son poste de garde à
la barrière, vers dix heures du matin. Jusque-là il a
laissé entrer tous ceux qui ont invoqué le nom du
Vainqueur de la Bastille; et il lui a plu de prendre pour
une voiture d'approvisionnement une charrette bour-
rée d'armes que Jacques l'Iroquois conduisait de son
mieux, en essayant d'appliquer à ses deux chevaux
tous les raffinements de l'art de gouverner un canot
amiral. M. de Petit-Val et une grosse troupe de nobles
exilés passèrent, un peu légèrement, pour des gens
d'une noce quelconque. A la hauteur de la prison de
la Bourbe, la troupe se divisa; une petite partie se dirigea vers le Temple, le gros de la bande s'émietta et
marcha vers les Tuileries et le Carrousel.

Sur le matin, l'Union Gosse et un grand nombre de
gens de la banlieue, entrèrent sous prétexte d'approvisionnement, et eux gagnèrent, chacun de son côté,
les cabarets d'entour la Grève.

Puis, comme un homme qui a rempli ses devoirs
civiques, Barthélemy s'en vint se poster à côté de la
grande porte entre-bâillée de l'auberge, pour en éloigner les importuns.

De l'autre côté, le second officieux, Crassus, s'était
assis. Il avait cherché un peu d'abri, contre le soleil,
pour sa tête chenue, à l'ombre de cette superbe en-
seigne qui représentait Heurtevent montant seul à l'as-

saut de la Bastille, puis il avait ouvert son Horace de Westenius, et il avait tout oublié. Parfois il essuyait une larme qui roulait sur sa maigre joue, il relevait vivement le front, et se demandait pourquoi cette larme; puis il se rappelait qu'on venait d'enterrer le vieux chevalier de Mimont.

Quelques personnes entrèrent après avoir échangé un mot avec Barthélemy, qui chassa rudement tous ceux qui ne donnaient pas ce mot. C'était là une conduite bien faite pour exciter la défiance. Mais la gravité des événements avait sans doute porté toute l'attention vers des faits plus généraux. Pourtant, si Barthélemy n'avait pas été aussi accablé par la chaleur, il eût pu constater que l'auberge du Garde-Française n'échappait pas à tout espionnage.

En face de cette auberge, à l'autre coin de la place de l'Observatoire, se trouvaient trois jardins, clos de murs, plantés de vieux arbres, encombrés de taillis. Les murailles tombaient en ruines et chaque clos communiquait avec le voisin par des brèches nombreuses. Derrière l'une de ces brèches qui regardait justement la porte du *Garde-Française*, deux hommes étaient étendus. L'un gros, gigantesque, dormait de ce sommeil lourd, apoplectique, et pourtant fiévreux qui suit habituellement l'ivresse. L'autre, couché à plat ventre et se dissimulant de son mieux, levait de temps en temps et prudemment la tête, pour surveiller ce qui se passait autour de l'auberge.

Il était donc plus de midi; le sergent pensa que c'était temps de dîner. Il entra dans la cour de l'auberge.

Jacques revenait avec sa charrette, déchargée çà et là, aux alentours de la Grève, chez des amis de Heurtevent, de Piqueprune et de Coulongeon.

Il regarda autour de lui, cherchant Barthélemy de l'œil. Il tressaillit légèrement ; il venait d'apercevoir au-dessus d'une brèche, dans le mur en face, la chevelure du personnage dont nous avons parlé.

« Hein ! pensa-t-il, serait-ce un *observateur?* En tout cas, c'est un novice dans l'art de reconnaître les positions de l'ennemi, foi de fils... Il ne sait pas encore que les cheveux sont plus haut que les yeux, et parce qu'il me voit à peine, il s'imagine que je ne le vois pas du tout. »

Il avait trop longtemps vécu avec les Serpents-Noirs pour indiquer qu'il avait aperçu quelque chose. Il regarda sans précipitation de l'autre côté, et alla remiser la charette à l'autre extrémité de la rue La Caille.

Après quoi il gagna l'Observatoire. De là, lentement, rasant les murailles ou courant d'arbre en arbre, il vint au bout de la rue Longue-Avoine, s'aplatir au milieu d'un parquet de groseillers, d'où il pouvait suivre tous les mouvements de l'espion. Il reconnut aisément Agricola dans le géant étendu, et qui s'agitait comme s'il n'allait pas tarder à s'éveiller. Quant à l'autre, il demeura persuadé que c'était Yvon le Brestois, qu'il ne connaissait guère, mais dont il avait beaucoup entendu parler dans le courant de la nuit précédente.

Il resta là tapi, ne quittant pas de l'œil l'espion espionné, et se préparant à agir d'après les mouvements de l'ennemi.

Quelque temps après qu'il eut quitté la place, Crassus avait vu s'approcher de l'auberge un citoyen en bonnet rouge et en carmagnole sang de bœuf.

« C'est ici l'auberge, dit-il, l'auberge de Jacques qui a perdu son beau-père qui n'était pas fou?

— C'est bien çà. Et comment vous appelez-vous?

— Tranquille Bailli ou la mort! dit l'autre à voix basse.

— Oui. Alors, entrez. Frappez cinq coups du doigt à l'un de ces contrevents fermés, le deuxième à gauche de la porte. »

Kéraudren traversa la cour, où le soleil semblait se venger sur les tables et sur les berceaux grêles, de n'avoir aucun citoyen à percer de ses dards. La façade de la maison était morne, la porte et les volets étaient hermétiquement clos. Il frappa; la porte s'ouvrit. Il entra dans une pièce assez grande, où l'on étouffait, et qui ne recevait de lumière que par le haut des contrevents légèrement entre ouverts sur le jardin.

En voyant entrer le petit citoyen dans le cabaret, Yvon le Brestois pensa sans doute qu'il était temps d'agir. Il quitta brusquement le lieu où il était aux aguets, et courut au faubourg Saint-Jacques, où était le lieu d'assemblée de la section.

Robespierre avait donné au Brestois une lettre qui l'accréditait auprès de tous ses partisans; et celui-ci, aidé de cette lettre, allait demander à Suret, commandant de la section, une force assez considérable pour envelopper l'auberge du *Garde - Française.*

Quand il eut disparu, Jacques s'avança en rampant jusqu'à l'endroit où l'hercule Agricola sommeillait. Il le réveilla, causa longuement avec lui et regagna sa place d'observation. Le Brestois ne tarda pas à reprendre, lui aussi, son poste

Kéraudren, nous l'avons dit, était entré dans la salle à demi-éclairée de l'auberge. Il n'était pas reconnaissable. Le bonnet rouge et la carmagnole sang de bœuf ne permettaient pas de penser, en le voyant, au vieil ami de Robespierre. Mais les lunettes et la perruque de Tranquille-Fidèle Bailli reposaient dans ses poches, à côté d'une paire de pistolets ; et grâce à son bégayement, il pouvait se faire reconnaître immédiatement de tous les robespierrots, tout en expliquant son déguisement pour la nécessité des circonstances. Quand on eut fait un peu de lumière, en entre ouvrant un des volets donnant sur le jardin, le petit bailli vit en face de lui Batz, Lozembrune et d'Entraigues, tous trois déguisés, mais les deux premiers seuls armés.

« Je ne vois pas l'abbé de Dampierre, dit vivement Kéraudren.

— Il nous a quittés, dit froidement le diplomate, en disant qu'il se rangeait du côté de la Convention, et qu'il allait user en ce sens de son influence dans les sections de la Fontaine-de-Grenelle, de l'Indivisibilité et du Bonnet-Rouge, où les honnêtes gens religieux sont en majorité.

— Bien. Qu'ils se hâtent donc, messieurs, la lutte commence. Ah ! d'abord, baron, vicomte, et vous, monsieur le chargé d'affaires de monseigneur le Régent de France, sachez que j'ai fait ma paix avec Maximilien. J'ai été effrayé des cartes qu'il a en mains, et je me suis rapproché de lui pour les brouiller, ou du moins quelques-unes. Lui a compris l'injustice de ses soupçons, et surtout que je lui étais d'une extrême utilité. Je vous promets que je l'ai envoyé à l'Assemblée plus profondément troublé qu'il ne l'est toujours quand il s'agit de prendre quelque décision importante, plus effrayé qu'il ne l'est habituellement quand il prévoit une lutte difficile. Oui, oui, si ses ennemis ne sont pas les plus lâches et les plus imbéciles des hommes, je vous le livre pour vaincu... à la Convention ; car au dehors, dans les rues, dans Paris, il est quasi invincible ; et, si ses amis ne sont pas, à leur tour, les plus lâches et les plus imbéciles des hommes, c'est le moment très-exact où votre... hum!... où votre Providence, vicomte, fera bien de se montrer, si elle veut conserver à cette terre l'exemple de vos vertus. Nous pouvons donc nous préparer à mourir glorieusement. Aurons-nous l'honneur de mourir en votre compagnie, comte ?

— Non, s'il vous plaît, répondit sèchement le diplomate.

— Je le pensais, vous survivrez pour nous venger, reprit le voltairien avec une ironie à peine perceptible. Ce matin donc, j'envoyai mon émissaire rôder dans le Palais-National, dans les environs de la Convention, jusqu'à ce qu'il trouvât Durand-Maillane, dont la mère est des nôtres, qui lui-même est un des chefs influents de la Plaine, et qui a déjà reçu de moi, dans les circonstances graves, des billets dont il a reconnu l'importance. Je sais qu'avant les séances il se promène dans la galerie du Palais-National. Mon émissaire rencontra là, en effet, mon conventionnel et lui remit mon billet :

« Billaud, écrivais-je, ne veut pas de la lutte ; il espère pouvoir jusqu'à la fin éviter cette extrémité, qui tuera son despotisme en émancipant l'Assemblée ; il cherchera simplement à écraser l'un après l'autre les plus dévoués amis de Robespierre, et à recueillir les autres, afin de remplacer Robespierre après l'avoir diminué ou détruit. Déjouez cette combinaison. Pour cela, il faut que la Plaine paraisse se réserver, qu'elle soit muette, purement spectatrice, jusqu'à ce que les deux partis, montagnards et robespierrots, se soient épuisés partiellement, et qu'il soit certain que la Montagne ne peut vaincre sans la Plaine. Donnez alors avec énergie, et si l'on triomphe, la Convention aura reconquis sa liberté. »

Durand-Maillane dit tout simplement à l'émissaire :

« C'est bien ce que l'on pensait. »

En ce moment, Bourdon de l'Oise, qui n'a pas depuis un an assez d'injures et de mépris pour les *crapauds du Marais*, pour le *Ventre* de la Convention, s'approcha de Maillane et lui toucha la main avec un visage rempli de tendresse et s'écria :

« Oh ! les braves gens que les gens du côté droit ! »

Maillane resta froid. Il fut rejoint un instant après par Rovère, un autre montagnard moins farouche que

Bourdon, et qui entraîna notre Maillane à la salle de la Liberté. Là, on rencontra Lecointre de Versailles, Tallien, Fréron, quelques autres. De là, on voit dans la salle de la Convention. Tout à coup Tallien fait un bond; il s'écrie :

« Voilà Saint-Just à la tribune, il faut en finir ! »

Il se précipite, suivi des autres, et gagne sa place en haut de la Montagne, d'où mon émissaire entendit bientôt sa voix. Il revint en hâte me raconter tout cela. Il ajoute que les tribunes sont pleines à déborder, et non-seulement les tribunes, mais la salle même de la Convention ; car vous savez que dans les séances solennelles le peuple remplit les couloirs de la Chambre, surtout ceux du haut, qui côtoient la Montagne, et se trouve presque pêle-mêle avec les députés. C'est cette foule, en résumé, qui décidera de la journée, comme elle a décidé de toutes les journées révolutionnaires. Nous y avons envoyé nombre de nos amis. Les Comités n'ont pas négligé, dès cinq heures du matin, de faire occuper une partie des tribunes. Mais dans cette immense salle des *Machines*, qui peut contenir huit mille personnes, le gros des spectateurs ne saurait être formé et choisi à plaisir. Il représente donc bien ce qu'il veut, malgré nos efforts, malgré ceux de la Commune et des Comités.

J'aurais dû vous dire que les députés, troublés par la séance de la veille, et surtout par la réunion du soir aux Jacobins, s'étaient réunis de meilleure heure. Il était dix heures quand on ouvrit la séance. »

Un coup frappé à la porte interrompit Keraudren, et

18

Victorien Descluziers entra. Sa grave et belle figure
était bouleversée.

« Qu'y a-t-il donc, grand Dieu? demanda Vulmer.
Vous êtes inquiet? Est-ce la patrie qui vous paraît en
danger? Sont-ce nos amis...

— Tout m'accable à la fois, dit Victorien d'une voix
triste. Voici la guerre civile qui se prépare; et moi,
moi qui ai voué toutes mes pensées à la République,
moi qui aurais donné d'un cœur si joyeux ma vie pour
elle, je suis obligé de lui déchirer le sein, et cela —
excusez-moi de le dire — en compagnie de ses pires
ennemis. Pourtant il faut que je le fasse, sous peine
de la voir tomber dans un abîme de honte, de tyrannie
et d'horreur qui la déshonorerait à tout jamais aux
yeux de l'impartiale histoire.

— Mais, demanda Vulmer, vous ne m'avez pas
complétement répondu. Nos amis...

— Hélas, répondit Victorien, les angoisses de mon
cœur viennent redoubler celles de mon cerveau. Rose,
Rose est à la mort!

— Que dites-vous! s'écria Vulmer.

— Elle n'a pu supporter les angoisses de la patrie.
Les événements d'hier et de cette nuit lui ont porté
sans doute un coup trop fort : elle est en proie à une
fièvre violente, elle a voulu venir à Paris. Dans son
délire, elle est convaincue qu'il va y avoir un grand
combat sur la place de Grève, en face de la Maison
commune. Il a fallu la mener dans ce voisinage. Coulongeon m'a offert une chambre dans sa maison qui,
de la rue Jean-de-l'Épine donne justement sur la place

de Grève. Quant à vous, citoyen Lozembrune, réjouissez-vous, j'ai obtenu de Dubarran, Lavicomterie, Rhul,
membres du Comité de Surveillance, un ordre pour
faire sortir de la Force, immédiatement, la citoyenne
votre fiancée, la citoyenne Brion et l'épouse de Heurtevent.

— Et demanda Vulmer en se levant, l'ordre est-il
exécuté ?

— Restez, votre présence gâterait tout. La gendarmerie des tribunaux est chargée de l'exécution de ce
mandat. Les citoyennes seront amenées ici. »

Un sourire illumina la face de Vulmer. Victorien
secoua la tête en disant :

« Allons, c'est assez penser à nous, pensons à la
patrie. J'ai parcouru ce matin les 35ᵉ, 36ᵉ et 37ᵉ sections : c'est-à-dire celles de la Fraternité, autrefois l'île
Saint-Louis ; de la Cité, autrefois Notre-Dame ; et Révolutionnaire, autrefois de Henri IV ou du Pont-Neuf.
Là, partout, je jouis, je puis le dire, d'une grande popularité.

— Eh! bien? demanda d'Entraigues.

— Eh! bien, il y a du changement, dit le cocher-
chanoine qui arrivait escorté de Barthélemy. Robespierre a été non-seulement décrété d'accusation, mais
arrêté ; et on l'a remis, lui, Saint-Just, Couthon, Lebas, Robespierre jeune, aux mains des Comités.

— Bravo! s'écria Keraudren, c'est la victoire, si ces
imbéciles de Commissaires savent les garder comme
otages!

— Je vous dis que tout est perdu, s'écria Heurte-

vent qui arrivait comme une bombe, la tête nue, les
cheveux collés de sueur, les yeux hagards, les habits
débraillés et pleins de poussière. Ah! tout me rappel-
lera donc le tombeau; mais c'est la tombe ici. On
étouffe... »

Et d'un coup de pied, il brisa le montant d'une des
fenêtres qui donnait sur la cour, et repoussa les deux
volets du contrevent que d'Entraigues ramena tranquillement, de façon à les refermer à peu près.

— Oui, perdus, perdus, cria de nouveau Heurtevent, vous, citoyen Lozembrune, moi, vous tous et
la patrie. »

Et, tombant sur une chaise, il se mit à sangloter.
Sagamore était entré derrière lui de son pas glissant
et léger...

En voyant tant de monde entrer dans l'auberge,
Yvon le Brestois prenait patience. Il se disait que les
contre-révolutionnaires n'étaient pas là à se séparer,
puisqu'on ne faisait qu'arriver au rendez-vous. Il cal-
mait ainsi de son mieux l'impatience qu'il éprouvait à
ne pas voir accourir les sectionnaires armés de l'Observatoire.

Mais l'approche d'un personnage qu'il ne s'attendait
certes pas à voir conspirer avec des ci-devant, changea
toutes ses dispositions. Coulongeon, plus sombre de
visage et plus leste encore de mouvements, entra dans
l'auberge après avoir échangé un mot avec Crassus,
resté seul en sentinelle à la porte.

Yvon sentit alors l'impatience le maîtriser. Coulongeon était, pour lui, un espion de l'adminis-

tration de la police, il était envoyé là pour trahir les ci-devant et les faire arrêter. Et ce serait ce scélérat, ce vagabond qui lui enlèverait ainsi, par surprise, l'honneur, la joie d'une arrestation et d'une vengeance si bien préparée ! Il n'y tint plus.

Il se leva. La rue lui parut déserte. Il la traversa et s'avança vers la porte de l'auberge. Crassus y était toujours assis, le nez dans son Horace. Il leva à peine ses grosses lunettes et sa face pointue, en entendant approcher quelqu'un.

« Le mot, dit-il brusquement.

— Voilà des gens bien gardés, se dit Yvon. On voit bien qu'ils jouent en désespérés, et on peut tout oser avec eux. »

Crassus avait repris à mi-voix sa lecture qui lui fournissait une harmonie plus admirable que le chœur des anges.

Le Brestois regarda de nouveau autour de lui. La rue était bien déserte. D'ailleurs il n'y avait pas à hésiter. Il tira vivement de sa ceinture un pistolet d'arçon et l'abattit sur la tête chenue du vieux savant. Celui-ci tomba sans pousser un cri.

Yvon le prit et le porta dans la cour de l'auberge, où il le cacha sous une table. Puis, rampant au pied de la muraille et contre les berceaux, il gagna le mur de la façade. Il s'approcha prudemment du contrevent entr'ouvert, et ce qu'il entendit lui parut assez intéressant pour absorber toute son attention.

En le voyant quitter son poste, Jacques avait abandonné le sien, et il était venu rejoindre Agricola qui

18.

s'était réveillé à temps pour admirer, non sans quelque colère, la façon expéditive dont Yvon s'était débarrassé du pauvre Crassus.

Dans l'intérieur de la maison, Vulmer, en voyant la douleur de Heurtevent, avait senti son cœur se serrer de nouveau. Il s'approcha vivement de lui.

« Perdus! s'écria-t-il. Vous dites que nous sommes perdus! Parlez-vous de nous, de nos projets ou de votre femme et de ma fiancée?

— C'est la même chose, cria Heurtevent avec une nouvelle explosion de douleur. Depuis vingt-quatre heures, je cours par toutes les sections où je croyais qu'on estimait le Vainqueur de la Bastille, partout je n'ai trouvé que des lâches ou des imbéciles.

— Et Isabelle, demanda Vulmer, n'est-elle donc pas délivrée avec... ses compagnes?

— Délivrée, s'écria Heurtevent en grinçant des dents! Délivrée! tenez, voilà ce que m'a remis le concierge de la Force, qui est un ancien garde-française et mon ami :

« Ce 9ᵉ thermidor, ordre des administrateurs du département de la police, Lelièvre, Henry, Weltcheritz, de ne laisser pénétrer aucune lettre dans les prisons de Paris, *de ne mettre en liberté aucun détenu.* »

— Eh! bien, baron, dit Kéraudren de sa petite voix qui entrait dans l'âme attristée comme un couteau ébréché dans une blessure, il ne faut pas se faire d'illusions, c'est par un ordre analogue qu'ont commencé les massacres de Septembre dans les prisons. »

Vulmer et Heurtevent bondirent : mais le premier

reprit vite son sang-froid, il serra le bras de son compagnon d'angoisses.

« C'est impossible, dit-il. N'en parlons pas, n'y pensons pas. Tout n'est pas perdu, au contraire. Nous oublions toujours Coulongeon, qui doit justement garder la Force, et dont je me sens porté à garantir la fidélité.

— Merci, citoyen, dit la voix joyeuse de l'homme sombre ; on a raison de dire que la vertu est toujours récompensée. Vous m'avez déjà donné mille livres en or, je vous ai confié mes enfants en otages. Vous m'en avez promis mille autres après la chute du tyran ; je vous ai introduit dans le sanctuaire de mon foyer domestique, d'où on voit si bien ce qui se passe aux environs de l'Hôtel-de-Ville ; jusqu'ici c'est un échange de politesses. Mais, en mon absence, en ma propre absence, vous vous portez garant de mes qualités, de qualités que moi-même je connais à peine tant elles sont jeunes, çà c'est bien la récompense promise à la vertu par les proverbes les plus courants. Mais hélas !...

— Quoi donc, parle, misérable scélérat, s'écria Heurtevent en lui saisissant le bras.

— Parlez, et parlez vite, dit sévèrement Batz. Si vous avez de mauvaises nouvelles à nous apprendre, nous sommes des hommes, nous saurons les entendre et nous défendre.

— Il y a en toute chose du bien et du mal, répondit Coulongeon, et ce qui pique l'un caresse le voisin. Sachez donc que vous avez fait un bon marché en m'achetant, car, je suis devenu un grand personnage.

Ma vaillance de cette nuit a mis ma vertu en lumière. Héron et ses secrétaires sont tout occupés de la partie politique de la Révolution qui se prépare. J'ai été reconnu, avec Tacherot, comme chef et directeur des bandes. Je me disais : c'est bien, je m'en vais aller garder les prisons, en compagnie de la gendarmerie des tribunaux, j'aurai soin de m'adjuger la Force et d'y être, hé ! hé ! en force. Je délivrerai les colombes, sous prétexte de les envoyer dans une maison plus forte que la Force, hé ! hé ! hé !

— Eh bien, demanda Vulmer avec anxiété.

— Eh bien ! on a arrêté mon cher ami Tacherot, qui s'est pris dans ses propres filets et qui a trop parlé. A trois heures de l'après-midi il a été saisi et dirigé sur la Force. Vous comprenez !

— Quoi donc, parle vite, s'écria Heurtevent.

— Vous comprenez que je suis devenu général en chef des bandes héroniques sur lesquelles la Commune compte naturellement comme sur ses plus fermes appuis, puisque c'est la crème de la Révolution. Je vous rapporte donc peut-être la victoire, et vous m'en tiendrez compte comme des gentilshommes. Mais il y a un revers, et c'est...

— C'est, s'écrièrent en même temps Vulmer et Heurtevent.

— C'est que naturellement, comme notre ami Tacherot est à la Force, on ne veut pas nous la donner à garder. Je peux donc tout pour la cause et rien pour les colombes. »

Il s'arrêta en promenant autour de lui un regard

triomphant. Mais il était plus corrompu par la licence
révolutionnaire que foncièrement méchant, il aimait
un peu sa femme et beaucoup ses enfants, il se sentit
quelque attendrissement en voyant la douleur des
deux amoureux.

« En ça, reprit-il, il y a une consolation. Mes
hommes sont de si effroyables et de si imbéciles scélérats, que je puis bien les tromper et les mener par le
nez avec des grands mots et des menaces, en temps
ordinaire. Mais il y a, en dehors de moi, un homme
assez mystérieux, qui était un de leurs chefs pendant
les massacres de Septembre, et qui est resté fort in-
fluent parmi eux. Il leur a promis qu'on allait recommencer aujourd'hui la même besogne dans les prisons......

— Scélérat, hurla Heurtevent en lui sautant à la
gorge, tu appelles çà une consolation ! »

Coulongeon se dégagea prestement.

« Mon brave compagnon, dit Sagamore à Vulmer
— et sa voix gutturale semblait s'adoucir, — j'ai grand
pitié de vos souffrances. Quant à vous, Heurtevent.
nul homme ne vous doit rien, car vous et les vôtres
vous avez commis tant de crimes...

— Oui, oui, je le sais ! je le sais, je vois clair, je me
maudis. Mais sauvez Isabelle, ah ! sauvez Isabelle.
Quand elle sera sauve, si elle le veut vous m'écorche-
rez vif ; si elle ne me pardonne, je me tuerai moi-
même. Etes-vous content, mais ce n'est pas le temps de
prêcher, sauvez-la, sauvez-la.

— A vous donc, Vulmer, à tous deux (et que Dieu

juge cet homme qui a égorgé en Septembre 92 des femmes aussi chères que celles que ses anciens compagnons se préparent à égorger en thermidor) je vais remettre ce qui sera le salut. Voilà un blanc-seing, le plus puissant que la République connaisse, et il triomphera des obstacles, car il est signé Billaud en même temps que Robespierre. Il ouvrira sans doute toutes les portes. »

Vulmer et Heurtevent se précipitèrent vers la porte.

« Attendez, je vous en supplie, vicomte ; reprenez tous deux votre sang-froid, dit Batz. N'oubliez pas que vous vous devez à la patrie et à vos serments. Croyez moi, la meilleure manière qu'on puisse trouver de sauver vos épouses, c'est la victoire. Toute autre chance de salut est précaire et momentanée. Il faut donc combattre jusqu'à la mort. Nous ne sommes pas nombreux. Il faut que dans une heure nous soyons tous, je dis tous, à nos postes. La Convention est attaquable de deux côtés, par le jardin des Tuileries ou par la place du Carrousel. Vous, M. Descluziers, vous vous rendrez, s'il vous plaît, dans le Jardin avec vos amis. Je serai avec les miens, avec vous M. le cocher, avec M. de Dion, M. le chevalier de Sambrevois et d'autres sur la place du Carrousel. Vicomte de Lozembrune, vous vous tiendrez sur la place de Grève en face de l'ennemi. Vous voudrez bien prendre votre poste à gauche, en regardant l'Hôtel-de-Ville, proche de cette grande écurie qui a été bâtie pour le service de l'état-major général, en face du Saint-Esprit. Vous retrouverez là M. du Petit-Val et les siens. Sagamore vous serez de l'autre côté, aux environs de l'arcade Saint-Jean avec vos hommes et tout ce que vous pourrez rassembler des amis de l'Union Gosse. Il est vraisemblable que vous aurez à supporter un rude effort, et que le faubourg Saint-Antoine se précipitera à la rescousse de la Commune, par les rues de la Mortellerie et de la Tisseranderie. Il faudrait éviter que le faubourg Saint-Marcel ne vînt lui donner la main.

— Bon, dit Coulongeon, je m'en charge. Mes hommes n'aiment pas les faubouriens dans lesquels ils voient des rivaux de pillage. Je sais que dire pour les engager à arrêter les coquins du faubourg Marcel.

— Pour moi, le temps venu, je me replierai sur la place de Grève, et l'on me trouvera au coin de la rue Jean-de-l'Épine.

— Ah ! s'écria tout d'un coup Coulongeon, j'oubliais de vous dire une nouvelle. Les membres du Comité de Surveillance n'ont pas osé garder Robespierre. Ils veulent, dit-on, l'envoyer à la prison du Luxembourg.

— Entre les mains de son ancien espion et créature, Guyard, ah ! sacrebleu ! s'écria Kéraudren en bondissant. Les brutes ! les lâches ! Mais c'est leur perte et la nôtre. Robespierre en prison ! L'affaire traîne, le tribunal l'absout comme il a absout Marat, et tout Paris est pour lui. Les imbéciles ! Allons il faut que j'aille rejoindre la Commune et Maximilien, pour leur conseiller le plus de sottises possibles. Vous serez au courant de ce qui se passera à la Commune et de tous les gestes de l'ennemi. La-a-a paix, la-tran-an-an... »

Un bruit violent l'interrompit. Le volet de la cour
s'ouvrit brusquement, avec la fenêtre dont les vitres
tombèrent. Un corps fut précipité par l'ouverture et
deux autres corps sautèrent à sa suite, de la cour dans
la pièce.

Le premier corps se releva assez vite, et au grand
étonnement de Kéraudren, son premier mouvement
fut d'enfoncer et de raffermir son bonnet rouge et sa
perruque. Puis l'homme tira un pistolet d'arçon de sa
ceinture. Mais son bras fut saisi par le poignet de fer
de Samagore, tandis que l'un des deux survenants lui
prit l'autre épaule en s'écriant voix joyeuse :

« Voilà un mouvement exécuté comme au cabestan.
Une, deux, embarqué. Foi de fils de Mars, çà fait
plaisir à voir, et Agricola de même mériterait d'être
élevé à la dignité de mousse dans la flotte du grand
géant Garcantua. Il était là le coquin de Brestois qui
écoutait de ses deux oreilles, le jus lui en venait à la
bouche, on le voyait au mouvement de ses mollets,
mais un fils d'Amphitrite sait veiller au grain. »

Le prisonnier resta muet et il promenait des regards
railleurs sur toute l'assistance.

« Yvon, s'était écrié Batz !

— Oui, dit le bailli, le fidèle Yvon ! Mais que diable
cache-t-il aussi soigneusement sous cette perruque. »

Et de la pointe d'un stylet il enleva le bonnet et la
perruque.

— Ah ! s'écria Vulmer, en voyant une croix se
peindre en rouge sur un front blanc et chauve !
l'homme de septembre, l'assassin du vieux prêtre,

celui que j'ai marqué du bout de mon épée ! Misérable, c'est donc là la cause de ta haine et de ta patiente trahison !

Le Brestois ne répondit rien, il promena un nouveau regard dédaigneux sur l'assistance, et il se baissa légèrement. On eût dit qu'il écoutait s'il n'entendait rien du dehors.

« Eh bien ! je comprends tout, dit vivement Kéraudren. Tu es un de ces forçats que le Finistère nous a envoyés. Ils ont renversé la vieille royauté et assassiné les prisonniers pour montrer combien étaient pures les mains qui avaient égorgé la monarchie française. Et maintenant c'est encore toi qui es le chef des monstres qui veulent aujourd'hui recommencer les massacres de Septembre. »

Le Brestois tressaillit, puis il se remit promptement :

« Soit, dit-il, tu sais beaucoup de choses. Je suis en vos mains, vous allez m'assassiner. Au moins je me suis bien vengé. J'ai fait échouer tous vos projets, arrêter et guillotiner tous vos amis. Vous tous, vous êtes marqués pour la mort, et en mourant vous vous rongerez les poings en vous disant que vos épouses vont être égorgées après être devenues le jouet des sans-culottes.

— Tu ne verras pas grand'chose de tout cela, mon garçon, dit Kéraudren avec un sang-froid méprisant.

— Oui, oui, dit encore Jacques, il faut en finir ; le gueusard nous a trahis. Il a été avertir, pour sûr, les sectionnaires de la 47e et peut-être sommes-nous déjà entourés. Chef, faut-il ? »

19

Il tira tranquillement son sabre. Mais le secours vint au Brestois d'où nul ne l'eût attendu, Heurtevent s'avança.

« Non, non, dit-il, d'une voix rauque, assez de sang ! J'ai répandu trop de sang. On vient de le dire, et je m'en suis repenti. Qu'on l'enchaîne et qu'il vive. Quelque chose me dit que cela porterait malheur à Isabelle et à son enfant, à votre femme aussi, citoyen Aristobule.

— Soit donc, dit précipitamment Lozembrune incapable, en l'état d'angoisse où il était, de résister à un tel appel fait aux superstitions de l'amour. Qu'il vive. Je l'épargne, cette fois encore.

— Je le veux bien, dit Batz, enchaînez et bâillonnez le misérable. A la première chance de salut pour lui, brûlez-lui la cervelle. Vous l'entendez, Jacques, Agricola, Barthélemy, vous allez garder la maison. Tant pis pour le coquin s'il l'a signalée aux sans-culottes.

— Comptez là-dessus, dit Jacques. Maintenant envolez-vous par la porte du jardin, qui communique avec une autre porte qui mène sous bois jusqu'à la rue Notre-Dame-des-Champs. »

Tous s'éloignèrent silencieusement. Kéraudren fermait la marche en maudissant la mauvaise chance qui le faisait le compagnon d'êtres si puérilement sensibles.

Il revint sur ses pas. Le Brestois était déjà bâillonné et ficelé.

« Hum, dit le bailli, il n'est rien de tel pour ne point parler que d'être mort. Et voilà que pour un scélérat de cette espèce, on vous expose à vous faire prendre et brancher tous les trois par les Pierrots. Trois jolis garçons, comme vous, qui donneraient si glorieusement et si bravement un coup de main aux vrais patriotes! Hum! n'oubliez pas que le rendez-vous est à la place de Grève; Barthélemy vous renseignera. »

Il quitta la place en souriant de son rire qui avait quelque chose de si cruel et de si malin en même temps.

« La vérité, dit Barthélemy, quand on lui eut appris la mort de son compagnon Crassus, la vérité est que ça me semble contraire aux droits de l'homme et du citoyen que de laisser son camarade, un brave homme, savant comme une école, et bon comme du pain d'épice, périr sans lui porter vengeance. D'où je conclus que mon devoir d'homme et de républicain est de purger le sol de la patrie de la vue de ce scélérat.

— Ce n'est pas pour dire, reprit Agricola, mais je ne peux pas lui pardonner de m'avoir soûlé et traîné parmi les massacreurs comme un voleur; et puis il a mérité la mort; et d'ailleurs si nous attendons à l'escoffier que ses camarades soient là, comment nous sauverons-nous? je vote qu'on en purge le sol. »

Le Brestois bondissait en entendant cette conversation; ses regards, la seule chose qui pût agir en lui, semblaient avoir hérité de la puissance de tous ses membres, et ils se tournaient tantôt avec rage, tantôt avec une supplication ardente vers ses trois gardiens.

— Voilà un gaillard, dit Jacques, après avoir quelque peu réfléchi, qui me paraît commencer à expier en ce monde les assassinats qu'il a commis; peut-être plus de cinquante, hein? et parmi lesquels il y avait bien vingt femmes, hein? et vingt vieillards, hein? et cinq ou six enfants, hein? des petites filles, hein! qui pleuraient en tournant vers lui leurs petites mains, hein? J'en suis sûr. Pour lors je me dis que vous avez raison, et au surplus que le Sagamore pourrait bien avoir besoin d'un coup de main, et en outre plus que nous sommes en révolution, comme qui dirait à l'état sauvage. Par ainsi et concluant en dernier ressort, comme chef de bord et fils de Mars et d'Amphitrite de même, je dis qu'il faut en purger le sol. »

Quelque temps après, une grosse bande de sectionnaires de l'Observatoire entoura la maison avec une prudence extrême. Encouragés par le silence prolongé, ils pénétrèrent en poussant des hurlements destinés à frapper l'ennemi de terreur. Ils ne trouvèrent que Yvon le Brestois pendu à l'arbre même sous lequel le vieux chevalier était mort l'avant-veille; et ils pillèrent de leur mieux la maison de Heurtevent.

II

Au commencement de la soirée du 9 thermidor.

Vers sept heures du soir, le jardin des Tuileries s'était rempli d'une grande foule. La plus violente fer-

mentation y régnait. C'était, avec le jardin de la
Maison-Égalité, ci-devant Palais-Royal, le lieu le plus
fréquenté par les muscadins, par les hommes et les
femmes qui ne craignaient pas de protester contre l'é-
galité en s'habillant avec quelque recherche. Ce soir-
là, malgré la gravité des événements qui annonçaient
une victoire définitive pour la plus grossière des tribus
des sans-culottes, et qui conseillaient les plus grandes
précautions aux gens amoureux de propreté, ce soir-
là, on voyait encore dominer les chapeaux ronds sur
les bonnets phrygiens. Les cheveux noués avec la
queue en catogan l'emportaient sur les cheveux noirs
et plats; les bottes ou les souliers à boucles sur les
sabots et les souliers lacés et ferrés. On remarquait
même quelques têtes poudrées, et les sales cornettes à
cocardes, qui étaient devenues la coiffure habituelle de .
la Parisienne, n'y étaient pas en majorité.

On pouvait donc supposer que là, du moins, la
majorité du peuple était pour la Convention. Pourtant
Victorien Descluziers, qui, escorté de quelques membres de la section Révolutionnaire ou du Pont-Neuf,
parcourait le jardin, constatait que la foule était incer-
taine entre l'Assemblée et la Commune, et que l'opinion était à la merci d'un événement, d'un mot. Les
émissaires des jacobins, quelques-uns des orateurs
publics que la Commune avait à ses gages, faisaient
rage dans les groupes. Nos anciennes connaissances,
Justin Pourvoyeur, Bacon et Latour-la-Montagne,
poëte, bourgeois de Paris et espion, étaient parmi les
plus ardents.

« Eh bien, tu commences à voir que tu as pris le
mauvais parti ! dit à Descluziers la voix fatiguée d'un
homme qui lui frappa rudement sur l'épaule. Et tu dis
que si ça ne va pas fort pour la Convention dans le
Jardin National, qui est un nid de muscadins, d'aristocrates et de corrompus, ça va encore moins bien dans
la cour des Tuileries, ça va bien peu sur la place du
Carrousel, et pas du tout sur la place de Grève. »

Victorien se retourna. Il avait devant lui la face em-
pourprée, les yeux fiévreux de Testard. Celui-ci lui fit
une grimace, en ajoutant avec un rire qui avait quelque
chose d'un fou furieux :

« Tu as joué ta tête contre la mienne, j'ai gagné.
Je la prendrai, et je donnerai dame Rose, qui t'a poussé
contre la Révolution, à Pourvoyeur, qui la ramènera
aux bons principes.

— Es-tu tombé si bas... ?

— Je ne suis pas tombé, j'ai glissé sur la pente, jusqu'à l'Égalité. Et c'est toi qui as le tort de te retenir au
milieu de la planche. Planche aux assignats, planche à
la guillotine ! »

Et il se faufila au milieu de la foule en hurlant.

« Il n'a pas tort, citoyen, foi de Sempronius Boudin, dit un personnage qui se promenait de groupe en
groupe, les mains dans les poches de la carmagnole,
écoutant curieusement et froidement. Mes amis, les
illustres citoyens Peys et Roupillon (de Saint-Calais)
en jureraient. Je viens de visiter les endroits en question, et à mesure qu'on s'éloigne de ce champêtre
asile où nous sommes, la Convention perd en raison

des distances. Ainsi juge. Je ne parierais pas un mone-
ron contre un assignat de mille livres en faveur de ce
bâtiment-ci, conclut-il en montrant le pavillon de l'Horloge, où siégeait l'Assemblée. Puis, puis, continua-t-il
plus bas encore, il va se passer de tristes choses à La
Force.

— Quoi donc, pour Dieu!

— On va septembriser. »

Il se perdit à son tour dans la foule, et quand Victorien le chercha des yeux pour l'interroger plus ample-
ment, il se sentit saisir violemment le bras. Il se retourna. Heurtevent, la figure aussi défaite, le regard
aussi exalté que Testard, le tirait jusque sous un arbre
assez solitaire.

« Que me voulez-vous donc, Heurtevent? demanda
Victorien; vous me regardez d'un air épouvanté. Est-
ce que Rose... ?

— Rose! Rose! tu veux dire Isabelle! Vois-tu, je
n'ai confiance qu'en toi. Tous ces aristocrates sont des
lâches! Isabelle, dis-tu! Eh bien, tu sais, l'autre nous
avait donné un laisser-passer qui devait tout ouvrir.
Eh bien, ça ne vaut encore rien. Et pourtant je suis
l'ami du concierge de La Force. Rien n'y fait. J'y ai
été, j'en viens, avec cet aristocrate Aristobule ou
Lozembrune, qu'importe! Ah! nous étions bien heureux. Nous présentons notre papier. On nous demande
si nous sommes Raffin, chirurgien en chef des officiers
de santé, ou bien Soupé, Markowski, Legras, officiers
de santé. Il y a, depuis une heure, un ordre des administrateurs de police, qui interdit l'entrée dans les pri-

sons à tout autre qu'à eux. Alors nous demandons que
si nous ne pouvons pas entrer, du moins on laisse sortir
nos épouses. Eh bien, mille tonnerres ! non, non, non.
Il y a encore un ordre qui vient d'arriver, un ordre de
la Commune, qui défend de laisser sortir qui que ce
soit, sans l'ordre de cette Commune. C'est là-dessus
que je te dis que ces aristocrates sont des lâches, car
j'ai proposé à Aristobule de nous engager dans la Commune, puisque la Commune était maîtresse et pouvait
délivrer...

— Il n'a pas voulu?

— Il n'a pas voulu, en disant que ce serait trahir.
Alors je lui ai proposé d'aller chercher tous nos amis,
et de venir faire le siége de La Force. Il a hésité, et
puis il n'a pas encore voulu, en disant que ce serait
inutile et trop compromettant, et que c'était dans la
victoire qu'était le vrai salut.

— Il a cent fois raison, Heurtevent ; il a parlé comme
un sage et comme un brave, car sois sûr qu'il aime sa
future autant que tu aimes ta femme. Et puis qu'as-tu
vu encore à La Force, ou auprès de la prison !

— Qu'est-ce que j'aurais vu ! répliqua Heurtevent
avec colère. Et moi qui venais à toi pour te demander
conseil ! Qu'est-ce que j'aurais vu ! J'ai vu le frère de
dame Rose, qui garde la grande porte de la prison,
comme une sentinelle ; à côté de lui, un enfant de
douze ans, qui est pâle çomme un mort, et qui garde
aussi la porte ; et puis un autre, un fou, qui chante
avec une guitare, et qui a promis, s'il y avait quelque
chose de nouveau, de venir nous avertir, moi et sur-

tout Aristobule, en chantant une chanson sur le salpêtre. Hé, continua Heurtevent d'un air sombre, c'est tout ce que tu me dis?

— Je te dis, répondit Victorien avec autorité, de redevenir un homme, de te préparer au combat, et je te jure que c'est en triomphant des conspirateurs de la Commune que tu peux seulement sauver ta femme.

— Soit, soit, dit Heurtevent avec abattement. Mais, comme tu dis, je n'ai plus de bon sens. Conduis-moi, et quand tu me diras : Frappe, je te réponds qu'il en restera sur le carreau.

— Viens donc, viens, sur la place du Carrousel, rejoindre nos amis. »

Ils se dirigèrent vers les abords du palais, aux approches duquel la foule était plus dense et plus animée que partout ailleurs.

« Citoyen, dit un petit vieillard, qui les combla de révérences au moment où ils fendaient le groupe pour rejoindre le passage, au milieu du pavillon de l'Horloge, est-ce vrai ce-ce qu'on-on dit que Ro-ro-ro-bespierre et les autres dé-pu-pu-pu-u-tés sont-ont par-artis et en pri-pri-i-son.

— Oui, vieillard, Saint-Just est envoyé aux Écossais, Robespierre jeune à Lazare, et Robespierre aîné au Luxembourg.

— Ils viennent de partir à l'instant, continua un voisin bien informé.

— Gra-and-and merci, ci-ci-citoyen. Fais place à un pau-pauvre vieillard. La paix, la tran-an-an-quillité et la concorde dans les fa-a-a-a...

— Tiens, Fidèle Bailli! s'écrièrent deux hommes en
se retournant. Viens avec nous : Nicolas et Chatelet;
tu nous reconnais bien? Viens, nous arriverons encore
rue de Tournon, au Luxembourg, avant les voitures
qui vont lentement, comme si elles avaient envie qu'on
les enlève. »

Descluziers et Heurtevent continuèrent leur route
vers le Carrousel.

Ils y eurent bientôt rejoint Batz. Il leur fit un signe
de tête qui n'indiquait pas grand espoir. Ils s'éloignèrent de lui pour ne pas trop attirer l'attention.

Toutefois, ils avaient bien compris la signification du
signe que leur avait fait le chef des aristocrates. En effet, Batz et les quelques cochers, serruriers, armu-
riers et imprimeurs, qui formaient sa petite troupe de
gentilshommes et de grands seigneurs, — car c'était
dans ces quatre professions surtout que les aristocrates s'étaient réfugiés pendant la Terreur, — Batz,
disons-nous, n'avait pas tardé à se sentir comme noyé
au milieu de la place du Carrousel. Si dans le Jardin
National l'on discutait vivement le pour et le contre, si
sur la place de Grève l'on ne parlait qu'en faveur de
la Commune, sur la place du Carrousel on se taisait;
on attendait avec curiosité et inquiétude, mais avec la
conviction évidente du triomphe de la Commune, et
avec une non moins évidente hostilité contre la Convention.

C'était surtout au fond de la place du Carrousel, le
long des anciennes rues Saint-Nicaise, des Orties et de
Chartres, et à droite, sur le chemin menant aux Jaco-

bins par les rues du Carrousel et Saint-Louis, que la
Commune était en faveur, Batz constata qu'en approchant du palais, les eaux populaires prenaient des
teintes moins rouges.

Là, la foule était aussi grande. Mais on y remarquait quelques muscadins venant du Jardin, un assez
grand nombre d'employés des bureaux et commissions
de la Convention, et enfin beaucoup de gardes nation-
naux de la section des Tuileries, favorables à la Convention.

Le chef de bataillon Lefèvre, de la section Bonne-
Nouvelle, qui commande cent hommes de garde au Palais, a rangé sa petite troupe autour du pavillon de
l'Horloge, où, nous le répétons, est le siége de la Convention, et braqué ses deux canons dans la direction
de la place du Carrousel. Il a laissé la garde des deux
autres pavillons (occupés par les deux Comités de gouvernement) aux gendarmes des tribunaux, et notamment à quelques hommes de la 29ᵉ division, qui ne paraissent pas fort solides.

Lefèvre se promène soucieusement de long en large.
C'est un vieux soldat grognon, brusque, et que son
franc-parler mettait sans cesse à deux doigts de la
guillotine.

« Qu'est-ce que vous voulez que je vous conte?
dit-il avec un regard farouche à Batz qui s'était approché pour l'interroger. Je me ferai tuer, j'en tuerai bien
deux ou trois. Qu'est-ce que vous voulez de plus?
Vous voulez savoir si mes hommes tiendront? Ce sont
de braves gens, et pas trop capons pour de la milice.

Mais où avez-vous vu, depuis la Révolution, une troupe de gardes nationaux qui tient contre une autre troupe de gardes nationaux qui l'attaque? Vous êtes encore bon là, vous! Dites, l'avez-vous vu? Alors, qu'est-ce que vous demandez? Il paraît que c'est contraire aux principes et à la fraternité. Dès lors, à moins d'être une bête, on voit l'affaire : si nous attaquons les premiers, nous serons vainqueurs ; si on nous attaque, nous serons vaincus. Voilà tout. C'est clair ceci, que le diable m'emporte! »

Il s'éloigna en grommelant et en aiguisant la pointe de son sabre sur la terre.

« Ma foi! mes amis, dit Batz, avec un tranquille sourire, à cinq ou six de ses compagnons qui se tenaient à l'écart, je crois qu'il nous reste une seule chose à faire en ce moment.

— Et quoi donc? demanda le brigadier général de Dion, l'ouvrier serrurier que nous avons présenté précédemment au lecteur.

Il venait de quitter pour un instant les tribunes de la Convention, où on gardait sa place, en attendant la réouverture de la séance, interrompue à cinq heures, pour recommencer à huit heures.

— C'est de demander l'absolution à notre aumônier-cocher, car il paraît que nous avons encore à tuer deux ou trois démocrates, et puis c'est tout.

— C'est peu, dit le jeune ouvrier imprimeur qui accompagnait M. de Dion, et était le chevalier de Sabrevois. — Et celui-là, nous l'avons aussi présenté au lecteur, à l'auberge du *Garde-Française*.

— N'oubliez pas, citoyens, cria une voix lugubre
dans le voisinage, que la première décade de thermidor est vouée au Malheur. Citoyens, continua la voix,
qui était celle du fou-musicien, connaissez-vous Aristobule des Piques ? je suis envoyé auprès de lui par
l'Enfant. »

Batz courut à lui, et lui dit à mi-voix :

« Tu le trouveras à la place de Grève, à gauche de
la grande porte. Tu lui diras que tout va assez mal
ici, mais qu'il tienne bon, et soit solide au poste. »

Dominique de Mirville traversait la cour, se rendant
en courant du pavillon du Sud au pavillon du Nord,
c'est-à-dire du Comité de Salut public au Comité de
Sûreté générale. Il s'approcha de Batz :

« Voilà, dit-il, les derniers arrêtés des comités
réunis. Je vous les aurai tous. Ayez soin qu'il y ait
toujours quelqu'un ici, qui vous les fasse parvenir où
vous serez.

— Et ce malheureux Anglais que l'on vous a envoyé ?

— Il est retenu prisonnier, et je ne puis rien pour
lui. Eh bien, qu'y a-t-il donc là-bas, au bout de la
place du Carrousel ? la foule se précipite. Allez-y,
vous ; moi, je vais au Comité et je reviens. »

Nos amis coururent. C'était un proclamateur fort
applaudi, qui venait publier les arrêtés de la Commune. On avait choisi notre ancienne connaissance, le
chanteur Brochet, à cause de sa voix formidable.

« Vertuchou, citoyen cocher, dit Batz, voilà là-bas
un gaillard qui vaut son pesant d'or en temps d'é-

meute; avec une voix comme celle-là, je me chargerais
de faire faire à la démocratie toutes les sottises et même
toutes les belles choses du monde.

— Je crois, Boulanger, répondit le chanoine-cocher,
que nous avons là sous la main, dans la personne de
ce jeune imprimeur — et il montrait le chevalier de
Sabrevois — un timbre de voix qui pourrait lutter
non-seulement avec le ton de ce gaillard là-bas, mais
avec un bourdon de ci-devant cathédrale.

— Vraiment, dit vivement Batz, nous allons voir.
Voilà le moment. Lisez un des arrêtés du Comité, jeune
imprimeur. »

Et le chevalier, d'une voix puissante qui domina
bientôt le bruit, annonça :

« Les Comités de Salut public et de Sûreté générale
réunis arrêtent :

« Les citoyens Chapelle et Fournereau, membres de
la commission populaire, lesquels allaient au faubourg
Antoine, pour soulever le peuple, seront arrêtés. »

Cette voix formidable et cet acte de vigueur saisi-
rent momentanément la foule, qui fit quelque silence.
Mais, à l'autre bout de la place, Brochet reprit d'une
voix qui avait quelque chose d'ironique :

« La Commune révolutionnaire du 9 thermidor, destinée par le peuple et pour le peuple à sauver la patrie
et la Convention nationale, attaquées par d'indignes
conspirateurs.

« Arrête que les nommés Collot-d'Herbois, Amar,
Léonard Bourdon, Dubarran, Fréron, Tallien, Panis,
Carnot, Dubois-Crancé, Vadier, Javogue, Fouché,

Granet, Moyse Bayle, seront arrêtés, pour délivrer la Convention de l'oppression où ils la tiennent. »

« Ah! ah! cria la foule. La Commune est plus forte. Le Comité arrête Fournereau ; la Commune arrête Collot, Amar, Vadier, et tous les autres. Vive la Commune !

— C'est vrai, murmura Batz, le peuple a raison, la Commune est plus vigoureuse. »

Il tomba en réflexions, tout en regagnant, suivi des siens, la cour des Tuileries !

« Ah! dit-il bientôt en relevant le front, voilà les députés qui arrivent en masse pour la séance du soir, allez et tenez-nous au courant de ce qui se passera à la séance. »

M. de Dion s'inclina et disparut dans les groupes de députés qui arrivaient, en effet. Il était huit heures du soir.

« Eh bien, chevalier, reprit Batz à mi-voix, vous avez une voix d'une rare puissance. Si la Convention veut être ferme, je ne désespère pas que vous ne remportiez la victoire, à vous seul, sur la Commune. C'est une idée qui me vient en l'esprit. Mais éloignez-vous, je vous prie, dit-il vivement. »

Il s'avança vers un personnage qui traversait la cour presqu'en courant. Il lui frappa sur l'épaule.

« Citoyen Dulac, dit-il à cet ex-gentilhomme (que nous avons montré au coin de la rue Notre-Dame des Champs, agent important du Comité de Salut public), je crains qu'on ne veuille recommencer les mas-

sacres de Septembre. Cela m'inquiète, car j'ai des amis
à La Force, qui est mal gardée.

— Au diable ! Qu'y faire ! la gendarmerie est tout
entière livrée aux passions politiques et elle ne vaut
pas mieux que les assassins. Je n'ai sous la main que
les bandes de Héron. Ah ! ce serait un moyen de les
empêcher de tourner à la Commune. »

Il s'éloigna précipitamment, médiocrement retenu
par Batz, à qui Sagamore venait dire à l'oreille :

« Aristobule est parti à La Force où se passent des
horreurs, et Petit-Val m'envoie vous avertir qu'une
troupe part de la rue de la Verrerie pour venir délivrer
Hanriot, lequel, comme vous le savez, a été arrêté et
enfermé ici, dans le pavillon occupé par le Comité de
Sûreté générale.

— C'est bon. Dites à Petit-Val que c'est bon. »

Il s'avança vivement vers Lefèvre, et il lui dit à voix
basse :

« On m'apprend que des troupes quittent la place
de Grève, par la rue de la Verrerie, pour venir délivrer
Hanriot. Si vous mettiez votre tactique en pratique, et
si nous allions les attaquer en chemin ?

— Oui ! à nous deux si vous voulez, je veux bien,
vous m'avez l'air d'un bon drille. Mais avec ça, continua-t-il en montrant de la pointe de l'épée les sectionnaires, fort occupés à étancher la sueur qui leur coulait
du front ! D'ailleurs, qu'ils délivrent Hanriot, il est
ivre comme une soupe, il ne pourra que leur nuire.
Toutefois, si les scélérats veulent passer le seuil du
pavillon de l'Horloge, ce ne sera pas sans passer sur le

corps de Lefèvre. Restez là, nous en démolirons quelques-uns. »

Le vieux soldat fut interrompu par une clameur immense bientôt suivie d'un silence émouvant. La foule
s'ouvrit, comme un rideau, et laissa voir un spectacle
qui ne manquait pas de mouvement et d'entrain.

Trois cents hommes, armés de fusils et de piques,
moitié gardes nationaux en tricorne, avec leurs buffle-
teries croisées qui dansaient sur leurs longs habits,
moitié sans-culottes en bonnet rouge ou en chapeau à
larges bords comme les forts de la halle, en carma-
gnoles ou en manches de chemises, accouraient au
grand trot, escortés d'une quarantaine de gendarmes
à cheval et suivis de douze pièces de canon, traînées
à dos d'hommes.

Toutes les figures étaient violentes, énergiques,
exaltées. C'était la crème de l'armée de la Commune.
En tête couraient, le sabre en main, Coffinhal, vice-
président du tribunal révolutionnaire; Lumière, juré
au même tribunal, membre du conseil général de la
Commune, et une certaine quantité des amis plus particuliers d'Hanriot, lesquels, nommés et acclamés par
la foule, agitaient leurs armes avec des hourrahs frénétiques : — Bravo! Damour, le brave officier de
paix de la section des Arcis! Holà! hé! vive Félix, le
meilleur charron de la section des Sans-Culottes! Ah!
ah! le voilà enfin! Vive Pourvoyeur! Mange-les, brave
limier, hurlait la foule.

Mais celui-ci, débraillé, presque nu, hideux, les
yeux rouges comme s'ils distillaient du sang, s'avan-

çait sombre, muet, le pistolet d'une main, le sabre de l'autre.

La troupe passa comme un tourbillon et se dirigea vers le Comité de Surveillance générale. Les canonniers, qui étaient en grande partie de la section de Mucius-Scœvola, s'arrêtèrent au milieu de la place, sur l'ordre de Cosne Pionnier, adjudant instructeur de l'artillerie parisienne. Les caissons furent ouverts, les grils à rougir les boulets mis en place, les lances allumées. Une moitié des pièces, sous les ordres de Monvoisin, capitaine, et de Cahier, lieutenant de la compagnie des Scœvola, fut tournée contre le Comité de Sûreté générale, l'autre moitié, sous les ordres de Brizard, adjudant, fut dirigée contre le pavillon occupé par la Convention.

Le peuple s'écarta avec un mélange de curiosité et de frayeur, mais en criant désespérément : « Vive la Commune ! » qui représentait en ce moment la force et le succès. La foule s'était bientôt tue, comme si elle eût cru que la bataille engagée entre la France et les jacobins se décidait en ce moment. Les sectionnaires communaux entouraient le Comité, les canonniers attendaient des ordres. Il était évident que la petite troupe campée fièrement en avant du pavillon de l'Horloge irritait les nerfs de ces canonniers, et Cosne Pionnier, homme hardi et irritable, s'agitait avec fureur. Le chanoine-cocher se détacha silencieusement du groupe et, se dirigea vers les batteries d'artillerie.

En ce moment, M. de Dion bondissait hors du Pavillon de l'Horloge.

« Citoyens, cria-t-il, je viens d'assister à un grand spectacle. Collot-d'Herbois, président, vient d'entrer dans la salle des séances, suivi de tous les membres des Comités. Il avait l'air ému. Il s'est couvert en signe de détresse, et rien que ce mouvement a déjà fait tressaillir l'Assemblée et les tribunes d'une émotion extrême. Puis il a prononcé d'une voix lugubre, au milieu d'un silence de mort, ces paroles que tout le monde a entendues en frémissant : « Citoyens, voici l'instant de mourir à notre poste. Des hommes armés ont investi le Comité de Sûreté générale 'et s'en sont emparés. Jurons de mourir sur nos chaises curules. »

— Et qu'a fait cette assemblée d'hommes de loi qui a été si lâche depuis quelque temps? demanda une voix que Batz crut reconnaître pour celle de Descluziers.

— Elle a crié, toute d'une voix, reprit M. de Dion : « Nous jurons de mourir sans lâcheté. » Et tous les spectateurs électrisés se sont écriés : « Allons au-devant des scélérats ! »

En effet, une grande masse bruyante se répandit en un clin d'œil autour du pavillon de l'Horloge. Pendant ce temps, Hanriot, délivré, arrivait escorté de ses aides-de-camp, à cheval comme lui, entouré par Coffinhal, Lumière, Pourvoyeur. Il était suivi par une partie de la troupe communale. L'autre s'avançait vers la place en criant : « Ne tirez pas ! » On venait d'apprendre, en effet, que Cosne, de plus en plus furieux, avait fait charger un canon à mitraille et allait envoyer la charge sur le groupe obstiné. Le chanoine-cocher s'était précipité sur le canon, et en avait bouché la lumière avec la main jusqu'à ce qu'un artilleur, Levasseur fils, lui eût passé un mouchoir mouillé.

Hanriot avait été accueilli avec des huées. Mais l'ivresse ne lui avait fait rien perdre de sa faconde, et il se mit à faire une proclamation emphatique dans laquelle il annonçait qu'il avait été calomnié, et qu'il venait de se blanchir au Comité. Alors, par un de ces brusques revirements dont l'imbécillité des foules nous a donné tant d'exemples, l'on se mit à plaindre, à bénir le brave Hanriot, et à honnir ses ennemis.

Pendant ce temps, Coffinhal le tirait à soi et lui montrait le lieu des séances de l'Assemblée, en lui disant :

« Marche donc, imbécile, la victoire est à nous. Entourons au moins ces lâches députés, nous les tiendrons là tremblants sous notre main.

— Non, je te dis, c'est contraire au plan arrêté, tu sais, bien. Il faut se réunir ici à la pointe du jour, à la tête du peuple. C'est ce qui a été décidé. Si nous faisons autrement, ils seront jaloux de nous là-bas, à la Commune ; ils nous accuseront de viser à la dictature populaire, et jamais Robespierre ne nous le pardonnera.

— Ivrogne maudit, nous nous passerons de leur faveur. »

Pourvoyeur, l'œil enflammé de férocité, montrait aussi de la pointe du sabre la Convention, et tirait Hanriot pour l'y mener, en faisant entendre des sons rauques et épouvantables : il n'avait pas encore retrouvé sa voix.

« Toi, maudit fou, si tu me tourmentes, cria Hanriot, je te fais larder par mes canonniers. »

Coffinhal se répandit en malédictions et en blasphèmes, tandis que Pourvoyeur rugissait en montrant toujours de la pointe du sabre le pavillon de l'Horloge. Hanriot avait repris son discours, tendant à prouver que tous les patriotes devaient se réunir sur la place de la Maison Commune.

La masse était évidemment pour le commandant, qui parlait si bien avec tant de bonhomie.

Un homme jeune, à la face énergique et calme, s'avança vivement ?

« Je suis Féraud, des Hautes-Pyrénées, cria-t-il.

— Mort, mort au conventionnel ! hurlèrent quelques soldats.

— Citoyens, reprit alors Féraud avec autorité, je vous annonce qu'Hanriot vient d'être *mis hors la loi.* »

Ces terribles mots éclatèrent comme un coup de foudre. Hanriot bondit comme s'il était frappé, et tout brusquement il s'enfuit, suivi de toute la troupe. Pourvoyeur seul demeura un instant et regarda autour de soi. Il découvrit Batz et poussa un rugissement de bête fauve. Il s'élança vers lui, et déjà son sabre touchait la poitrine du royaliste surpris, lorsque le chevalier s'écria de sa voix retentissante :

« Le prends-tu donc pour ton fils ! »

Pourvoyeur recula en oscillant comme un homme ivre, puis il se sauva, rejoignant ses compagnons. Hanriot s'était retourné et s'était mis à crier:

« Aux armes ! aux armes ! réunion à la Commune.

Tous les patriotes place de Grève, sous peine d'être traités comme ennemis du peuple ! »

Les soldats répétèrent avec lui, dans un concert formidable :

« Aux armes ! aux armes ! à la Commune ! »

Et par un miracle révolutionnaire qui n'a pas encore été expliqué, la foule se précipita vers la Grève, à la suite de cet homme qu'elle venait de voir fuir épouvanté par la mise hors la loi.

Bientôt la place fut presque déserte. Une grande partie de la troupe même de Lefèvre avait suivi le mouvement.

Mais un spectacle nouveau attirait l'attention. La section armée de la Fontaine-de-Grenelle entrait par la gauche, sous la conduite de Juliot, tandis que le bataillon de la rue Meslay entrait par la droite, sous le commandement de Lecointre. Un petit homme marchait d'un pas délibéré à côté de celui-ci. Mais, comme s'il n'eût eu d'autre mission que d'amener du secours à la Convention, il s'éloigna d'un pas rapide quand il eut vu la troupe installée près du palais.

« Tiens, c'est Piqueprune ! dit Heurtevent.

— Et moi, dit d'Antraigues, je jurerais que cette ombre qui court là-bas, dans le crépuscule, c'est celle de notre Anglais, qu'on aura sans doute délivré en même temps que Hanriot.

— Vive la Convention ! mes amis, dit Féraud aux sectionnaires qui arrivaient. Maintenant la liberté est sauvée.

— Pour trois heures, dit ironiquement le diplomate.

La mer communale recule un instant pour mieux précipiter ses flots irrésistibles.

— Oui, dit Batz, la position est toujours mauvaise.
Mais la Convention vient d'échapper à une mort certaine, et trois heures, c'est beaucoup... Citoyen législateur, je vous demande en grâce de nous avoir le plus
tôt possible chacun des arrêtés que la Convention va
prendre. Citoyen serrurier, vous les remettrez au citoyen cocher, qui se chargera de les envoyer place de
Grève, où nous allons nous rendre. Veuillez me suivre,
chevalier, conclut-il à mi-voix. J'imagine que c'est
vous qui allez sauver la Convention. »

III

A la Grève

A la fin du dix-huitième siècle, la place de Grève
ne commençait qu'à la hauteur de l'arcade Saint-Jean,
et elle ne mesurait guère que trois cents pas de long
sur cent quatre-vingts, dans la plus grande largeur.
La Maison Commune — ou Hôtel-de-Ville — occupait
à peu près les deux tiers de la partie orientale de cette
place; elle avait à sa droite le Saint-Esprit, à sa gauche, elle se reliait au quai et au port au blé par l'arcade
Saint-Jean, par l'arsenal de la ville et l'ancienne chapelle des Haudriettes.

La place, de l'autre côté, et justement en face de la

grande porte d'entrée de l'Hôtel-de-Ville, s'enfonçait en
entonnoir vers les rues Jean-de-Lépine et de la Vannerie. A la rencontre de ces deux rues, une maison s'a-
vançait à angle aigu et formait le fond de cet entonnoir. Cette maison, qui regardait — nous prions le
lecteur de ne pas l'oublier — l'entrée de la Maison
Commune, et qui dominait à droite comme à gauche
une partie de la place, cette maison était celle de Coulongeon. Il l'avait mise, on s'en souvient, en gage aux
mains des royalistes, comme garantie de sa fidélité.
C'est là que, fort à la hâte, on avait transporté la pauvre Rose, là que les défenseurs de la Convention étaient
venus se fortifier au centre même de toute la puissance
de ses ennemis.

La place de Grève était en effet la véritable place
d'armes de la Commune, en même temps que sa place
d'école. On y rassemblait les troupes et l'on y ensei-
gnait les bons principes; et toutes les opinions, pour
peu qu'elles fussent contraires à celles du maître, en
étaient impitoyablement exclues.

Vulmer, Petit-Val, Sagamore, L'Union-Gosse et leurs
amis n'avaient pas tardé à le constater. Ils se virent
bientôt condamnés au silence, quelque précaution
qu'ils eussent prise pour émettre quelques idées favorables à la Convention. Ils enrageaient; car il était facile de remarquer que ce qui dominait dans cette foule,
c'était l'ignorance. On ne savait à la place de Grève rien
de ce qui se passait réellement au dehors du quartier,
et une bonne portion des spectateurs, au début de cette
soirée du 9 thermidor, semblaient avoir reçu ou s'être

donné la mission de n'y rien laisser arriver qui pût contrarier les vues de la Commune.

La besogne, du reste, n'était pas difficile. La place avait été sillonnée tout d'abord par la populace du voisinage, qui formait une clientèle fanatiquement dévouée à la Maison Commune. Puis étaient accourus les bas officiers ordinaires de l'émeute, les amis particuliers des chefs, ou les gobe-mouches révolutionnaires les plus têtus.

L'adjudant général Fontaine avait convoqué les quarante-huit compagnies de canonniers et les gendarmes, les deux corps sur lesquels Hanriot croyait pouvoir compter. Un certain nombre s'était hâté de venir, ainsi que quelques compagnies de cinquante sectionnaires qui sortaient des quartiers les plus révolutionnaires.

Entre six et sept heures du soir, la foule commença à être aussi nombreuse qu'enragée, et nos amis durent se taire complétement.

« Il n'y a rien à faire en ce moment, avait dit Sagamore à mi-voix. Nous avons autour de nous la plus fanatique, la plus bestiale partie de la population parisienne. Nulle pensée raisonnable et humaine ne saurait pénétrer dans ces cerveaux étroits, dans ces âmes basses, obscurcies et avilies encore par les plus folles et les plus odieuses théories du jacobinisme.

— Alors, continua Gosse, tenons-nous donc tranquilles jusqu'au tantôt, jusqu'à ce que cette canaille soit un peu rafraîchie par l'arrivée des vrais Parisiens.

20

— D'autant plus que si je connais encore mon peuple de Paris, dit Petit-Val, il va se monter la tête jusqu'à l'exaltation, et pendant ce temps il n'y a pas à songer à discuter. Mais si les meneurs ne savent pas utiliser son activité pendant cette période ascendante d'enthousiasme, la fièvre diminuera vite. »

Nos amis se séparèrent. Vulmer et Petit-Val regagnèrent les abords de l'hôpital du Saint-Esprit.

Il commençait à se faire un grand mouvement de va-et-vient entre l'intérieur de l'Hôtel et la place. Le conseil général était entré en séance à cinq heures et demie de relevée, et tout aussitôt l'Agent national avait requis que deux membres se rendissent sur la place pour inviter les citoyens « à s'unir à ses magistrats pour sauver la patrie et la liberté. »

Ces deux membres, auxquels s'était joint le très-zélé Dorat-Cubières, ci-devant chevalier de Cubières, et secrétaire-général-adjoint, étaient descendus et péroraient de groupe en groupe. Ils étaient reconnaissables à leurs cordons tricolores, signe distinctif de leur dignité, et aux acclamations qui les suivaient. De plus, il s'était établi une sorte de courant électrique entre la salle du conseil et sa place d'armes : à chaque instant, quelque membre des tribunes descendait, rendait compte de l'état de la discussion, citait les décrets qui venaient d'être rendus, et qui, circulant fièrement de bouche en bouche, arrivaient jusqu'aux rues voisines revêtus d'adjonctions bouffones et escortés par l'enthousiasme révolutionnaire. Nous l'avons dit, et il faut le répéter pour faire bien comprendre les événements qui vont suivre, ces décrets, qui parlaient seuls, et qui parlaient fort, étaient naïvement, logiquement, nécessairement considérés par ce peuple comme autant de vérités incontestables, autant de victoires, autant de preuves d'une puissance irrésistible.

Vulmer ne prêtait qu'un oreille inattentive à tout ce qui se passait. Il poussait çà et là, distraitement, une clameur pour expliquer sa présence sur la place, et il sentait que, malgré ses efforts, son cœur et sa pensée ne voulaient pas quitter cette rue du Roi-de-Sicile où sa chère Marie-Thérèse était emprisonnée.

« Eh ! citoyen, ça va bien, tu entends le décret? lui dit Latour-la-Montagne.

— Le conseil général, hurlèrent dix voix, sur la proposition de plusieurs membres, arrête que, sur-le-champ, les barrières seront fermées. »

Un hourrah formidable s'éleva vers le ciel. Les barrières fermées, c'était la déclaration que la patrie parisienne était en danger ; c'était la mise en état de guerre. C'était Paris sommé d'avoir au plus vite à en finir avec ses ennemis, sous peine de mourir de faim, d'être privé de tout, et d'être, comme un lépreux, séquestré du reste de l'humanité ! La Commune jetait résolûment le gant à la face de l'ennemi.

En ce moment Vulmer se sentit tirer par un des gardes de Sagomore :

« Il y a là-bas un drôle de baladin qui demande le citoyen Aristobule. »

Vulmer bondit hors du cercle.

Latour-la-Montagne, dont la curiosité était excitée,

et qui croyait avoir reconnu son homme, suivit Vulmer, qui se dirigeait vers l'extrême gauche de la place.

Mais notre héros fut retardé par sa précipitation
même, et il avait dû s'arrêter pour échanger quelques
bourrades avec des citoyens qu'il avait bousculés.
Latour-la-Montagne, qui l'avait vu prendre sa course
vers le fond de la place, y arriva avant lui, et il se mit
à faire quelques révérences et politesses à des citoyennes déguenillées, puantes, et puissantes sur l'opinion.

« Aristobule! Aristobule des Piques! criait le fou
qui avait adapté à ses appels une modulation harmo-
nieuse.

— Qu'est-ce que tu lui veux, citoyen? dit Latour.
Le citoyen Aristobule me suit, et c'est mon ami. Tu
peux me dire...

— Citoyen, répondit le fou, n'oubliez pas que la
première décade de thermidor est consacrée au Malheur. »

Le bourgeois jacobin recula effrayé, comme s'il eût
été personnellement sous le coup de quelque épouvantable catastrophe, et, par un reste d'habitude, il ébau-
cha le signe de la croix.

Vulmer arrivait, et toujours suivi de Latour-la-Montagne, qu'il n'osait éloigner — car, essayer de se débarrasser d'un importun, c'était s'exposer souvent à être
suspect et emprisonné — il tira à part le chanteur
qu'il interrogea. Le fou raconta nettement, lentement,
en laissant tomber chaque mot sans inflexion, comme
un automate, comment l'Enfant aristocrate, de garde à
la porte de La Force, l'avait envoyé à la recherche

d'Aristobule aux Tuileries, à la place du Carrousel, puis à la Grève.

«Mais pourquoi faire? Hâte-toi, mon ami !

— Il m'a dit, reprit le fou de sa même voix calme, impassible, monotone, en baissant toujours les yeux, comme pour éviter toute distraction et pêcher facilement chacun de ses mots au fond de sa mémoire : « Tu ne diras pas comment nous avons eu la lettre, pour ne pas compromettre le gardien de La Force. »

— Oh ! oh ! dit Latour, il s'agit de La Force !

— Une lettre, malheureux ! Mais donne-la-moi donc! Donne vite, vite ! »

Le fou fit adroitement sortir de sa guitare un affreux papier à chandelle que Vulmer ne put s'empêcher de porter passionnément à ses lèvres, et qui en même temps lui tira les larmes des yeux : il avait reconnu le mot Aristobule, écrit d'une main si chère, si mignonne et si persécutée ! Il ouvrit le papier. Latour-la-Montagne, au nom du droit révolutionnaire, y avait mis le nez en même temps que lui. Vulmer grinça les dents ; mais il fallait être patient.

« Citoyen, dit-il, c'est écrit au crayon, et d'une écriture difficile. Laisse-moi lire, je ne suis pas un malin liseur ; je te dirai ce qu'il y a là dedans.

Il lança au bourgeois jacobin un regard qui, malgré lui, démentait la bonhomie de ses paroles. L'espion recula en observant la figure de Vulmer.

« Autour de moi, dans la prison, disait la lettre, tout le monde s'arme de ce qu'il peut trouver. On a choisi les meubles qu'on pourrait briser pour s'en faire des

20.

armes, on remplit ses poches de cendres, pour les jeter aux yeux des assassins et essayer de fuir. On attend
de minute en minute les massacreurs. On dit que la
porte de la prison est encombrée de ceux qui ont égorgé
nos parents et nos amis en septembre 1792. Adèle de B.,
dont vous connaissez le courage, disait tout à l'heure
à Isabelle, que j'ai retrouvée ici avec un petit enfant
très-colère et très-bon : « Je me demande si nous
« avons en ce moment quatre-vingts ou quatre-vingt-
« dix ans. » Elle se défendra bien, et Isabelle défendra
bien son enfant. Moi, je n'ai d'autre arme que vous,
Si vous êtes en danger et que vous attendiez prochainement la mort, laissez-moi mourir, que nous nous re-
joignons bientôt là-haut, où nous serons si heureux.
Si vous pouvez me défendre et si vous devez vivre,
défendez-moi et défendez cette chère Adèle, qui s'est
dévouée pour moi, et cette pauvre Isabelle, qui est si
bonne mère. Je sais que je devrais écrire ce billet-ci
bien brièvement; mais je ne puis. Je suis si heureuse de
vous écrire, que je cherche ce que je pourrais bien vous
dire encore. Nous sommes si près de mourir, que je
puis bien vous appeler mon mari. Je ne maudis pas
trop cette révolution : si nous vivons, je crois qu'elle
nous permettra de nous aimer plus que nous ne l'eus-
sions fait sans cela. Avez-vous remarqué que les maris
et les femmes n'avaient pas le droit de s'aimer beaucoup? C'était de mauvais ton. Si je meurs, n'oubliez
pas que je meurs votre femme ; et quoique ce soit
mal de le penser, il me semble que je serais bien veuve
dans le ciel, si vous n'êtes pas un mari fidèle à son

veuvage sur la terre, Vulmer, Vulmer, mon mari ! »

Vulmer bondit, renversant tout, les citoyens sans gilet comme les citoyennes en bonnet rouge, et il courut, poursuivi de cent malédictions, dans la direction de la rue du Roi-de-Sicile. M. de Petit-Val, qui le vit de loin, fronça les sourcils ; pour le vieux soldat, c'était une sorte de désertion.

Quant à Latour-la-Montagne, il se dit qu'il avait le temps d'arriver à La Force, et sans plus d'hésitation, il s'en alla au conseil général dénoncer le geôlier de La Force comme le principal agent d'un complot dont le but était de délivrer et d'armer les prisonniers, de les diriger vers le Temple, de couronner séance tenante le jeune Capet, et de revenir assassiner la Commune. La dénonciation produisit beaucoup d'effet, et dans le courant de la soirée, le conseil général lança deux décrets qui ne furent pas sans grande influence sur le sort de nos amis, et qui décidaient, l'un, qu'on porterait les clefs de La Force sur le bureau du conseil général, l'autre, qu'on arrêterait le geôlier en chef de ladite prison.

Quant Vulmer arriva rue du Roi-de-Sicile, il crut un instant que les jambes allaient lui manquer. Oui, c'étaient bien là tous les préparatifs du massacre des prisons : les terribles charrettes couvertes, et qui laissaient passer de la paille par les trous dont elles étaient pleines ; un baril de ouates pour empêcher les cris des victimes ; en tas contre les murailles de la prison, de la chaux vive ; des balais de houx, des jarres pleines de vinaigre, et ces épouvantables instruments qui avaient tant travaillé à l'Abbaye, ces lourds assommoirs, gisaient dans le ruisseau, au milieu de la rue.

Grépin, administrateur de la police, à la tête d'une cinquantaine d'hommes ivres, hurlant, blasphémant, criant des chansons obscènes, des menaces horribles, attendait à la porte de la prison. Une vingtaine de mégères portant des sacs et des couteaux de bouchers sommeillaient dans l'ombre, où se cachaient quelques coquins plus ignobles que les autres, et qui paradaient sous des chasubles en loques, sous des étoles tachées de plaques noires. Ceux-ci étaient les vétérans du massacre, et ils avaient revêtu pour cette nouvelle fête des vêtements ecclésiastiques, qu'ils avaient arrachés ou volés à leur précédentes victimes. Ils criaient souvent : « Brestois ! Brestois ! » et ils attendaient évidemment avec impatience.

Quelques-uns se précipitèrent à la rencontre de Vulmer, qui arrivait le sabre en main et le pistolet au poing.

« Est-ce le Brestois qui t'envoie? demandèrent-ils. Pourquoi ne se dépêche-t-il pas de donner le signal? Il n'y a pas que La Force, et si nous pouvions faire deux prisons aujourd'hui, ça serait autant de gagné.

— Scélérats, pourquoi avez-vous enchaîné le camarade? dit Vulmer en montrant Monbayard, qu'on avait couché par terre à côté de l'Enfant aristocrate.

— Ce n'est pas que nous ne voulions pas deux camarades de plus; il y a place pour tout le monde, et pour toi aussi. Mais ils sont tombés sur nous. Nous

attendons le Brestois, qui ne veut pas qu'on commence sans lui ; et nous commencerons, quand il sera
arrivé, par faire leur affaire à ces deux imbéciles.

— Le Brestois, vous le savez bien, est occupé à la
barrière de l'Observatoire, et vous allez délier ces
deux citoyens.

— Alors tu es un ami du Brestois? dit Grépin à
Vulmer, qui, de son sabre, coupait la corde. »

Monbayard, aussitôt qu'il fut libre, bondit vers l'a-
mas d'assommoirs, et, après en avoir saisi un, il vint
se placer à côté de Vulmer, qui s'était mis devant la
porte. L'Enfant, sans rien dire, se campa délibérément
devant eux en agitant le poignard qu'il avait enlevé la
veille au capitaine Front. Monbayard interrogea d'un
geste Vulmer, qui lui répondit par un signe d'indéci-
sion.

Il ne savait que faire, en effet. Il était accouru,
plein d'une angoisse folle, songeant qu'il trouverait le
massacre commencé, et n'ayant d'autre plan que de se
jeter au milieu des égorgeurs pour sauver Marie-Thérèse et s'enfuir avec elle. Il comprenait maintenant
qu'il valait mieux ruser, gagner du temps, éloigner
ces misérables par de belles paroles. Mais il ne trouvait
rien à leur dire ; sa verve endiablée l'avait quitté.

Il ne faisait plus assez clair pour qu'on pût distinguer les physionomies ; le crépuscule s'assombrissait
rapidement, mais leur hésitation était évidente. Elle
les perdit.

« Je te dis, Grépin, cria l'une des furies, que ce ne
sont pas des patriotes. C'est des aristocrates qui vien-

nent pour armer les prisonniers, les renforcer et nous
tourmenter dans nos devoirs civiques. A mort!

— A mort! reprit la bande, tuez-les! ils ne sont encore que deux; et nous enfoncerons les portes. Au
diable ce scélérat de Brestois qui nous fait perdre notre
temps!

— Vous avez raison, cria Grépin! Mais, braves défenseurs de la patrie, il est inutile de risquer votre vie,
précieuse pour la république, contre de vils scélérats
comme ceux-là. Reculez-vous et tuez-les à coups de
fusil. »

Avant que le mouvement fût exécuté, un grand
corps étrangement vêtu parut sur le lieu de la scène,
poussant devant lui, à coups de pied, un gamin qui
hurlait. C'était Samuel Vaughan qui avait saisi ce
gamin, et qui l'obligeait, à force de coups, à lui indiquer le chemin de La Force. L'Anglais se précipita sur
un des septembriseurs, lui arracha brusquement son
fusil et vint se ranger à côté de Vulmer.

« En joue, feu sur les brigands! cria Grépin. »

Mais des cris s'élevèrent, poussés par les derniers
de la troupe.

« Arrêtez! arrêtez! nous sommes surpris, entourés.
Voilà une nouvelle bande qui nous prend par derrière.»

Coulongeon, courant de son mieux, arrivait à la tête
d'une troupe d'une trentaine de sacripants bien armés.
Il refoula, écrasa, traversa la bande de Grépin.

« Camarades, s'écria-t-il à ses hommes, laisserons-
nous ces fainéants-là profiter de toutes les bonnes au-
baines, quand nous, qui sommes de braves soldats, et qui

travaillons jour et nuit pour la République, nous ver-
rions tout nous passer devant le bec? Par le sang de
Marat! ça ne sera pas. Le Comité de Salut public a eu
confiance en nous : nous la méritons. Il nous a chargés
de défendre La Force, nous la défendrons. Nous la défendrons contre les autres, reprit vivement l'habile
drôle; nous la défendrons jusqu'à ce que le moment
soit venu de ne plus la défendre. Et si la Commune
victorieuse ordonne qu'on nettoie les écuries de l'aristocratie, eh bien, je dis qu'il vaut mieux que ça soit
nous qui ramassions la paille que ces fainéants-là. »

Une acclamation lui montra qu'il pouvait compter
sur ses hommes.

Tout à coup un son aigu traversa l'air, un son aigu,
vif, lugubre. Un grand silence se fit. Puis un cri immense s'éleva.

« Le tocsin! le tocsin! le tocsin !

— Le tocsin? se dit Vulmer en pâlissant! et j'ai
quitté mes compagnons d'armes !

— Le tocsin! cria Grépin. Camarades, braves patriotes, laissons ces voleurs s'enorgueillir de leurs
crimes. Aux Carmes! aux Carmes! C'est là qu'on a
transporté hier, du Luxembourg, les plus riches prisonniers et prisonnières; ils ont caché des montres
plein leurs bottes et des chaînes d'or sous leurs jupons;

— Aux Carmes! hurla la bande en disparaissant;

— Maintenant, dit Coulongeon à voix basse à Vulmer, il faut que vous vous éloigniez. Je vous le répète,
c'est là-bas qu'il faut être victorieux pour sauver les
prisons ! Si la Convention est vaincue, ma foi! j'espère

que vos femmes, je les sauverai. Vous avez ma maison,
ma femme et mes enfants en gage. Maintenant, allez-
vous-en. »

Vulmer prit Samuel par le bras et s'éloigna en toute
hâte. Il chercha de l'œil Monbayard et l'Enfant; mais
il faisait de moins en moins clair. Le capitaine et son
brave petit compagnon avaient repris leur poste d'observation aux environs de la porte de la prison, et pour
qu'on ne les inquiétât pas, ils s'étaient étendus sur la
terre, et feignaient de dormir.

Nos deux amis gagnèrent la rue Cloche-Perche,
comme on disait alors, la place Baudoyer et la rue de
la Tixéranderie. Ils ne songeaient guère à se parler. Le
tocsin, qui avait commencé à la Maison Commune,
avait gagné les sections voisines. Des sons perçants paraissaient appeler toute la cité à la guerre civile avec
une hâte impatiente, puis colère, puis furieuse, et toujours sépulcrale.

Bientôt le bruit sourd et effrayant de la générale
vint rouler sur la terre, comme les appels lugubres de
la cloche se précipitaient dans l'air. Une grande partie
des maisons s'étaient hermétiquement closes; quelques
êtres muets et pressés gagnaient terrain en serrant les
murailles. De petits groupes échangeaient quelques
paroles, à voix inquiète, sur le seuil d'une maison, et
l'on entendait dans le lointain des cris indistincts, des
proclamations qui arrivaient d'une manière confuse.
Le lourd roulement des canons, qui grondaient comme
le tonnerre, couvrait tout de son murmure menaçant.
Puis seul, brusquement, un cavalier passait au grand

trot, en hurlant comme un possédé : « À moi, mes amis! qui m'aime me suive! Aux armes! on égorge les citoyens. On assassine le citoyen Robespierre! »

Plus loin encore, un groupe se formait, bruyant et furieux, pour écouter une proclamation de la Commune. Un autre cavalier de l'état-major traversait la rue en agitant son sabre et en criant : « Une faction veut opprimer les patriotes! du courage! Le point de réunion est la Commune. Le brave Hanriot exécute ses ordres : vous ne devez obéir qu'à lui seul. »

Au milieu de la rue de la Tixéranderie, nos deux compagnons rencontrèrent le fou musicien, qui, dansant, fredonnant et jouant de la guitare, regagnait son poste auprès de son petit ami. Là, le silence lugubre était définitivement rompu; le grand bruit de la place arrivait presque joyeux, et quand ils débouchèrent par la rue du Mouton, le premier individu qu'ils reconnurent était notre bourgeois Latour-la-Montagne faisant sauter son chapeau en criant :

« Le père du peuple, le citoyen Robespierre, le vénérable Couthon et les autres protecteurs de la patrie sont délivrés! Ils sont sous la sauvegarde du peuple. Le citoyen Robespierre est à la Mairie, entre les mains des administrateurs de police, tous patriotes. »

Vulmer rejoignit Petit-Val. Le vieux soldat l'avait accueilli avec des paroles austères :

« Feu votre père, qui était un vaillant homme, vous aurait dit comment on nomme les gens qui quittent leur poste devant l'ennemi. Croyez-vous donc que je n'aie pas, moi aussi, laissé en danger ma femme et mes filles? »

Et laissant Vulmer confus et humilié, le vieillard s'éloigna en grommelant.

IV

Quand le soir fut venu.

La nuit était arrivée, brûlante, et pourtant sereine. Quelques lanternes jetaient une lueur fumeuse au coin des rues ; d'autres lanternes et des torches de résine portées à la main traversaient la foule, qui grandissait d'heure en heure. Une série de petites lueurs pointillaient la façade de la Maison Commune. Mais la lumière qui tombait du ciel pur et des étoiles scintillantes suffisait à distinguer les groupes et les individus.

La place se couvre d'hommes, de baïonnettes, de piques. La foule des sectionnaires armés augmente d'heure en heure. A ce moment la Commune l'emporte sans conteste ; elle continue de paraître seule en scène. L'immense majorité du peuple réuni sur la Grève, et toutes les sections qui n'avoisinent pas les Tuileries, ignorent même que la Convention est en séance. Pour ceux qui le savent et qui reviennent soit de la place du Carrousel, soit des tribunes de l'Assemblée, les députés ne sont autre chose qu'une réunion de bavards désespérés. Les quelques rares partisans des Comités sont pourchassés, les porteurs d'ordres officiels sont

arrêtés; il y en a déjà quatorze emprisonnés à la
maison d'arrêt de la Mairie. L'Agent national Payan
a demandé que les presses des journalistes soient bri-
sées. La Commune vient d'ordonner aussi qu'on fît de
fréquentes patrouilles.

Du reste, en attendant que le mouvement qu'elle
essayait de communiquer aux sections se déclarât irré-
sistiblement, la Commune se livrait à une rhétorique
désordonnée pour tenir en haleine et elle-même, et le
peuple des tribunes, et le peuple de la place; elle uti-
lisait toutes les vieilles parades démocratiques, toutes
les fleurs de la rhétorique révolutionnaire. Elle était
habile, on le devine, dans l'art d'enfiévrer, de *colérer*,
d'exalter les bons sans-culottes, et elle savait mieux
que M. de Petit-Val qu'il ne faut pas les laisser s'arrêter, se refroidir et réfléchir. Enfin, nous le répétons,
elle voulait par-dessus tout les empêcher de savoir ce
qui se passait à la Convention; elle envoyait plus fré-
quemment de ses membres sur la place, pour haran-
guer tantôt les canonniers, tantôt les gendarmes.

« Silence! silence! cria tout à coup la foule. Regardez! regardez! »

Un groupe considérable paraissait aux fenêtres de
l'Hôtel-de-Ville, qui s'éclairèrent vivement. Le peuple
reconnut son Maire, son Agent national, son favori
Moenne, substitut de l'Agent national, et une foule
d'autres officiers municipaux qui, avec un ensemble
parfait, poussèrent un cri fort, retentissant, en éten-
dant la main vers une affiche. C'était le Conseil qui
venait prêter serment, sur les Droits de l'Homme, d'a-

néantir la faction des conspirateurs nouveaux qui voulaient assassiner le peuple et la liberté.

L'enthousiasme se réveilla de plus belle ; dès lors,
jusque vers onze heures, tout contribua à l'entretenir.
Tous les événements se succédaient favorables. La
Convention paraissait de plus en plus muette; les
proclamations de la Commune devenaient de plus
en plus sonores; et surtout, surtout les sections commençaient à répondre à l'appel du tocsin de l'Hôtel-
de-Ville.

Les cris de joie qu'avait causés l'apparition du Conseil général se changèrent bientôt en applaudissements : Hanriot, et sept autres patriotes délivrés avec
avec lui, traversaient la place, escortés par Coffinhal
et par Damours, agitant triomphalement les cordes
dont le général avait été lié, et suivis par Pourvoyeur,
qui brandissait son sabre en poussant des cris rauques. Mais bientôt toutes les maisons tremblèrent sous
les clameurs frénétiques d'enthousiasme : une députation nombreuse de la Société des Jacobins, la sainte,
la pure, l'infaillible, la mère et la maîtresse de la Révolution, se rend au Conseil.

« Bon ! bon ! cria Justin Pourvoyeur, qui revenait
des Tuileries, voilà notre coup réussi ; les Jacobins arrivent à la Commune !

Et sautant de joie, et saisissant quelques voisins, qui
prirent à leur tour quelques citoyennes du voisinage,
il organisa une ronde gigantesque qui bondit en en-
tonnant la *Carmagnole*.

« Mais, dit un petit homme à la voix perçante, ce

n'est pas tout de danser et de crier, il s'agit de savoir de qui la Commune tient ses pouvoirs. »

Notre nouveau brave, le vaillant Piqueprune — car c'était lui qui venait voir la physionomie des choses — tombait fort mal.

« Scélérat ! hurla Justin Pourvoyeur, ne sais-tu pas que la Commune tient ses pouvoirs d'elle-même ! Mais tu as dévoilé ton infâme aristocratie ; tu es un émissaire des conspirateurs de la Convention ! Je t'arrête ! Allons ! embarqué pour l'audience de police !

— Embarqué ! cria la voix joyeuse d'un citoyen donnant le bras à deux autres qui s'en venaient chantant et oscillant légèrement, n'y aurait-il pas ici quelque fils d'Amphitrite? Tiens! c'est mon voisin; respect aux fils de Mars ! »

Et poussant vivement Justin, il débarrassa le petit poëte, qui s'enfuit en criant :

« Brigand de Justin ! Je reviendrai bientôt à la tête des sections des Arcis, des Lombards et des Gravilliers! »

L'Iroquois, Agricola et le sergent Barthélemy — c'étaient eux qui revenaient de la barrière de l'Observatoire — se reprirent par le bras, et saisissant, en chantant plus fort que jamais, l'espion-orateur, ils le menèrent, malgré ses cris, jusqu'au Port-au-Foin, à l'autre bout de la place. Là, ils le poussèrent dans un trou.

« Ce n'est pas pour te faire mal, citoyen, dit Jacques en riant de tout son cœur, c'est pour t'apprendre à ne pas être brutal ; car on trouve toujours plus fort

ou plus nombreux que soi. Nous, nous sommes comme la
Commune, nous tirons nos pouvoirs de nous-mêmes. »

De grands cris, qui sortaient d'une troupe lancée à
toute vitesse dans la direction du fleuve, les troublèrent un instant dans leur œuvre de justice. Une foule
de sans-culottes et de tricoteuses, à la tête desquels
on pouvait reconnaître Testard, poursuivaient un
pauvre diable en hurlant.

« A mort l'espion de Pitt ! criait Testard. »

L'homme ainsi poursuivi n'était autre que le neveu
de dame Rose, revêtu des habits de Samuel Vaughan.
Le pauvre diable, orné de ce costume, beaucoup trop
grand pour lui, avait regagné Paris en maudissant la
méchanceté des Parisiens et l'idée ambitieuse qui l'a-
vait engagé à quitter son village. Pour son malheur, à
la brune, il avait été rencontré par Testard qui,
voyant ce costume, avait pris Jougleux pour Samuel,
qu'il soupçonnait fort d'être un espion anglais. Il
ameuta contre lui la foule. Le jeune garçon essaya de
se défendre, et son patois, que la populace de la Grève
prit volontiers pour du baragouin britannique, empira
sa situation. Son habillement étrange, cette redingote
noire qui l'engonçait, ce gilet qui dansait sur son estomac, lui donnaient une physionomie des plus comiques sans doute, mais suspecte aux yeux de ces
brutes, pour qui toute chose bizarre était matière à
soupçon et à dénonciation. On voulut le saisir ; il se
sauva. Testard se mit à la tête de la meute. Jougleux,
hors d'haleine, hors de sens, sans voix et furieux, arriva au bord de l'eau.

« A mort ! à l'eau ! hurla la foule. A l'eau l'espion !
à l'eau ! Qu'on le tue !

— Eh ben ! je le veux. En surplus, je meurs de
faim et de tout, et je suis malheureux comme un chien
enragé. Je vous maudis tous, et Paris, et la République que les Parisiens ont faite. Avant ça, je vous
montrerai que je ne suis pas un Anglais, mais un franc
Picard et qui se rebiffe quand on le pousse à bout, et
puisqu'il faut mourir, je mourrai en compagnie ! »

Après avoir débité cette oraison, les larmes aux
yeux, en grinçant des dents, en montrant les poings
et en excitant les rires de toute l'assistance, il sauta
sur Testard, le serra dans ses bras vigoureux, et se
précipita dans le fleuve avec lui.

De nouvelles et plus violentes clameurs qui s'élevèrent sur la place détournèrent l'attention du groupe
que l'enlèvement de Testard avait un peu ahuri. Chacun s'empressa de regagner le milieu de la Grève.

La Commune, sur la proposition de Louvet, venait
de prendre une décision importante : elle venait de
nommer un Comité d'exécution. Elle avait déclaré la
guerre et maintenant elle engageait le combat.

Une nuée de proclamateurs quitta la place, se ré-
pandant dans tous les quartiers pour annoncer cette
décision, publier les noms et tenir la population en
fièvre.

Puis un grand mouvement avait lieu à la grand'-
porte de la Maison Commune. On venait d'apprendre
que le maire avait fait nommer des commissaires pour
aller chercher Robespierre l'aîné et *lui observer* qu'il

ne s'appartient pas, mais qu'il doit être tout entier à
la patrie. On avait chargé Tranquille-Fidèle Bailli de
lui porter ce mot : « Le Comité d'exécution nommé par
le Conseil a besoin de tes conseils. Viens-y sur-le-
champ. »

Le bon peuple se pressait pour voir les traits de son
idole persécutée. Robespierre jeune parut bientôt, et
entra dans l'Hôtel aux applaudissements de la foule;
mais l'aîné se faisait attendre. Le bruit courut bientôt
sourdement qu'il ne voulait pas venir.

Cela était vrai. Maximilien voulait être laissé à la
Mairie, aux mains des administrateurs de police. Il
était là parmi des hommes dévoués, en sûreté, et
pourtant apparemment prisonnier, c'est-à-dire dans
une situation légale. Il était absolument accablé,
presque hébété. Il ne sentait autour de lui aucun des
appuis dont il avait besoin pour entretenir son audace,
pour se donner le courage dont il manquait naturellement, pour exalter cette vanité, cette ambition, cette
fureur qui remplaçaient en lui l'énergie ; ses complices
parlementaires étaient prisonniers, ses gardes du corps
semblaient l'avoir abandonné, et ceux qui, comme le
capitaine Front, comme Pourvoyeur, étaient ses gens
de main et d'exécution, les fournisseurs habituels, si je
puis dire, de son sang-froid, avaient disparu. Il se sentait brisé, détendu, imbécile, comme au lendemain
d'une orgie.

Pourtant il eut, à ce moment encore, une lueur de
son ancienne habileté, une seule et la dernière. Il voulait profiter de l'émeute sans avoir l'air d'y participer.

Il voulait bien torturer, violenter, violer la loi, mais hypocritement, sournoisement, en s'agenouillant, et pourvu qu'elle gardât les vêtements de la loi. Lui restant prisonnier, on pouvait l'assassiner, mais plus probablement on serait obligé de le juger, et alors le peuple le sauverait. En rompant ses chaînes, il s'exposait à être mis hors la loi, c'est-à-dire à être exécuté sans jugement et sur une simple constatation d'identité; car tel était l'effet légal de la déclaration de mise hors la loi. Enfin, et c'est ce qui paraît avoir échappé à tous les historiens de Thermidor, il redoutait surtout d'être l'esclave de la Commune. Il croyait et il crut jusqu'à la fin au succès; il prévoyait le triomphe de cette nouvelle évolution de la Révolution, et il se disait que les membres du Conseil général étaient gens bien plus difficiles à manier que les Comités; il ne voulait pas avoir écrasé ceux-ci au profit des autres, mais à son bénéfice à lui. Il se souvenait du mal qu'il avait eu à détruire la précédente Commune des Chaumette et des Hébert, et il voyait clairement qu'en se rendant au milieu des officiers municipaux pendant la bataille, il s'exposait à devenir leur serviteur, tandis qu'en attendant les événements, il sortirait de prison, leur maître, le dictateur, le pacificateur.

Il eut donc un moment de clairvoyance. Mais Tranquille-Fidèle Bailli, aidé par les autres commissaires, lui fit vivement comprendre qu'on n'est jamais le maître, mais toujours l'esclave de la Révolution, quand on a commencé par être son ami, et que nul ne peut, quand il lui plaît, retirer son bras de cet effroyable engrenage.

Maximilien céda. On partit pour la Maison Commune. Quand il arriva à la porte et que la portière de sa voiture fut ouverte, il était dans une telle angoisse, dans un tel trouble, qu'il se rejeta en arrière, instinctivement, pour ne pas sortir. Fidèle Bailli le poussa; il descendit pâle, égaré; les bras de dix municipaux s'ouvrirent pour le recevoir, et il avait l'air si étrange que Keraudren lui dit de sa voix railleuse :

« Rassure-toi donc, Robespierre, te voilà au milieu de tes plus fidèles amis. »

Un hourrah d'enthousiasme qui s'éleva alors le rappela à lui-même. Il se retourna. Il vit beaucoup de piques et de baïonnettes. Il reprit courage, et se tournant vers les gendarmes qui l'avaient escorté, il leur dit :

« J'ai toujours aimé les gendarmes; continuez d'aigrir le peuple contre les conspirateurs. »

Il entra d'un pas assez ferme, toujours suivi par Keraudren, escorté par Pourvoyeur, qui était descendu au-devant de lui et qui l'acclamait de ses épouvantables cris inarticulés. Il demanda où était le capitaine Front. On lui répondit qu'il venait de partir pour La Force.

L'influence défiante du nouveau venu ne tarda pas à se faire sentir : le Conseil décida que tout le monde continuerait à pouvoir entrer dans l'Hôtel, mais que nul n'en sortirait plus sans ordre du Comité d'exécution. Toutefois, la curiosité du peuple, qui murmurait déjà, ne fut pas mise à une trop rude épreuve. On commença bientôt à entendre la voix retentissante de Brochet, qui, installé sur le couronnement du premier étage de la Maison Commune, publiait les décrets, que mille voix portaient aux deux bouts de la Grève.

Pendant ce temps, Victorien avait rejoint Petit-Val et Vulmer, qui se promenaient, préoccupés, à côté de Samuel Vaughan, absolument silencieux. L'Union-Gosse se ruinait en chopines, en demi-setiers et en poissons, pour entretenir quelque zèle parmi ses voisins découragés, et dont un grand nombre commençait à ne plus savoir ce qu'il fallait croire et crier. A la lueur d'une torche, on voyait çà et là paraître le long corps de Sagamore, dont le visage paraissait plus sombre que jamais. Heurtevent revenait des environs de La Force, momentanément rassuré. Il demandait toujours à Victorien si l'on ne commencerait pas bientôt quelque chose. Celui-ci haussait les épaules.

Une voix bien connue vint faire tressaillir nos amis, en chantant l'hymne suivant :

> On verra le feu du Français
> Fondre la glace germanique;
> Tout doit répondre à ses succès :
> Vive à jamais la République !
> Précurseurs de la liberté,
> Des lois et de l'égalité,
> Tels partout on doit nous connaître :
> Vainqueurs des bons par la bonté
> Et des méchants par le salpêtre.

Vulmer s'avança, suivi de ses amis, vers le chanteur :

« Eh bien, quoi? dit-il. Parle vite, mon ami. »

Mais le fou musicien ne répondit pas; il baissa les yeux et chercha au fond de sa mémoire les mots qui lui avaient été confiés. Enfin il parla :

« L'enfant a dit : Capitaine Vingt-et-un-Janvier, entre à la Force pour enlever la citoyenne. »

Vulmer recula comme s'il venait de recevoir un coup en pleine poitrine ; puis il fit un geste pour s'élancer. M. de Petit-Val et Victorien le retinrent.

« Vous ne pouvez nous quitter, Vulmer, dit le vieux gentilhomme à mi-voix. Voici vos compagnons, voilà l'ennemi ; le combat ne peut tarder à s'engager. Je jure sur le nom de votre père que je vous déclarerai un déserteur, à la face de toute la noblesse française.

— Nous quitter ! dit l'Union-Gosse en grommelant. J'ai déjà assez de mal à retenir les compagnons; si quelqu'un s'en va, tout se sauve, et moi avec. Aussi bien, après tout, ce n'est pas encore à nous qu'on coupe le cou; d'ici-là nous verrons ; et si ceux pour qui nous voulons bien nous risquer s'en vont, qu'est-ce que nous ferions bien ici ?

— Vous le voyez, mon pauvre camarade, dit Victorien d'une voix compatissante, il faut reprendre votre grand courage et vous roidir. Hélas ! si vous pouviez voir le fond de mon cœur ! Celle que j'aime par-dessus tout est là — il montrait le coin de la rue Jean-de-Lépine — elle se meurt ! elle est à cent pas de moi, et je n'ai pas voulu aller la voir pour ne pas m'affaiblir, pour ne pas présenter un visage découragé à nos com-

pagnons d'armes, en cette détresse de la patrie et de
la liberté. »

Vulmer redressa le front ; un triste sourire erra sur
sa face, qui semblait, à la clarté de la nuit, livide et
défaite. Il serra silencieusement la main à Victorien et
à l'Union-Gosse ; puis il passa son bras sous celui du
vieil ami de son père. Il croyait qu'il allait tomber.

Le fou musicien s'éloignait en répétant de sa voix
lugubre :

« Citoyens, n'oubliez pas que la première décade de
thermidor est consacrée au Malheur ! »

Vulmer tremblait de nouveau, comme si cette
phrase lui annonçait, en effet, quelque atroce infor-
tune. Il sentit ses forces trahir sa volonté, et il fût
tombé, si Samuel ne lui eût dit à l'oreille, en anglais :

« Tenez votre âme ! J'irai, moi ! Je vous rapporterai,
des nouvelles sûres, pour la bénédiction de mon propre
amour !

— Que Dieu vous bénisse, mon ami ! »

L'Anglais se lança à la suite du musicien ; mais
Vulmer n'eut pas longtemps à le suivre des yeux :
Sagamore et Batz les cherchaient ; ils s'approchèrent
vivement.

« Que tous nos amis se replient vers la rue Jean-de-
Lépine, et qu'ils garnissent et défendent contre toute
attaque l'entrée de cet entonnoir au fond duquel se
trouve la maison de Coulongeon. Si la Convention tire
l'épée en ce moment, elle est vaincue. Mais elle a le
droit pour elle. Voyons si nous ne pouvons lui faire
remporter la victoire sans guerre civile et sans ré-

pandre le sang... Si nous ne réussissons pas, ajouta
Sagamore, nous nous ouvrirons un chemin jusqu'à la
salle où se tiennent ces officiers municipaux, et tous
ne verront pas le triomphe de la Commune. Peut-être
cela fera-t-il réfléchir les démagogues qui leur succé-
deront. »

V

Un duel à coups de décrets.

Brochet, du haut de sa fenêtre de l'Hôtel-de-Ville,
distribuait au peuple la parole communale, au milieu
des applaudissements. Tout d'un coup, un murmure
confus et un frémissement mystérieux coururent parmi
la multitude qui l'entourait. Il put constater qu'elle se
désagrégeait et que les groupes les plus éloignés de
lui quittaient le gros de la masse et se précipitaient
vers la partie de la place où débouchaient les rues
Jean-de-Lépine et de la Vannerie. Ils trouvèrent cette
partie occupée déjà par une bande considérable et silencieuse, et du premier étage de l'une des maisons
voisines, une voix qui grondait comme un grand vent,
et à laquelle vingt autres voix servirent d'écho, criait :
« Le nonidi thermidor de l'an II° de la République
    « Française, une et indivisible, les Comités de
    « Salut Public et de Sûreté générale réunis,
        « Arrêtent :
« Tous les membres composant les Comités de Sû-

« veillance des quarante-huit sections de Paris, de-
« meureront à leur poste, conformément à la loi, et
« rendront compte ce soir et demain, d'heure en heure,
« des événements qui peuvent survenir dans leurs
« sections.

« Le présent arrêté sera envoyé sur-le-champ aux
« Comités de Surveillance des sections de Paris.

> « Billaud-Varennes, Barère, Vadier, Dubarran,
> « Prieur, Carnot, Lindet, Collot-d'Herbois,
> « Amar, Louis (du Bas-Rhin), Voulland, Elie
> « Lacoste, Moyse Bayle, David, Lavicomterie,
> « Jagot, Rhull. »

Il y eut un moment de stupeur. La Convention exis-
tait donc encore! elle était en séance! elle acceptait la
guerre! elle avait le courage de lutter contre la Commune! elle luttait énergiquement, habilement même,
car elle escamotait à son profit la permanence des
sections.

Quelques protestations s'élevèrent, mais c'étaient
les curieux surtout qui étaient venus, les fanatiques
étaient restés auprès de Brochet, la curiosité l'emporta,
et l'on se tut. C'était d'ailleurs une pluie de décrets
tous plus nets, plus affirmatifs, plus énergiques et
plus pratiques l'un que l'autre.

Défense de sonner le tocsin. Défense de fermer les
barrières.

Les tambours qui battent le rappel seront mis en
état d'arrestation.

Les Comités de Salut Public et de Sûreté générale

réunis arrêtent que le président de chaque section de
Paris fera, sur-le-champ, publier la proclamation de la
Convention nationale au peuple français.

« La proclamation ! la proclamation ! qu'on nous
lise la proclamation ! cria la foule. La proclamation !
eh ! l'homme à la voix de tonnerre, la proclamation ! »

Mais ce n'était pas l'intention de l'homme à la voix
de tonnerre.

Batz qui, on l'a deviné, conduisait cette affaire, voulait d'abord retourner une partie de l'opinion, et réserver la proclamation pour plus tard.

On entendit encore la voix retentissante qui reprenait :

« Les Comités de Salut Public et de Sûreté générale
réunis arrêtent que le citoyen Lescot-Fleuriot, maire
de Paris, sera sur-le-champ mis en état d'arrestation
au Luxembourg, et le scellé mis sur ses papiers. »

La voix se tut subitement. Les défenseurs de la Convention voulaient en rester sur ce coup vigoureux, qui
frappait, ferme et droit, le chef des ennemis. Batz, avec
sa finesse gasconne, connaissait admirablement la démocratie parisienne. Il attendit.

Quand le peuple vit que tout était fini, il lança dans
la nuit mille cris confus. Peu à peu quelque lumière
se fit : l'on put deviner que dans cette place où tout à
l'heure nul n'osait même nommer, sans une injure
atroce, les conventionnels, les nouvelles favorables à
la Convention se répandaient par cent canaux cachés,
et dont il eût été impossible de soupçonner l'existence
quelques instants auparavant. Le sentiment inné de la

justice, le respect acquis de la loi (justice et loi que la
Convention représentait aux yeux de toute conscience),
la fatigue et l'horreur de la Terreur, la haine latente
de toute la bourgeoisie parisienne contre la démagogie,
le respect de la force, de la netteté, de l'énergie, qui
s'impose toujours au populaire, firent jaillir tout brusquement un courant favorable.

L'obscurité, qui donnait courage aux timides, n'y
nuisit pas, non plus que le voisinage de cette troupe
vigoureuse qui entourait la rue Jean-de-Lépine, et tenait évidemment pour les Comités. Autour d'elle il se
forma, comme Batz l'avait espéré et deviné, une sorte
de bourrelet d'ennemis plus ou moins déclarés de la
Commune, d'où partaient les cris, les nouvelles. Pourtant les protestations étaient encore nombreuses.

« Saisissons les aristocrates ! crièrent quelques
voix, parmi lesquelles on pouvait reconnaître celle de
Justin Pourvoyeur.

— Sergent, dit Jacques, il paraît que les gens que
nous jetons à l'eau nagent bien. Si nous donnions la
chasse à ce brigand. Agricola, si tu ne sais pas mieux
pendre...

Ils se lancèrent à la poursuite de l'espion. L'Union-
Gosse, Heurtevent, et quelques-uns de leurs compagnons que ce tumulte de bataille réveillait se précipitèrent à leur suite. Ils revinrent bientôt, après avoir
échangé force horions, en constatant qu'ils en avaient
donné plus qu'ils n'en avaient reçu, mais que pourtant
ils avaient été repoussés. Au delà de cette sorte de
frontière, qui tendait à se former et à grandir du côté

occidental de la place, la Commune était encore toute-puissante.

Brochet enflait sa voix et il lançait décrets et nouvelles qui paraissaient répondre, coup pour coup, aux arrêtés des Comités de gouvernement.

« La Commune révolutionnaire ordonne, au nom du
« Salut Public, à tous les citoyens de ne reconnaître
« d'autre autorité qu'elle, d'arrêter tous ceux qui,
« abusant de la qualité de représentants du peuple,
« font des proclamations perfides ; déclare que tous
« ceux qui n'obéiront pas à cet ordre supérieur seront
« traités comme ennemis du peuple. »

En même temps, la Commune faisait saisir deux commissaires de la section des Arcis qui, conduits par notre mouton enragé, Endymion Piqueprune, s'étaient avancés jusqu'au milieu de la place pour pérorer en faveur du Comité de Salut Public. Cette fois encore, le petit poëte a pu s'esquiver, bien qu'il fût serré de près par Justin Pourvoyeur et Bacon, qui faisaient rage contre les scélérats séides des conspirateurs conventionnels. Mais il ne voulut pas que son sauveur Agricola l'emmenât parmi les amis de la rue Jean-de-Lépine; « il avait mieux à faire, dans les sections des Arcis et des Lombards, » dit-il.

Malgré tout, la Commune sentit quelque refroidissement dans la foule. Elle comprenait qu'il fallait tirer quelques nouveaux tours du sac démagogique. Le tocsin ne suffisait plus, la générale était sourde, les proclamations étaient combattues par des proclamations contraires. Brochet annonça que, pour démontrer

au peuple le suprême danger de la nation, on allait...
illuminer la Maison Commune.

Au même instant, une seconde députation des Jacobins arrivait. Bientôt on entendit un grand bruit qui
jaillissait de toutes les fenêtres de la Maison Commune.
Les tribunes et les Jacobins, unis au Conseil et aux
représentants délivrés, venaient de jurer de mourir
plutôt que de vivre dans le crime. Les applaudissements remplissaient tout l'Hôtel et se continuèrent en
échos formidables jusqu'au bout de la place.

La Convention venait de perdre le terrain qu'elle
avait gagné. Coffinhal proposa de se mettre à la tête
des gendarmes et des canonniers pour débusquer les
scélérats qui empoisonnaient le peuple du coin de l'infâme rue Jean-de-Lépine.

Après beaucoup de recherches, Samuel Vaughan
parvenait à rejoindre Vulmer.

« Il est vrai, lui dit-il en anglais, à mi-voix, que
le scélérat de capitaine a pu entrer à La Force avec
l'autorisation de la Commune. On a vu entrer un ou
deux autres individus avec lui. Je n'ai pu en savoir
davantage. Ah ! oui, le geôlier en chef de La Force a
été arrêté, et les clefs portées sur le bureau de la Maison Commune. »

Vulmer ne répondit rien. Il était comme un som-
nambule ne vivant plus que d'une vie machinale. Il
s'était attendu à tous ces malheurs, et cette nouvelle
angoisse qui l'atteignait frappait sur lui comme le
fouet impitoyable qui retombe encore sur les chairs en
lambeaux de l'homme condamné à périr sous le knout.

Victorien lui dit quelques mots pour essayer de le consoler dans cette douleur que son âme aimante devinait. Une jeune femme, qui n'était autre que la citoyenne Coulongeon, s'approcha de Descluziers.

« On vous demande là-haut, dit-elle. La citoyenne Rose veut vous voir. »

Victorien tressaillit. Il fit un pas, puis s'arrêta, en regardant Vulmer.

« Allez-y, dit celui-ci d'une voix morne. Je n'aurai pas la cruauté de vous répéter ce que vous m'avez dit. En aggravant votre douleur, je ne diminuerai pas la mienne. »

La citoyenne Coulongeon, ainsi que la presque totalité des honnêtes femmes de Paris, détestait intérieurement la Révolution, qui avait rendu la vie difficile et inquiète, toutes les denrées hors de prix, et surtout qui éloignait de plus en plus les hommes du foyer domestique, en les jetant dans la fièvre politique, en les poussant à l'ivresse et à toute corruption. Elle avait fort volontiers obéi à son mari quand celui-ci avait recommandé de mettre son appartement à la disposition de ses nouveaux alliés.

Mais elle n'avait qu'une chambre un peu propre. C'était celle-là qui donnait sur la place, où l'on avait mené dame Rose. Celle-ci, dont le délire momentané avait disparu, était étendue toute habillée sur un lit. Elle n'avait pas recouvré la parole, et elle était restée hébétée, immobile. La citoyenne Coulongeon la regardait comme morte, et, assise à côté de ce lit mortuaire, elle ravaudait les bas de ses enfants, en songeant presque uniquement, il faut l'avouer, à l'innombrable quantité de belles choses qu'on pourrait acquérir avec mille pistoles en or, quand cette infernale peste de révolution aurait disparu.

Pendant ce temps, Batz, le chevalier à la voix mugissante, et le cocher-chanoine, qui allait et venait, jouaient leur grande partie politique sans s'inquiéter de la jeune femme qui se mourait à côté d'eux.

Mais il était arrivé une étrange chose. Le corps inerte de Rose avait commencé à tressaillir dès les premières proclamations du chevalier. Peu à peu et à chaque nouvelle proclamation, elle s'était réveillée, puis redressée, pâle, les yeux hagards, comme dut être Lazare quand Notre-Seigneur le ramena du sein de la mort ; enfin, elle s'était levée, écoutant, écoutant, écoutant.

On supposa qu'elle subissait une sorte de magnétisme, d'électricité morale. Ces grands mots sonores de la république, ces phrases puissantes et impérieuses que le chevalier lançait de sa voix presque surhumaine, et qui avaient exercé un tel empire sur toute la vie de Rose, sur ses nerfs comme sur son âme, lui frappèrent, sans doute, et les nerfs et l'âme avec leur puissance décuplée encore par l'état d'excitation fébrile où elle s'était trouvée. Elle se redressa tout debout.

« Je suis guérie, dit-elle à la citoyenne Coulongeon. Allez, je vous en prie, me chercher le citoyen Descluziers. »

Quand celui-ci entra, elle lui dit d'une voix faible :

« Je vous ai envoyé chercher pour vous rassurer et

vous encourager. Oui, vous faites bien de combattre
ces misérables. Ce sont les pires ennemis de la République. Maintenant, je suis guéric. Mais laissez-moi
écouter encore.

— Ma foi, chevalier, dit Batz, c'est un miracle. J'en
accepte l'augure. Car il nous en faut un autre. Il paraît que nous perdons du terrain. Allons, il faut le
gagner tout d'un coup et faire le saut périlleux. Nous
allons jouer en une phrase la partie suprême.

— Laissez-moi boire un verre de vinaigre à la santé
de la belle ressuscitée, dit en riant le chevalier.

— Monsieur Descluziers, reprit Batz, Keraudren me
mande qu'on va nous attaquer en force, de l'Hôtel-de-
Ville. Les imbéciles eussent dû le faire depuis longtemps. Vous comprenez que ce serait échouer au port.
Il faut les occuper chez eux. Voici la proclamation de
la mise hors la loi. Qu'un des nôtres aille la porter au
sein même de l'assemblée du Conseil général. Je vous
défends, comme votre capitaine reconnu par vous et
par tous, d'y aller. Je ne veux pas qu'on accuse les
royalistes d'avoir sacrifié leur allié républicain. Or ce
message, c'est la mort presque certaine.

J'irai, moi, dit dame Rose, en essayant de marcher.

— Il y a parmi nous assez d'hommes qui savent
mourir, dit gravement Batz. »

Quand Victorien fut revenu dans la place et qu'il
eut expliqué son message, Vulmer lui arracha le papier.

« C'est moi qui irai, dit-il en relevant le front.

— Mais, dit Victorien, c'est la mort, et vous êtes important dans votre parti.

— Justement. Ce sont ces commissions-là que nous n'envoyons jamais nos soldats faire en notre place. »

Il partit en courant. Quelques-uns, et surtout Jacques et Heurtevent, voulurent le suivre. Mais la voix formidable du chevalier se fit entendre. Tous s'arrêtèrent, et un immense silence s'étendit sur la foule.

« République française une et indivisible ! La Convention nationale met hors la loi tous les fonctionnaires publics qui donneraient des ordres pour faire avancer la force armée contre la Convention nationale ou pour l'inexécution des décrets qu'elle a rendus.

« Elle met hors la loi les individus qui, frappés du décret d'arrestation ou d'accusation, n'auraient pas déféré à la loi ou qui s'y seraient ensuite soustraits.

« Elle met hors la loi Hanriot et ses satellites, Robespierre et les représentants ses complices.

« Elle met hors la loi la Commune de Paris, qui a prêté son aide à cette désobéissance à la loi. »

Le silence se fit plus intense. Un murmure sourd, quasi craintif, courut la foule comme un vent d'orage qui gronde sourdement dans la cime des grands arbres. Un silence plus stupide encore que le précédent remplaça le murmure. Puis une portion du peuple se mit à courir en tous sens, pour s'enfuir en criant : « Hors la loi ! hors la loi ! »

Quelques minutes après, un grand tumulte avait lieu à la porte de l'Hôtel. Une masse de citoyens et de citoyennes, forçant le cordon des sentinelles, descendait

des tribunes et se sauvait comme une troupe d'oiseaux
effarouchés. Payan, en signe de mépris, avait lu à
haute voix le décret de la Convention que Vulmer venait de lui apporter, et, croyant exaspérer le peuple,
il avait ajouté à la liste des séries mises hors la loi les
citoyens des tribunes du Conseil général. Alors ces
citoyens, pris d'épouvante, s'étaient sauvés en passant
par-desssus tout obstacle.

Pourtant, chose bizarre, la victoire de la Convention
était encore loin d'être certaine. La Commune pouvait
l'emporter. Il lui fallait seulement mettre en mouvement ces masses populaires armées qui attendaient là
inactives depuis tant d'heures.

« Maintenant, dit Batz en descendant sur la place,
nous n'avons plus rien à faire qu'à attendre, en nous
mêlant à la foule, en aidant ce mouvement de retraite
qui est évident, quoique pas encore décisif. Pourtant,
si je connais bien mes Parisiens, la fièvre doit commencer à passer aux communalistes. Je n'ai jamais rêvé
des démagogues aussi ineptes que ceux-ci. Savoir si les
autres vaudront mieux, et si Billaud-Varennes se montrera moins endormi que Robespierre. Voyons toujours si notre sabre ne tient pas trop au fourreau et si
la sueur n'a pas gagné les amorces de nos pistolets. Et
le citoyen Aristobule?

— Pas de nouvelles, dit Samagore. On l'a vu saisir
et envoyer au Comité d'exécution. »

Batz se détourna et fit signe de regarder la poignée
de son sabre pour dissimuler une larme qui mouilla
ses paupières. Il était alors onze heures. Un quart

d'heure se passa, puis un autre, puis une heure ; rien
ne se décidait.

Jusque vers minuit, la situation restait la même :
les gens de la Commune songeant à faire des proclamations aux armées, à tout préparer pour le lendemain ; leurs partisans, sur la place, essayant de se remettre du coup qu'avait porté la mise hors la loi.

Pourtant, il semblait que les proclamateurs gagés
de la Convention, gagnant peu à peu du terrain, s'ap-
prochaient de la place de Grève. La ville paraissait, en
effet, coupée en deux, et tandis que les crieurs conventionnels hurlaient avec grand cortége de flambeaux,
depuis les Tuileries jusqu'au quai de l'École, ceux de
la Commune, avec un peu moins de torches, mugis-
saient depuis la Grève jusqu'à la barrière du Trône-
Renversé.

Entre les deux bandes de hurleurs, les sections
armées des Arcis, des Gravilliers, des Lombards, occupaient le quai Pelletier, et leurs sentiments paraissaient douteux.

L'adjudant général Fontaine traversa la place en
toute hâte, il courait offrir à boire et à manger aux
sectionnaires. Le Conseil général venait d'apprendre
qu'il y avait des signes de lassitude et de désaffection.
Les gendarmes parlaient de rendre leurs armes. Plusieurs commissaires des sections venaient rechercher
leurs hommes. La majorité de ces sections prenait décidément une position expectante et ordonnait à ses
milices de regagner le territoire de leurs circonscrip-
tions respectives en attendant l'issue du combat.

22

Bientôt, la place se trouva dégarnie de troupes. Les
canonniers eux-mêmes, qui paraissaient si dévoués à
Hanriot, s'éloignaient lentement. La populace de la
section de la Maison Commune et des faubourgs tenait
bon. La lutte continuait entre les avocats des deux
causes.

« Voilà, dit Batz, un de nos amis qui paraît mis à
mal, là-bas au coin de la rue du Mouton. A la rescousse ! »

On dégagea le personnage, qui n'était autre que
l'équivoque Dulac.

« Oui, ce Conseil municipal, hurlait Dulac, est tout
entier composé de fédéralistes et d'étrangers. Ce Fleu-
riot-Lescot, un Autrichien Belge ! Ce Payan qui, en 93,
a voulu soulever le département de la Drôme contre
Paris !

— Ha ! ha ! ha ! dit la petite voix de Keraudren qui
approchait, suivi de Vulmer, citoyens, vous avez parfois maudit les chevaliers du poignard, savez-vous ce
que c'est que tous ces gens-là, je vais vous le dire : ce
sont des chevaliers de la guillotine. »

Keraudren profita de l'enthousiasme causé par ces
mots pour dire à Batz :

« D'abord, veuillez me garder ce citoyen Aristobule. Citoyen Dulac, je vous salue, je suis le citoyen
Nicolas Contesenne, surnommé le Nestor. Ha ! ha ! pas
vrai, L'Union-Gosse ? Ce citoyen Aristobule vient de
jouer un jeu à se faire tuer dix fois, et sans un vieil
ami de Robespierre qui était là..... Enfin, ce que je
veux vous dire, c'est que ces gens-là sont, si vous

voulez en croire un vieux paysan qui a l'expérience des choses, ces gens-là sont tous troublés par le départ des canonniers. Ils ont encore beaucoup de cordes à leur arc. Si vous les laissez reprendre haleine...

— Citoyen, merci, dit l'agent de Billaud-Varennes, je n'oublierai pas Nicolas Contesenne. Je cours à la section des Gravilliers. Léonard Bourdon, qui y est tout-puissant, et Camboulas, y sont depuis onze heures. Ils ont dû préparer les voies. Puis j'arrêterai toutes les patrouilles des Lombards et des Arcis, et je ferai barrer toutes les rues voisines de la place, de façon à ce qu'aucun de ces misérables municipaux ne s'échappe.

— Nous n'avons plus qu'à attendre, Vulmer, dit Batz avec un accent touchant de compassion. Je vous jure que ces infâmes terroristes pris, nous nous rendrons à La Force et que nous y entrerons, dussions-nous en faire le siège et y mettre le feu.

— Je vous le promets que nous y entrerons, dit Keraudren avec un bizarre sourire. Mais écoutez donc, quelle heure est cela? Ah! deux heures.

— Eh bien, dit Sagamore, c'est une heure que l'humanité n'oubliera jamais. Regardez, regardez. — Et son regard morne s'animait, et son bras se tendait par un geste saisissant. — Voilà la victoire. »

C'était un spectacle vraiment grandiose.

Une foule immense débouchait du quai Pelletier. On n'apercevait tout d'abord qu'une masse considérable de lumières, torches, luminaires de toute sorte. Une troupe de canonniers, accompagnés de leurs canons,

émergeait ensuite de la lumière, et par un mouvement
vif, bien digne de ces petits canonniers, renommés
pour leur prestesse, tous les canons qui se trouvaient
aux abords de la place furent saisis et tournés contre
la Maison Commune. Un détachement de l'École des
jeunes Français marchait ensuite. Puis, au centre d'un
appareil de lumière plus considérable encore, escortés
d'une troupe d'huissiers de la Convention, paraissaient
à cheval deux députés avec leur grand costume, leur
écharpe, leur chapeau à la Henri IV et leur panache;
enfin derrière eux, une forêt de baïonnettes et de
piques qui reflétaient les torches.

Cette troupe, fournie par les Arcis, les Gravilliers,
les Lombards, s'arrêta. Un silence solennel se fit.

« Citoyens, dit Léonard Bourdon, en agitant son
sabre, c'est dans la Maison Commune qu'est le repaire
des conspirateurs. C'est là qu'il faut marcher! Que le
soleil n'éclaire plus les tyrans!

— Bravo, cria Endymion, qui, comme un brave
petit mouton enragé qu'il était, marchait à la tête des
sectionnaires des Arcis, le bourdon de la Convention
va écraser le tocsin de la Commune. Vive la Convention! »

Toute l'armée répéta : « Vive la Convention! » et
l'écho en fut si formidable, qu'il pénétra jusqu'au milieu de la salle où Robespierre et le Conseil municipal
étaient assemblés.

Pourtant, Léonard Bourdon ne marchait plus. Il se
tourna vers Dulac :

« Ces geñs-là vont se défendre à outrance ; et il est

à craindre que la Maison Commune ne soit minée,
pour ensevelir la Convention sous ses ruines.

— A outrance ! minée, dit Dulac avec un jurement.
On dirait que vous ne connaissez pas les démagogues !
Ah bien, ceux qui resteront ici recevront plus d'éclaboussures que moi. Est-ce qu'il n'y a pas une vingtaine de braves sans-culottes qui veuillent venir avec
moi? »

Petit-Val et quelques-uns de nos amis s'étaient
élancés.

« Que personne de nous ne bouge, dit Batz, avec
autorité, ce ne sera pas une bataille, ce sera une bou-
cherie. Vous savez bien que les terroristes sont lâches
quand ils n'ont pas devant eux des prisonniers à assassiner. Laissons ces gens-là faire leur besogne en
famille.

— Afin qu'il soit toujours reconnu que le plus grand
mérite des révolutionnaires, dit le petit bailli de sa
voix incisive et railleuse, c'est de s'exterminer les uns
les autres. »

Quand Léonard Bourdon eut vu que Dulac et ses
compagnons étaient entrés sans obstacle, et que rien
ne sautait, il se précipita le sabre aux dents, un pistolet à chaque poing.

Il était deux heures et demie.

Malgré toute certitude de succès, les âmes n'étaient
pas sans angoisse. Personne ne pouvait croire que ce
père de la République, Robespierre, que ce dieu
de la démocratie, Robespierre, que ce chef idolâtré et
tout-puissant du peuple, Robespierre, personne ne

22.

pouvait croire que ce colosse de la Révolution, la Société des Jacobins, personne ne pouvait croire que ce
coryphée de Paris, la Commune, pussent être ainsi
renversés en une minute, sans combat, presque sans
effort. Le bailli voltairien lui-même, le seul de tous
nos amis qui ne songeât pas à la Providence, s'ima-
ginait qu'il rêvait. Pour quelques-uns, l'angoisse de
leur passion personnelle se joignait à l'inquiétude politique et patriotique. Heurtevent et Samuel se di-
saient qu'ils allaient bientôt, avant une heure peut-
être, délivrer leurs bien-aimées. Et ils regardaient
avec une satisfaction égoïste Vulmer, qui, lui, n'espérait plus rien. Victorien cherchait dans l'obscurité
le pâle visage de Rose, qu'il croyait apercevoir à la
fenêtre de la rue Jean-de-Lépine. Lozembrune essayait
de lever son front las vers les étoiles en se disant que
sans doute c'était d'un de ces yeux brillants que le
regardait en ce moment sa fiancée.

Le peuple assemblé sur la place était devenu, sinon
muet, du moins grave. C'est à peine si plus d'un cri
signale l'approche d'une civière qui venait de sortir de
l'Hôtel.

Elle s'avance portée par deux sans-culottes, escortée
par un piquier et un fusilier. Chacun s'écarte avec
empressement. N'est-ce pas le temps par excellence
où l'on n'ose même pas connaître une victime, sous
peine d'être soi-même martyrisé, le temps lâche où il
suffit d'avoir regardé sans mépris un vaincu pour être
criminel!

Sagamore s'approche gravement de la civière, il fait

un signe d'autorité aux porteurs qui s'arrêtent. Il relève respectueusement le voile qui couvre la figure d'un homme étendu sur la civière, il le fixe un instant avec une tristesse austère, puis il rabaisse le voile, et il dit de sa voix lugubre et profonde :

« Robespierre ! Oui, il est un Dieu. »

Mais Robespierre ne doit plus jamais rien comprendre. Il vient de souffrir en un jour toutes les douleurs que le Seigneur réserve aux démons de l'orgueil, et son intelligence est morte. Il est hébété, stupéfié. Il est devenu un animal sanglant et souffrant. Il lui reste encore l'instinct; il ne doit plus recouvrer la raison. Mais s'il lui en reste encore une lueur, une lueur qui va bientôt s'éteindre, il peut savoir, même avant de comparaître devant le Juge, le Juste, le Vrai, le Lumineux, il peut savoir ce qu'est la Révolution :

Il n'y a que deux hommes qui l'insultent. Latour-la-Montagne, le bourgeois révolutionnaire, l'appelle cannibale; et Justin Pourvoyeur, le prolétaire révolutionnaire, qui, pour se mieux sauver, a pris un bras de la civière, donne un coup de pied à un chien en l'appelant Robespierre. Quant à Dulac, le gentilhomme révolutionnaire, il fut le plus odieux des trois. Il accourait en se vantant, bien à tort, d'avoir tué Maximilien.

VI

A La Force.

Quand Batz, Vulmer, Sagamore et quelques-uns de leurs amis arrivèrent devant La Force, ils y trouvèrent Heurtevent, Jacques et Agricola qui dansaient des rondes triomphales avec les hommes de la bande de Coulongeon. Ceux-ci avaient tellement bu pendant toute la soirée avec les gens du faubourg Marcel, à la confusion des ennemis de la patrie et de la liberté, qu'ils ne savaient plus bien quels étaient ces ennemis. Ils ne l'avaient jamais exactement su, d'ailleurs, et ils criaient de temps en temps : « Vive Robespierre ! à bas la Commune ! » Mais ils n'ignoraient pas qu'ils étaient victorieux, et ils buvaient de plus belle à leur victoire.

On n'eut pas grand'peine à enlever nos trois compagnons à leur ronde : on n'eut qu'à dire à Heurtevent que la citoyenne ne serait pas contente, Sagamore n'eut qu'un signe à faire à Jacques. Agricola vint se ranger, avec cette docilité qui le faisait l'esclave de tous ceux qui le voulaient bien commander, auprès de ce nouveau camarade qui remplaçait pour lui Pourvoyeur. Il croyait bien avoir aperçu ce dernier parmi les soldats de Coulongeon, mais il était un bon homme et il ne voulait faire arriver aucun mal à ses anciens amis. Quand la ronde fut finie, la plupart des héroniens se couchèrent et ne tardèrent pas à ronfler aux étoiles.

« Voilà, dit Batz à Vulmer, une armée qui ne nous servira pas pour prendre La Force. »

Vulmer ne répondit pas. Il s'était assis, comme un homme affaissé, sur un des bancs de pierre qui avoisinaient la porte, et il paraissait indifférent à tout.

« Où est donc Coulongeon, ce brave grivois?

— Grivois, grivois! Qu'est-ce qu'on veut au général Coulongeon ? cria la voix bégayante d'un homme qui essayait de se lever d'auprès de la muraille. Grivois, c'est un mot indécent pour un général en chef qui vient de battre ses ennemis et qui dort la veille de la bataille, comme Alexandre le Grand, prévôt, prévôt, le grand prévôt. »

Et, avec un rire idiot, il retomba. Il avait, lui aussi, travaillé de son mieux à faire entrer la persuasion dans la tête des sectionnaires du Finistère.

« Il était temps d'être vainqueur sans combat, dit Batz, car avec des alliés comme ceux-là...

— Oui, il était temps d'être victorieux, car avec des gardiens comme ceux-là, les gens de septembre n'auraient pas eu grand obstacle à pénétrer dans les prisons, dit Keraudren. »

Vulmer tressaillit. Il ne savait pourquoi, mais il ne pouvait entendre parler, sans trembler, des crimes commis dans les prisons.

On avait déjà frappé en vain à la porte de la prison, rien ne répondait.

« Voyons, murmura Keraudren ! cela doit réussir toujours ! »

Il tira un coup de pistolet contre la porte, et, certain que l'attention était décidément éveillée, il cria :

« Au nom de la Convention nationale, victorieuse
de tous ses ennemis, malheur à qui lui résiste ! »

Un petit guichet s'ouvrit.

« Citoyen porte-clef, nous savons que le geôlier en
chef a été mis en arrestation par la Commune rebelle,
et comme on ne t'a pas arrêté avec lui, tu es suspect
d'être de connivence avec elle, continua Keraudren —
et il avait touché juste, car le guichet s'ouvrit tout
grand. — La Commune rebelle est anéantie, Robespierre l'aîné et son frère, Saint-Just, Couthon, Lebas,
Hanriot, tous les conseillers généraux sont ou morts ou
arrêtés, leurs complices ont été déclarés hors la loi.

— Et qu'est-ce que vous me voulez ? dit derrière le
guichet une voix rude dont on sentait le tremblement.

— Prends garde d'augmenter les soupçons de complicité qui planent sur toi en te refusant d'exécuter un
ordre de la Convention. Voici un ordre des Comités
de gouvernement qui nous autorise à entrer pour mettre en liberté...

— Mais nous avons reçu l'ordre de ne laisser sortir...

— Scélérat, c'était un ordre de la Commune rebelle.
Tu oses l'invoquer !

— Mais je ne vois aucun porteur d'ordre des Comités.

— Ils sont assez occupés à enchaîner tes amis du
Conseil général.

— Aucun administrateur de police.

— Tu sais bien que les scélérats étaient tes amis et
qu'ils ont été tous arrêtés. Tu n'as pas montré tant

d'obstination ce soir, quand des misérables se sont présentés ici au nom de la Commune rebelle ; tu les as laissés entrer.

— C'était au moment où on arrêtait le geôlier, il y a eu un instant de trouble.

— Et c'est toi qui l'avais dénoncé, vil pierrotin, je le sais, sous le prétexte qu'il était un ami de Barère. Enfin, je te le dis une dernière fois, malheur à toi et à tes compagnons si vous résistez. Vous vous déclarez complices des conspirateurs et vous vous mettez vous-mêmes hors la loi. »

Il y eut quelque bruit derrière la porte.

« Voyons l'ordre, dit le sous-geôlier.

— J'ai confiance en toi, ta tête en répond. Je prends ici à témoin plus de cent citoyens que je te remets l'ordre de nous introduire dans la prison pour délivrer · trois citoyennes. Prends garde de détruire ou de changer l'ordre. Tes tours sont connus.

— Le voilà pris, dit Keraudren à Batz. L'ordre ne vaut pas grand'chose, puisqu'il est signé Robespierre, Saint-Just et Couthon en même temps que Billaud-Varennes. Mais il n'osera en arguer, il craindra que je ne l'accuse...

— Entrez, citoyens, dit la voix. »

La porte s'ouvrit. Une dizaine d'hommes entrèrent du dehors et se trouvèrent dans une obscurité complète, au milieu d'un atmosphère chaude et puante.

« Mais fermez donc la porte, hurla la voix, allez-vous laisser entrer tout Paris ? »

La porte se referma, en effet.

« Maintenant citoyens , dit le premier porte-clef
d'une voix railleuse, l'ordre n'est pas en fort bon état,
vous allez attendre le jour pour que nous y voyons plus
clair. Et le jour ne vient pas de bonne heure à
La Force. Soyez sages dans la souricière, citoyens.
Vous m'avez l'air suspects.

— Pas mal joué, dit le petit bailli en souriant.
Heureusement on ne prend pas sans vert le petit Keraudren. Seulement il nous faut de la lumière et un
geôlier. »

Sagamore s'était lancé à la poursuite du malin sous-
geôlier, et on les entendit qui s'éloignaient dans les
corridors. Jacques avait mis la main sur le collet d'un
autre qui cherchait à s'éloigner conformément aux
ordres de son chef. Il y eut un instant de lutte. Puis
on entendit la voix toujours brève et un peu avinée de
Jacques qui disait :

« La, la, mon garçon, tu n'es pas si malin qu'un In-
dien Serpent. Maintenant, écoute bien : foi de fils de
Mars, je serre jusqu'à ce que tu te décides à crier
grâce, et grâce ça veut dire, dans notre patois à nous,
lanterne. Eh ! eh ! eh ! eh ! »

Jacques riait encore de son esprit quand le porte-
clef saisi au collet, qui ne se souciait pas d'être étran-
glé et qui n'était pas, du reste, un méchant homme, fit
signe qu'il se rendait.

« Vous témoignerez, citoyens, que je cède à la
violence. C'est tout ce que je veux. Maintenant voici de
la lumière. »

Il alluma une grande lanterne. Et quand il eut vu

qu'il n'avait aucun de ses collègues dans son voisinage, il dit à mi-voix :

« Je veux bien faire tout ce qui est possible ; mais notre chef actuel est un vrai scélérat, et si vous pouvez lui faire son affaire et faire revenir celui qu'on nous a enlevé ce soir, personne n'y perdra. Seulement je n'ai pas les clefs, on est venu les prendre, ce soir aussi, au nom de la Commune.

— Hé ! hé ! dit le petit bailli, la-a-a paix, Fi-i-i-dèle Tranquille Bailli, pour-our-our, vous-ous ser-er-vir... On n'a pas inutilement assisté au conseil général de la Commune, et on n'a pas perdu la tête pendant la débandade. Voilà les clefs, mon garçon. »

Le porte-clef ouvrit de grands yeux hébétés.

« Vous voulez, à ce que disait le nouveau geôlier, les trois citoyennes qu'on est venu demander plusieurs · fois aujourd'hui...

— Et, demanda Vulmer d'une voix haletante, qu'est-il arrivé la dernière fois qu'on est venu ?

— Je ne sais pas bien. Ce n'est pas mon quartier, et nous avons été tellement troublés par les nouvelles ! Mais je sais où sont les citoyennes, au bout d'un long corridor. Il y a beaucoup de zigzags et nous avons trois portes en fer à ouvrir par là, avant d'arriver. Je passe le premier. »

Il se mit en marche avec sa lanterne, et toute la troupe suivit.

« Aïe ! cria tout à coup Vulmer.

— Quoi donc ? demanda Batz.

— Ah ! ce n'est rien. »

23

Vulmer avait cru sentir la pointe d'un poignard effleurer son cou. Il secoua la tête en se disant que l'hallucination commençait. Il resta à la queue de la troupe, regardant cette petite lumière qui s'avançait en sautillant le long de ces lugubres corridors, et cette petite troupe d'hommes silencieux dont les derniers semblaient ramper comme des monstres dans l'obscurité et dont les premiers dessinaient des profils effroyables et fugitifs sur les murailles sales et humides.

On arrivait aux trois grilles en fer qui fermaient le corridor, au bout duquel les trois jeunes femmes se trouvaient enfermées. Brusquement la lumière s'arrêta, et celui qui la portait poussa un cri d'horreur qui fut répété par tous.

« Un cadavre, deux cadavres, trois cadavres, cria-t-il. »

Et dans son étonnement il laissa tomber sa lanterne, qui s'éteignit.

Vulmer avait bondit.

« Quoi donc ! quels cadavres ? criait-il ; des cadavres de femmes ? Ah ! je le savais bien ! Mais pourquoi trois ? »

Personne ne lui répondait. Les uns n'avaient rien vu et criaient aussi fort que lui, les autres étaient tout occupés à chercher la lanterne ; leurs mains rencontraient les cadavres déjà froids et ils augmentaient le tumulte en poussant des cris d'horreur. Enfin la lumière reparut. Vulmer s'avança. Il battit l'air de ses bras, et il tomba évanoui en murmurant :

« Ah ! pauvre, pauvre et brave enfant ! »

Il tomba sur le cadavre du capitaine Monbayard, les deux autres étaient ceux du capitaine Front et de l'Enfant-Aristocrate.

« Maintenant citoyens, dit le porte-clef, vous ne voudriez pas me perdre. Je vous en prie, n'allez pas plus loin, n'entrez pas dans le quartier des citoyennes. Restez en deçà de la première grille. Je vais aller chercher les citoyennes vos épouses. Ici les lanternes ne manquent pas. »

Il en alluma une, en effet, qu'il posa à côté des cadavres. Il ouvrit la première grille qui présentait de ces larges barreaux droits, entre chacun desquels on pouvait passer les deux bras. Il laissa la porte de cette grille entr'ouverte et posa une lanterne encore près d'une embrasure, ou plutôt d'une sorte de grande niche vide taillée dans la profondeur de l'épaisse muraille. Il disparut avec la lanterne qu'il portait, derrière la seconde grille, dont il laissa aussi la porte entre ouverte.

Pendant ce temps, et tandis que Heurtevent et Samuel s'attachaient aux barreaux de la première grille, et que Batz essayait de faire reprendre connaissance à Vulmer, Keraudren avec Jacques et quelques-uns des héroniens qui étaient entrés, essayaient de se rendre compte de ce qui était arrivé. Agricola restait derrière, dans l'ombre; derrière lui encore, se cachait un homme qu'Agricola faisait de silencieux et vains efforts pour chasser.

« Voilà, évidemment, ce qui est arrivé d'après la disposition des corps, dit Keraudren malheureusement

trop occupé de cette enquête pour s'inquiéter de la
singulière conduite d'Agricola. Le capitaine arrivait
près de cette grille lorsqu'il a été rejoint et attaqué par
Monbayard. Il y a eu lutte. Monbayard a reçu, après
plusieurs autres blessures, un coup de sabre qui lui a
fendu le crâne, et il est mort. Là-dessus, évidemment,
le brave petit enfant s'est jeté sur le vainqueur et lui
a enfoncé le stylet dans le cœur. Le capitaine a eu encore assez de force pour asséner sur la tête de l'enfant
un coup qui l'a abattu et tué. Pourtant je ne vois pas
de blessure... »

Un cri de surprise et d'angoisse, échappé à Heurtevent, fit lever toutes les têtes. L'homme qui était derrière Agricola avait bondi en voyant, au bout du corridor, la lanterne qui revenait précédant trois femmes
dont on distinguait vaguement les silhouettes. Il s'é-
tait précipité par la porte de la première grille qu'il
avait refermée sur lui, avait bondi à travers la seconde
porte ; on avait entendu un cri féminin d'une angoisse
inénarrable. L'homme avait reparu. Il avait repassé
par la seconde porte, l'avait refermée sur lui, et il restait comme une bête fauve dans cette cage formée par
les deux grilles et la muraille. Il s'était jeté dans l'embrasure, et là, collé dans le coin, il agitait avec des
rires épouvantables et des hurlements rauques un petit
enfant qui pleurait.

Cet homme, c'était Pourvoyeur, et cet enfant, Heurtevent le reconnut bientôt pour le sien. Mais lui et tous
les assistants étaient réduits à l'impuissance. Pourvoyeur avait retiré les clefs et il les avait jetées à ses

pieds, à côté de la lanterne qui éclairait d'une lueur lugubre son masque de tigre, ses yeux tout rouges de sang et son visage sillonné de rides effroyables. Il faisait tourner devant lui, en guise de bouclier, le petit être, et il était protégé, par derrière et de chaque côté, par les coins de l'embrasure.

Heurtevent agitait les barreaux avec des hurlements de rage ; les trois femmes, de l'autre côté, pleuraient, et l'on entendait sortir de la bouche d'Isabelle des appels d'un désespoir qui ne peut se rendre. Tous étaient consternés et se sentaient impuissants. Agricola, les larmes aux yeux, faisait trembler les barreaux de ses bras herculéens ou accablait Pourvoyeur d'un torrent de reproches et d'injures.

Jacques s'était reculé et avait mis son fusil en joue, puis il l'avait reposé avec un cri désespéré.

« Ah ! misérable ivrogne, lâche coquin, disait-il, tu n'as plus de bras et de coup d'œil quand il te faudrait le coup d'œil d'un ange et le bras du bon Dieu. »

Et il continua de s'injurier et de maudire l'ivrognerie.

La joie que Pourvoyeur éprouvait du désespoir de ses ennemis lui rendit quelque peu de voix. On entendit un son lugubre, rauque, éteint, qui sortait de ce coin et qui disait :

« Pourquoi les aristocrates auraient-ils des enfants quand moi, bon démocrate, je n'en ai pas ?

— Mais lâche et infâme monstre, n'est-ce pas toi qui l'as tué ton enfant ?

— Non, non, c'est vous qui l'avez tué en l'empêchant de devenir un bon républicain comme moi. Et je tuerai cet enfant-ci quand je vous aurai bien fait souffrir. »

Et toujours plus furieux, il faisait tourner comme un disque, avec une vivacité vertigineuse, le petit enfant qui râlait, n'ayant plus de voix pour crier.

C'était une scène épouvantable. Une voix grave se fit entendre, qui sortait de derrière le groupe des hommes.

« Baissez la tête tous et priez. »

Et tout brusquement une détonation résonna, suivie d'un cri de rage. L'enfant faillit tomber. Pourvoyeur avait l'épaule droite brisée, son bras pendait inerte. Avec l'autre il avait ressaisi l'enfant et l'agitait plus vivement autour de lui, en rugissant et en essayant de s'enfoncer de plus en plus dans le coin de l'embrasure.

« Ton fusil, Jacques, dit encore la voix austère et calme de Sagamore. Au cœur cette fois. »

Pourvoyeur, trompé, porta vivement l'enfant à l'endroit menacé, une nouvelle détonation retentit; l'enfant glissa en gémissant. Le bras gauche de Pourvoyeur, tomba brisé le long du flanc.

« Jette-toi à genoux, pour demander pardon à Dieu et à l'humanité de tes crimes, et tu auras la vie sauve. »

Le monstre répondit par un rire féroce, il leva le pied pour écraser la tête de l'enfant.

« A moi maintenant, pour mon enfant, dit Heurte-vent, d'une voix étranglée en tendant son bras armé d'un pistolet. »

Et Pourvoyeur tomba le front fracassé.

Epilogue.

Il est sept heures du soir. Le fou musicien gagne la barrière de l'Observatoire. Il est suivi par une foule du peuple qui vient de voir l'exécution des deux Robespierre, de Saint-Just, de Couthon, de Lebas, d'Hanriot, de Lavalette, de Payan, de Lescot Fleuriot, de quatorze autres démagogues, et qui se promet d'aller assister le lendemain à l'exécution des autres membres du conseil général de la Commune.

Quand il fut arrivé en face de l'Observatoire, le musicien s'arrêta et jeta un coup d'œil de mépris sur son cortége.

« Citoyens, dit-il, nous avons triomphé des tyrans, c'est pour être libre. Vous me tourmentez en me suivant comme vous faites. Je ne suis pas un misérable comme vous qui avez applaudi à l'exécution de Robespierre tout autant qu'à celle de la bonne sainte madame Elisabeth. Je suis un fou, j'ai mieux aimé être un fou que de vous ressembler. Je vais vous chanter encore un couplet que mes amis Gourigueres et Gaveaux ont composé et m'ont fait chanter ce matin. Après ça, vous me laisserez aller à mes affaires ou bien je vous accuse d'être des robespierrots.

Alors d'une voix ample et grave — car le pauvre fou était un admirable musicien — il chanta :

> Peuple français, peuple de frères
> Peux-tu voir sans frémir d'horreur

Le crime arborer la bannière
Du carnage et de la terreur?
Tu souffres qu'une horde atroce
Et d'assassins, et de brigands,
Souille de son souffle féroce
Le territoire des vivants.

Après quoi il congédia, d'un geste royal, le groupe qui l'entourait et qui le combla d'applaudissements frénétiques, et il continua son chemin en fredonnant.

Quand il fut arrivé en face de l'auberge du *Garde-Française*, il frappa à la porte. Barthélemy entr'ouvrit l'un des battants et conduisit le fou dans le jardin. Le musicien salua à droite et à gauche la nombreuse compagnie qui s'y trouvait et se mit à chanter avec une gravité comique, l'air populaire : « Allons-nous-en, gens de la noce. »

Il semblait, en effet, que le dieu Hymen eût transporté ses autels, comme eût dit le pauvre Crassus, dans ces lieux élyséens. Vulmer et Marie-Thérèse se promenaient au fond du jardin. Samuel Vaughan gesticulait à côté d'Adèle de Brion qui souriait en rougissant, et le petit poëte Endymion Piqueprune racontait à Mlle de Brion, la cadette, les épisodes de son héroïsme des jours précédents.

Batz et d'Antraigues discutaient. Sagamore et Jacques se tenaient graves et silencieux sous un rayon de soleil dont ils méprisaient les atteintes. Monseigneur de Dampierre, agenouillé sous l'arbre ombreux où était mort le vieux chevalier, essuyait le front de l'Enfant-Aristocrate, que soulevait Agricola et que l'abbesse couvrait de compresses froides. Mme de Racontal rejoignait Endymion et lui jurait que son courage l'avait fait noble. Elle affirmait, à la grande rougeur de Mlle de Brion, qu'elle autorisait le petit poëte à déclarer sa flamme, et qu'elle ne blâmerait pas la mésalliance si Endymion voulait se marier avec un devant de veste de Circaca, à fond d'or de Lyon broché, à 6 louis l'aune, et avec un habit doublé de raz de Saint-Cyr, à 7 livres 10 sous l'aune, galonné à la Bourgogne.

Un grand bruit vint interrompre la vicomtesse, et des cris de : « Vive L'Union-Gosse! » annoncèrent que les gens de la banlieue regagnaient les villages, ivres comme des triomphateurs. Il y avait trop de charmes dans ces voix avinées, pour que Agricola pût y résister : il quitta poliment la compagnie assemblée dans le jardin et ne regretta pas ce bon mouvement. A la barrière, il rencontra Jacques Bry, qui amenait Geneviève dans Paris, où elle devait devenir d'abord la citoyenne Bry, puis plusieurs autres citoyennes, et l'une des plus brillantes agioteuses du Directoire.

Isabelle et Heurtevent, Victorien et dame Rose, conduits par le chanoine-cocher ne tardèrent pas à remplacer Agricola dans le jardin. Coulongeon les suivait de près, il n'avait pas reçu son compte de pistoles.

Le drôle n'était pas gênant, mais il y avait une si apparente tristesse dans la physionomie d'Isabelle et de Rose que le cœur des trois fiancés se ferma. Le prêtre se leva, Isabelle se précipita sur son frère. L'Enfant ouvrit les yeux.

« Je crois que je ne mourrai pas, ma sœur, dit-il d'une voix faible. Je serais bien fâché de mourir, parce que j'ai eu bien du mal à rester digne de notre père. Je suis devenu un homme, et je voudrais le montrer. Je n'ai pas eu peur quand je me suis jeté sur ce vilain qui venait de tuer le capitaine Monbayard. Mais j'aurais voulu, au lieu de le frapper, l'appeler au combat. Je suis encore trop petit. »

Heurtevent regardait cette scène avec un front plissé et un visage sombre. Il y avait dans le regard d'Isabelle quelque chose d'inquiet et d'effaré qui faisait peine à voir. Elle berçait machinalement son enfant endormi dans ses bras.

« Ma bonne petite sœur, dit l'Enfant, tu es triste, il ne faut pas. Je ne mourrai pas. C'est ton enfant, et voilà ton mari, n'est-ce pas? Le capitaine Monbayard était brave et bon, quoique fou. Ton mari, on dit qu'il est brave et bon et il n'est pas fou. Donne-moi ton enfant que je l'embrasse, et dis à ton mari de me donner la main. Les braves sont frères bien plus que les démocrates. »

Isabelle mit avec une vivacité fébrile son fils dans les bras de l'Enfant-Aristocrate, et elle se releva en fondant en larmes. Puis, par un mouvement brusque, elle tendit la main à son mari.

« Je viens de faire quelque chose de mal, dit-elle. J'étais rue Saint-Honoré, en face de la rue Saint-Florentin, tout contre la maison où Robespierre demeu-

rait, quand la charrette qui conduisait ce monstre au
supplice y a passé. J'ai fait arrêter la charrette. Je ne
sais quelle fureur m'a animée, et je lui ai dit : « Va,
scélérat, descends aux enfers avec les malédictions de
toutes les femmes, de toutes les mères de famille. » Il
m'a regardée comme regarde un chien blessé. J'ai
senti un remords, comme si je devenais aussi lâche que
lui et ses amis les Jacobins quand ils injuriaient leurs
victimes allant à la guillotine. Je sais bien que lui est
le monstre le plus effroyable, et qu'elles étaient inno-
centes. Mais il était vaincu. Mon Dieu, dit-elle, pardonnez-moi d'avoir été si orgueilleuse. Je comprends
maintenant combien la passion peut nous entraîner.
Mon mari, mon mari, dit-elle avec un cri déchirant, le
père de mon enfant ! »

Heurtevent se précipita vers elle, et s'agenouilla en
pleurant avec des sanglots d'angoisse.

« Relève-toi, dit-elle, avec une sorte d'égarement.
Tu as bien souffert. Tu vois clair maintenant. Il faut
continuer l'expiation commencée. Je te pardonne.
Écoute, la guerre est forte aux frontières, va offrir ton
sang à Dieu. Va ! reviens dans un an, si Dieu a voulu
t'épargner. Va, je te serai une femme fidèle. Va, je
t'aime ! »

Elle embrassa furieusement son enfant, et par un
mouvement brusque elle le posa sous les lèvres d'Heurtevent. Celui-ci, souriant et pleurant, se retourna
roide comme un automate et se dirigea vers la porte.
Puis il revint en courant, se jeta aux pieds de l'Enfant-
Aristocrate qu'il embrassa, et il se sauva avec un san-

glot qui se termina par un sourire quand il vit qu'Isabelle couvrait son fils de baisers.

Les grosses larmes coulaient de tous les yeux.

« Mon ami, dit Rose à Victorien, j'hésitais encore.
Mais ces gens-là me donnent courage.

— Chut, dit Deschuziers avec un grave sourire, je
sais ce que vous allez me dire. Vous croyez que vous
ne m'aimez pas assez pour être ma femme. Ne brisons
pas notre avenir. Dans un an, moi aussi, je reviendrai
vous demander votre main. »

Il quitta le jardin après avoir été serrer la main à
Batz, à Lozembrune et à Sagamore.

Celui-ci, qui était resté pensif, releva le front.

« Mes amis, dit-il, je vais, moi aussi, vous dire
adieu, Jacques et moi nous retournons en Amérique.

— Foi de fils de Mars et d'Amphitrite réunis, j'y
pensais, et je me disais que, sauvages pour sauvages,
j'aime mieux les vrais, j'aime mieux les Indiens, je
dis, que les sans-culottes. Ils n'en ont pas plus les uns
que les autres, des culottes, c'est vrai. Mais les Indiens
n'y pensent pas, et les Jacobins sont si furieux de ne
pas en avoir qu'ils montrent leur dos à tout le monde
et qu'ils tuent ceux qui ne paraissent pas contents de
ce joli spectacle. Au revoir la compagnie. Jacques l'I-
roquois, auprès du lac des Quatre-Cantons ! Maintenant, si jamais il y a quelqu'un qui vous demande
pourquoi Sagamore portait du linge sur sa tête, vous
pouvez dire que c'est parce qu'il a été scalpé.

— Marquis, dit Marie-Thérèse à Sagamore, veuillez
attendre quelques jours. D'abord vous serez le témoin

de notre mariage, puisque M. l'abbé de Dampierre veut nous donner demain la bénédiction nuptiale. Puis nous vous accompagnerons jusqu'en Angleterre, où nous irons avec sir Samuel et avec quelques autres, attendre que la France devienne un pays civilisé. »

Sagamore s'inclina. Marie-Thérèse prit le bras de M. de Petit-Val, le dernier parent qui lui restait, pour regagner Meudon avec l'attelage du cocher-chanoine. Elle fit une révérence sèche et polie à dame Rose, qui fronça le sourcil.

« Eh bien, dit d'Antraigues à Batz, vous le voyez, tout le monde quitte ce pays maudit. Nous, nous restons sur la brèche. Voulez-vous que je vous dise ce que je persiste à penser, baron? Eh bien, en abattant Robespierre vous avez commis une grosse faute. Vous avez fait disparaître la Terreur trop tôt, et tellement que dans un siècle il repoussera des Jacobins, des Sans-Culottes, des Terroristes.

— Vous êtes un rêveur, comte d'Antraigues. Ces choses-là sont des ordures qu'on ne saurait détruire trop tôt, avant qu'elles ne portent graine.

— Que vous importe à vous, Messieurs, dit tristement la Rose de la Liberté, ne savez-vous pas que les Terroristes sont les meilleurs avocats de la Monarchie?

FIN DE THERMIDOR.

TABLE DES MATIÈRES

TROISIÈME PARTIE

LA GRANDE BATAILLE

Paris. — E. DE SOYE et FILS, imprimeurs place du Panthéon, 5

LIBRAIRIE ACADÉMIQUE

DIDIER ET CIE

PARIS

35, QUAI DES AUGUSTINS, 35

1875

LIBRAIRIE ACADÉMIQUE DIDIER ET CIE

35, Quai des Augustins, à PARIS

NOUVELLES PUBLICATIONS

FOUILLES ET DÉCOUVERTES

RÉSUMÉES ET DISCUTÉES EN VUE DE L'HISTOIRE DE L'ART

ITALIE ET GRÈCE — AFRIQUE ET ASIE

PAR M. BEULÉ

2 vol. in-8. Prix. . . . . 15 fr.

COMPLÉMENT DES ŒUVRES DE VILLEMAIN

HISTOIRE DE GRÉGOIRE VII

PRÉCÉDÉE D'UN DISCOURS SUR L'HISTOIRE DE LA PAPAUTÉ JUSQU'AU XIe SIÈCLE

PAR M. VILLEMAIN

2 vol. in-8. Prix. . . . . 15 fr.

ROME SOUTERRAINE

RÉSUMÉ DES DÉCOUVERTES DE M. DE ROSSI

DANS LES CATACOMBES ROMAINES ET EN PARTICULIER DANS LE CIMETIÈRE DE CALISTE

PAR J. SPENCER NORTHCOTE & W.-R. BROWNLOW

TRADUIT DE L'ANGLAIS, AVEC DES ADDITIONS ET DES NOTES

PAR M. PAUL ALLARD

ET PRÉCÉDÉ D'UNE PRÉFACE PAR M. DE ROSSI

1 beau vol. in-8, cavalier vélin, illustré de 70 vignettes, de 20 chromolithographies et plans

Prix : Broché, 28 fr.; en belle demi-reliure, 33 fr.

ŒUVRES DE BERRYER

DISCOURS POLITIQUES — PLAIDOYERS

La 1ʳᵉ série : DISCOURS POLITIQUES, est en cours de publication

PRIX : 30 FRANCS

Les tomes I et II sont en vente.—Les tomes III et suivants paraîtront successivement.

HISTOIRE D'ALLEMAGNE

Par J. ZELLER

Ancien recteur de l'Académie de Strasbourg
Professeur d'histoire à l'École normale supérieure et à l'École polytechnique

EN VENTE :

ORIGINES DE L'ALLEMAGNE ET DE L'EMPIRE GERMANIQUE

PRÉCÉDÉES D'UNE INTRODUCTION GÉNÉRALE

1 vol in-8, orné de 2 cartes géographiques. Prix. . 7 fr. 50

SOUS PRESSE :

L'EMPIRE GERMANIQUE AU MOYEN ÂGE

1 vol. in-8.

MADAME DE MIRAMION

SA VIE ET SES ŒUVRES CHARITABLES

PAR

A. BONNEAU-AVENANT

OUVRAGE COURONNÉ PAR L'ACADÉMIE FRANÇAISE

DEUXIÈME ÉDITION, REVUE ET AUGMENTÉE

1 vol. in-8, orné d'un beau portrait. . . . . 7 fr. 50

VOYAGE EN TERRE SAINTE

PAR M. F. DE SAULCY

2 beaux vol. grand in-8, ornés de 15 cartes et plans et de nombreuses vignettes dans le texte.

Deuxième édition. — 20 fr.; relié, 27 fr.

HISTOIRE — LITTÉRATURE — PHILOSOPHIE

ÉDITIONS IN-8

AMPÈRE (J.-J.)

Histoire littéraire de la France avant et sous Charlemagne. Nouv. édit. 3 vol. in-8. . . . . 22 fr. 50

Formation de la langue française. Complément de l'*Histoire littéraire*. Nouvelle édition, revue et corrigée. 1 vol. in-8. . . . . 7 fr. 50

La Philosophie des deux Ampère, publiée par M. J. Barthélemy Saint-Hilaire. 1 vol. in-8. . . . . 7 fr. 50

La Grèce, Rome et Dante. 3e édition. 1 vol. in-8. . . . . 7 fr. 50

La Science et les Lettres en Orient. 1 vol. in-8. . . . . 7 fr. 50

D'ASSAILLY

Albert le Grand. L'ancien monde devant le nouveau. 1re partie. 1 vol. in-8   7 fr 50

Les Chevaliers poëtes de l'Allemagne. — *Minnesinger.* 1 vol. in-8. . 5 fr.

AUBERTIN (CH.).

L'Esprit public au XVIIIe siècle, d'après les Correspondances et les Mémoires contemporains. 1 vol. in-8. 7 fr. 50

Sénèque et saint Paul. Étude sur les rapports supposés entre le philosophe et l'apôtre. (*Ouvrage couronné par l'Académie française.*) 1 vol. in-8.   7 fr.

D'AZEGLIO

L'Italie de 1847 à 1865. Correspondance politique publiée par M. Eug. Rendu. 1 vol. in-8 . . . . 7 fr

BADER (CLARISSE)

La Femme dans l'Inde antique. (*Ouvrage couronné par l'Académie française.*) 1 vol. in-8. . . . . 6 fr.

BARANTE

Vie de Mathieu Molé. — *Le Parlement et la Fronde.* 1 vol. in-8. . . . 6 fr.

Histoire du Directoire de la République française, *complément de l'Histoire de la Convention.* 3 forts volumes grand in-8 cavalier. . . . . 18 fr.

Études historiques et biographiques. 2 vol. in-8. . . . . 14 fr.

Études littéraires et historiques. 2 vol. in-8. . . . . 14 fr.

Pensées et réflexions morales et politiques du comte de Ficquelmont, précédées d'une notice par M. de Barante. 1 vol. in-8. . . . . 6 fr.

Œuvres dramatiques de Schiller, trad. de M. de Barante. Nouvelle édition revue. 3 vol. in-8. . . . . 18 fr.

BARET (E.)

Les Troubadours et leur influence sur les littératures du Midi de l'Europe. 1 vol in-8. . . . . 6 fr.

BARTHÉLEMY (ED. DE)

Mesdames de France, filles de Louis XV. 1 vol. in-8. . . . . 7 fr. 50

La Galerie des Portraits de mademoiselle de Montpensier : Éloges des seigneurs et dames, etc. Nouv. édit. avec notes. 1 vol. in-8. . . . . . . 6 fr.

BASTARD D'ESTANG

Les Parlements de France. Essai historique sur leurs usages, leur organisation et leur autorité. 2 forts volumes in-8. . . . . 15 fr.

BAUDRILLART

Publicistes modernes. 1 fort vol. in-8. . . . . 7 fr.

Jean Bodin et son temps. Tableau des théories politiques et des idées économiques au XVIe siècle. 1 vol. in-8 . . . . 7 fr.

BERRYER

Œuvres. 1ʳᵉ série. *Discours politiques.* 5 vol. in-8 . . . . 30 fr.

BERSOT (ERN.).

Morale et politique. 1 vol. in-8. . . . . 6 fr.
Essais de philosophie et de morale. 2 vol. in-8. . . . . 12 fr.

BERTAULD

Philosophie politique de l'histoire de France. 1 vol. in-8. . . . . . 6 fr.
La Liberté civile. Nouv. études sur les publicistes contemporains. 1 v. in-8. 7 fr.

BERTRAND (ALEX.) ET GÉNÉRAL CREULY

Guerre des Gaules. Commentaires de J. César. Trad. nouv. avec texte. 2 vol. in-8. Le 1ᵉʳ est en vente. Prix du vol. . . . . 7 fr.

BIMBENET (EUG.)

Fuite de Louis XVI à Varennes, d'après les documents judiciaires et administratifs, etc. 1 vol. in-8 avec des fac-simile. . . . . 7 fr. 50

J. F. BOISSONADE

Critique littéraire sous le Iᵉʳ empire, avec une notice par M. Naudet, de l'Institut, et une étude de M. F. Colincamp, etc. 2 forts vol. in-8 avec portrait. 15 fr.

BONNEAU AVENANT

Madame de Miramion. Sa vie et ses œuvres charitables. (*Ouvrage couronné par l'Académie française*). 1 vol. in-8 orné d'un joli portrait. . . . 7 fr. 50

BONNECHOSE (ÉMILE DE)

Histoire d'Angleterre, depuis les temps les plus reculés jusqu'à l'époque de la Révolution française, avec un résumé chronologique des événements jusqu'à nos jours. (*Ouvrage couronné par l'Académie française.*) 2ᵉ édit. 4 vol in-8. . 24 fr.

BROGLIE (DUC DE)

Écrits et Discours. Philosophie, littérature, politique. 3 vol in-8. . . . 18 fr.

BROGLIE (A. DE)

Nouvelles études de littérature et de morale. 1 vol. in-8. . . . . . 7 fr.
L'Église et l'Empire romain au IVᵉ siècle. — 5 parties en 6 vol. in-8. 42 fr.

BUNSEN (C.-C. J. DE)

Dieu dans l'histoire, traduction de M. Dietz, avec une étude biographique par M. Henri Martin. 1 fort vol. in-8 . . . . 7 fr. 50

CALDERON DE LA BARCA

Œuvres dramatiques, traduction de M. Ant. de Latour, avec une étude, des notices et des notes. 2 vol. in-8. Tome 1ᵉʳ. *Drames,* en vente . . . . . 6 fr.

CARNÉ (L. DE)

Souvenirs de ma jeunesse au temps de la Restauration. 1 vol. in-8. 6 fr.
Les États de Bretagne. 2 vol. in-8. . . . . 12 fr.
Les Fondateurs de l'Unité française. Suger, saint Louis, Du Guesclin, Jeanne d'Arc, Louis XI, Henri IV, Richelieu, Mazarin. 2 vol. in-8. . . . . . 12 fr.
La Monarchie française au XVIIIᵉ siècle. Études historiques sur les règnes de Louis XIV et de Louis XV. Nouv. édit. 1 vol. in-8. . . . . 6 fr.

CHAMPOLLION LE JEUNE

Lettres écrites d'Égypte et de Nubie en 1828 et 1829. Nouv. édit. 1 vol. in-8 avec planches. . . . . 7 fr. 50

CHASLES (PHIL.)

Voyages d'un critique à travers la vie et les livres. *Première série :* Orient — *Deuxième série :* Italie et Espagne. 2 vol. in-8. . . . . 12 fr.

CHASLES (ÉMILE)

Michel de Cervantes. Sa vie, son temps, etc. 1 vol. in-8. . . . . . . 7 fr.
La Comédie au XVIᵉ siècle. 1 vol. in-8. . . . . 5 fr.

CHASSANG

Le Spiritualisme et l'idéal dans l'art et la poésie des Grecs. 1 vol. in-8.   6 fr.

Apollonius de Tyane, sa vie, ses voyages, ses prodiges, par Philostrate, et ses Lettres ; ouvr. trad. du grec, avec notes, etc. 1 vol. in-8. . . . . 6 fr.

Histoire du Roman dans l'antiquité grecque et latine, et de ses rapports avec l'histoire. (*Ouvrage couronné par l'Académie des inscriptions.*) 1 vol. in-8.   6 fr.

CHERRIER (DE)

Histoire de Charles VIII, roi de France. 2 vol. in-8. . . . . 14 fr.

CLÉMENT (CHARLES)

Prudhon, sa vie, ses œuvres et sa correspondance. 2ᵉ éd. 1 v. in-8.   6 fr.

Géricault. — *Étude biographique et critique*, avec le catalogue raisonné de l'œuvre du maître. 1 vol. in-8. . . . . 6 fr.

CLÉMENT (PIERRE)

L'Abbesse de Fontevrault, *Gabrielle de Rochechouart de Mortemart*. 1 vol. in-8, orné d'un portrait. 7 fr. 50

Enguerrand de Marigny, *Beaune de Semblançay, le chevalier de Rohan.* Episodes de l'histoire de France. 2ᵉ édition. 1 vol. in-8. . . . . 6 fr.

COMBES (F.)

La Princesse des Ursins. Essai sur sa vie et son caractère politique. 1 v. in-8.   5 fr.

COURCY (MARQUIS DE)

L'Empire du Milieu. État et description de la Chine. 1 fort vol. in-8. . . . 9 fr.

COURDAVEAUX

Caractères et Talents. Études de littérature ancienne et moderne. 1 vol. in-8.   6 fr.

Entretiens d'Épictète, trad. nouvelle et complète. 1 vol. in-8. . . . . . 7 fr.

Eschyle, Xénophon et Virgile. 1 vol. in-8. . . . . 5 fr.

COUSIN (V.)

La Jeunesse de Mazarin. 1 fort vol. in-8. . . . . 7 fr.

La Société française au XVIIᵉ siècle, d'après le *Grand Cyrus*, roman de mademoiselle de Scudéry. 3ᵉ édit. 2 vol. in-8. . . . . 14 fr.

Madame de Chevreuse. 2ᵉ édit. 1 vol. in-8, orné d'un joli portrait. . . . 7 fr.

Madame de Hautefort. 2ᵉ édit. 1 vol. in-8. avec un joli portrait.. . . . 7 fr.

Jacqueline Pascal. 4ᵉ édition. 1 vol. in-8, *fac-simile* . . . . 7 fr.

La Jeunesse de madame de Longueville. 4ᵉ édit. 1 v. in-8, 2 port.   7 fr.

Madame de Longueville pendant la Fronde (1651-1653). 1 vol. in-8..   7 fr.

Madame de Sablé. 2ᵉ édition. 1 vol. in-8, avec portrait. . . . . 7 fr.

Études sur Pascal. 1 vol. in-8. (*Sous presse.*)

Fragments et Souvenirs littéraires. 1 vol. in-8. . . . . 7 fr.

Premiers Essais de Philosophie. Nouv. édit. 1 vol. in-8. . . . . 6 fr.

Philosophie sensualiste du XVIIIᵉ siècle. Nouvelle édit. 1 vol. in-8.   6 fr.

Introduction à l'Histoire de la Philosophie. Nouv. édition. 1 vol. in-8..   6 fr.

Histoire générale de la Philosophie depuis les temps les plus anciens jusqu'au XIVᵉ siècle. 10ᵉ édit. 1 vol. in-8. . . . . 7 fr. 50

Philosophie de Locke. Nouvelle édition entièrement revue. 1 vol. in-8.   6 fr.

Du Vrai, du Beau et du Bien, 17ᵉ édit. 1 vol. in-8 avec portrait. . . . 7 fr.

Fragments pour servir à l'histoire de la philosophie. 5 vol. in-8..   30 fr.

  Séparément : **Philosophie ancienne et du moyen âge**. 2 vol. in-8..   12 fr.

— **Philosophie moderne**. 2 vol. in-8. . . . . 12 fr.

— **Philosophie contemporaine**. 1 vol. in-8. . . . . 6 fr.

CRAVEN (Mᵐᵉ AUG.), NÉE LA FERRONNAYS

Anne Séverin. 1 vol. in-8.. . . . . 7 fr.

Récit d'une Sœur. Souvenirs de famille. 19ᵉ édition. 2 vol. in-8, avec un beau portrait. . . . . 15 fr.

DANTIER (ALPH.)

Les Monastères bénédictins d'Italie. Souvenirs d'un voyage littéraire au delà des Alpes. (*Ouvrage couronné par l'Académie française.*) 2 vol. in-8.   15 fr.

DAUDVILLE

Physiologie des instincts de l'homme. 1 vol. in-8. . . . . 6 fr.

DELAUNAY (FERD.)
Philon d'Alexandrie. *Écrits historiques*, trad. et précédés d'une introduction. 1 vol. in-8 . . . . 7 fr.

DELAPERCHE
Essai de philosophie analytique. 1 vol. in-8 . . . . 7 fr.

DELÉCLUZE (E.-J.)
Louis David, son école et son temps. Souvenirs. 1 vol. in-8.. . . . . . . 6 fr.

DESJARDINS (ALBERT)
Les Moralistes français au XVIᵉ siècle. (*Ouvr. cour. par l'Acad. franç.* 1 vol. in-8 . . . . 7 fr. 50

DESJARDINS (ERNEST)
Le grand Corneille historien. 1 vol. in-8. . . . . 5 fr.
Alésia (7ᵉ CAMPAGNE DE JULES CÉSAR). Résumé du débat, etc., suivi de notes inédite de Napoléon Iᵉʳ sur les COMMENTAIRES DE JULES CÉSAR. In-8, avec *fac-simile*. 3 fr.

DESNOIRESTERRES
Gluck et Piccinni. *La musique française au XVIIIᵉ siècle.* 1 v. in-8. 7 fr. 50
Voltaire et la Société au XVIIIᵉ siècle. 4 séries ou volumes : *La Jeunesse de Voltaire* (épuisé). *Voltaire à Cirey. Voltaire à la cour. Voltaire et Frédéric.* Le vol. à . . . . 7 fr. 50

DREYSS (CH.)
Mémoires de Louis XIV POUR L'INSTRUCTION DU DAUPHIN. 1ʳᵉ édit. complète, avec une étude sur la composition des Mémoires et des notes. 2 vol. in-8. . 12 fr.

DUBOIS (D'AMIENS) (FRÉD.)
Éloges prononcés à l'Académie de médecine. PARISET, BROUSSAIS, ANT. DUBOIS, RICHERAND, BOYER, ORFILA, CAPURON, DENEUX, RÉCAMIER, ROUX, MAGENDIE, GUÉNEAU DE MUSSY, C. SAINT-HILAIRE, CHOMEL, THÉNARD, etc., etc. 2 vol. in-8. 12 fr.

DUBOIS-GUCHAN
Tacite et son siècle, ou la société romaine impériale, d'Auguste aux Antonins, dans ses rapports avec la société moderne. 2 beaux volumes in-8. . . . . 14 fr.
De l'Esprit de mon temps au point de vue moral. 1 vol. in-8. . . . . . 4 fr.

A. DUCASSE
Le général Vandamme et sa correspondance. 2 vol. in-8. . . . . 14 fr.

DUCLOS (H.)
Madame de La Vallière et Marie Thérèse d'Autriche, femme de Louis XIV, avec pièces et documents inédits. 2ᵉ édit., 2 vol. in-8. . . . . 10 fr.

DU MÉRIL (ÉDELST.)
Histoire de la Comédie ancienne. 2 vol. in-8. . . . . 16 fr.

DURAND DE LAUR
Erasme, sa vie, son œuvre. 2 forts vol. in-8. . . . . 15 fr.

EGGER
L'Hellénisme en France. Leçons sur l'influence des études grecques sur la langue et la littérature françaises. 2 vol. in-8. . . . . 15 fr.

FABRE (A.)
La Correspondance de Fléchier avec Madame des Houlières et sa fille. 1 vol. in-8. . . . . 6 fr.

FALLOUX (Cᵗᵉ DE)
Madame Swetchine. Sa vie et ses pensées, publiées par M. DE FALLOUX. 11ᵉ édit. 2 vol. in-8, ornés d'un portrait. 15 fr.
Lettres de madame Swetchine, publiées par M. DE FALLOUX. 3 vol. in-8. 18 fr.
Correspondance du P. Lacordaire avec madame Swetchine, publiée par M. DE FALLOUX. 1 vol. in-8.. . . . . 7 fr. 50
Étude sur madame Swetchine, par Ern. Naville. In-8. . . . . 1 fr. 50

FAVRE (L.)
Le chancelier Estienne Denis Pasquier. Souvenirs de son dernier secrétaire. 1 vol. in-8. avec portrait.. . . . . 7 fr. 50

FERRARI (J.)
La Chine et l'Europe, leur hist. et leurs traditions comparées. 1 vol. in-8. 7 f. 50
Histoire des Révolutions d'Italie, ou Guelfes et Gibelins. 4 vol. in-8. 24 fr.

FERRI (LOUIS.)

Histoire de la Philosophie en Italie au XIXᵉ siècle. 2 vol. in-8. . . . 12 fr.

FEUGÈRE (LÉON)

Les Femmes poëtes au XVIᵉ siècle, étude suivie de notices sur Mˡˡᵉ de Gournay, d'Urfé, Montluc, etc. 1 vol. in-8. . . . . 5 fr.

FLAMMARION

La Pluralité des mondes babités. Étude où l'on expose les conditions d'habitabilité des terres célestes, etc. Nouv. édit. 1 fort vol. in-8 avec figures. . 7 fr.

FRANCK (AD.)

Moralistes et Philosophes. 1 vol. in 8. 1872. . . . . 7 fr. 50
Philosophie et Religion. 1 vol. in-8. . . . . 7 fr. 50

GANDAR

Lettres et souvenirs d'enseignement, publiés par sa famille, avec une *Étude* par M. Sainte-Beuve. 2 vol. in-8. . . . . 15 fr.
Choix de Sermons de la jeunesse de Bossuet. Édition critique d'après les textes, avec introduction, notes et notices. 1 vol. in-8, 5 fac-simile. . 7 fr. 50

GEFFROY (A.)

Lettres inédites de Mᵐᵉ des Ursins, avec une introd. et des notes. 1 v. in-8. 6 fr.

GERMOND DE LAVIGNE

Le Don Quichotte de Fernandez Avellaneda, traduit de l'espagnol et annoté. 1 beau vol. in-8. . . . . 5 fr.

GERUZEZ

Histoire de la littérature française jusqu'à la Révolution. (*Ouvrage couronné par l'Académie française.*) Nouvelle édition. 2 vol. in-8. . . . . 14 fr.

GODEFROY-MENILGLAISE (Mˡˢ DE)

Les savants Godefroy. Mémoires d'une famille pendant les XVIᵉ, XVIIᵉ et XVIIIᵉ siècle. 1 vol. in-8. . . . . 7 fr.

GODEFROY (F.)

Lexique comparé de la langue de Corneille et de la langue du XVIIᵉ siècle en général. (*Ouvrage couronné par l'Académie française.*) 2 vol. in-8. . . . . 15 fr.

GUADET

Les Girondins, leur vie politique et privée, leur proscription, leur mort. 2 vol. in-8. . . . . 12 fr.

GUÉRIN (MAURICE DE)

Journal, lettres et fragments, publiés par M. Trebutien, avec une étude par M. Sainte-Beuve. 1 volume in-8. . . . . 7 fr.

GUÉRIN (EUGÉNIE DE)

Journal et lettres, publiés par M. Trebutien. (*Ouvrage couronné par l'Académie française.*) 2 vol. in-8. . . . . 14 fr.

GUIZOT

Sir Robert Peel, étude d'histoire contemporaine, accompagnée de fragments inédits des Mémoires de Robert Peel. Nouvelle édition. 1 vol. in-8. . . . . 6 fr.
Histoire de la Révolution d'Angleterre, depuis l'avénement de Charles Iᵉʳ jusqu'à la mort de R. Cromwell (1625-1660). 6 vol. in-8, en 5 parties. . 42 fr.
— **Histoire de Charles Iᵉʳ,** depuis son avénement jusqu'à sa mort (1625-1649) précédée d'un *Discours sur la Révolution d'Angleterre.* 8ᵉ édit. 2 vol. in-8. 14 fr.
— **Histoire de la République d'Angleterre et de Cromwell** (1649-1658). 3ᵉ édit. 2 vol. in-8. . . . . 14 fr.
— **Histoire du protectorat de Richard Cromwell,** et du *Rétablissement des Stuarts* (1659-1660). 2ᵉ édit. 2 vol. in-8. . . . . 14 fr.
Études sur l'Histoire de la Révolution d'Angleterre. 2 vol. in-8 :
— **Monk. Chute de la République.** 5ᵉ édit. 1 vol. in-8, portrait. . . . . 6 fr.
— **Portraits politiques** des hommes des divers partis : *Parlementaires, Cavaliers, Républicains, Niveleurs.* Études historiques. Nouv édit 1 vol in-8. 6 fr.
Essais sur l'Histoire de France 10ᵉ édit. revue et corrigée. 1 vol. in-8. 6 fr.
Histoire des origines du gouvernement représentatif et des institutions politiques de l'Europe, etc. Nouv. édit. 2 vol. in-8. . . . . 10 fr.

1.

GUIZOT (suite.)

Histoire de la civilisation en Europe et en France, depuis la chute de l'empire romain jusqu'à la Révolution française. Nouv. édition. 5 vol. in-8 . . 30 fr.

Discours académiques, suivis des discours prononcés pour la distribution des prix au Concours général et devant diverses sociétés, etc. 1 vol. in-8 . . . 6 fr.

Corneille et son temps. Étude littéraire, etc. 1 vol. in-8 . . . . . . 6 fr.

Méditations et Études morales et religieuses. Nouv. édit. 1 vol. in-8 . 6 fr.

Études sur les beaux-arts en général. 3ᵉ édit. 1 vol. in-8 . . . . . . 6 fr.

De la Démocratie en France. 1 vol. in-8 de 164 pages. . . . . . 2 fr. 50

Abailard et Héloïse. Essai historique par M. et Mᵐᵉ GUIZOT, suivi des *Lettres d'Abailard et d'Héloïse*, traduites par M. Oddoul. Nouv. édit. 1 vol. in-8. 6 fr.

Grégoire de Tours et Frédégaire. — HISTOIRE DES FRANCS ET CHRONIQUE, trad. Nouv. édit. revue et augmentée de la *Géographie de Grégoire de Tours et de Frédégaire*, par M. ALFRED JACOBS. 2 vol. in-8, avec une carte spéciale. . 14 fr.
Cet ouvrage est autorisé par décision ministérielle pour les Écoles publiques.

Œuvres complètes de W. Shakspeare, traduction nouvelle de M. GUIZOT, avec notices et notes. 8 vol. in-8. . . . . 48 fr.

Histoire de Washington *et de la fondation de la république des États-Unis*, par M. C. DE WITT, avec une Introduction par M. GUIZOT. 3ᵉ édition, revue et augmentée. 1 vol. in-8, avec portraits et carte. . . . . 7 fr.

Correspondance et Écrits de Washington, traduits de l'anglais et mis en ordre par M. GUIZOT. 4 vol. in-8. . . . . 12 fr.

Dictionnaire universel des synonymes de la langue française, contenant les synonymes de GIRARD, BEAUZÉE, ROUBAUD, D'ALEMBERT, etc., augmenté d'un grand nombre de nouveaux synonymes, par M. GUIZOT, 7ᵉ édit. 1 vol. gr. in-8.... 12 fr.
L'introduction de cet ouvrage est autorisée dans les Établissements d'instruction publique

GUIZOT (GUILLAUME)

Ménandre. Étude historique et littéraire sur la Comédie et la Société grecques. (*Ouvrage couronné par l'Académie française.*) 1 vol. in-8, avec portrait. . . 6 fr.

HALLEGUEN (Dʳ)

Armorique et Bretagne. Origines armorico-bretonnes. 2 vol. in-8. . . 12 fr.

HOUSSAYE (ARSÈNE)

Histoire de Léonard de Vinci. 1 vol. in-8 avec portrait 7 50

HOUSSAYE (HENRY)

Histoire d'Apelles. Études sur l'art grec. 1 vol. in-8. . . . . 7 fr.

HUREL (L'ABBÉ A.)

Les Orateurs sacrés à la cour de Louis XIV. 2 vol. in-8. . . . 12 fr.

JACQUINET

Des Prédicateurs au xviiᵉ siècle avant Bossuet. (*Ouvrage couronné par l'Académie française.*) 1 vol. in-8. . . . . 6 fr.

J. JANIN

La Poésie et l'Éloquence à Rome au temps des Césars. 1 vol. in-8. 6 fr.

JOBEZ (AD.)

La France sous Louis XV (1715-1774). Tomes I à V parus. In-8. Prix du vol. 6 fr.

JULIEN (ERN.)

La Chasse. Son histoire et sa législation. 1 vol. in-8. . . . . 7 fr.

JUSTE (THÉOD.)

Le Soulèvement des Pays Bas contre la domination espagnole. 2 vol. in-8. . . . . 14 fr.

Vie de Marnix de Sainte-Aldegonde — 1538-1568 — 1 vol. in-8. . . . 5 fr.

LEON LAGRANGE

Joseph Vernet et la Peinture au xviiiᵉ siècle, avec grand nombre de documents inédits. 1 volume in-8. . . . . 6 fr.

Pierre Puget, peintre, sculpteur architecte, etc. 1 vol. in-8. . . . . . . 6 fr.

LAMENNAIS

Correspondance inédite, publiée par M. FORGUES. 2 vol. in-8. . . . . 10 fr

LAPATZ

Lettres de Synésius, traduites pour la première fois et suivies d'études, etc. 1 vol. in-8. . . . . 7 fr.

LAPRADE (V. DE)

Questions d'art et de morale. 1 vol. in-8. . . . . 6 fr.
Le Sentiment de la nature avant le Christianisme et chez les modernes.
2 vol. in-8. . . . . 15 fr.

LAVOLLÉE (RENÉ)

Portalis, *sa vie et ses œuvres.* 1 vol. in-8. . . . . 6 fr.

LECOY DE LA MARCHE

La Chaire française au moyen âge, et spécialement au XIIIᵉ siècle. (*Ouvrage couronné par l'Académie des inscriptions.*) 1 vol. in-8. . . . . 8 fr.

LE DIEU (L'ABBÉ)

Mémoires et Journal de l'abbé Le Dieu, sur la vie et les ouvrages de Bossuet, publiés sur les manuscrits autographes. 4 vol. in-8. . . . . 20 fr.

LÉLUT

Physiologie de la pensée. Recherche critique des rapports du corps à l'esprit. 2 vol. in-8. . . . . 12 fr.

LEMOINE (ALB.)

L'Aliéné devant la philosophie, la morale et la société. 1 vol. in-8. . . . 6 fr.

LESSING

La Dramaturgie de Hambourg, trad. d'Éd. de Suckau et L. Crouslé, avec une étude par M. A. Mézières. 1 vol. in-8. . . . . 7 fr.
Théâtre choisi de Lessing et Kotzebue, avec notices et notes; traduit par MM. de Barante et Frank. 1 vol. in-8. . . . . 6 fr.

LEZAT (L'ABBÉ)

De la Prédication sous Henri IV. 1 vol. in-8. . . . . 5 fr.

LITTRÉ

Histoire de la langue française. Études sur les origines, l'étymologie, la grammaire, etc. 4ᵉ édit. 2 vol. in-8. . . . . 14 fr.

LIVET (CH.)

La Grammaire française et les Grammairiens du XVIIᵉ siècle. (*Mention très-honorable de l'Académie des inscriptions.*) 1 fort vol. in-8. . . . . . 7 fr.

LOPE DE VEGA

Œuvres dramatiques. *Drames et Comédies.* Trad. de M. E. Baret, avec une Étude, des notices et notes. 2 vol. in-8. . . . . 12 fr.

LOVE

Le Spiritualisme rationnel, à propos des divers moyens d'arriver à la connaissance, etc. 1 vol. in-8. 6 fr.

J. TH. LOYSON (L'ABBÉ)

L'Assemblée du clergé de France *de* 1682, d'après des documents dont un grand nombre inconnus jusqu'à ce jour. 1 vol. in-8 . . . . 7 fr.

MARTHA BECKER

Le Général Desaix. Étude historique. 1 vol. in-8, avec portrait. . . . 5 fr.
Matérialisme et panthéisme. 1 vol. in-8. . . . . 5 fr.

MARTIN (HENRI)

Études d'Archéologie celtique, 1 vol. in-8. . . . . 7 fr. 50

MARY (D')***

Le Christianisme et le Libre Examen. Discussion des arguments apologétiques. 2 vol. in-8. . . . . 12 fr.

MATTER

Le Mysticisme en France au temps de Fénelon. 1 vol. in-8. . . . . 6 fr.
Swedenborg. Sa vie, ses écrits, sa doctrine. 1 vol. in-8. . . . . 6 fr.
Saint-Martin, *le Philosophe inconnu,* sa vie, ses écrits, etc. . . . . . . 6 fr.

MAURY (ALF.)

Les Académies d'autrefois. 2 parties :
— *L'ancienne Académie des sciences.* 1 volume in-8. . . . . 6 fr.
— *L'ancienne Académie des inscriptions et belles-lettres.* 1 volume in-8. 6 fr.

MEAUX (Vᵗᵉ DE)

La Révolution et l'Empire. Étude d'histoire politique. 1 vol. in-8. . . . 6 fr.

MÉNARD (L. ET R.)

La Sculpture antique et moderne. 1 vol. in-8. 6

La Morale avant les philosophes. 1 vol. in-8. . . . . 3 fr.

MÉZIÈRES (ALF.)

Pétrarque. Étude d'après des documents nouveaux. (*Ouvrage couronné* *l'Académie française.*) 1 vol. in-8 . . . . 7 fr.

Gœthe. Les œuvres expliquées par la vie, 1749-1795. 1 vol. in-8. 7 fr.

MICHAUD (ABBÉ)

Guillaume de Champeaux et les écoles de Paris au XIIe siècle. 1 vol. in-8. 7

MIGNET

Éloges historiques : *Jouffroy, de Gérando, Laromiguière, Lakanal, Schell Portalis, Hallam, Macaulay.* 1 vol. in-8. 6

Charles-Quint, SON ABDICATION, SON SÉJOUR ET SA MORT AU MONASTÈRE DE YUS' 5e édit., revue et corrigée. 1 beau vol. in-8. 6,

Histoire de la Révolution française, de 1789 à 1814. 9e édit. 2 vol. in-8. (S presse).

MOLAND (LOUIS)

Origines littéraires de la France. Roman, Légende, etc. 1 vol. in-8. 6

MONNIER (F.)

Le Chancelier d'Aguesseau, etc., avec des documents inédits et des ouvra nouveaux du Chancelier. (*Ouvr. cour. par l'Acad. franç.*) 2e édit. 1 vol. in-8. 6

MONTALEMBERT (COMTE DE)

L'Église libre dans l'État libre. 1 vol. in-8. . . . . 2 fr.

MORAND (F.)

Les jeunes années de Sainte-Beuve. 1 vol. in-8. 3

MORET (ERNEST)

Quinze ans du règne de Louis XIV. 1700-1715. (*Ouvrage couronné par l'A démie française, 2e prix Gobert.*) 3 vol. in-8. 15

MOURIN (ERN.)

Les Comtes de Paris. Histoire de l'Avénement de la 3e race. (*Ouvrage cour. l'Académie française. 2e prix Gobert*). 1 vol. in-8 7

MAX MULLER

Essais sur l histoire des religions, trad. par Geo. Harris. 1 vol. in-8. 7 fr.

NOURRISSON

Tableau des progrès de la pensée humaine. Les philosophes et les ph sophies depuis Thalès jusqu'à Hegel. 3e édit. revue et augm. 1 vol. in-8. 7 fr.

Philosophie de saint Augustin. (*Ouvrage couronné par l'Académie des scie morales.*) 2 vol. in-8. 14

La Nature humaine. Essais de psychologie appliquée. (*Ouvrage couronné l'Académie des sciences morales.*) 1 vol. in-8. 7

Essai sur Alexandre d'Aphrodisias, suivi du traité *du Destin et du L pouvoir*, traduit en français pour la première fois. 1 vol. in-8.. 6

NOUVION (V. DE)

Histoire du règne de Louis-Philippe Ier (1830-1840). 4 vol. in-8. . . 24

PELLISSON ET D'OLIVET

Histoire de l'Académie française. Nouv. édit. avec une introduction, notes et éclaircissements, par M. Ch. Livet. 2 gros vol. in-8. 10

PENQUER (Mme A.)

Velléda. 3e édit. 1 vol. in-8. . . . .

PERRENS

La démocratie en France au moyen-âge. (*Ouvrage couronné par l'Instit* 2 vol. in-8. 1

Les Mariages espagnols sous Henri IV et Marie de Médicis. (*Ouvrage cour par l'Académie française.*) 1 vol. in-8.. . . . .

POTIQUET

L'Institut national de France. Ses diverses organisations. — Ses membre Ses associés et correspondants (20 nov. 1795. — 19 nov. 1869) 1 vol. in-8.

POUGEOIS (L'ABBÉ)

Vansleb, *savant orientaliste et voyageur;* sa vie, sa disgrâce, ses œuvres. 1 vol. in-8. . . . . 7 fr.

POUJADE (EUG.)

Chrétiens et Turcs, scènes et souvenirs de la vie politique, militaire et religieuse en Orient. 1 fort vol. in-8. . . . . 6 fr.

PRELLER

Les Dieux de l'ancienne Rome. *Mythologie romaine,* trad. par M. Dietz, avec préface de M. Alf. Maury. 1 vol. in-8. . . . . 7 fr. 50

RAYNAUD (MAURICE)

Les Médecins au temps de Molière. Mœurs, Institutions, Doctr. 1 v. in-8. 6 fr.

RÉAUME (EUG.)

Les Prosateurs français du XVI° siècle. 1 vol. in-8. . . . . 6 fr.

REYNALD (H.)

Mirabeau et la constituante. *(Ouv. cour par l'Acad. franç.)* 1 v. in-8. 7 fr. 50

RIBOT

Philosophie de la Société. Etude sur notre organisation sociale. 1 vol. in-8. 6 fr.

ROSELLY DE LORGUES

Christophe Colomb. Sa vie et ses voyages. 5° édit. 2 vol. in-8, portr. . . 12 fr.

ROUGEMONT

L'Age du Bronze, ou les *Sémites en Occident,* matériaux pour servir à l'histoire de la haute antiquité. 1 vol. in-8. . . . . 7 fr.

ROUSSET (CAMILLE)

Les Volontaires. — **1791-1794.** — 1 vol. in-8. . . . . 6 fr.
Le Comte de Gisors, 1732-1758, étude historique. 1 vol. in-8. . . . 7 fr.
Histoire de Louvois et de son administration politique et militaire. *(Ouvrage couronné par l'Académie française.* 1" prix Gobert.) 5° édit. 4 vol. in-8. 28 fr.
Correspondance de Louis XV et du maréchal de Noailles. 2 v. in-8. 12 fr.

P. ROUSSELOT

Les Mystiques espagnols. 2° édit. 1 vol. in-8. . . . . 7 fr. 50

SACY (S. DE)

Variétés littéraires, morales et historiques. 2° édit. 2 vol. in-8. . . . . 14 fr.

J. BARTHÉLEMY SAINT-HILAIRE

Le Bouddha et sa religion. Nouv. édition, revue et augm. 1 vol. in-8. . 7 fr.
Mahomet et le Coran. Précédé d'une introduction sur les devoirs mutuels de la philosophie et de la religion. 1 vol. in-8. . . . . 7 fr.
L'Iliade d'Homère, trad. en vers français. 2 vol in-8. . . . . 16 fr.

SAISSET (E.)

Le Scepticisme. — Ænésidème. — Pascal. — Kant. — Études, etc 1 vol. in-8. 6 fr.
Précurseurs et Disciples de Descartes. Études d'histoire et de philosophie. 1 vol. in-8. . . . . 6 fr.

SALVANDY (N. DE)

Histoire de Sobieski et de la Pologne. 2 vol. in-8. Nouvelle édition. . . 14 fr.
Don Alonso, ou l'Espagne; histoire contemporaine. Nouv. édit. 2 v. in-8. 14 fr.
La Révolution de 1830 et *le Parti révolutionnaire.* Nouv. édit. 1 vol. in-8. 1855. . . . . 5 fr.

SAULCY (F. DE)

Voyage en terre sainte. 2 vol. grand in-8. . . . . 20 fr.
Histoire de l'Art judaïque, d'après les textes sacrés et profanes. 1 vol. in-8. 6 fr.
Les Campagnes de Jules César dans les Gaules. Études d'archéologie militaire. 1 vol. in-8, fig. . . . . 7 fr.

1..

SAYOUS (A)
Le Dix-huitième siècle à l'Etranger — Histoire de la littérature française en Angleterre, en Prusse, en Suisse, en Hollande, etc., depuis Louis XV jusqu'à la Révolution. (*Ouvr. cour. par l'Académie franç.* 2 vol. in-8.) 12 fr.

SCHILLER
Œuvres dramatiques, trad. de M. DE BARANTE. Nouv. édit. entièrement revue, accompagnée d'une étude, de notices et de notes. 3 vol. in-8. . . . . . 18 fr.

SCHNITZLER
Rostoptchine et Kutusof. *La Russie en* 1812. Tableau de mœurs et essai de critique historique. 1 vol. in-8. . . . . . 6 fr.

SCLOPIS (F.)
Histoire de la Législation italienne, trad. par M. CH. SCLOPIS. 2 v. in-8. . 10 fr.

SHAKSPEARE
Œuvres complètes, trad. de M. GUIZOT. Nouv. édit. revue, accomp. d'une Étude sur Shakspeare, de notices, de notes. 8 vol. in-8. . . . . 48 fr.

SOREL
Le Couvent des Carmes et le Séminaire Saint-Sulpice pendant la Terreur. 1 vol. in-8 avec pl. . . . . . . 7 fr.

DANIEL STERN
Dante et Gœthe. Dialogues. 1 vol. in-8. . . . . . 6 fr.

STAAFF
Lectures choisies de littérature française depuis la formation de la langue jusqu'à nos jours. 3ᵉ édition. Tomes I et II et 1ʳᵉ partie du T. III. in-8. . . 20 fr

TAILLANDIER (SAINT-RENÉ)
La Serbie. Kara George et Milosch. 1 vol. in-8. . . . . 7 fr. 5.

THIERRY (AMÉDÉE)
Saint-Jean Chrysostome et Eudoxie. 1 vol. in-8. . . . 8 fr.
Saint Jérôme. La Société chrétienne à Rome et l'émigration romaine en terre sainte. 2 vol. in-8. . . . 15 fr.
Trois Ministres des fils de Théodose. Nouveaux Récits de l'histoire romaine. 1 volume in-8. . . . 7 fr.
Récits de l'Histoire romaine au vᵉ siècle. 3ᵉ édit. 1 vol. in-8. . . . 7 fr.
Tableau de l'Empire romain, depuis la fondation de Rome jusqu'à la fin du gouvernement impérial en Occident. 4ᵉ édit. 1 vol. in-8. . . . 7 fr.
Histoire d'Attila, de ses fils et de ses successeurs en Europe. Nouv. édit. revue. 2 vol. in-8. . . . 14 fr.
Histoire des Gaulois jusqu'à la domination romaine. 6ᵉ éd. rev. 2 v. in-8. 14 fr.
Histoire de la Gaule sous la domination romaine. 3 vol. in-8. Tomes I et II en vente. Le vol. à. . . . 7 fr.

TISSERAND
Antoine Godeau, évêque de Vence. Etude littéraire et histor. 1 vol. in-8. 6 fr.

TISSOT
L'Imagination. Ses bienfaits et ses égarements, surtout dans le domaine du merveilleux. 1 vol. in-8. . . . 7 fr. 50
Turgot. Sa vie, son administration, ses ouvrages. (*Ouvrage couronné par l'Académie des sciences morales.*) 1 vol. in-8. . . . 5 fr.
Les Possédées de Morzine. Broch. in-8. . . . 1 fr.

TOPIN (MARIUS)
L'Homme au masque de fer. 1 vol. in-8. . . . 7 fr.
L'Europe et les Bourbons sous Louis XIV. (*Ouvrage couronné par l'Académie française. Prix Thiers.*) 1 vol. in-8. . . . 7 fr.

VILLEMAIN
Histoire de Grégoire VII. 2 vol. in-8. . . . 15 fr.
Souvenirs contemporains d'Histoire et de Littérature. Première partie: M. DE NARBONNE, etc. 7ᵉ édit. 1 vol. in-8. . . . 7 fr.
Souvenirs contemporains d'Histoire et de Littérature. Deuxième partie: LES CENT-JOURS. 1 vol. in-8. Nouv. édit. . . . 7 fr.

VILLEMAIN (*suite*)

La République de Cicéron, traduite avec une introduction et des suppléments historiques. 1 vol. in-8.. . . . . 6 fr.

Choix d'Études SUR LA LITTÉRATURE CONTEMPORAINE : *Rapports académiques*, Études sur *Chateaubriand, A. de Broglie, Nettement*, etc. 1 vol. in-8 . . . . . . 6 fr.

Cours de Littérature française : le *Tableau de la Littérature au XVIII° siècle* et le *Tableau de la Littérature au moyen âge*. Nouv. édit. 6 vol. in-8. 36 fr.

Tableau de l'éloquence chrétienne au IV° siècle, etc. Nouv. édit. 1 fort vol. in-8.. . . . . 6 fr.

Discours et Mélanges littéraires : *Éloges de Montaigne et de Montesquieu.* — *Sur Fénelon et sur Pascal.* — *Rapports et discours académiques*. Nouv. édit. 1 vol. in-8.. . . . . 6 fr.

Études de Littérature ancienne et étrangère . *Hérodote, Lucrèce, Lucain, Cicéron, Tibère et Plutarque.* — *Les romans grecs.* — *Shakspeare; Milton; Byron*, etc. Nouv. édit. 1 vol. in-8. . . . . 6 fr.

Études d'Histoire moderne : *Discours sur l'état de l'Europe au XV° siècle.* — *Lascaris.* — *Essai historique sur les Grecs.* — *Vie de l'Hôpital*. 1 vol. in-8. 6 fr.

Essais sur le génie de Pindare et la poésie lyrique, etc. 1 vol. in-8. 6 fr.

VILLEMARQUÉ (H. DE LA)

Barzaz Breiz. *Chants populaires de la Bretagne*, recueillis et annotés avec musique. 1 vol. in-8. . . . . 7 fr. 50

Le grand Mystère de Jésus. Drame breton du moyen âge, avec une Étude sur le théâtre chez les nations celtiques. 1 vol. in-8, pap. de Hollande. . . . 12 fr.

— LE MÊME, pap. ordinaire. 7 fr.

La Légende celtique et la poésie des cloîtres , etc. 1 vol. in-8. . 6 fr.

Les Bardes bretons. Poëmes du VI° siècle, traduits en français avec fac-simile. Nouv. édit. 1 vol. in-8. . . . . 7 fr.

Les Romans de la Table ronde et les Contes des anciens Bretons. Nouv. édit. 1 vol. in-8.. . . . . 7 fr.

Myrdhinn ou l'Enchanteur Merlin. Son histoire, ses œuvres, son influence. 1 vol. in 8.. . . . . 7 fr.

VITU (AUG.)

Histoire civile de l'armée, ou des conditions du service militaire en France avant la formation des armées permanentes. 1 vol. in-8. . . . . 6 fr.

VOLTAIRE

Lettres inédites de Voltaire, publiées par MM. DE CAYROL et FRANÇOIS, avec une Introduction par M. SAINT-MARC GIRARDIN. 2° édit. augmentée. 2 vol. in-8. 12 fr.

Voltaire à Ferney. Correspondance inédite avec la duchesse de Saxe-Gotha, nouvelles Lettres et Notes historiques inédites, publiées par MM. Ev. BAVOUX et A. FRANÇOIS. Nouv. édit. augmentée. 1 vol. in-8. . . . . 6 fr.

Voltaire et le président de Brosses. Correspondance inédite, suivie d'un Supplément etc., publiée avec notes, par M. TH. FOISSET. 1 vol. in-8. . . . . . 5 fr.

WADDINGTON

Dieu et la Conscience. 1 vol in 8. . . . . 6 fr.

WIDAL

Juvénal et ses satires. Études littéraires et morales. 1 vol. in-8., . . . 7 fr.

WITT (CORNÉLIS DE)

Études sur l'histoire des États-Unis d'Amérique. 2 volumes :

— **Thomas Jefferson**. Étude historique sur la démocratie américaine. 2° édit. 1 vol. in-8, orné d'un portrait.. . . . . 7 fr.

— **Histoire de Washington** *et de la fondation de la République des États-Unis*, avec une Étude par M. GUIZOT. 3° édit. 1 vol. in-8, portraits et carte. . 7 fr.

ZELLER

Origines de l'Allemagne et de l'empire germanique. 1 volume in-8 avec cartes . . . . 7 fr. 50

DISCOURS ACADÉMIQUES

Discours de MM. Rousset et d'Haussonville, à l'Académie française, le
2 mars 1872. In-8 . . . . 1 fr.

Discours de MM. Duvergier de Hauranne et Cuvillier-Fleury, séance du
29 février 1872. In-8 . . . . 1 fr.

Discours de MM. X. Marmier et Cuvillier-Fleury, séance du 7 décem-
bre 1871. In-8 . . . . 1 fr.

Discours de MM. Jules Janin et Camille Doucet, séance du 9 novembre 1871.
In-8 . . . . 1 fr.

Discours de MM. Barbier et Silvestre de Sacy, séance du 17 mai 1870.
In-8 . . . . 1 fr.

Discours de MM. d'Haussonville et Saint-Marc Girardin, séance du
15 mars 1870. In-8 . . . . 1 fr.

Discours de MM. de Champagny et Silvestre de Sacy, séance du 10
mars 1870. In-8 . . . . 1 fr.

Discours de MM. Autran et Cuvillier-Fleury, séance du 8 avril 1869.
In-8 . . . . 1 fr.

Discours de MM. Claude Bernard et Patin, séance du 27 mai 1869.
In-8 . . . . 1 fr.

Discours de MM. Jules Favre et Ch. de Rémusat, séance du 23
avril 1868 . . . . 1 fr.

Discours de MM. l'abbé Gratry et Vitet, séance du 26 mars 1868. . . 1 fr.

Discours de MM. Cuvillier-Fleury et Nisard, séance du 11 avril 1869. 1 fr.

Discours de M. Guizot, en réponse à celui de M. Prévost-Paradol, séance du
8 mars 1866. In-8 . . . . 50 c.

Discours de MM. Camille Doucet et Sandeau, séance du 22 février 1866. 1 fr.

Discours de MM. Dufaure et Patin, séance du 7 avril 1864. In-8. . . 1 fr.

Discours de MM. le comte de Carné et Viennet, séance du 4 février 1864.
In-8 . . . . 1 fr.

Discours de MM. le prince de Broglie et Saint-Marc-Girardin, séance du
26 février 1863. In-8 . . . . 1 fr.

Discours de M. Guizot, en réponse à celui du P. Lacordaire, séance du 24 janvier 1861 . . . . 50 c.

Discours de MM. J. Sandeau et Vitet, séance du 26 mai 1859. In-8. . 1 fr.

Discours de MM. de Laprade et Vitet, séance du 17 mars 1859. In-8 . . 1 fr.

Discours de MM. le comte de Falloux et Brifaut, séance du 26 mars 1857.
In-8 . . . . 1 fr.

Discours de MM. Biot et Guizot, séance du 5 février 1857. In-8. . . 1 fr.

Discours de MM. le duc de Broglie et Désiré Nisard, séance du 3 avril 1856.
In-8 . . . . 1 fr.

Discours de MM. Silvestre de Sacy et de Salvandy, séance du 22 juin 1855.
In-8 . . . . 1 fr.

Discours de MM. Berryer et de Salvandy, séance du 22 février 1855.
In 8 . . . . 1 fr.

Discours de MM. Villemain et Guizot, à l'Académie française (séance annuelle
du 25 août 1859). In-8 . . . . 1 fr.

Notice historique sur la vie et les travaux de M. Victor Cousin, par
M. Mignet, séance du 16 janvier 1869. In-8 . . . . 1 fr.

Éloge de M. Horace Vernet, par M. Bruié, prononcé à l'Académie des beaux-
arts, le 3 octobre 1863. In-8 . . . . 1 fr.

Éloge de M. Hippolyte Flandrin, par M. Bruié, prononcé à l'Académie des
beaux-arts, le 19 novembre 1864. In-8 . . . . 1 fr.

Éloge de M. Meyerbeer, par M. Bruié, à l'Académie des Beaux-Arts, le 28 octobre 1865. In-8 . . . . 1 fr.

BIBLIOTHÈQUE ACADÉMIQUE

Format in-12.

ALAUX

La Raison.—Essai sur l'avenir de la philosophie. 1 vol. . . . . 3 fr.

AMPÈRE (J -J.)

Formation de la langue française. Complément de l'**Histoire littéraire de la France.** 5ᵉ édition revue et annotée. 1 fort vol. . . . . 4 fr.
Histoire littéraire de la France avant et sous Charlemagne. 5ᵉ édition revue. 5 vol. . . . . 10 fr. 50
La Grèce, Rome et Dante, études littéraires. 5ᵉ édit. 1 vol. . . . . . 3 fr. 50
La Science et les Lettres en Orient. 2ᵉ édit. 1 vol. . . . . 3 fr. 50
Heures de poésie. Nouvelle édition. 1 vol . . . . 5 fr. 50
Philosophie des deux Ampère, avec Préface de M. B. SAINT-HILAIRE. 2ᵉ édit. 1 vol. . . . . 5 fr. 50

AUBERTIN (CH.)

Sénèque et saint Paul. Étude sur les rapports supposés entre le philosophe et l'apôtre. (*Ouv. couronné par l'Acad. française*) 2ᵉ édit. 1 vol. . . . 5 fr. 50

AUBRYET (XAV.)

Les Représailles du Sens commun. 1 vol. . . . . 5 fr. 50

AUDIAT

Bernard Palissy. Étude sur sa vie et ses travaux. (*Ouv. couronné par l'Académie française.*) 1 vol. 5 fr. 50

AUDIGANNE

La Morale dans les Campagnes. 1 vol. . . . . 5 fr. 50

AUDLEY (Mᵐᵉ)

Franz Schubert. Sa vie, ses œuvres. Avec le Catalogue de ses pièces. 1 vol. 5 fr.
Beethoven, sa vie, ses œuvres. Avec le Catalogue. 1 vol. . . . . 5 fr.

D'AZEGLIO (MASSIMO)

L'Italie de 1847 à 1865. Correspondance politique publiée par Éug. Rendu. 5ᵉ édition. 1 vol. in-12. . . . . 5 fr. 50

BADER (Mˡˡᵉ)

La Femme biblique, sa vie morale et sociale. 2ᵉ édit. 1 vol. . . . . . 5 fr. 50
La femme grecque, aux temps légendaires et historiques. (*Ouvrage couronné par l'Académie française*). 2ᵉ édition. 2 vol. in-12. . . . . 7 fr.

BABOU

Les Amoureux de Mᵐᵉ de Sévigné, etc. 2ᵉ édition. 1 vol. . . . . . . 5 fr.

BAGUENAULT DE PUCHESSE

L'Immortalité. — *La mort et la vie.* 5ᵉ édit. revue. 1 vol. . . . . . 5 fr. 50

BAGUENAULT DE PUCHESSE (GUSTAVE)

Jean de Morvillier, évêque d'Orléans, garde des sceaux. Étude sur la politique française au XVIᵉ siècle. 2ᵉ édit. 1 vol. . . . . 5 fr. 50

BAILLON (COMTE DE)

Lettres d'Horace Walpole, pendant ses voyages en France. 2 édit. 1 vol. 5 fr. 50
Lord Walpole à la cour de France. 1723-1750. 2ᵉ édit. 1 vol. . . . 5 fr. 50

BARET

Les Troubadours, et leur influence sur la littérature du midi de l'Europe. 5ᵉ édition. 1 vol. . . . . 5 fr. 50

BARANTE

Études historiques et littéraires. Nouv édit. 4 vol. . . . . 14 fr.
Royer-Collard. — Ses discours et ses écrits. Nouv. éd. 2 vol.(*sous presse*) 7 fr.
Histoire des ducs de Bourgogne Nouv. édit., illustré de vign. 8 vol. 28 fr.
Tableau littéraire du XVIIIᵉ siècle. Nouv. édit. 1 vol. . . . . 5 fr. 50
Histoire de Jeanne d'Arc. *Édition populaire.* 1 vol. . . . . fr. 45

1...

BARTHÉLEMY (ED. DE)

Mesdames, filles de Louis XV. 2ᵉ édit. 1 fort vol. . . . . 4 fr.

La princesse de Condé, *Charlotte Catherine de la Trémoille*, d'après des lettres inédites. 1 vol. . . . . 3 fr. 50

Journal d'un Curé ligueur de Paris, etc. 1 vol. . . . . 3 fr.

H. BAUDRILLART

Publicistes modernes. *Young, de Maistre, M. de Biran, Ad. Smith, L. Blanc, Proudhon, Rossi, Stuart-Mill,* etc. 2ᵉ édition. 1 vol. . . . . : . . 3 fr. 50

BAUTAIN (L'ABBÉ)

Philosophie des lois au point de vue chrétien. 3ᵉ édit. 1 vol. . . . . 3 fr. 50

La Conscience, ou la Règle des actions humaines. 2ᵉ édit. 1 vol. . . . 3 fr. 50

BECQ DE FOUQUIÈRES

Aspasie de Milet. Étude historique et morale. 1 vol. . . . . 3 fr. 50

BENLOEW

Essais sur l'esprit des littératures. La Grèce et son cortège. 1 vol. 5 fr. 50

BENOIT

Chateaubriand, sa vie, ses œuvres. Etude littéraire et morale. (*Ouv. cour. par l'Académie française.*) 1 vol. . . . . 3 fr.

BERSOT (ERN.)

Morale et politique. 2ᵉ édit. 1 vol. . . . . 3 fr. 50

Essais de philosophie et de morale. 2ᵉ édit. 2 vol. . . . . 7 fr.

BERTAULD

La Liberté civile. Nouvelles études sur les publicistes. 2ᵉ édit. 1 vol. 3 fr. 50

BERTRAND (GUSTAVE)

Les Nationalités musicales au point de vue du drame lyrique. 1 vol. 3 fr. 50

BEULÉ

Histoire de l'Art grec avant Périclès. 2ᵉ édit. 1 vol. . . . . 3 fr. 50

Phidias. Drame antique. 2ᵉ édition. 1 vol. . . . . 3 fr. 50

Causeries sur l'art. 2ᵉ édit. 1 vol. . . . . 3 fr. 50

BLANCHECOTTE (Mᵐᵉ)

Tablettes d'une femme pendant la Commune. 1 vol. . . . . 3 fr. 50

Rêves et Réalités, etc. 3ᵉ édit. (*Ouv. cour. par l'Acad. franç.*) 1 vol. . . 3 fr.

Impressions d'une femme. (*Ouv. couronné par l'Acad. franç.*) 1 vol. . . . 3 fr.

BONHOMME (HONORÉ)

Le dernier abbé de cour. 1 vol. . . . . 3 fr. 50

Madame de Maintenon et sa famille, etc. 1 vol. . . . . 3 fr.

BOILLOT

L'Astronomie au XIXᵉ siècle. Tableau des progrès de cette science jusqu'à nos jours. 2ᵉ édit., augm. d'une nouv. étude sur le *Soleil.* 1 vol. . . 3 fr. 50

BROGLIE (ALB. DE)

L'Église et l'Empire romain au IVᵉ siècle. 5 parties en 6 vol. . . . . 21 fr.

Nouvelles Etudes de littérature et de morale. 2ᵉ édit. 1 vol. . . . . 3 fr. 50

BUNSEN (C.-C. J. DE)

Dieu dans l'histoire, trad. par DIETZ, avec notice par HENRI MARTIN. 2ᵉ éd. 1 vol. 4 fr.

CARNÉ (Cᵗᵉ L.)

Souvenirs de ma Jeunesse au temps de la Restauration. 2ᵉ édit. 1 v. 5 fr. 50

CELLER (LUD.)

Les Origines de l'Opéra et le Ballet de la Reine, 1581, etc. 1 vol. . . . . 3 fr.

CHAIGNET

La Vie et les écrits de Platon. 1 fort vol. . . . . 4 fr.

La Vie de Socrate. 1 vol. . . . . 3 fr.

CHAMBRIER (J. DE)

Marie-Antoinette, reine de France. 2ᵉ édit., revue, 2 vol. . . . . 7 fr.

CHASLES (PHILARÈTE)

Voyages d'un critique à travers la vie et les livres. 1ʳᵉ série, Orient. — 2ᵉ série, Italie et Espagne. 2ᵉ édit. 2 vol. . . . . 7 fr.

CHASLES (ÉMILE)

Michel de Cervantes. Sa Vie, son temps. 2ᵉ édit. 1 vol. . . . . 3 fr. 50

CHASSANG

Le Spiritualisme et l'idéal dans l'art et la poésie des Grecs. 2ᵉ édit. 1 vol.   3 fr. 50
Apollonius de Tyane. Sa vie, ses voyages, ses prodiges par Philostrate et ses lettres, trad. du grec, avec notes, etc. 2ᵉ édit. 1 vol. . . . .   3 fr. 50
Histoire du Roman dans l'antiquité grecque et latine. *(Ouvrage couronné par l'Académie des inscriptions.)* Nouv. édit. 1 vol. . . . .   3 fr. 50

CHERRIER (CH. DE)

Histoire de Charles VIII, roi de France, d'après des documents inédits. 2ᵉ édition. 2 vol. in-12. . . . .   7 fr

CHESNEAU (ERNEST)

Les Nations rivales dans l'art. Peinture et Sculpture. 1 vol. . . . .   3 fr. 50
Les Chefs d'école. — La Peinture au XIXᵉ siècle. 1 vol. . . . .   3 fr. 50
L'Art et les Artistes modernes en France et en Angleterre. 1 vol. . . .   3 fr.

CLÉMENT (CHARLES)

Géricault. Étude biographique et critique. 2ᵉ édit. 1 vol. . . . .   3 fr. 50

CLÉMENT (PIERRE)

L'Abbesse de Fontevrault. G. de Rochechouart. 2ᵉ édit. 1 v., portr.   4 fr.
Madame de Montespan. 2ᵉ édition. 1 vol. . . . .   3 fr. 50
La Police sous Louis XIV. 2ᵉ édition. 1 vol. . . . .   3 fr. 50
L'Italie en 1671. Relation du marquis de Seignelay, etc. 1 vol. . . . .   3 fr.
Enguerrand de Marigny, *Semblançay, le Chevalier de Rohan.* 2ᵉ édit. 1 v.   3 fr.
Jacques Cœur et Charles VII. Étude historique. etc. *(Ouv. couronné par l'Acad. française.)* Nouv. édit. 1 fort vol. . . . .   4 fr.

CLÉMENT (PIERRE) ET LEMOINE (ALFR.)

M. de Silhouette et les derniers fermiers généraux. 1 vol. . . . . .   5 fr.

COCHIN (AUG.)

Conférences et lectures. Lincoln, Ulysse Grant, Longfellow, Mᵐᵉ Craven, etc. 3ᵉ édit. 1 vol. . . . .   3 fr. 50

COSSOLLES (H. DE)

Du Doute. Introduction à l'apologie du Christianisme. 2ᵉ édit. 1 vol.   3 fr. 50

COUSIN (V.)

La Société française au XVIIᵉ siècle, d'après le *Grand Cyrus* de Mˡˡᵉ Scudéry. Nouv. édit. 2 vol. . . . .   7 fr.
Jacqueline Pascal. Premières études, etc. 5ᵉ édit. 1 vol. . . . .   3 fr. 50
Madame de Sablé. 3ᵉ édit. 1 vol. . . . .   3 fr. 50
La Jeunesse de madame de Longueville. 5ᵉ édition. 1 vol. . . .   3 fr. 50
Madame de Longueville pendant la Fronde. 5ᵉ édit. 1 vol. . . . .   3 fr. 50
Madame de Chevreuse. 4ᵉ édition. 1 vol. . . . .   3 fr. 50
Madame de Hautefort. 3ᵉ édit. 1 vol. . . . .   3 fr. 50
Introduction à l'histoire de la Philosophie. (Cours de 1828.) 1 vol. . .   3 fr. 50
Premiers essais de philosophie. (Cours de 1815.) Nouv. édit. 1 v, in-12.   3 fr. 50
Du vrai, du beau et du bien. 16ᵉ édit. 1 vol. . . . .   3 fr. 50
Philosophie sensualiste du XVIIIᵉ siècle. Nouv. édit. 1 vol. . . . .   3 fr. 50
Histoire générale de la Philosophie, 9ᵉ édition, 1 vol. . . . .   4 fr.
Philosophie de Locke. (Cours de 1830.) Nouv. édit. 1 vol. . . . . .   3 fr. 50
Des Principes de la Révolution française. etc. Nouv. édit. 1 vol .   3 fr. 50

CRAVEN (Mᵐᵉ AUG.)

Fleurange. *(Ouv. couronné par l'Académie française).* 11ᵉ édit. 2 vol. 6 fr.
Récit d'une sœur, souvenirs de famille. *(Ouv. couronné par l'Académie française).* 23ᵉ édit. 2 vol. . . . .   8 fr.
Anne Séverin. 12ᵉ édit. 1 vol. . . . .   4 fr.
Adélaïde Capece Minutolo. 6ᵉ édit. 1 vol. . . . .   2 fr.

DANTIER

Les Monastères bénédictins d'Italie. Souvenirs, etc. *(Ouv. couronné par l'Académie française.)* 2ᵉ édition. 2 vol. . . . .   fr.

DAREMBERG

La Médecine. — *Histoire et doctrines. (Ouv. couronné par l'Académie française.)* 2ᵉ édit. 1 vol. . . . .   3 fr. 50

DE BROSSES (LE PRÉSIDENT)

Le Président de Brosses en Italie. Lettres familières écrites d'Italie, en 1739 et 1740. 3ᵉ édit. 2 vol. . . . . 7 fr.

DELAUNAY (FERD.)

Philon d'Alexandrie. *Écrits historiques.* Trad. et précédés d'une introd. 2ᵉ édit. 1 vol. . . . . 3 fr. 50

DELAVIGNE (CASIMIR)

Œuvres. *Théâtre et poésies.* 4 vol. . . . . 14 fr.

DELÉCLUZE (E. J.)

Louis David. Son école et son temps. Souvenirs. Nouv. éd. 1 vol. . . . 3 fr. 50

DELORME

César et ses contemporains. 1 vol. . . . . 3 fr. 50

DESJARDINS (ARTHUR)

Les Devoirs. Essai sur la morale de Cicéron. (*Ouv. cour. par l'Inst.*) 1 vol. 3 fr. 50

DESJARDINS (ALBERT)

Les Moralistes français au XVIᵉ siècle. (*Ouvrage couronné par l'Institut.*) 2ᵉ édition. 1 fort vol. . . . . 4 fr.

DESJARDINS (ERNEST)

Le Grand Corneille historien. Nouv. édit. 1 vol. . . . . 3 fr.

DESMAZE

Le Châtelet de Paris. Son organisation, etc. 2ᵉ édit., revue. 1 vol. . . 3 fr. 50

DESNOIRESTERRES (G.)

Voltaire et la Société du XVIIIᵉ siècle 4 séries ou vol. comme suit : 1ᵉ *La jeunesse de Voltaire* — 2ᵉ *Voltaire à Cirey.* — 3ᵉ *Voltaire à la cour.* — 4ᵉ *Voltaire et Frédéric.* ⁵ᵉ éd tion. Le vol. . . . . 4 fr.

D'HÉZECQUES (Cᵗᵉ DE FRANCE)

Souvenirs d'un page de la cour de Louis XVI, publiés par le Cᵗᵉ D'Hézecques. 1 vol. . . . . 3 fr.

DIONYS

L'Ame. Son existence, ses manifestations. 1 vol. in-12 . . . . 3 fr. 50

DU CAMP (MAXIME)

Orient et Italie, souvenirs de voyages et de lectures. 1 vol. . . . . . 3 fr. 50

DUMONT (ALB.)

L'Administration et la propagande prussiennes en Alsace. 1 vol. . . 3 fr.

DUPONT (LÉONCE)

La Commune et ses auxiliaires devant la Justice 1 vol. . . . . . 3 fr.

ERNOUF (BARON)

Les Français en Prusse, 1807 D'après les documents contemp. 1 vol. 3 fr.
Le Général Kléber. Mayence, Vendée, Allemagne, Égypte. 1 vol. . . . 3 fr.

FALLOUX (Cᵗᵉ DE)

Madame Swetchine. *Sa vie et ses œuvres.* Nouv. édit. 2 vol., ornés d'un portrait. . . . . 8 fr.
Correspondance du R. P. Lacordaire et de Mᵐᵉ Swetchine. 4ᵉ éd., 1 v. 4 fr.
Madame Swetchine. *Lettres inédites.* 2ᵉ édit. 1 vol. . . . . 3 fr. 50
Louis XVI, 4ᵉ édit. 1 vol. . . . . 3 fr. 50

FEILLET (ALPH.)

La Misère au temps de la Fronde et saint Vincent de Paul. 3ᵉ édit. revue 1 vol. . . . . 3 fr. 50

FÉNELON

Aventures de Télémaque et d'Aristonoüs, précédées d'une Étude par M. Villemain. Nouv. édit., ornée de 24 vignettes. 1 vol. . . . . 3 fr.

FERRARI

La Chine et l'Europe. Leur histoire et leurs traditions comparées. 2ᵉ édit., 1 fort vol. . . . . 4 fr

FERRAZ

Philosophie du devoir. (*Ouv. couronné par l'Acad. franç.*), 2ᵉ éd. 1 vol. 3 fr. 50

FEUGÈRE LÉON

Caractères et Portraits littéraires du XVᵉ siècle. 2 vol. . . . . . . fr
Les Femmes poëtes du XVIᵉ siècle etc. 3ᵉ édit. 1 vol. . . . . . . 3 fr. 50

FLAMMARION

Récits de l'Infini. — *Lumen*, etc. 3ᵉ édit. 1 vol. . . . . 5 fr. 50

Sir Humphry Davy. *Les derniers jours d'un philosophe.* Ouv. traduit de l'anglais et annoté par C. FLAMMARION. 3ᵉ édit. 1 vol. . . . . 3 fr. 50

Dieu dans la nature. 9ᵉ édit. 1 fort vol. avec portrait. . . . . 4 fr.

La Pluralité des mondes habités. au point de vue de l'astronomie, de la physiologie et de la philosophie naturelle. 17ᵉ édit. 1 vol. fig. . . . . . 3 fr. 50

Les Mondes imaginaires et les Mondes réels. Voyage astronom., pittor. et Revue critique des théories sur les habitants des astres. 10ᵉ édit. 1 v. Fig. 3 fr. 50

FOURNEL (VICTOR)

La Littérature indépendante et les Écrivains oubliés. Essais de critique et d'érudition sur le xvɪɪᵉ siècle. 1 vol. . . . . 3 fr. 50

FRANCK (AD.)

Philosophie et Religion. 2ᵉ édit. 1 vol. . . . . 5 fr. 50

GAILLARD (LÉOPOLD)

Les Étapes de l'Opinion, 1871-1872 1 vol. . . . . 3 fr. 50

GALITZIN (LE PRINCE AUG.)

La Russie au XVIIIᵉ siècle. Mémoires inédits sur Pierre le Grand, Catherine Iᵉ et Pierre III. 2ᵉ édition. 1 vol. . . . . 3 fr. 50

GANDAR

Bossuet orateur. (*Ouv. couronné par l'Acad. franç.*) 2ᵉ édit. 1 vol. . . 5 fr. 50

Choix de Sermons de la jeunesse de Bossuet. 2ᵉ édit. 1 vol., fac-s. 5 fr. 50

GARCIN (EUG.)

Les Français du Nord et du Midi. 2ᵉ édit. 1 vol. in-12. . . . . 3 fr.

GEFFROY

Gustave III et la Cour de France. (*Ouvrage couronné par l'Académie française.* 2ᵉ édit. 2 vol., ornés de portraits et fac-simile. . . . . 8 fr.

GERMOND DE LAVIGNE

Le Don Quichotte de F. Avellaneda. Trad. avec notes. 1 vol. . . . . . 3 fr.

GÉRUZEZ

Histoire de la Littérature française depuis ses origines jusqu'à la Révolution. (*Ouv. cour. par l'Académie française,* 1ᵉʳ prix Gobert.) 8ᵉ édit. 2 vol. . . . . 7 fr.

GIDEL

Les Français du XVIIᵉ siècle. 1 vol. . . . . 3 fr. 50

SAINT-MARC GIRARDIN

La Syrie en 1861. Condition des Chrétiens en Orient. 1 vol. . . . . . 3 fr.

Tableau de la littérature française au XVIᵉ siècle. 3ᵉ édit. 1 vol. . . 3 fr. 50

GOBINEAU (Cᵗᵉ DE).

Les Religions et les Philosophies dans l'Asie centrale. 2ᵉ édit. 1 vol. 4 fr.

GONCOURT (E. ET J. DE)

Histoire de la société française pendant la Révolution et pendant le Directoire. Nouvelle édition. 2 vol. in-12. . . . . 7 fr.

GRIMAUD DE CAUX

L'Académie des Sciences pendant le siége de Paris. Septembre 1870, février 1871. 1 vol. . . . . 5 fr.

GRUN

Pensées des divers âges de la vie. Nouv. édit. 1 vol. . . . . 5 fr.

GUADET

Les Girondins. Leur vie privée et publique, leur proscription et leur mort. 2ᵉ édit. 2 vol. . . . . 7 fr.

EUGÉNIE DE GUÉRIN

Journal et Fragments, publiés par TRÉBUTIEN. (*Ouvrage couronné par l'Académie française.*) 27ᵉ édition. 1 vol. . . . . 3 fr. 50

Lettres d'Eugénie de Guérin. 17ᵉ édit. 1 vol. . . . . 3 fr. 50

Étude sur Eugénie de Guérin par AUG. NICOLAS. Broch. . . . . 50 c.

MAURICE DE GUÉRIN

Journal, Lettres et Fragments, publiés par TRÉBUTIEN, avec une Étude par M. SAINTE-BEUVE. 12ᵉ édit. 1 vol. . . . . 3 fr. 50

GUIZOT

Histoire de la Révolution d'Angleterre, depuis l'avénement de Charles Ier jusqu'au rétablissement des Stuarts (1625-1660). 6 vol. en trois parties. . . . 21 f

Monk. Chute de la République, etc. Étude historique. 1 vol. . . . 3 fr. 5

Portraits politiques des hommes des divers partis : *Parlementaires, Cavaliers, Républicains, Niveleurs*; études historiques. 1 vol.. . . . . 3 fr. 5

Sir Robert Peel. Étude d'histoire contemporaine, augmentée de documents inédits. 1 vol. . . . . 3 fr. 5

Essais sur l'Histoire de France, etc. Nouv. édit. 1 vol.. . . . . . 3 fr. 5

Histoire de la civilisation en Europe et en France, depuis la chute de l'Empire romain, etc. 10e édit. 5 vol.. . . . . 17 fr.

Corneille et son temps. Étude littéraire suivie d'un *Essai sur Chapelain, Rotrou et Scarron*, etc. Nouv. édit. 1 vol. . . . . 3 fr. 5

Méditations et Études morales. Nouv. édit. 1 vol.. . . . . 3 fr. 5

Études sur les Beaux-Arts en général. Nouv. édit. 1 vol. . . . . . 3 fr. 5

Discours académiques; *Discours prononcés au Concours général*, etc. 1 v. 3 fr. 5

Abailard et Héloïse. Essai historique par M. et Mme Guizot, suivi des *Lettres d'Abailard et d'Héloïse*, trad. par M. Oddoul. Nouv. édit. 1 vol. . . . . 3 fr. 5

Histoire de Washington, par M. C. de Witt, avec une Introduction par M. Guizot. Nouv. édit. 1 vol. avec carte. . . . . 3 fr. 5

Grégoire de Tours et Frédégaire. — Histoire des Francs et chronique, trad. Nouv. édit. revue et augmentée de la *Géographie de Grégoire de Tours et de Frédégaire*, par M. Alfred Jacobs. 2 vol.. . . . . 7 f
Cet ouvrage est autorisé pour les Écoles publiques.

Shakspeare. Œuvres complètes. 8 vol. . . . . 28 f

GUIZOT (GUILLAUME)

Ménandre. Étude historique et littéraire sur la Comédie et la Société grecque (*Ouvrage couronné par l'Académie française.*) 1 vol. avec portrait. . . . 3 fr. 5

A. HAYEM

Le Mariage. (*Mention honorable de l'Acadêm. des sciences morales.*) 1 vol. in-12.. . . . . 3 fr. 5

HÉRICAULT (CH. D')

Thermidor. *Paris en 1794.* 1 vol.. . . . . 5 f

HIPPEAU

L'Instruction publique aux Etats-Unis. Écoles publiques, Universités, et Rapport adressé au ministre de l'instruct. publique. 2e édit. 1 fort vol. 4 f

HOEFER (D^r)

L'homme devant ses œuvres. 1 vol. . . . . 3 fr.

HOMMAIRE DE HELL (Mme)

A travers le monde. — *La vie orientale.* — *La vie créole.* 1 vol. . . . 3 fr.

Les Steppes de la mer Caspienne. 2e édition. 1 volume . . . . . . 3 fr.

HOUSSAYE (ARSENE)

Les Charmettes. *J.J. Rousseau et Madame de Warens.* Nouv. éd. 1 v. port. 3 fr.

HOUSSAYE (HENRY)

Histoire d'Apelles. Études sur l'art grec. 3e édit. 1 vol. . . . . 3 fr.

HUREL (ABBÉ)

L'Art religieux contemporain. Étude critique. 2e édition. 1 vol.. . . . 3 fr.

Pécheurs et Pécheresses de l'Évangile. 1 vol. in-12.. . . . . 2 f

J. JANIN

La Poésie et l'Éloquence à Rome au temps des Césars. Nouv. éd. 1 vol. . 3 fr.

JANOLIN (CH.)

L'Aïeul. Du but et des principales carrières de la vie. 1 vol.. . . . . . . 3 f

JOUBERT

Pensées, précédées de sa Correspondance, d'une notice par M. P. de Raynal, et jugements littéraires par MM. Sainte-Beuve, Saint-Marc Girardin, de Sacy, Géruz et Poitou. Nouv. édit. 2 vol. . . . . 7 f

JOULIN (D^r)

Les Causeries du Docteur. 2e édit. augmentée. 1 vol. . . . . 5 f

JULIEN (STANISLAS)

Yu-kiao-li. — *Les Deux cousines*, — roman chinois. 2 vol.. . . . . . . 7 f

Les Deux jeunes Filles lettrées. Roman traduit du chinois. 2 vol. . . . 7 f

LAGRANGE (Mᵐᵉ DE)

Laurette de Malboissière. Correspondance d'une jeune fille du temps de Louis XV. 1 vol. . . . . 5 fr. 50

LAGRANGE (LÉON)

Pierre Puget, peintre, sculpteur, etc. 2ᵉ édit. 1 vol. . . . . 3 fr. 50
Joseph Vernet et la Peinture au xvIIIᵉ siècle. 2ᵉ édit. 1 vol. . . . . . 3 fr. 50

LA MENNAIS

Correspondance de La Mennais, publ. par M. Forgues Nouv. édit. 2 v. 5 fr.

LA MORVONNAIS

La Thébaïde des Grèves. — *Reflets de Bretagne.* — Suivis de poésies posthumes. Nouvelle édition. 1 vol. . . . . 5 fr. 50

LANDON (EM.)

Le Spiritualisme dans la pensée, l'art et l'amour, 1 vol. . . . . . 3 fr. 50

LANNAU-ROLLAND

Michel-Ange et Vittoria Colonna. Étude suivie de la traduct. complète des poésies de Michel-Ange. Nouv. édit. 1 vol. . . . . 3 fr.

LA PILORGERIE (J. DE)

Campagne et Bulletins de la grande armée d'Italie commandée par Charles VIII, d'après des documents rares ou inédits. 1 vol. . . . . 3 fr. 50

LAPRADE (VICTOR DE)

L'Éducation libérale. — L'Hygiène, la morale, les études. 1 vol. . . 3 fr. 50
Harmodius. Tragédie. 1 vol. 2 fr.
Pernette, poëme. 5ᵉ édit. 1 vol. . . . . 5 fr. 50
Le Sentiment de la nature avant le christianisme et chez les modernes. 2ᵉ édit. 2 vol. . . . . 7 fr.
Questions d'Art et de Morale. Nouv. édit. 1 vol. . . . . 5 fr. 50

LA TOUR (ANT. DE)

Espagne. Traditions, Mœurs et littérature. 1 volume . . . . 3 fr. 50

LE BLANT (ED.)

Manuel d'Épigraphie chrétienne, d'après les marbres de la Gaule, 1 vol. . 5 fr.

LEBRUN (PIERRE)

Œuvres poétiques et dramatiques. Nouv. édit. 4 vol. . . . . 14 fr.

LEGOUVÉ

Histoire morale des Femmes. 5ᵉ édition. 1 vol. . . . . 3 fr. 50
Édith de Falsen, etc. 7ᵉ édit. 1 vol. . . . . 3 fr.

LÉLUT

Physiologie de la pensée. Recherche critique des rapports du corps à l'esprit. Nouv. édit. 2 vol. in-12. . . . . 7 fr.

LEMOINE (ALBERT)

L'Ame et le Corps. Études de philosophie morale et naturelle. 1 vol. . 5 fr. 50
L'Aliéné devant la philosophie, la morale et la société. 2ᵉ édit. 1 vol. . 3 fr. 50

LE MONNIER (ABBÉ)

Rosa Ferrudci, sa vie et ses lettres, traduct. avec introduction. 1 vol. . 5 fr.

LENORMANT (CH.)

Essais sur l'Instruction publique, publiés par son fils. 1 vol. . . . 5 fr. 50

LENORMANT (FR.)

Turcs et Monténégrins. 1 vol. in-12. . . . . 5 fr. 50

LÉPINOIS (H. DE)

Le Gouvernement des papes et les révolutions dans les États de l'Église. 2ᵉ édit. 1 vol. . . . . 5 fr. 50

J. LEVALLOIS

Sainte-Beuve, 1 vol. . . . . 5 fr.
Études de philosophie littéraire. 1 vol. . . . . 5 fr.

LEVY (DANIEL)

L'Autriche-Hongrie. Ses institutions et ses nationalités. 1 vol. . . . 5 fr.

LÉVY BING

Méditations religieuses. 1 vol. . . . . 3 fr. 50

LITTRÉ.

Médecine et médecins. 2ᵉ édit. 1 vol. . . . . 4 fr.
Histoire de la langue française. 5ᵉ édit. 2 vol. . . . . 7 fr.
Études sur les Barbares et le moyen âge. 2ᵉ édit. 1 vol. . . . . . 5 fr. 50

LIVET (CH. L.)

Précieux et Précieuses. Caractères du XVIIe siècle. 2e édit 1 vol. . : . 3 fr. 50

LOISELEUR (J.)

Ravaillac et ses complices, etc. Questions historiques du XVIe siècle. 1 v. 3 fr. 50.

LOVE (J.H.)

Le Spiritualisme rationel à propos des moyens d'arriver à la connaissance, etc.
1 vol. . . . . 3 fr. 50

LUCAS

Le Procès du matérialisme. Étude philosophique. 1 vol. . . . . 3 fr.

MARGERIE (A. DE)

La Restauration de la France. 5e édition. 1 vol. . . . . 5 fr. 50
Philosophie contemporaine. — Cousin. — Ravaisson. — Les Matérialistes, etc.
1 vol. . . . . 3 fr. 50

MARMIER (XAV.)

Souvenirs d'un voyageur. (*Amérique-Allemagne*). 1 vol. . . . . . 3 fr. 50

MARTIN (TH. HENRY)

Les Sciences et la Philosophie. Critique philosophique et religieuse. 1 fort
vol. . . . . 4 fr.
Galilée. Les droits de la science, etc. 1 vol. . . . . 3 fr. 50
La Foudre, l'Électricité et le Magnétisme chez les anciens. 1 vol. . — 3 fr. 50

MARY *** (D^r)

Le Christianisme et le Libre Examen. Discussion critique des arguments apologétiques. 2e édition. 2 vol. . . . . 7 fr.

MATTER

Le Mysticisme au temps de Fénelon. 2e édit. 1 vol. . . . . . 3 fr. 50
Saint-Martin, le Philosophe inconnu, etc. 2e édition. 1 vol. . . . 5 fr. 50
Swedenborg, sa vie, sa doctrine, etc. 2e édition. 1 vol. . . . . . . 3 fr. 50

MATHIEU

Histoire des Convulsionnaires de St-Médard. 1 vol. . . . . 5 fr.

MAURY (ALFRED)

Les Académies d'autrefois. 2 vol. in-12.
  — *L'ancienne Académie des sciences.* 2e édition. 1 vol. . . . . . . 3 fr. 50
  — *L'ancienne Académie des inscriptions et belles-lettres.* 1 vol. . . 3 fr. 50
Croyances et légendes de l'antiquité. 2e édition. 1 vol. . . . . 3 fr. 50
La Magie et l'Astrologie dans l'antiquité et au moyen âge 3e éd. 1 vol. . 5 fr. 50
Le Sommeil et les Rêves. 5e édit. revue et augm. 1 vol. . . . . 3 fr. 50

MAZADE (CH. DE)

Lamartine, sa vie politique et littéraire. 1 vol. . . . . 5 fr.
Les Révolutions de l'Espagne contemporaine. 1 vol. . . . . . . 3 fr. 50

MEAUX (VICOMTE DE)

La Révolution et l'Empire, 1789-1815. 2e édit. 1 vol. in-12. . . . . 5 fr. 50

MENARD

La Sculpture ancienne et moderne. (*Ouvr. cour. par l'Acad. des Beaux-Arts.*
2e édition. 1 volume. . . . . 3 fr. 50
Tableau historique des Beaux-Arts, depuis la Renaissance. (*Ouvr. cour. par
l'Acad. des Beaux-Arts.*) 2e édition. 1 vol. . . . . 3 fr. 50
Hermès Trismégiste, traduction et étude. 2e édition. 1 vol. . . . . 3 fr. 50

MENNESSIER-NODIER (Mme)

Charles Nodier. Épisodes et souvenirs de sa vie. 1 vol. . . . . . . 3 fr. 50

MERCIER DE LACOMBE (CH.)

Henri IV et sa politique (*Ouvrage couronné par l'Académie française,* 2e prix Gobert) Nouv. édit. 1 vol. . . . . 3 fr. 50

MERLET (G.)

Portraits d'hier et d'aujourd'hui. 4 séries. — 1° *Réalistes et Fantaisistes.*
1 vol — 2° *Attiques et Humoristes.* 1 vol. — 3° *Femmes et livres.* 1 vol. —
4° *Hommes et livres.* 1 vol. — 4 vol. à . . . . 3 fr.

MÉZIÈRES

Récits de l'Invasion. *Alsace et Lorraine.* 1 vol. . . . . 2 fr. 50
La Société française. — Études morales sur le temps présent. . . . . 1 fr. 25
Petrarque. Étude d'après de nouveaux documents. (*Ouvrage couronné par l'Académie française.*) 2ᵉ édit. 1 vol. . . . . 5 fr. 50

MICHAUD (L'ABBÉ)

Guillaume de Champeaux et les écoles de Paris au xiiᵉ siècle. 2ᵉ éd. 1vol.   5 fr. 50
L'Esprit et la Lettre dans la piété et la foi. 2 vol. . . . . 6 fr.

MIGNET

Éloges historiques, faisant suite aux *Portraits et Notices.* 1 vol. . . 3 fr. 50
Charles-Quint, SON ABDICATION, SON SÉJOUR ET SA MORT AU MONASTÈRE DE YUSTE. 7ᵉ édit. 1 vol. . . . . 3 fr. 50
Histoire de la Révolution française depuis 1789 jusqu'à 1814. 10ᵉ édit. 2 vol. in-12. . . . . 7 fr. »

MOLAND (LOUIS)

Les Méprises. Comédies de la Renaissance racontées. 1 vol. . . . . . 3 fr. 50
Molière et la Comédie italienne. 2ᵉ édition. 1 joli vol. illustré de 20 types du théâtre italien. . . . . 4 fr. »
Origines littéraires de la France. 2ᵉ édit. 1 vol. . . . . 3 fr. 50

MONTALEMBERT

De l'Avenir politique de l'Angleterre. 6ᵉ édit. augmentée. 1 vol. . . 3 fr. 50

MOREAU DE JONNÈS

L'Océan des anciens et les Peuples préhistoriques. 1 vol. . . . . . 3 fr. 50

MOUY (CH. DE)

Don Carlos et Philippe II (*ouv. cour. par l'Acad. franç.*). 1 vol. . . . 3 fr. 50

MAX MULLER

Essais sur l'Histoire des religions. 2ᵉ édition. 1 vol. . . . . 4 fr.

NIGHTINGALE (MISS)

Des Soins à donner aux malades, etc. Trad. de l'anglais avec une lettre de M. GUIZOT et une Introduction par le Dʳ DAREMBERG. 1 vol. . . . . 3 fr.

NOURRISSON (F.)

L'ancienne France et la Révolution. 1 vol. . . . . 3 fr. 50
Tableau des progrès de la pensée humaine depuis Thalès jusqu'à Hegel. 4ᵉ édit. augm. 1 vol. . . . . 4 fr.
Philosophie de saint Augustin (*ouv. cour. par l'Inst.*). 2ᵉ édit. 2 vol. . . 7 fr.
La Politique de Bossuet. 1 vol. . . . . 3 fr.
Spinosa et le Naturalisme contemporain. 1 vol. . . . . 3 fr.
Portraits et Études. Histoire et Philosophie. Nouv. édit. 1 vol. . . . . . 3 fr.

D'ORTIGUE (J.)

La Musique à l'église. Philosophie, littérat., critique musicale. 1 vol. . . 3 fr. 50

PELLISSIER

Précis d'histoire de la Langue française depuis son origine jusqu'à nos jours. 2ᵉ édit. revue et augmentée de *textes anciens.* 1 vol. . . . . . . 3 fr.

PENQUER (Mᵐᵉ)

Les Chants du foyer. Poésies. 2ᵉ édition. 1 vol. . . . . 3 fr. 50
Révélations poétiques. 2ᵉ édit. 1 vol. . . . . 3 fr. 50

PEZZANI (A.)

La Pluralité des existences de l'âme conforme à la doctrine de la Pluralité des Mondes; opinions des philosophes anciens et modernes. 6ᵉ éd. 1 vol. . . . 3 fr. 50
Philosophie nouvelle. 1 vol. . . . . 2 fr.

PIERRON (ALEXIS)

Voltaire et ses Maîtres. Épisode de l'histoire des humanités en France. 1 vol. 3 fr.

PLUTARQUE

Œuvres morales. Traduction de RICARD. 5 vol. . . . . 17 fr. 50

POIRSON (AUG.)

Histoire du règne de Henri IV. Nouv. édit. 4 vol. . . . . 16 fr.

PRELLER

Les Dieux de l'ancienne Rome.— Mythologie romaine, traduction pa
DIETZ, avec préface de M. ALF. MAURY. 2ᵉ édition. 1 fort vol. 4

PRIVAT

Les idoles du jour. Roman moral. 1 vol. 2

PUYMAIGRE (TH. DE)

Chants] populaires recueillis dans le pays messin, et annotés. 1 fort vol.. 4

RAMBAUD

Les Français sur le Rhin, 1792-1804. La domination française en Allema
1 vol. . . . . 5 fr.

RANGABÉ

Le prince de Morée. Traduction autorisée. 1 vol. 5

RAYNAUD (M.)

Les Médecins au temps de Molière. — Mœurs. — Institutions. — Doctri
Nouv. édition. 1 vol. . . . . 3 fr.

RÉAUME.

Les Prosateurs français du XVIᵉ siècle. 2ᵉ édit. 1 vol. 4

RÉMUSAT (CH. DE)

Saint Anselme de Cantorbéry. 2ᵉ édition. 1 volume.. . . . . 3 fr.
Bacon. Sa vie, son temps et sa philosophie. 1 vol. . . . . 3 fr.
L'Angleterre au XVIIIᵉ siècle. Études et Portraits pour servir à l'histo
politique de l'Angleterre. 2 vol. . . . . 7 fr.
Critiques et Études littéraires. Nouv. édition. 2 vol.. . . . . 7 fr.

★ ★ ★

Channing. Sa vie et ses œuvres, préface de M. DE RÉMUSAT. 1 vol. . . . 3 fr.
La Vie de village en Angleterre, ou Souvenirs d'un exilé. 1 v. . . . 3 fr.

RENDU (AMB.)

Souvenirs de la Mobile. Campagne de Paris. 1 vol. . . . . 2 fr.

REYNALD (H.)

Mirabeau et la Constituante. (*Ouvr. cour. par l'Acad. franç.*) 1 vol. 5 fr.

RONDELET (ANT.)

La Morale de la Richesse. 1 vol. . . . . 3 fr.
Du Spiritualisme en économie politique. (*Ouvrage couronné par l'Académie d
sciences morales.*) 2ᵉ édit. 1 vol. . . . . 3 fr.

ROUSSET (C.)

La Grande Armée de 1813. 1 vol. . . . . 5 fr.
Les Volontaires. 1791-1794. 2ᵉ édit. 1 vol. . . . . 3 fr.
Le Comte de Gisors. Étude historique. 2ᵉ édition. 1 vol. . . . . . . 3 fr.
Histoire de Louvois et de son administration, etc. (*Ouvrage couronné p
l'Académie française, 1ᵉʳ prix Gobert.*) Nouvelle édition. 4 vol. in-12. . 14 f

SAISSET

Descartes, ses Précurseurs, ses Disciples. 2ᵉ édition. 1 vol. . . . 3 fr. 5
Le Scepticisme. Ænésidème, Pascal, Kant, etc. 2ᵉ édit. 1 vol. . . . 3 fr.

SACY (S. DE)

Variétés littéraires, morales et historiques. Nouv. édit. 2 vol . . . . . 7 f

SAINTE-AULAIRE (Mᵐᵉ DE)

La Chanson d'Antioche, composée par RICHARD LE PÈLERIN, trad. 1 vol. 3 f

SAINT-HILAIRE (BARTH.)

Le Bouddha et sa religion. 3ᵉ édit. revue et corrigée. 1 vol. . . . . 3 fr. 5
Mahomet et le Coran, précédé d'une Introduction sur les devoirs mutuels de l
religion et de la philosophie. 2ᵉ édit. 1 vol. . . . . 3 fr. 5

SALVANDY

Don Alonso, ou l'Espagne. Histoire contemporaine. Nouv. édit. 2 vol. . . . 7 fr.

SCHILLER

Œuvres dramatiques complètes. Traduction de M. de Barante, revue pa
M. de Suckau. 3 vol. in-12.. . . . . 10 fr. 5(

SCHNITZLER

La Russie en 1812. — *Rostoptchine et Kutusof.* Nouv. édit. 1 vol. . . . . . 3 fr.

SÉGUR

Histoire universelle. Ouv. adopté par l'Université. 8ᵉ édit. 6 vol. in-12.   18 fr.
— **Histoire ancienne.** Nouv. édit. 2 vol. . . . .   6 fr.
— **Histoire romaine.** Nouv. édit. 2 vol. . . . .   6 fr.
— **Histoire du Bas-Empire.** Nouv. édit. 2 vol. . . . .   6 fr.

SELDEN (CAMILLE)

L'Esprit moderne en Allemagne. 1 vol. . . . . 3 fr.

SHAKSPEARE

Œuvres complètes. Traduction de M. GUIZOT. 8 vol. in-12 . . . . 28 fr.

SAINT-RENÉ TAILLANDIER

Bohême et Hongrie. Tchèques et Magyars, etc., 2ᵉ édit. 1 vol. . . . . 3 fr. 50
Drames et romans de la vie littéraire. 1 vol. . . . . 3 fr.

ALEX. SOREL

Le Couvent des Carmes et le Séminaire Saint-Sulpice pendant la Terreu.
2ᵉ édit. 1 vol. avec figures. . . . . 3 fr. 50

THIERRY (AMÉDÉE)

Histoire des Gaulois depuis les temps les plus reculés jusqu'à l'entière domina-
tion romaine. Nouv. édit. 2 vol. 7 fr.
Histoire de la Gaule sous la domination romaine, jusqu'à la mort de Théodose.
5ᵉ édit. 2 vol. . . . . 7 fr.
Histoire d'Attila et de ses successeurs en Europe. 4ᵉ éd. 2 v. (*Sous presse*).
Tableau de l'Empire romain, depuis la fondation de Rome, etc. Nouv. édit.
1 vol. . . . . 3 fr. 50
Récits de l'Histoire romaine au Vᵉ siècle. Derniers temps de l'empire d'Occi-
dent. Nouv. édit. 1 vol. . . . . 3 fr. 50

TOPIN (MARIUS)

L'Europe et les Bourbons sous Louis XIV. (*Ouvrage couronné par l'Académie française : Prix Thiers.*) — 2ᵉ édit. 1 vol. . . . . 3 fr. 50
L'Homme au masque de fer. 4ᵉ édit. 1 vol. . . . . 3 fr. 50

VALBEZEN (E. D.)

La Veuve de l'Hetman. 1 vol. 3 fr.

VILLEMAIN

La République de Cicéron, traduite et accompagnée d'une Introduction et de
Suppléments historiques. 1 vol. 3 fr. 50
Choix d'Études SUR LA LITTÉRATURE CONTEMPORAINE : *Rapports académiques. Études
sur Chateaubriand, A. de Broglie, Nettement*, etc. 1 vol. . . . . . . 3 fr. 50
Cours de Littérature française, comprenant : le *Tableau de la Littérature au
XVIIIᵉ siècle* et le *Tableau de la Littérature au moyen âge.* Nouvelle édition. 6 vol.
in-12. . . . . 21 fr.
Tableau de l'éloquence chrétienne au IVᵉ siècle, etc. Nouv. éd. 1 vol. 3 fr. 50
Discours et Mélanges littéraires : *Éloges de Montaigne et de Montesquieu.* —
Rapports et Discours académiques. Nouv. édit. 1 vol. . . . . 3 fr. 50
Études de Littérature ancienne et étrangère : Nouv. édit. 1 vol. 3 fr. 50
Études d'Histoire moderne. Nouv. édit. 1 vol. . . . . 3 fr. 50
Souvenirs contemporains d'Histoire et de Littérature. 2 vol. in-12. . 7 fr. »
— Première partie : **M. de Narbonne**, etc. Nouv. édit. 1 vol. . . . . 3 fr. 50
— Deuxième partie : **Les Cent-Jours.** Nouv. édit. 1 vol. . . . . . . 3 fr. 50

VILLEMARQUÉ (H. DE LA)

Barzaz Breiz. Chants populaires de la Bretagne, recueillis et annotés
7ᵉ édit. (*Ouvr. couronné par l'Académie française.*) 1 vol. avec musique. 4 fr.
Le Grand Mystère de Jésus, drame breton du moyen âge, avec une Étude sur
le théâtre celtique. 2ᵉ édit. 1 vol. . . . . 3 fr. 50
La Légende celtique et la Poésie des Cloîtres bretons. Nouv. édit. 1 vol. 3 fr. 50
L'Enchanteur Merlin (Myrdhinn). Son histoire, ses œuvres, son influence.
Nouv. édit. 1 vol. . . . . 3 fr. 50

WIDAL (A.)

Juvénal et ses Satires. Études littéraire et morale. 2ᵉ édit. 1 vol.. . . 3 fr. 50

WADDINGTON (CH.)

Dieu et la Conscience. 2ᵉ édit. 1 vol. in-12. . . . . 3 fr. 50

WITT (Mᵐᵉ DE)

Charlotte de la Trémoille, comtesse de Derby. 1 vol. . . . . 3 fr. 50

WITT (C. DE)

Études sur l'histoire des États-Unis d'Amérique. 2 vol. in-12.. . . 7 fr.

— **Histoire de Washington** *et de la fondation de la République des États-Unis*, avec une Etude par M. Guizot. Nouv. édit. 1 vol. avec carte. . . . . . 3 fr. 50

— **Thomas Jefferson.** *Etude sur la démocratie américaine.* Nouvelle édition. 1 vol. in-12. . . . . 3 fr. 50

ZELLER

Les Empereurs romains. Caractères et portraits historiques. 3ᵉ édition. 1 vol. in-12.. . . . . 3 fr. 50

Entretiens sur l'histoire. — Antiquité et moyen-âge. (*Ouvrage couronné par l'Académie française.*) 2 vol. 7 fr.

Entretiens sur l'histoire. — Italie et Renaissance. 1 fort vol.. . . . . 4 fr.

★★★

Le comte Jean LVI de Pathmos à la recherche de son roi. 1 vol. . . 3 fr.

H. BAILLIÈRE

Henri Regnault (1843-1871). 1 vol. in-16 Elzév. avec un dessin à la plume. 2 fr. 50

★★★

Précis historique des révolutions qui se sont succédé en France depuis 1789, jusqu'à la chute du second Empire, par un ancien avocat. 1 v. in-12. 2 fr.

COLLECTION POUR LES BIBLIOTHÈQUES POPULAIRES
à 1 fr. 25 et 1 fr. 50 le volume

Vie de Copernic, par C. Flammarion. 1 vol.
La Réforme électorale en France, par Ern. Naville. 1 vol.
Les grandes Figures nationales et les héros du peuple, par Preseau. 2 vol.
La Centralisation et ses effets, par Odilon Barrot. 1 vol.
L'Organisation judiciaire en France, par Odilon Barrot 1 vol..
Vie de Franklin, par Mignet. 1 vol. in-12.
Histoire de Jeanne d'Arc, par M. de Barante. 1 vol. in-12.
Shakspeare et son temps, par Guizot. 1 vol. in-12.
Le Cardinal de Retz, par Marius Topin. 1 vol.
Le Cardinal de Bérulle, par Nourrisson. 1 vol. in-12.
La Souveraineté nationale, par Nourrisson. 1 vol.
L'Instruction publique en Angleterre, par Hippeau. 1 vol.
Les Théories de l'Internationale, par G. Guéroult. 1 vol.
La Société française, par Mézières. 1 vol. in-12.
Mémoires d'Antoine, par Rondelet. Edition réduite. 1 vol.
L'Éducation homicide, par V. de Laprade. 1 vol. in-12.
Le Baccalauréat et les études classiques, par V. de Laprade. 1 vol. in-12.
Les idées subversives de notre temps, par Ch. Loiandre. 1 vol.

Sous presse : **Sully,** par Legouvé; **L'Hospital,** par Villemain.

Tableau du Monde physique. Excursions à travers la science, par N. Jacquinet. Nouvelle édition revue. 1 vol. in-12. . . . . 2 fr.

BIBLIOTHÈQUE DES DAMES ET DES DEMOISELLES
Format in-12

(Cette collection se trouve également reliée tr. dorée, rouge ou bleue.
Ajouter 2 fr. pour la reliure.)

Mme CRAVEN

Récit d'une sœur, souvenirs de famille. (*Ouv. cour. par l'acad. franç*).
2 vol. . . . . 8 fr.

Anne Séverin. 1 vol.. . . . . 4 fr.

Adelaïde Capece Minutolo. 1 v. 2 fr.

Fleurange. (*Ouv. cour. par l'Acad. française*. 2 vol. . . . . . . 6 fr.

Mme SWETCHINE

Sa Vie et ses œuvres, publiées par M. de Falloux. 2 vol. avec port. 8 fr.

MAURICE ET EUGÉNIE DE GUÉRIN

Journal, lettres et poëmes. 5 vol. à . . . . 5 fr. 50

ROSA FERRUCCI

Sa vie et ses lettres, trad. avec une étude pa M. l'abbé Lemonni n. 2e éd. 1 v. 1 . . . . 5 fr

Mme D'ARMAILLÉ

Marie Thérèse et Marie-Antoinette. 2e édition. 1 vol. . . . . 5 fr.

Catherine de Bourbon. 1 vol. 5 fr.

La reine Marie Leckzinska. 1 v. 2 f.

Mlle CL. BADER

La Femme biblique. Sa vie morale, sociale, etc. 2e édit 1 vol. 5 fr. 50

Mme N. GUILLON

L'Entrée dans le monde, simples récits. 2e édit. 1 vol. . . . . 5 fr.

Cinq années de la vie des jeunes filles 1 vol . . . . 5 fr.

Projets de jeunes filles. Claire Duquenois, etc. 1 vol. . . . . . 5 fr.

ANT. RONDELET

Le Lendemain du mariage. 2e édit. 1 vol. . . . . 5 fr.

Le Danger de plaire, etc. Nouvelles destinées aux jeunes filles. 1 v. 5 fr

L'Éducation de la 20e année. Lettres de ma cousine Nathalie. 1 vol. 5 fr

MASSON (MICHEL)

Les historiettes du père Broussailles. 1 vol. . . . . 5 fr.

Les Gardiennes. 1 vol. . . . 5 fr.

Lectures en famille. Scènes du foyer domestique. 1 vol.. . . . . 5 fr.

Mme FERTIAULT

L'Éducation du cœur. Causeries et conseils d'une mère. 1 vol. . 3 fr.

F. FERTIAULT

Les féeries du travail. Conférences sur les travaux de dames. 1 vol. 5 fr.

Mme GAGNE MOREAU

Mémoires d'une Sœur de charité. 1 vol. . . . . 3 fr.

Mme GABRIELLE D'ÉTHAMPES

Isabelle aux blanches mains. Chronique bretonne. 1 vol. . . . . 3 fr.

Mlle AUG. COUPEY

L'Orpheline du 41e. 1 vol.. . 5 fr.

Mlle GUERRIER DE HAUPT

Marthe. (*Ouv. cour. par l'Académie française*). 1 vol. . . . . . 5 fr.

Forts par la foi. 1 vol. . . . 5 fr.

Mme LENORMANT

Quatre Femmes au temps de la révolution. (*Ouv. couronné par l'Académie franç*) 2e édit. 1 vol. 5 fr.

EUG. MULLER

Récits champêtres. 1 vol. . . 5 fr.

HIPP. AUDEVAL

Paris et province ; deux histoires de notre temps. 1 vol. . . . . 5 fr.

MILA (Ctesse DE)

Linda. 1 vol. . . . . 5 fr.

Mme THURET

Belle mère et belle fille. 2e édition. 1 vol. . . . . 5 fr.

Mme KRAFFT BUCAILLE

Le secret d'un dévouement. 1 v. 5 fr.

Mlle THÉRÈSE ALPH. KARR

La fille du Cordier. Histoi e Irlandaise, trad. de Griffin. 1 vol. 5 fr.

J. DE CHAMBRIER

Marie-Antoinette, reine de France. 2e édit. 2 vol.. . . . . . . 7 fr.

Mme DE WITT

Charlotte de la Trémoille, comtesse de Derby. 1 vol. . . . . 5 fr. 50

E. JONVEAUX

Le sacrifice de Paul Wynter, imité de mistr. Duffus Hardy. 1 vol. 5 fr.

Mme MARIE SEBRAN

Rousou. Histoire du village. 1 v. 5 fr.

Journal d'une mère pendant le siège de Paris. 1 vol. . . . 5 fr.

AUG. DE BARTHÉLEMY

Pierre le Peillarot (1789-1795). 1 vol. . . . . 5 fr.

Mme TASTU

Lettres choisies de Madame Sévigné, avec notes et son éloge. (*Couronné par l'Acad. franç*. 1 v. 5 fr.

BIBLIOTHÈQUE D'ÉDUCATION MORALE

Première série à 3 fr. le vol. broché, 4 fr. 50 relié

Mᵐᵉ LA PRINCESSE DE BROGLIE

Les Vertus chrétiennes. — Les Vertus théologales et les Commandements de Dieu. Ouvrage approuvé par Mgr l'Archevêque de Paris. 2 vol. in-12, illustrés de lithographies et de vignettes.

Mᵐᵉ DE WITT, NÉE GUIZOT

Scènes d'histoire et de famille. (*Ouv. couronné par l'Acad. franç.*) 1 vol. in-12.
Le Cercle de famille. 1 vol. in-12. Orné de gravures.
Les Petits Enfants, contes. 1 vol. in-12, orné de lithographies et de vignettes.
Contes d'une Mère à ses Enfants. 1 vol. in-12, orné de lithographies et c.
Une Famille à la campagne. 1 vol. in-12, orné de lithographies et c.
Une Famille à Paris. 1 vol. in-12, orné de lithographies et vignettes.
Promenades d'une Mère, ou les douze Mois. 1 vol. in-12, orné de lithographies et de vignettes.
Hélène et ses Amies, histoire pour les jeunes filles, traduit de l'anglais. 1 vol. in-12, orné de lithographies.

DE GERANDO ET Bⁱⁿ DELESSERT

Les Bons exemples, nouvelle morale en action. — *Charité et Dévouement.* 1 vol. in-12, illustré de jolies vignettes de J. DAVID.
—— 2ᵉ série : *Courage et Humanité.* 1 vol. in-12, illustré de jolies vignettes de J. DAVID.

MICHEL MASSON

Les Enfants célèbres, histoire des enfants qui se sont immortalisés par le malheur, la piété, le courage, le génie, etc. Nouvelle édition. 1 vol. in-12, orné de lithographies et vignettes.

Deuxième série à 2 fr. le vol. broché, 3 fr. 50 relié

Mᵐᵉ GUIZOT

L'Écolier, ou RAOUL ET VICTOR. (*Ouvrage couronné par l'Académie française.*) 12ᵉ édition. 2 vol. in-12, 8 vignettes.
Une Famille, par Mᵐᵉ GUIZOT, ouvrage continué par Mᵐᵉ A. TASTU. 7ᵉ édition. 2 vol. in-12, 8 vignettes.
Les Enfants. Contes pour la jeunesse. 10ᵉ édition. 2 vol. in-12, 8 vignettes.
Nouveaux Contes pour la jeunesse. 9ᵉ édition. 2 vol. in-12, 8 vignettes.
Récréations morales. Contes. 10ᵉ édit. 1 vol. in-12, 4 vign.
Lettres de Famille sur l'éducation. (*Ouvrage couronné par l'Académie française.*) 5ᵉ édition. 2 vol. in-12. . . . . 6 fr.

Mᵐᵉ F. RICHOMME

Julien et Alphonse, ou le NOUVEAU MENTOR. (*Ouvrage couronné par l'Académie française.*) 1 vol. in-12, 6 lithographies.

ERNEST FOUINET

Souvenirs de Voyage en Suisse, en Grèce, en Espagne, etc., ou RÉCITS DU CAPITAINE KERNOEL, destinés à la jeunesse. 1 vol. in-12 avec 6 lithographies.

Mᵐᵉ L. BERNARD

Les Mythologies racontées à la jeunesse. 5ᵉ édition. 1 vol. in-12, orné de gravures d'après l'antique.

Mˡˡᵉ C. DELEYRE

Contes pour les enfants de 5 à 7 ans. Nouv. édit. revue par Mᵐᵉ F. RICHOMME. 1 vol. in-12, avec jolies lithographies.
Contes pour les enfants de 7 à 10 ans. Nouv. édit. revue par Mᵐᵉ F. RICHOMME. 1 vol. in-12, avec jolies lithographies.

BERQUIN

L'Ami des Enfants. Édition complète. 2 vol. in-12. 32 figures.

Mᵐᵉ ULLIAC-TRÉMADEURE

Les Jeunes Naturalistes. Entretiens familiers sur les *animaux*, les *végétaux* et les *minéraux*. 5ᵉ édition. 2 vol. in-12. ornés de 52 vignettes.

Claude, ou le GAGNE-PETIT. (*Ouv. cour. par l'Acad. fr.*) 2ᵉ édit. 1 v. in-12. 4 vign.

Étienne et Valentin, ou MENSONGE ET PROBITÉ. (*Ouvrage couronné.*) 3ᵉ édition. 1 vol. in-12. 4 vignettes.

Les Jeunes Artistes. Contes sur les beaux-arts. Nouv. édit. 1 vol. in-12. 4 vig.

Contes aux jeunes Naturalistes sur les animaux domestiques. 5ᵉ édition. 1 vol. in-12. 4 vignettes.

Émilie, ou la jeune Fille auteur. 1 vol. in-12. 4 vignettes.

Mᵐᵉ A. TASTU

Les Récits du Maître d'école imités de CÉSAR CANTU. 1 vol. in-12. 4 vignettes.

Les Enfants de la vallée d'Andlau, notions familières sur la religion, les merveilles de la nature, etc., par Mᵐᵉˢ VOÏART et A. TASTU. 2 vol. in-12. 8 vignettes.

Lectures pour les Jeunes Filles. Modèles de littérature en *prose* et en *vers*, extraits des Écrivains modernes. 2 vol. in-12, 8 portraits.

Album poétique des jeunes Personnes, ou CHOIX DE POÉSIES, extrait des meilleurs auteurs. 1 vol. in-12, 4 portraits.

Mᵐᵉ DELAFAYE-BRÉHIER

Les Petits Béarnais. Leçons de morale. 12ᵉ édition. 2 vol. in-12. 8 vignettes.

Les Enfants de la Providence, ou AVENTURES DE TROIS ORPHELINS. 6ᵉ édition, revue par Mᵐᵉ F. RICHOMME. 2 vol. in-12. 8 vignettes.

Le Collège incendié, ou les ECOLIERS EN VOYAGE. 6ᵉ édit. 1 vol. in-12. 4 vign.

Mᵐᵉ ÉL. MOREAU-GAGNE

Voyages et aventures d'un jeune Missionnaire en Océanie, etc. 1 vol. in-12. 4 lithographies.

FERTIAULT

Les Voix amies. Enfance, jeunesse, raison. Poésies. 1 vol. in-12.

BUFFON

Le Petit Buffon illustré. Histoire naturelle des *Quadrupèdes*, des *Oiseaux*, des *Insectes* et des *Poissons;* extraite de BUFFON, LACÉPÈDE, OLIVIER, etc., par le bibliophile JACOB. 4 vol. gr. in-32, ornés de 325 figures gravées sur acier. 6 fr.

— LE MÊME, avec les 325 figures coloriées avec soin. . . . . 10 fr.

BERQUIN

Œuvres complètes de Berquin, renfermant *l'Ami des Enfants et des Adolescents*, *le Livre de famille, Sandford et Merton*, etc. 4 vol. in-8, format anglais, illustrés de 200 vignettes. 10 fr.

Mᵐᵉ TASTU

Le premier Livre de l'Enfance. LECTURE ET ÉCRITURE. Extrait de *l'Éducation maternelle.* 1 vol. de 80 pages, grand in-8, illustré de 100 vignettes, cartonné.. . . . . 2 fr.

MICHEL MASSON

Les Enfants célèbres. Histoire des enfants qui se sont immortalisés par le malheur, la piété, le courage, le génie et les talents. Nouvelle édition. 1 beau vol. grand in-8, illustré de très-jolies lithographies et de vignettes sur bois. 3 fr.

Mᵐᵉ GUIZOT

L'Amie des Enfants. PETIT COURS DE MORALE EN ACTION, comprenant tous les Contes de Mᵐᵉ GUIZOT. Nouvelle édition, enrichie de *Moralités* en vers, par Mᵐᵉ ELISE MOREAU. 1 fort vol. grand in-8, illustré de belles gravures. . . 8 fr.

L'Écolier, ou RAOUL ET VICTOR. (*Ouvrage couronné par l'Académie française.*) Nouvelle édition. 1 joli vol. grand in-8, illustré de belles lithographies.. 8 fr.

FÉNELON

Les Aventures de Télémaque et les **Aventures d'Aristonoüs.** Édition illustrée par TONY JOHANNOT, BARON, C. NANTEUIL, etc., accompagnée d'ETUDES, par MM. VILLEMAIN, S. DE SACY, de l'Académie française, et J. JANIN, et suivie d'un *Vocabulaire historique et géographique.* 1 beau vol. grand in-8, illustré de plus de 200 belles vignettes.. . . . . 9 fr.

ÉDUCATION MATERNELLE

Par Mme Tastu. *Simples leçons d'une mère à ses enfants*, sur la lecture, l'écriture, l'arithmétique, la grammaire, la mémoire, la géographie, l'histoire sainte, etc. Nouvelle édition, imprimée avec luxe, illustrée de 500 jolies vignett. et car coloriées. 1 vol. gr. in-8, papier jésus glacé . . . . 14 fr.

PERNETTE

PAR V. DE LAPRADE, DE L'ACADÉMIE FRANÇAISE

Édition illustrée de 27 beaux dessins de J. Didier, gravés sur bois.
1 beau vol. grand in-8, papier vélin, glacé   9 fr.

CONTES ALLEMANDS DU TEMPS PASSÉ

Extraits des recueils des frères Grimm, de Simrock, de Bechstein, de Musæus, de Tieck, Hoffmann, etc., etc., avec la légende de Loreley, traduits par Félix Frank et E. Alsleben, avec une préface de M. Laboulaye, de l'Institut. 1 beau vol. gr. in-8, illustré de 25 vignettes de Gostiaux. . . . . 8 fr.

PITRE-CHEVALIER

La Bretagne ancienne depuis son origine jusqu'à sa réunion à la France. Nouvelle édition. 1 beau vol. grand in-8, illustré par MM. A. Leleux, Penguilly et T. Johannot, de plus de 200 belles vignettes sur bois, gravures sur acier, types et cartes coloriés. . . . . 15 fr.
     Ne se vend pas séparément du suivant :

La Bretagne moderne depuis sa réunion à la France jusqu'à nos jours. *Histoire des États et des Parlements, de la Révolution dans l'Ouest, des guerres de la Vendée*, etc., illustrée par MM. Leleux, Penguilly et T. Johannot. 1 beau vol. grand in-8, orné de plus de 200 vignettes sur bois, gravures sur acier, types et cartes coloriés. . . . . 15 fr.

HERBIER DES DEMOISELLES

Traité de la Botanique présentée sous une forme nouvelle et spéciale, contenant la description des plantes et les classifications, l'exposé des plantes les plus utiles ; leur usage dans les arts et l'économie domestique et les souvenirs historiques qui y sont attachés ; les règles pour herboriser ; la disposition d'un herbier ; etc , etc., par Ed. Audouit, édit. revue par le Dr Hoefer. 1 v. in-8, *illustré* de 335 jolies vignettes coloriées. . . . . 10 fr.
— Le même ouvrage. 1 vol. in-12, avec les grav. noires. . . . . 5 fr.
    —   —   —   —   grav. coloriées. . . . . . . 7 fr. 50

ATLAS DE L'HERBIER DES DEMOISELLES

Dessiné par Belaife, gravé et colorié avec soin. Joli album in-4. . . . . . 16 fr.
    — Le même, avec les gravures noires. . . . . 10 fr.

La Suisse illustrée. Description et histoire de ses vingt-deux cantons, par MM. de Chateauvieux, Duboguet, Francini, Monnard, Meyer de Knonau, H. Zschokke, etc. ; *illustrée* de 52 jolies vues gravées sur acier et carte. 1 v. gr. in-8 jésus. Nouvelle édit. . . . . 10 fr.
— Le même ouvrage, en 2 vol. grand in-8, *illustrés* de 90 jolies vues gravées sur acier, costumes coloriés et cartes. . . . . 20 fr.

Les villes de Thuringe, Weimar, Erfurt, Iéna, Gotha, Cobourg, Eisenach, etc. Excursion pittoresque et historique dans l'Allemagne centrale, par Ed. Humbert, professeur. 1 vol. gr. in-8, illustré de nombreuses gravures sur bois. . . 10 fr.

Le Jeu de Paume. Son histoire et sa description. Notice par Ed. Fournier, suivie d'*un traité de la Courte Paume et de la Longue Paume*, etc., etc. 1 vol. in-4, pap. de Hollande, avec 16 pl. photographiées. Cart. à l'anglaise. . . 15 fr.

OUVRAGES DE NAPOLÉON LANDAIS

Grand Dictionnaire général des Dictionnaires français, résumé de tous les dictionnaires, par N. LANDAIS, 14ᵉ édition, revue et augmentée d'un *Complément* de 1,200 pages. 3 vol. réunis en 2 vol. grand in-4 de 3,000 pages. . . . . 36 fr.

Ce dictionnaire contient la nomenclature exacte des mots *usuels* et *académiques, archaïques et néologiques, artistiques, géographiques, historiques, industriels, scientifiques*, etc., la conjugaison de tous les verbes irréguliers, la prononciation figurée des mots, les étymologies savantes, la solution de toutes les questions grammaticales, etc.

Complément du Grand Dictionnaire de Napoléon Landais, pour les onze premières éditions, par une société de savants sous la direction de MM. D. CHÉSUROLLES et L. BARRÉ. 1 fort vol. in-4 de près de 1,200 pages à 3 colonnes. . 15 fr.

Grammaire générale des Grammaires françaises, présentant la solution de toutes les questions grammaticales, par N. LANDAIS. 6ᵉ édit. 1 vol. in-4. . 9 fr.

Petit Dictionnaire des Dictionnaires français, par N. LANDAIS. Ouvrage *entièrement refondu*, et offrant, sur un nouveau plan, la nomenclature complète, la prononciation nécessaire, la définition claire et précise et l'*étymologie* vraie de tous les mots du vocabulaire usuel et littéraire, et de tous les termes scientifiques, artistiques et industriels de la langue française, par M. CHÉSUROLLES. 1 très-joli vol in-32 de 600 pages.. . . . . 1 fr. 50

Dictionnaire des Rimes françaises, disposé dans un ordre nouveau d'après la distinction des rimes en *suffisantes, riches* et *surabondantes*, etc., précédé d'un *Traité de Versification*, etc., par N. LANDAIS et L. BARRÉ. 1 vol. in-32. . 1 fr. 50

DICTIONNAIRE UNIVERSEL DES SYNONYMES

De la langue française, par M. GUIZOT. 7ᵉ édition. 1 vol. in-8, 12 fr., relié. 15 fr.

DICTIONNAIRE DE TOUS LES VERBES

De la langue française tant *réguliers qu'irréguliers*, entièrement conjugués, sous forme synoptique, précédé d'une théorie des verbes et d'un traité des participes, etc. d'après nos grands écrivains; par MM. VERLAC et LITAIS DE GAUX, etc. 1 beau vol. in-4. Nouv. édit. . . . . 10 fr.

VERGANI. Grammaire italienne en 20 leçons, augm. de nouv. leçons par MORLTTI et revue par BRUNETTI. 22ᵉ édit. in-12. . . . . 1 fr.

DICTIONNAIRE DE MÉDECINE USUELLE

A l'usage des gens du monde, des chefs de famille et des grands établissements, des administrateurs, des magistrats, des officiers de police judiciaire, et enfin de tous ceux qui se dévouent au soulagement des malades.

Par une société de Membres de l'Institut, de l'Académie de médecine, de Professeurs, de Médecins, d'Avocats, d'Administrateurs et de Chirurgiens des hôpitaux : ANDRIEUX, ANDRY, BLACHE, BLANDIN, BOUCHARDAT, BOURGERY, CAFFE, CAPITAINE, CARRON DU VILLARDS, CHEVALIER, CLOQUET (J.), COLOMBAT, COTTEREAU, COUVERCHEL, CULLERIER (A.), DELEAU, DEVERGIE, DONNÉ, FALRET, FIARD, FURNARI, GERDY, GILET DE GRAMMONT, GRAS (ALBIN), LARREY, (H.) LAGASQUIE, LANDOUZY, LÉLUT, LEROY D'ETIOLLES, LESUEUR, MAGENDIE, MARC, MARCHESSEAUX, MARTINS, MIQUEL, OLIVIER (D'ANGERS), ORFILA, PAILLARD DE VILLENEUVE, PARISET, PLISSON, SANSO (A.), ROYER-COLLARD, TRÉBUCHET, TOIRAC, VELPEAU, VÉE, etc. Publié sous la direction du docteur BEAUDE, médecin inspecteur des eaux minérales, membre du Conseil de salubrité. 2 forts vol. in-4.. . . . . 24 fr.
Demi-reliure dos de chagrin. 30 fr.

LE CORPS DE L'HOMME

Traité complet d'anatomie et de physiologie humaine, suivi d'un *Précis des Systèmes de* LAVATER *et de* GALL; à l'usage des gens du monde, des médecins et des élèves, par le docteur GALET. 4 vol. in-4, *illustré* de plus de 400 figures dessinées d'après nature et lithographiées. . . . . 90 fr.

LE NORD DE L'AFRIQUE DANS L'ANTIQUITÉ
GRECQUE ET ROMAINE

Étude historique et géographique par M. VIVIEN DE SAINT-MARTIN. Ouvrage ronné en 1860 par l'Académie des inscriptions et belles-lettres. 1 vol. in-8, accompagné de 4 cartes (*Imprimerie impériale*)........

LES EMPORIA PHÉNICIENS
DANS LE ZEUGIS ET LE BYZACIUM (Afrique septentrionale)

Recherches sur leur origine et leur emplacement faites par ordre de l'Empe par A. DAUX, ingénieur civil. 1 vol. gr. in-8, accompagné de 10 plans et (*Imprimerie impériale*)........

MÉMOIRES ARCHÉOLOGIQUES

TRÉSOR
DE NUMISMATIQUE ET DE GLYPTIQUE

RECUEIL GÉNÉRAL DES MÉDAILLES, MONNAIES, PIERRES GRAVÉES,
BAS-RELIEFS, ORNEMENTS, ETC.

Tant anciens que modernes, les plus intéressants sous le rapport de l'art et de l'histoire, gravé par les procédés de M. ACHILLE COLLAS, sous la direction de MM. PAUL DELAROCHE, peintre; HENRIQUEL DUPONT, graveur; CH. LENORMANT, de l'Institut, etc

20 PARTIES OU VOLUMES IN-FOLIO
comprenant plus de 1,000 planches accompagnées d'un texte historique et descriptif.

Prix : 1,260 fr.

I	III
Numismatique des Rois grecs. 1 v.	Sceaux des Rois et des Reines
Nouvelle Galerie mythologique 1 v.	de France. . . . . 1 v.
Bas-reliefs du Parthénon, etc. 1 v.	Sceaux des grands feudataires
Iconographie des Empereurs	de la couronne de France . . 1 v.
romains et de leurs familles. . 1 v.	Sceaux des communes, com-
	munautés, évêques, barons et
II	abbés . . . . 1 v.
Histoire de l'Art monétaire	Histoire de France par les Mé-
chez les modernes . . . . . . 1 v.	dailles :
Choix historique des Médailles	1ᵉ de Charles VII à Henri IV. 1 v.
des Papes . . . . 1 v.	2ᵉ de Henri IV à Louis XIV 1 v.
Recueil de Médailles italien-	3ᵉ de Louis XIV à 1789. . 1 v.
nes, XVᵉ et XVIᵉ siècle. . . . 2 v.	4ᵉ Révolution française. . . 1 v.
Recueil de Médailles alleman-	5ᵉ Empire français. . . . . 1 v.
des, XVIᵉ et XVIIᵉ siècle. . . . 1 v.	**IV**
Sceaux des Rois et Reines	Recueil général de Bas-reliefs
d'Angleterre. . . . . 1 v.	et d'Ornements. . . . . . . 2 v.

ŒUVRE DE DAVID (D'ANGERS)

Collection de 125 portraits contemporains gravés par les procédés de M. ACH. COLLAS, d'après les médaillons du célèbre artiste. Chaque portrait séparé. ment. . . . . 75 c.

Portraits de Washington, de Napoléon Iᵉʳ, de Louis-Philippe, gravés d'après les procédés de M. ACH. COLLAS. In-folio, chacun. . . . . . . 3 fr.

Bas-reliefs du Parthénon et du temple de Phigalie, disposés suivant l'ordre de la composition originale et gravés d'après les procédés d'ACH. COLLAS. 1 joli album in-4 oblong, contenant 20 planches et un texte de 40 pages, par CH. LENORMANT de l'Institut, cartonné élégamment à l'anglaise. . . . . 15 fr.

NOUVELLE COLLECTION
DE MÉMOIRES RELATIFS A L'HISTOIRE DE FRANCE

DEPUIS LE XIIIᵉ SIÈCLE JUSQU'A LA FIN DU XVIIIᵉ SIÈCLE

Précédés de notices, etc., par MM. MICHAUD et POUJOULAT, avec la collaboration de MM. Champollion, Bazin, etc.

54 vol. gr. in-8 jésus à 2 col., illustrés de plus de 100 portraits sur acier.

Prix : 300 fr.

JOURNAL DES SAVANTS

COMPOSITION DU BUREAU :

M. LE MINISTRE DE L'INSTRUCTION PUBLIQUE, *Président.*

Assistants

M. LEBRUN, de l'Académie française.
M. NAUDET, de l'Académie des inscriptions et des sciences morales.
M. GIRAUD, de l'Acad. des sciences morales.
M. CLAUDE BERNARD, de l'Académie des sciences.
M. PATIN, de l'Académie française.

Auteurs

M. CHEVREUL, de l'Académie des sciences.

M. MIGNET, de l'Acad. fr. et des sc. morales.
M. L. VITET, de l'Acad. fr. et des inscript.
M. B. SAINT-HILAIRE, de l'Ac. des sc. mor.
M. LITTRÉ, de l'Académie des inscriptions.
M. FRANCK, de l'Acad. des sciences morales.
M. BEULÉ, de l'Acad. des beaux-arts.
M. J. BERTRAND, de l'Acad. des sciences.
M. Alf. MAURY, de l'Académie des inscript.
M. SAINT MARC GIRARDIN, de l'Acad. franç.
M. DE QUATREFAGES, de l'Acad. des scien.
M. EGGER, de l'Académie des inscriptions.

CONDITIONS DE L'ABONNEMENT

Le *Journal des Savants* paraît chaque mois par cahiers de 8 feuilles in-4. Le prix de l'abonnement est de 36 fr. par an pour Paris, et de 40 fr. pour les départements.

Chaque année forme 1 volume. Il reste encore quelques exemplaires de la collection en 56 vol. au prix de 840 fr. On peut avoir ensemble ou séparément les années depuis 1830 jusqu'en 1870 au prix de 25 fr.

REVUE ARCHÉOLOGIQUE

ou

RECUEIL DE DOCUMENTS ET DE MÉMOIRES RELATIFS A L'ÉTUDE DES MONUMENTS
A LA NUMISMATIQUE ET A LA PHILOLOGIE

DE L'ANTIQUITÉ ET DU MOYEN AGE

PUBLIÉS PAR

**MM. le vicomte de Rougé, de Longpérier, F. de Saulcy, Alfred Maury,
le duc de Luynes, Renier, Brunet de Presle, Miller, Egger, Beulé,
Ed. Le Blant,** Membres de l'Institut; **Viollet-le-Duc,** Architecte du Gouvernement;
le général Creuly, A. Bertrand, Chabouillet, de la Société
des Antiquaires de France.

A. Mariette, Deveria, Conservateurs du Musée du Louvre;
J. Quicherat, Perrot, Heuzey, Wescher, Dumont, de l'École d'Athènes, etc.
ET LES PRINCIPAUX ARCHÉOLOGUES FRANÇAIS ET ÉTRANGERS

MODE ET CONDITIONS DE L'ABONNEMENT

La *Revue archéologique* paraît chaque mois par cahiers de 64 à 80 pages grand in-8, qui forment, à la fin de chaque année, deux volumes ornés de planches gravées sur acier et de gravures sur bois intercalées dans le texte.

PRIX : Paris : Un an, 25 fr. — Départements : Un an, 28 fr.

Les années 1860 à 1871-72, formant les 22 premiers volumes de la nouvelle série, coûtent chacune 25 fr. Le souscripteur à l'année 1872 peut acquérir cette Collection pour 225 fr. au lieu de 275.

PARIS. — IMP. SIMON RAÇON ET COMP., RUE D'ERFURTH, 1.

LIBRAIRIE ACADÉMIQUE DIDIER ET Cie

Paris. — Imprimerie Viéville et Capiomont, rue des Poitevins, 6.

www.ingramcontent.com/pod-product-compliance
Lightning Source LLC
Chambersburg PA
CBHW070754030726
47504CB00003B/553